Bi Feiyu

SEHENDE HÄNDE

Bi Feiyu

SEHENDE HÄNDE

Roman

Aus dem Chinesischen
von Marc Hermann

BLESSING

Originaltitel: *Tui Na*
Originalverlag: People's Literature Publishing House

MIX
Papier aus verantwortungsvollen Quellen
FSC® C014496
FSC
www.fsc.org

Verlagsgruppe Random House FSC® N001967

Auflage 2016

Neumarkter Straße 28, 81673 München
Umschlaggestaltung: Geviert Grafik & Typografie, München
Satz: Leingärtner, Nabburg
Druck und Einband: GGP Media GmbH, Pößneck
Printed in Germany
ISBN: 978-3-89667-565-1

www.blessing-verlag.de

Prolog
Zur Klärung der Begriffe

Jeder dritte Gast eines Tuina-Massagesalons, an guten Tagen sogar jeder zweite ist kein Stammkunde oder Besitzer einer VIP-Karte, sondern Laufkundschaft. Die Therapeuten behandeln diese Gruppe gewöhnlich mit besonderer Fürsorge, die sich vor allem in ihrer Wortwahl niederschlägt. Daraus spricht ein gesunder Geschäftssinn: Aus gut umsorgter Laufkundschaft kann Stammkundschaft erwachsen und daraus wiederum – mit dem Erwerb einer Jahreskarte – der eine oder andere VIP. Die VIPs sind von elementarer Bedeutung; es müssen gar nicht einmal viele sein, sieben oder acht genügen, und das monatliche Grundeinkommen eines Masseurs ist gesichert. Aber so wichtig sie auch sind, maßgeblich bleibt doch die Laufkundschaft. Das mag widersprüchlich klingen, ist aber eine Tatsache. Schließlich gehen die VIPs aus der Laufkundschaft hervor. Um eine Beziehung zu Letzterer aufzubauen, verfügen die Therapeuten über ein ganzes Repertoire an Techniken, die zum Beispiel bei der Anrede zum Einsatz kommen: Wen gilt es als »Leiter«, wen als »Boss« und wen als »Lehrer« anzusprechen? Solchen Fragen schenken die Therapeuten große Aufmerksamkeit. Sie entscheiden je nach Stimme des Gastes, nach Wortwahl und Ton. Er braucht nur den Mund aufzumachen, und schon wissen sie Bescheid: Dies ist ein »Boss« und dies ein »Lehrer«. Irrtum ausgeschlossen.

Inhaltlich gestalten sich ihre Gespräche schon weniger schlicht. Sie kreisen zumeist um die Gesundheit des Kunden – für gewöhnlich im Modus der Schmeichelei. Die körperliche Verfassung des Kunden zu loben, ist ein ungeschriebenes Gesetz ihres Standes. Auf der anderen Seite jedoch gehört es genauso zu ihrem Berufsethos, den Kunden auf seine Problemzonen hinzuweisen – man will ja schließlich nicht seine Geschäftsgrundlage verlieren. »Sie haben da ein gesundheitliches Problem« – auf diese Eröffnung kann der Kunde wetten. Darauf folgen ein paar gesundheitliche Ratschläge – zum Beispiel zum Schulterbereich. Die Schulter zeichnet sich durch das komplexe Zusammenspiel einer großen Muskelgruppe aus Bizeps, Trizeps und Trapezmuskel aus. Wenn man bestimmte Schulterbewegungen allzu anhaltend wiederholt, dehnen sich die Fasern in den Muskelsehnen, und das führt nach einiger Zeit dazu, dass der Muskel eine Flüssigkeit absondert. Das ist zunächst nicht weiter schlimm, denn der Muskel kann die Flüssigkeit auch wieder resorbieren. Bei fortgesetzter Inanspruchnahme jedoch verliert er diese Fähigkeit, und dann bekommt man die Folgen zu spüren: Das Sekret verklebt die Muskelfasern, und damit droht eine Entzündung – eine Schultersteife, die ziemlich schmerzhaft ist. Wer dieses Problem nicht mit einer wirksamen Behandlung in den Griff bekommt, dessen Fasern verkalken mit der Zeit. Und dann hat man den Schlamassel. Man stelle sich vor: Ein verkalkter Muskel – wie soll der noch beweglich bleiben! Mit so einer steifen Schulter kann man nicht mal mehr einem Freund zum Abschied winken – das ist schon ziemlich arg, oder? Also: Sei gut zu deiner Schulter. Egal, ob du ein Mann oder eine Frau bist: Behandle deinen

Körper gut. Bewegung ist ein Muss. Und wenn du keine Zeit hast, dich zu bewegen – kein Problem: Sollen andere das für dich übernehmen. Wozu gibt es Therapeuten? Mit einer Tuina-Massage lösen sich die verklebten Teile voneinander. Das ist wahre Gesunderhaltung – mit der Betonung auf »Erhaltung«.

Solch ein Rat vereint seriöse Populärwissenschaft mit sanfter Ermahnung und dezenter Eigenwerbung. Das Wissen, das er vermittelt, ist eher schlichter Natur, aber die Kunden nehmen diese Ratschläge ohnehin kaum ernst. Und trotzdem bleiben sie nicht ohne Wirkung, weshalb der Therapeut mit ihnen nie hinter dem Berg halten wird.

An diesem Mittag betrat ein neuer Kunde von äußerst herrischem Gebaren die Praxis und verlangte sogleich den Eigentümer zu sprechen. Als Sha Fuming aus dem Ruheraum der Therapeuten herauskam, fragte ihn der Mann: »Du bist der Eigentümer?«

Sha setzte sein breitestes Lächeln auf und erwiderte untertänig: »Zu Ihren Diensten. Mein Name ist Sha Fuming.«

»Eine Ganzkörpermassage, von dir persönlich.«

»Es ist mir eine Ehre. Hier entlang bitte.« Er führte den Mann in einen der Massageräume. Xiao Tang, einer von Shas Gehilfen, hatte im Handumdrehen eine Liege vorbereitet. Achtlos warf der Mann seinen Schlüsselbund auf das Laken. Sha mochte blind sein, aber dafür funktionierte sein Gehör umso schärfer; mit untrüglichem Urteilsvermögen konnte er die Handbewegung lokalisieren. Zielsicher ergriff er den Bund und ertastete die Länge und Breite der Schlüssel. Kein Zweifel: Der Mann, der so großtuerisch auftrat, war ein Fahrer. Ein Lkw-Fahrer – er roch schwach nach Benzin, nein, Dieselöl. Lächelnd reichte Sha die Schlüssel an Xiao Tang weiter, der sie an die Wand hängte. Mit einem Hüsteln begann er über den

Hinterkopf des Mannes zu streichen. Der Kopf war auffällig kalt, nicht mehr als dreiundzwanzig oder vierundzwanzig Grad. Offensichtlich pflegte der Mann sein Fahrerhaus mithilfe der Klimaanlage in einen Kühlschrank zu verwandeln.

Während Sha den Nacken knetete, hob er den Kopf und sagte mit einem Lächeln: »Ihr Hals ist ein wenig verspannt, Boss. Sie sollten es mit der kalten Luft nicht übertreiben.«

Der »Boss« seufzte. »Ich hab so einen fick-die-liebe-Mutti-steifen Hals und so ein schwummriges Gefühl, dass ich am liebsten pennen möchte. Sonst wär ich ja nicht hier aufgekreuzt! Und dabei hab ich noch über zweihundert Kilometer vor mir.«

Der Mann kam aus Huaiyin in der Provinz Jiangsu, das hörte Sha heraus. Wie alle Chinesen »fickten« auch die Leute aus Huaiyin mit Vorliebe fremde Mütter, aber sie legten dabei strengere Maßstäbe an: Sie fickten nur »liebe Muttis«, mit weniger gaben sie sich nicht zufrieden.

Sha lockerte als Erstes die Trapezmuskeln seines Kunden, indem er eine Technik namens »Schälen« anwandte. Dann rieb er mit dem Handballen den Nacken des Mannes in einem solchen Tempo, als wollte er den Kopf mit einer Säge oder einem stumpfen Messer abtrennen. Bald erwärmte sich der Hinterkopf, sodass der Mann vor lauter Wohlbehagen gar nicht mehr aufhören wollte, »die liebe Mutti« zu ficken.

»Ihre Halswirbel sind eigentlich ganz in Ordnung«, befand Sha. »Sie dürfen es nur nicht so mit der Kälte übertreiben. Auf langen Strecken sollten Sie die Temperatur einfach ein bisschen höher drehen, Boss.«

Wie es sich für einen »Boss« gehörte, hüllte sich der Mann in Schweigen. Im nächsten Moment schnarchte er schon vor sich hin.

Sha drehte sich zu Xiao Tang um und flüsterte: »Du kannst mit deiner Arbeit weitermachen. Und schließ die Tür hinter dir.«

»Wenn der Kerl bei dem Gesäge schlafen kann, warum flüsterst du dann?«

Sha schmunzelte. Wo er recht hatte, hatte er recht. Ohne ein weiteres Wort massierte er seinen Kunden sachte, bis die Stunde um war. Dann weckte er ihn, indem er ihm eine warme Salzkompresse in den Nacken legte. Der Boss sah aus wie neugeboren. Strahlend wie der blaue Himmel setzte er sich auf, blinzelte und »schrieb« mit dem Kopf ein Schriftzeichen in die Luft. »Ich fühle mich großartig! Fick die liebe Mutti! Einfach großartig.«

»Sie fühlen sich großartig? Das ist schön.«

Doch der Boss war noch nicht fertig. Mit geschlossenen Augen schrieb er ein zweites Zeichen in die Luft. Den letzten Strich malte er wie ein Kalligraf mit einem weiten, bedeutungsschwangeren Schwung seines Kinns, ehe er endlich den »Pinsel« wieder hob und das Kinn fröhlich an seinen angestammten Platz zurückzog. »Vorgestern war ich in einem Badehaus. Die Kleine dort hat mich überall getätschelt, und es fühlte sich gut an, aber geholfen hat es nicht die Bohne. Fick die liebe Mutti! Und für eine Kabine musste ich auch noch blechen. Ihr Blinden macht doch die beste Massage!«

Sha drehte sich dorthin, wo er das Gesicht des Bosses verortete. »Wir machen hier keine Massage. Wir machen Tuina, das ist etwas anderes. Beehren Sie uns bald wieder, Boss.«

Kapitel 1
Wang Daifu

Den ersten Batzen Gold machte Wang Daifu in Shenzhen. Die Praxis, in der der »Doktor« – alle blinden Tuina-Masseure werden »Daifu«, also »Doktor«, genannt – seinem Gewerbe nachging, lag in der Nähe des Bahnhofs. Damals, Ende des letzten Jahrhunderts, erlebten er und seinesgleichen ihr goldenes Zeitalter. »Goldenes Zeitalter«, das mag klingen wie aus einem Schüleraufsatz, aber für Wang Daifu hatte das Geld etwas Irrwitziges an sich: Es drängte sich mit aller Macht durch seine Fingerritzen.

Und warum lag das Geld auf der Straße? Der unmittelbarste Grund war die Rückgabe Hongkongs an China. Die Hongkonger sind leidenschaftliche Tuina-Anhänger; diese Therapie ist ein Teil ihrer persönlichen und kulturellen Tradition. Aber so eine Massage kann eine Stange Geld kosten. Tuina erfordert reine Handarbeit, und die konnte sich ein gewöhnlicher Hongkonger angesichts des dortigen Lohnniveaus nicht leisten. Mit der Rückkehr Hongkongs nach China jedoch änderte sich alles: Die Hongkonger schwärmten nun schwarenweise ins nahe Shenzhen. Ein solcher Trip war nicht aufwendiger als eine Umarmung zwischen Mann und Frau – und bedeutete die Rückkehr Hongkongs nicht eben dies: eine Umarmung mit dem Festland? Die Sehnsucht nach dieser Umarmung erfasste Arbeiter, Angestellte und Besserverdiener gleichermaßen: Sie alle warfen sich dem Mutterland an die Brust. Die Shenzhener ergriffen die Gelegenheit sogleich beim Schopf. Im Handumdrehen blühte dort das Tuina-Gewerbe auf. Kein Wunder: Egal, um was für ein Geschäft es geht – wenn Handarbeit dabei eine Rolle spielt, werden die Festlandchinesen den Markt so rasch an sich reißen, dass es Götter und Geister zur Verzweiflung treibt. Obendrein ist Shenzhen eine Sonderwirtschaftszone. Und das bedeutet? Billige Arbeitskräfte.

Aber es gab noch einen anderen Grund für die Blüte der Tuina-Massage: Nun, da sich das Jahrhundert dem Ende entgegenneigte, packte die Leute plötzlich eine panische Angst. Diese Angst kam grundlos und aus heiterem Himmel, und es war auch keine wirkliche Panik, eher eine fieberhafte Überhitzung, die sich in einer aggressiven Haltung niederschlug. Die Augen der Leute funkelten, und ihre Muskeln zuckten: Hol dir das Geld! Na los, nun lang schon zu, sonst ist der Zug abgefahren! Die Leute führten sich auf wie die Irren. Dadurch kursierte auch das Geld noch wahnwitziger, und das wiederum steigerte die Verrücktheit der Leute. Irrsinn macht müde. Was tun? Eine Tuina-Therapie ist sicher nicht das schlechteste Gegenmittel.

Vor diesem Hintergrund erlebte Tuina, praktiziert von blinden Therapeuten, in Shenzhen seine Blüte. Der Aufschwung griff ungeheuer rasant um sich, – wie eine Feuersbrunst oder wie Wolken, die sich im Sturm zusammenballen. Im Nu bekamen die Blinden in ganz China Wind von der erregenden Nachricht, die da lautete: In Shenzhen ist für uns ein neues Zeitalter angebrochen. Das Geld liegt dort auf der Straße, es hüpft und zappelt herum wie die Karpfen auf dem Trockenen. Rings um den Shenzhener Bahnhof bot sich fremden Blicken bald ein prachtvolles Schauspiel: Ströme von Blinden wogten durch die Straßen. Auf einmal stellte diese blutjunge Stadt mehr als bloß ein Fenster auf Chinas Reform- und Öffnungspolitik dar: Sie verwandelte sich in das Wohnzimmer und Paradies der Blinden. Voller Überschwang zogen sie mit ihren Sonnenbrillen und Stöcken die linke Seite der Straßen und Fußgängerbrücken entlang, von West nach Ost und von Ost nach West, von Nord nach Süd und von Süd nach Nord – ein nicht enden wollendes Heer von Menschen, dicht gedrängt im Gänsemarsch. Wie glücklich sie waren! Wie geschäftig!

Wenn das Licht schwächer wurde, wogte eine andere Flut von Menschen heran: todmüde Hongkonger, todmüde Japaner, Europäer, Amerikaner aus Hongkong und natürlich all die todmüden Festlandchinesen – frischgebackene Kapitalisten und Neureiche, die es nie nötig gehabt hatten, fingerleckend ihr Geld in der Öffentlichkeit zu zählen. Sie alle fielen über die Stadt her wie ein Schwarm Bienen. Ach, was waren sie müde, so müde – die Erschöpfung des ausgehenden Jahrhunderts hatte sich in ihnen angesammelt. Sie waren so müde, dass sich ihre Muskeln verkrampften. Kaum in der Praxis angekommen, ließen sie sich auch schon auf die Liegen fallen und schliefen ein, noch ehe sie gesagt hatten, wie viele Stunden ihre Sitzung dauern sollte. Ein vielstimmiger Chor von Schnarchern aus dem In- und Ausland schwoll an und ab. Die Masseure sorgten für ihre Entspannung, und manch eiliger Kunde blieb gleich die ganze Nacht. Erst im Morgengrauen wachten sie auf, gaben ihrem Therapeuten ein Trinkgeld und zogen wieder in die Welt hinaus, um noch mehr Geld zu machen. Das Geld wich nicht von ihrer Seite; wie die Flocken in einem Schneesturm wirbelten die Scheine rings um sie herum, nicht weiter als eine

Schwertklinge entfernt. Ein Strecken ihres Arms, ein Ausfallschritt genügten, und schon hatten sie mit der Spitze ihrer Schwerter einem Schein das Herz durchbohrt, ohne einen einzigen Tropfen Blut zu vergießen.

Auch Wang Daifu begann Geld zu verdienen. Die Summen, die er einnahm, waren für andere bloß Kleingeld, aber für einen wie ihn, der sein Leben in Armut verbracht hatte, war die Leichtigkeit verblüffend, mit der sich in Shenzhen Geld machen ließ. Wie war das nur möglich: dass einem das Geld nur so zuflog? Es war erschreckend. Er hatte stets von seiner Hände Arbeit gelebt, was für ihn bloß bedeutete, dass er genug zum Essen und Anziehen hatte. Nun aber hielt er sich nicht bloß so eben über Wasser, nun kam er so mühelos voran wie ein Schlafwandler. Nicht nur chinesische Yuan kassierte er, sondern auch Hongkong-Dollar, japanische Yen und US-Dollar. Seine erster US-Dollar-Schein flatterte ihm eines frühen Samstagmorgens in die Hände. Sein Kunde, ein zierlicher Japaner mit zarter Haut und feinen Gliedern, gab ihm als Trinkgeld einen Schein, der sich verdächtig klein, kurz und schmal anfühlte. Wang argwöhnte eine Fälschung, aber weil sein Kunde ein Gast aus dem Ausland war, wollte er nicht unhöflich sein. Zu dieser frühen Stunde war er vor lauter Erschöpfung dem Zusammenbruch nahe, und doch hielt der Verdacht, er könnte eine Blüte in Händen halten, ihn wach wie ein gespannter Muskel. Unschlüssig blieb er stehen und befingerte unablässig den Schein. Als der Japaner sein Zögern bemerkte, glaubte er, er hätte ihm zu wenig gegeben, und reichte ihm nach einem Moment des Überlegens noch einen zweiten Schein. Dieser Schein, genauso kurz und schmal wie der erste, steigerte nur Wangs Argwohn: Warum hatte der Mann so prompt einen zweiten Schein gezückt? Lag ihm am Geld so wenig? Den Schein in der Hand, blieb er regungslos stehen. Da klatschte der Japaner, nun genauso irritiert, ihm einen dritten Schein in die Hand. »Gute Arbeit! Sie sind wirklich das hier!« Und er packte Wangs Daumen und hielt ihn dem Masseur vors Gesicht.

Dieses Lob stürzte Wang in noch größere Verlegenheit. Die Vorstellung, einem Betrüger zum Opfer gefallen zu sein, bedrückte ihn, aber außer einem raschen Dank brachte er kein Wort hervor. Bis zum Nachmittag trug er sein Trinkgeld bei sich – dann hielt er es nicht länger aus und bat einen Sehenden, einen Blick auf die Scheine zu werfen. Es waren amerikanische Dollar, alles in allem dreihundert. Wangs Augenbrauen schnellten nach oben, und sein Mund verzog sich zu einem Lächeln, das lange nicht wieder schwinden wollte. Er marschierte los – wollte es wissen.

Das Geld spielte verrückt. Völlig außer Rand und Band flatterten und hüpften die Scheine durch die Luft wie fliegende Teppiche, wirbelten empor, kreisten, schlugen Salti und schossen wieder hinab. Durch die Lüfte heulend, fanden sie zielsicher ihren Weg in Wangs Hände. Fast konnte er den seltsamen Motor hören, der das Geld antrieb: ein Dröhnen, untermalt von einem schrillen Pfeifen. Ein Tag verlief aufregender als der andere – als schlüge man eine Schlacht. So wurde Wang Daifu reich.

Mitten in dieser Schlacht brach für ihn der Frühling an: Er verliebte sich. Das neue Millenium stand vor der Tür, und am letzten Abend des alten Jahrhunderts kam Xiao Kong, ein blindes Mädchen aus der ostchinesischen Stadt Bengbu, von der anderen Seite Shenzhens her am Bahnhof an, um Wang zu besuchen. Weil die Kunden ausgeblieben waren, herrschte in der Klinik eine trostlose Atmosphäre, die so gar nicht zur Jahrtausendwende passen wollte. Vor Erschöpfung dem Umfallen nahe, drängten sich die Therapeuten im Ruheraum. Sie waren zu müde zum Sprechen, aber im Stillen klagten sie: Warum hat der Chef uns heute nicht freigegeben?

»Unmöglich!«, hatte er gesagt. »Die Tage der anderen sind hell, unsere sind dunkel, für uns gelten andere Gesetze. An Tagen wie diesen vergnügen die anderen sich bis zur Erschöpfung, und das ist unsere Chance. Wer weiß, auf welchen Beinen das Geschäft heute zu uns hereinspaziert? Warten wir's ab! Und zwar alle zusammen.«

Also warteten sie miteinander, aber das Geschäft hatte sich ein Bein gebrochen und wollte nicht kommen. Müßig saßen Wang Daifu und Xiao Kong im Ruheraum herum. Endlich erhob sich Wang mit einem leisen Seufzer und ging ins obere Stockwerk. Xiao Kong hörte, wie er sich entfernte, und ein paar Minuten danach folgte sie ihm und tastete sich die Treppe hinauf in die Massageräume im ersten Stock.

Dort oben war es noch stiller als unten. Beide suchten sie sich den abgelegensten Raum aus, öffneten die Tür und setzten sich jeder auf eine Liege. Gewöhnlich waren die Massageräume brechend voll; so still war es hier nie zuvor gewesen. In der Milleniumsnacht hatte diese Stille etwas Beunruhigendes. Als wäre sie inszeniert worden wie eine sorgfältig arrangierte Kulisse. Erwartungsvoll. Als stünde alles bereit – aber bereit wofür? Schwer zu sagen. Beide lächelten. Lächelten lautlos, ein jeder für sich. Und ohne es zu sehen, wussten sie, dass auch der andere lächelte. Nach einer Weile fragten sie einander: »Was grinst du denn so?« Na was wohl? »Was grinst *du* denn so?«

So ging es Frage auf Frage hin und her, bis alles doppeldeutig klang, unernst und frivol. Und zugleich wieder ernst. Eine Möglichkeit rückte in immer greifbarere Nähe, sie durften nur nicht nachlassen in ihren Anstrengungen. Ihnen blieb nichts übrig, als immer weiterzulächeln, bis sich ihre Wangen verspannten und versteiften und ihr Lächeln höchst gezwungen wurde. Mühsam war dieses Lächeln, aber damit aufhören konnten sie auch nicht so einfach. Allmählich lud sich die Atmosphäre mit einer Zweideutigkeit auf, sie entfaltete eine Eigendynamik, und in einem Winkel des Raums begann die Luft zu zittern. Bald schwoll dieses Zittern zu einem Wogen an, Welle auf Welle brandete heran und türmte sich immer mächtiger auf zu einem gewaltigen Heer, das hin und her toste. Gefahr lag in der Luft. Um nicht von der Brandung hinweggerissen zu werden, krallten Wang Daifu und Xiao Kong die Finger in den Rand ihrer Liegen. Krampfhaft suchten sie Halt und fanden keinen. Eine lange Weile wahrten sie dieses labile Gleichgewicht, während sie im Stillen mit sich rangen.

Endlich fasste sich Wang ein Herz und brach das Schweigen. Er schluckte und stammelte: »Hast du's … dir überlegt?«

Xiao Kong legte den Kopf schief, wie es ihre Angewohnheit war, wenn sie einen Entschluss gefasst hatte. Die Finger noch immer in die Liege gekrallt, erwiderte sie: »Ja, das habe ich. Und du?«

Wang schwieg. Er lächelte für einen Moment, das Lächeln kam und ging drei-, viermal, ehe er endlich sagte: »Du weißt doch: Nicht auf mich kommt's an, sondern auf dich.«

Quälend lange hatte Xiao Kong darauf gewartet, dass er diesen Satz hervorbrachte, hatte die Finger in das Kunstleder der Liege gebohrt, dass es quietschte. Nun kostete sie jedes Wort aus. Seine Worte klangen so viel besser als ein einfaches »Ja, das habe ich«. Sie keuchte und glühte wie im Fieber, und plötzlich fühlte sie, wie mit ihrem Körper ein unmerklicher und dennoch einschneidender Wandel vor sich ging: Ihr Widerstand war gebrochen. Sie glitt von der Liege herunter und ging zu ihm. Auch er erhob sich, und fast im selben Moment berührten sie einander mit den Händen im Gesicht. Als ihre Finger die Augen des anderen ertasteten, brachen beide in Tränen aus. Kein Vorzeichen hatte dies angekündigt, und keiner von ihnen war darauf vorbereitet. Sie ließen ihren Blick in die Finger des anderen fließen.

Tränen haben immer etwas Ergreifendes, sie deuten voraus auf den nächsten Schritt. Beide versuchten einander zu küssen. Aber als sie mit den Nasen aufeinanderstießen, wichen sie rasch wieder zurück. Xiao Kong war so gescheit, den Kopf zur Seite zu legen, und Wang Daifu besaß genug Geistesgegenwart, um dem Atem ihrer Nase folgend (auf Anhieb) ihre Lippen zu treffen. Endlich fanden sie im Kuss zueinander. Es war ihr erster Kuss – der erste nicht nur zwischen ihnen beiden, sondern überhaupt in ihrem Leben –, und doch fehlte es ihm an Leidenschaft. Zu viel Angst schwang darin mit, und deshalb lösten sich ihre Lippen wieder, während ihre Körper aneinandergedrückt blieben, als klebten sie zusammen. Der Kuss ihrer Leiber bedeutete ihnen mehr als der Kuss ihrer Lippen – er gab ihnen das Gefühl, einen Halt gefunden zu haben. Was war das doch für ein herrliches Gefühl! So viel Geborgenheit lag darin, so viel Beruhigung und Sicherheit. Ein Leben füreinander. Fast grob drückte Wang Daifu Xiao Kong an sich. Sie setzte zu einem zweiten Kuss an, aber er war zu erregt und rief: »Ich kehre zurück nach Nanjing! Und dich nehme ich mit! Nach Nanjing! Ich eröffne da eine Praxis. Meine Klinik! Und du wirst die Frau vom Chef sein!«

Er redete wirr durcheinander. Xiao Kong, auf den Zehenspitzen, sagte nur: »Küss mich, küss mich! Na los!«

Dieser Kuss dauerte lange – lang genug, um eine Brücke ins nächste Jahrhundert zu schlagen. Aufmerksam, wie Xiao Kong war, fiel ihr danach etwas ein, und sie zog ihre Uhr hervor und drückte auf den Knopf für die akustische Zeitansage. »Es ist jetzt 0.21 Uhr Pekinger Zeit«, meldete die Stimme. Xiao Kong drückte Wang die Uhr in die Hand und schluchzte lauthals: »Das neue Jahr ist da! Das neue Jahrhundert!«

Das neue Jahr war angebrochen, das neue Jahrhundert, und Wang Daifu war verliebt. Die Liebe gab seinem Leben ein Ziel. Mit einem Schlag klärte sich alles: Er würde hart arbeiten und genug Geld beiseitelegen, um in seine Heimat zurückzukehren und eine Klinik zu eröffnen – mit seiner geliebten Xiao Kong an seiner Seite. Er wusste: Solange er nicht faulenzte, wenn er sich ranhielt, würde er dieses Ziel erreichen. Und seine Zuversicht hatte einen guten Grund: Er beherrschte sein Handwerk. Er brachte alles mit, was man dafür brauchte. Man musste nur seine Hände anfassen, um sich davon zu überzeugen: Groß waren sie, breit und dick; es waren ausladende, fleischige Hände. Seine Kunden wussten: Die Entspannung, die er ihnen schenkte, nahm nicht vom Nacken ihren Ausgang, sondern vom Hintern. Wenn seine großen, fleischigen Hände ihre Pobacken packten und einmal schüttelten, löste sich schlagartig ihr Skelett. Natürlich fielen ihre Knochen nicht wirklich auseinander, das war nur eine Einbildung, aber in den besten Momenten fühlte es sich an, als würde ihr Körper sich elektrisch entladen. Ob blind oder nicht, Wang war zum Tuina-Therapeuten geboren.

Freilich hätten ihm seine großen, mächtigen Hände wenig geholfen, wenn es ihnen an der nötigen Kraft gemangelt hätte. Wang war eine stattliche Erscheinung, er verfügte über reichlich Kraft, aber seine Finger besaßen nicht bloß die Stärke, sondern auch die Geschmeidigkeit eines Meisters. Eben dies war der Schlüssel: nicht das Maß seiner Kraft, sondern die Art, wie er sie einsetzte – gleichmäßig, sanft, in die Tiefe wirkend und nicht zu stechend. Masseure, denen es an Kraft mangelt, versuchen dies durch Anstrengung wettzumachen – mit dem Ergebnis, dass der Kunde Schmerzen leidet. Im schlimmsten Fall werden seine Muskeln und Knochen in Mitleidenschaft gezogen. Die Tuina-Massage erfordert einen kraftvollen Druck, der so fest, energisch und durchdringend ist, dass er bis in die Tiefe der Muskeln hinein ausstrahlt. Diese Prozedur ist durchaus schmerzhaft, und sie wird von einem Gefühl des Ziehens und Dehnens begleitet. Aber sie bereitet ein unaussprechliches Behagen, und genau darin liegt die gewünschte Wirkung. Wangs mächtige Pranken mit den dicken Fingern strotzten vor Kraft, und sobald er mit der ihm eigenen Zielsicherheit die Akupunkturpunkte fand, hatte er seine Kunden scheinbar mühelos in der Hand. Egal, wie schmerzhaft seine Griffe waren, seine Kunden unterwarfen sich ihm bereitwillig. Weil er sein Handwerk so meisterhaft beherrschte, fand er großen Zulauf bei Stamm- und VIP-Kunden, die ihn meistens stundenweise buchten oder gleich die ganze Nacht blieben. Auf diese Weise kassierte er allein an Trinkgeld deutlich mehr als der Durchschnitt. Seine Kollegen wussten, dass er ein gemachter Mann war. Er hatte genug Geld auf der hohen Kante, um mit Aktien zu spekulieren. Sowohl an der Börse in Shanghai als auch in Shenzhen mischte er mit.

Aber nun steckte er in Schwierigkeiten, und daran waren die Aktien schuld. Er besaß zwar einiges an Geld, aber grob kalkuliert doch nicht genug, um damit in Nanjing ein Tuina-Zentrum nach seinen Vorstellungen zu eröffnen. Für eine Praxis, die ein bisschen was hermachte, gab es nur eine gangbare Lösung: einen Teilhaber. Aber das wollte Wang nicht. Wozu sollte das gut sein? Und die Frau welches Chefs wäre dann

Xiao Kong? Das würde ihrem Glück einen herben Dämpfer verpassen. Da wartete er lieber noch ein bisschen. In dieser Frage war er stur. Er persönlich konnte auf den Chefstatus verzichten, aber für Xiao Kong war er zu keinen Kompromissen bereit. Sie gab ihr Leben in seine Hände, und um ihr das zu vergelten, musste er sie zur Frau des Chefs machen. Sie bräuchte nur in seiner Klinik zu sitzen, Wasser zu trinken und Melonenkerne zu knabbern, und es wäre jedes Opfer wert, selbst wenn er sich dafür zu Tode schuften müsste.

Warum er sein Geld in Aktien gesteckt hatte? Aus Liebe. Und was war Liebe? Nichts anderes als eine tiefe Zuneigung, das hatte er nach einer Weile des Verliebtseins begriffen. Er fühlte eine tiefe Zuneigung zu Xiao Kong, genauer: zu ihren Händen.

Zwar lebten sie beide in Shenzhen, aber sie arbeiteten nicht in derselben Klinik. Deshalb konnten sie einander kaum sehen, und wenn, dann war ihre Zeit arg begrenzt und reichte kaum für mehr als ein paar Küsse. Küssen war Xiao Kongs große Leidenschaft. Sie konnte davon nie genug bekommen. Erst nach einer Weile fanden beide auch Muße und Gefallen an anderen Dingen – zum Beispiel einander durchs Haar zu streichen oder die Hände zu befühlen. Wie klein Xiao Kongs Hände waren! Zierlich und weich, mit spitzen Fingerkuppen – solche Hände nannte man wohl »Frühlingszwiebeln«. Aber ihre Hände hatten einen Makel: Auf den Knöcheln von Daumen, Mittel- und Zeigefingern hatten sich kleine, fleischige Wülste gebildet – eine berufsbedingte Deformation, die kaum einem Tuina-Therapeuten erspart blieb. Bald jedoch bemerkte Wang, dass mit ihren Händen noch etwas anderes nicht stimmte: Ihre Fingerknochen bildeten keine gerade Linie. Stattdessen neigten sich die Finger vom zweiten Knöchel an zur Seite. Zog er an ihnen, ließen sie sich richten, aber sobald er wieder losließ, verfielen sie zurück in ihre alte Krümmung. Ihre Hände waren so verformt, dass sie kaum noch Händen glichen. Das sollten Hände sein? Xiao Kong wusste darum, es war ihr peinlich, und sie wollte ihre Hände aus seinem Griff lösen, aber er gab sie nicht frei. Tief versunken hielt er ihre Hände umfasst.

Klein und zierlich, wie Xiao Kong war, eignete sie sich eigentlich gar nicht zur Tuina-Therapeutin. Es gab alle Arten von Kunden, und mit manchen kam sie gut zurecht – solchen, die bei der leisesten Berührung einen Kitzel oder gar einen Schmerz empfanden. Andere Kunden jedoch besaßen die Haut und den Körper eines Ochsen und steckten selbst den größten Druck weg wie nichts. Wenn man sie zu sanft behandelte, fühlten sie sich zu kurz gekommen und pochten grimmig auf ihre Rechte: »Stärker! Mehr Druck!« Wang kannte diesen Typus zur Genüge. Das beste Beispiel war ein baumstarker Kerl aus Afrika. Sein Chinesisch war dürftig, aber ein Wort sprach er perfekt: »Stärker.« Nach einer Stunde war selbst so ein handfestes Mannsbild wie Wang vor Erschöpfung schweißgebadet. Unter ähnlichen Anstrengungen mussten sich Xiao Kongs Finger verformt haben. Wie sollte sie mit ihren bescheidenen Kräften und ihren Fingern solchen fortwährenden Strapazen standhalten, und das vierzehn oder fünfzehn Stunden am Tag?

»Stärker! Stärker!«

Es brach ihm das Herz, als er ihr Handgelenk umfasste und ihre Finger befühlte. Dann, aus heiterem Himmel, schlug er ihre Hand mit weitem Schwung in sein Gesicht. Das Ergebnis war eine schallende Ohrfeige. Xiao Kong war im ersten Moment zu perplex gewesen, um zu begreifen, was er tat – und als sie es begriff, war es zu spät. Aber als Wang, der anscheinend auf den Geschmack gekommen war, mit der Züchtigung fortfahren wollte, zog sie ihren Arm ruckartig zurück und drückte seinen Kopf an ihre Brust.

»Was machst du denn da?«, schluchzte sie. »Was kümmert dich das?«

Das Spekulieren mit Aktien hatte etwas von einem Glücksspiel an sich. Zuerst hatte Wang gezögert, aber der Gedanke an Xiao Kongs Hände entfachte in ihm einen fieberhaften Drang, über Nacht reich zu werden. Wie verrückt das Geld auch spielen mochte, er hatte nur zwei Hände, um es einzufangen. Als sich das Jahr fast dem Ende entgegenneigte, fiel es ihm wie Schuppen von den Augen: Er würde sein Geld in Aktien stecken. So verrückt das Geld auch geworden war, es war doch bloß eine maßvolle Verrücktheit; wenn dagegen die Aktien verrückt spielten, dann machten sie nicht bloß einen Handstand oder schlugen einen Purzelbaum, nein, dann schossen sie empor wie aus dem Nichts. Er hörte oft, wie seine Kunden von der Börse sprachen, und dabei gewann er einen eigentümlichen Eindruck von ihr: Sie war etwas kaum Glaubliches, vertraut und doch unheimlich, irrsinnig und doch höchst real. Wollte man sie unbedingt auf einen Nenner bringen, dann so: »Das Geld, es flattert in der Luft. Willst du's nicht, dann eben nicht. Das Geld, es krabbelt auf der Erde. Nimmst du's nicht, dann eben nicht. Das Geld, du trägst es an der Brust. Nutzt du's nicht, dann eben nicht.« Warum sollte man es nicht probieren? Warum nicht? Wenn die morgige Börse gen Himmel schoss wie eine Feuerwerksrakete, warum sollte er nicht schon tags darauf mit Xiao Kong nach Nanjing fliegen! Er drehte den Hals, hob die Brauen und den Kopf zum Himmel. Und stürzte sich mit allem, was er hatte, in die Börse.

Der Zeitpunkt war denkbar schlecht gewählt. Kaum war er eingestiegen, fielen die Kurse von ihrem vorherigen Hoch.

Natürlich stand es ihm offen, den Rückzug anzutreten. Er hätte dabei nicht allzu viel verloren. Aber das kam für ihn nicht infrage. Er konnte keinen Verlust akzeptieren – nicht einen Cent. Denn für ihn stand mehr auf dem Spiel als bloß Geld: die erbsengroßen Knoten an ihren Fingern. Die deformierten Knochen. All die durchschufteten Nächte. All die »Stärker!«-Kommandos. Der Wechsel zu den Zeigefingern, wenn die Daumen ermüdeten; zu den Mittelfingern, wenn die Zeigefinger ermüdeten; zu den Ellenbogen, wenn die Mittelfinger ermüdeten; und wieder zurück zu den Zeigefingern. Sein Blut und sein Schweiß standen auf dem Spiel. Er konnte keine Verluste ertragen. Also wartete er. Die Hoffnung auf schnellen Reichtum hatte er aufgegeben, aber zumindest wollte er eine schwarze Null schreiben. Diese fixe Idee riss ihn in den Abgrund. Ein körperloser, lautloser Verrückter, dem er nie von Angesicht zu Angesicht begegnen würde, hatte ihn an seiner empfindlichsten Stelle getroffen.

Die Börse schlug keine Purzelbäume. Sie lag am Boden. Brüllte wie wild, wälzte sich umher, zuckte in Krämpfen, verdrehte die Augen und spuckte – nur aufstehen wollte sie ums Verrecken nicht. Du Scheißbär. Fick dich. Wie konnte die Börse nur so verrücktspielen? Wer hatte sie dazu getrieben? Den Kopf schief gelegt, lauschte Wang, wann immer er konnte, dem Radio. Dabei lernte er einen Ausdruck: »die unsichtbare Hand«. Im Rückblick betrachtet, musste irgendjemand diese unsichtbare Hand genarrt und in den Irrsinn getrieben haben. Hinter dieser Hand lauerte bestimmt noch eine andere, die genauso unsichtbar war, aber größer, kräftiger, verrückter. Wang selbst hatte auch unsichtbare Hände, doch im Vergleich mit jenem anderen Paar waren seine Hände winzig und schwach. Er war eine Ameise. Das fremde Paar Hände war gewaltig wie Himmel und Erde und konnte ihn mit einem Schlag von Shenzhen nach Uruguay befördern. Er schlug nicht in die Hände; alles, was er konnte, war mit den Knöcheln knacken, nur so zum Spaß. Die beiden Daumen ließ er je zweimal knacken, die übrigen Finger dreimal, das ergab ein achtundzwanzigfaches Knack-knack-knack wie eine Kordel Knallfrösche.

Das Geld spielte verrückt. Es drehte durch, und er war reich; es drehte noch mal durch, und er war arm.

»Ausgelaugt, mit leeren Taschen kehr ich heim« – diese Worte stammten aus einem alten Lied, das Wang als Kind gelernt hatte. Als er Ende 2001 nach Nanjing heimkam, klang ihm dieses Lied in den Ohren. Er war deprimiert – und doch zugleich überglücklich, denn Xiao Kong war an seiner Seite. Statt in ihre Heimatstadt Bengbu zurückzufahren, hatte sie sich wie eine Verschwörerin mit ihm nach Nanjing davongestohlen, und das sprach Bände. Wangs Mutter war vor Freude ganz außer sich. Der Junge war wirklich ein Prachtkerl! Einfach ein Prachtkerl! Sie und ihr Mann räumten ihr Bett für das junge Paar, und als sie ihren Sohn in die Küche geführt hatte, wisperte sie ihm ins Ohr: »Mach's mit ihr, leg sie flach! Dann kann sie dir nicht mehr davonlaufen.« Wütend wandte Wang das Gesicht ab. Er verabscheute die Vulgarität seiner Mutter. Sie hatte etwas Berechnendes, und das würde sie nie ablegen. Er hob die Brauen und verzog das Gesicht. Mit manchen Dingen verhielt es sich so: Man konnte sie tun, aber beim Namen nennen durfte man sie nicht.

Bis zum Laternenfest – dem fünfzehnten Tag des ersten Monats nach dem Mondkalender – blieben sie bei seinen Eltern. Xiao Kong sah von Tag zu Tag besser aus. Wangs Mutter kam aus dem Schwärmen gar nicht mehr heraus: Wie hübsch Xiao Kong doch sei! Was für eine schöne Haut sie habe! Wie gut ihr das hiesige Klima tue, das sei ja so unendlich viel besser als in Shenzhen! Wie »unsere Xiao Kong« von Tag zu Tag mehr aufblühe! Zum Beweis nahm sie Xiao Kongs Hand und strich mit dem Handrücken über ihre Wange. »Habe ich nicht recht? Sag selbst: Habe ich nicht recht?«

Das hatte sie. Xiao Kong fühlte, wie weich und glatt die Haut in ihrem Gesicht geworden war. Aber mit der Intuition einer Frau begriff sie schlagartig, was diesen Wandel verursacht hatte, und diese Erkenntnis stürzte sie in eine tiefe Verlegenheit. Der Schreck, der sie packte, äußerte sich nicht in hektischen Bewegungen, im Gegenteil: Sie rührte sich nicht mehr. Sie erstarrte zu Stein, der Oberkörper steif und kerzengerade. Die freie Hand ballte sie zur Faust, die Finger über den Daumen gepresst. Alle Blinden teilen eine Schwäche: Weil sie selbst nicht sehen können, fürchten sie, die Sehenden könnten in ihnen lesen wie in einem Buch. Und so glaubte auch Xiao Kong, die überwältigend schöne Zeit, die sie gerade erlebte, liege für alle Welt offen zutage.

Wang ließ diese Gelegenheit nicht ungenutzt verstreichen. Eines Tages, als seine Eltern nicht zu Hause waren, sprach er aus, was ihm auf dem Herzen lag: »Warum bleiben wir nicht einfach hier?«

Sie sagte weder Ja noch Nein, bloß: »Wir haben doch noch Gepäck in Shenzhen.«

Er überlegte einen Augenblick. »Wir können ja noch mal hinfahren.« Sogleich fügte er hinzu: »Dann müssten wir noch mal zwei Zugtickets kaufen.«

Sie dachte nach und gab ihm innerlich recht. Aber um die Koffer tat es ihr trotzdem leid. »Und wenn ich alleine fahre?«

Er tastete nach ihrer Hand und hielt sie fest, während er lange in Schweigen versank. »Fahr nicht.«

»Es sind ja nur ein paar Tage«, sagte sie.

Wieder schwieg er eine Weile, ehe er endlich antwortete: »Ich möchte nicht einen Tag von dir getrennt sein. Wenn du fortgehst, wäre es, als würde ich ein zweites Mal erblinden.«

Dieser Satz wog schwer. Wang war kein Mann, der zu Überspanntheiten neigte, deshalb hatte die nackte Wahrheit aus seinem Mund besonderes Gewicht. Xiao Kong wusste darauf nichts zu erwidern. Und während sie noch nach einer Antwort suchte, überkam sie ein grenzenloses Glücksgefühl, das zum Himmel aufstieg und zur Erde niedersank, und das Blut strömte in ihr Gesicht. Ach, seufzte sie im Stillen, kein Wunder, dass ich so rosig aussehe, wenn das Blut mir in einem fort ins Gesicht schießt. Sie hielt seine Hand und dachte voller Stolz: Jetzt sehe ich bestimmt richtig gut aus. Aber schon im nächsten Moment wich ihr Stolz einem schmerzlichen Bedauern: Er konnte ja nicht sehen, wie rosig ihre Wangen waren und wie hübsch ihr Gesicht – niemals würde er das sehen können. Wie leidenschaftlich würde er sie sonst wohl lieben! Doch bei allem Bedauern sagte sie sich: Sei nicht so maßlos. Dir geht es schon großartig. Du darfst nicht maßlos sein. Und wie sie es auch drehte und wendete: Sie war verliebt.

Also blieb sie. Aber kaum war dieses Problem gelöst, bedrückte Wang schon die nächste Sorge. Eigentlich hatte er Xiao Kong als Frau des Chefs nach Nanjing mitnehmen wollen – und wo war nun seine Tuina-Klinik? Bis tief in die Nacht lag er wach, lauschte ihrem gleichmäßigen Atem und tastete reihum ihre krummen Finger oder vielmehr die acht Lücken zwischen ihren Fingern ab. Seine Schlaflosigkeit war genauso krumm – und auch seine Träume.

Nach tagelangem Zögern rief er schließlich Sha Fuming auf dessen Handy an. Beide kannten sich schon lange – sie waren gemeinsam erst zur Grundschule, schließlich zur Fachhochschule gegangen, wo sie traditionelle chinesische Medizin und Tuina-Massage studiert hatten. Erst nach dem Abschluss trennten sich ihre Wege: Wang ging nach Shenzhen, Sha nach Shanghai. Nun waren sie beide wieder nach Nanjing zurückgekehrt, aber unter ganz unterschiedlichen Vorzeichen: Während Wang noch immer für andere arbeitete, war Sha bereits sein eigener Boss. Vermutlich waren die Fleischwülste auf seinen Knöcheln schon verschwunden.

Der Anruf kostete Wang einige Überwindung. War es im letzten oder im vorletzten Jahr gewesen? Zwei Jahre war es nun wohl schon her, da hatte Sha gerade sein Tuina-Zentrum eröffnet, und weil er dringend gute Therapeuten brauchte, rief er Wang in Shenzhen an, um ihn zur Rückkehr nach Nanjing zu bewegen. Sha wusste um Wangs Können – mit dem alten Schulfreund an seiner Seite hätte er eine tragende Säule, ein Aushängeschild gewonnen, die Geschäfte würden brummen, und sein guter Ruf wäre gesichert. Um Wang zu ködern, bot Sha ihm eine exorbitant hohe Beteiligung und einen Sonderstatus an. Wang hätte praktisch alles behalten können, was er verdiente – oder sie hätten kurzerhand Partner werden können. Wang sollte – das machte Sha unmissverständlich deutlich – »dem Laden Klasse verleihen«. Dennoch lehnte er höflich ab. In Shenzhen ließ sich gutes Geld machen – wozu umziehen? Der wahre Grund für seine Absage freilich, das war ihm bewusst, lag woanders. Das eigentliche Problem war emotionaler Natur: Er wollte nicht für einen alten Schulfreund arbeiten. Wenn aus Freunden Boss und Angestellter werden, bringt das beide in eine missliche Lage.

Doch wie sagt das Sprichwort: Wer den Willkommensbecher nicht trinken will, muss einen Becher zur Strafe trinken. Shas

Einladung hatte er ausgeschlagen, und nun musste er als Bittsteller an Shas Tür klopfen. Im Ergebnis mochte das aufs Gleiche hinauslaufen, und doch machte es einen großen Unterschied. Natürlich musste er nicht unbedingt zu Sha gehen, es gab genug Tuina-Zentren in Nanjing. Warum nicht anderswo eine Arbeit annehmen? Der Grund, warum er so entschlossen war, zu seinem alten Freund zu gehen, war Xiao Kong.

So viele Stärken sie auch hatte, eine Schwäche ließ sich nicht leugnen: Sie war alles andere als großzügig, mehr noch, man musste sie geizig nennen. Sobald sie ein bisschen Geld in die Finger bekam, bunkerte sie es bei sich, und man hätte es ihr selbst mit einem Maschinengewehr nicht wieder entreißen können. Bei einem gewöhnlichen Freund hätte Wang diese Marotte nie akzeptiert, aber Xiao Kong war schließlich seine Frau in spe, und da zählte ihre Eigenart nicht als Schwäche – sie knauserte nicht, sie dachte an die Familie. In Shenzhen jedoch hatte ihre übertriebene Sparsamkeit ihre Beziehung zu den Empfangsdamen belastet.

Zwischen einem Tuina-Therapeuten und einer Empfangsdame besteht eine wichtige und ganz besondere Beziehung. Die Fähigkeit eines Therapeuten, ein gutes Verhältnis zu seinen Kolleginnen am Empfang zu pflegen, schlägt sich direkt in seinem Lebensunterhalt nieder. Am Empfang arbeiten nur Sehende. Ihr scharfer Blick ermöglicht es ihnen, auf Anhieb zu erkennen, ob es sich bei einem hereinkommenden Kunden um einen reichen Pfeffersack oder einen armen Schlucker handelt. Die Entscheidung, zu wem sie den Reichen schicken und zu wem den Armen, liegt allein bei ihnen und will gut überlegt sein. Ein Therapeut ist auf Trinkgelder angewiesen – dieselben acht Stunden Arbeit bringen dem einen womöglich viel mehr ein als einem anderen. Natürlich folgt die Rotation in einer

Klinik bestimmten Regeln, aber diese Regeln besagen nicht viel, denn sie werden von Menschen mit Leben erfüllt. Zum Beispiel die Toilettenpausen: Einmal angenommen, als Therapeut bist du gerade auf der Toilette, da kommt ein zahlungskräftiger Kunde hereinspaziert. Wenn die Empfangsdame es gut mit dir meint, wird sie dem Kunden erst eine Sitzgelegenheit und ein Glas Wasser anbieten, und niemand kann ihr daraus einen Vorwurf machen. Hast du dann dein Geschäft erledigt und kommst beschwingten Schrittes aus der Toilette, gibt sie den Kunden in deine Hände. Umgekehrt kann sie, kaum bist du auf der Toilette verschwunden, den reichen Kunden auch direkt zum nächsten in der Reihe schicken. Kommst du hektisch wieder herausgeeilt, liegt der Kunde schon lachend und plaudernd auf der Liege eines Kollegen. Und was könntest du dagegen sagen? Nichts. Also musst du dich mit den Empfangsdamen gut stellen. Hat eine Empfangsdame dich erst mal auf dem Kicker, verfolgt dich ihr gleißender Blick überallhin – wie könntest du da noch dein Auskommen finden?

Wie du dich mit ihnen gut stellen sollst? Ganz einfach: Steck ihnen was zu. Und was? Geld. Zwar ist ein solches Verhalten streng verboten – daran lassen die Regeln der Kliniken keinen Zweifel –, aber welcher Therapeut lässt sich schon von einem Fetzen Papier in Fesseln legen? Ein Therapeut scheut kein Mittel, um den Empfangsdamen »eine kleine Aufmerksamkeit« zukommen zu lassen. Augen, die sehen, sind nichts Alltägliches – sie wecken Angst. Also hofft er, dass die Empfangsdamen eines ihrer Augen zudrücken. Solange das gewährleistet ist, muss er sich um seinen Lebensunterhalt keine Sorgen machen.

Xiao Kong war geizig. Sie steckte niemandem etwas zu. Und sie hatte dafür auch eine Rechtfertigung parat, die sie

Wang voller Stolz präsentierte: Ihr Sternzeichen sei der Stier, und deshalb sei Geld für sie so wichtig wie die Luft zum Atmen. Bei Geldmangel müsse sie buchstäblich nach Luft schnappen. Natürlich war das ein Scherz, aber sie beide hatten ernsthaft darüber gesprochen. Die eigentliche Ursache für Xiao Kongs Verhalten war nicht ihr Geiz, sondern ihr verletzter Gerechtigkeitssinn. »Ich als Blinde schufte mich ab für ein paar Yuan, und dann soll ich mein sauer verdientes Geld auch noch diesen Tussis in die Augenhöhlen stopfen? Ich denk ja nicht dran!«

Wang verstand sie, aber im Stillen seufzte er: Was für ein einfältiges Mädchen! Mit einem Lächeln erwiderte er: »Hast du eine Ahnung, wie viel Geld dir deswegen durch die Lappen geht?«

»Natürlich«, sagte sie fröhlich. »Mir geht was durch die Lappen, aber dafür rücke ich auch nichts raus, also komme ich am Ende mit plus/minus null raus.«

Er wandte sein Gesicht gen Himmel. Das also war ihre Logik. Er nahm sie in die Arme. »Du hast einfach keine diplomatische Ader.«

Überall würde sie Ärger bekommen, überall übervorteilt werden, das wusste er. Sie mochte sich noch so selbstsicher geben, nur der Himmel wusste, wie viele Ungerechtigkeiten sie in Shenzhen erlitten hatte. Ihr Geiz war nicht einmal der Hauptgrund – das war ihr Stolz. Stolze Menschen sind zum Leiden verurteilt. Eben deshalb war Wang entschlossen, für Sha Fuming zu arbeiten. Unter seinem alten Freund und Klassenkameraden als Boss würde Xiao Kong nicht zu leiden haben. Niemand würde es wagen, sie schlecht zu behandeln.

Er nahm das Telefon, wählte Sha Fumings Handynummer und rief: »Boss Sha!«

Beim Klang von Wangs Stimme quoll Sha über vor Euphorie,

entschuldigte sich aber sogleich, er sei gerade bei der Arbeit, Wang möge ihn in zwanzig Minuten noch einmal anrufen.

Als Wang sein Handy zuklappte, verzogen sich seine Mundwinkel zu einem Grinsen. Wie konnte Sha vergessen, dass er, Wang, genauso blind war, Kategorie B-1, ein echter, hundertprozentiger Blinder! Sie und ihresgleichen teilten eine Eigenart: Die Dinge in ihrer nächsten Nähe konnten sie nicht sehen, dafür andere Dinge Tausende von Kilometern entfernt sehr wohl – vor allem durch das Telefon. Sha war nicht bei der Arbeit. Er war in der Eingangshalle – die Geräusche im Hintergrund sprachen eine deutliche Sprache. Ein Empfangsbereich und ein Massageraum waren für Wang wie zwei Pobacken: An der Oberfläche mögen sie gleich scheinen, doch sie sind durch eine tiefe Kluft getrennt. In der Art, wie er redete und sich benahm, glich Sha zunehmend einem Sehenden. Keine Frage, der Kerl war auf der Erfolgsspur.

Wang war verärgert, aber er behielt sich im Griff. Und rief zwanzig Minuten später erneut an. »Die Geschäfte gehen gut, was?«

»Ganz passabel. Gut genug, um mich zu ernähren.«

»Ich würde gern bei dir mein Brot verdienen.«

»Du machst Witze. All die Jahre in Shenzhen hast du dir bestimmt einen dicken Bauch angefuttert, von den Armen und den Beinen ganz zu schweigen. Und du willst bei mir dein Brot verdienen? Ich muss eher dem Himmel danken, wenn du meinen Laden nicht aufisst!«

Wie redegewandt Sha geworden war! Er glich immer mehr einem Sehenden.

Wang hatte keine Zeit, sich über ihn zu ärgern. »Ich meine es ernst. Ich bin jetzt in Nanjing. Wenn es dir passt, würde ich gern zu dir kommen. Sonst überlege ich mir einen anderen Weg.«

Sha begriff, dass Wang keine Witze machte. Er zündete sich eine Zigarette an und redete Klartext. »Also, du weißt ja, hier in Nanjing wirft das Geschäft bei Weitem nicht so viel ab wie in Shenzhen. Die Stunde kostet hier sechzig Yuan, für VIP-Kunden fünfundvierzig, davon kriegst du fünfzehn. Wenn du auf mehr als hundert Stunden im Monat kommst, dann sechzehn. Bei hundertfünfzig Stunden achtzehn. Und keine Trinkgelder, das sind die Leute hier nicht gewohnt. Aber das weißt du ja.«

Wang wusste Bescheid. Mit einem verlegenen Lachen sagte er: »Ich bringe noch jemanden mit.«

Sha begriff. »Na, du bist mir ja einer!«, sagte er lachend. »Und ihre Augen?«

»Genau wie meine, B-1.«

»Du bist mir einer! Alle Achtung!« Dann hob er die Stimme: »Verheiratet?«

»Noch nicht.«

»Gut. Sonst könnte ich nichts für euch tun. Du weißt ja, ich komme für Kost und Logis auf. Wenn ihr verheiratet wärt, müsste ich extra ein Zimmer für euch mieten, und das kann ich mir nicht leisten. Aber da ihr nicht verheiratet seid, ist das alles kein Problem: Du wohnst bei den Männern im Wohnheim, sie bei den Frauen. Was meinst du?«

Nachdem Wang aufgelegt hatte, drehte er sich zu Xiao Kong. »Morgen gehen wir hin. Du kannst dich dann dort mal umschauen, und wenn du einverstanden bist, fangen wir übermorgen an zu arbeiten.«

»Ist gut«, sagte Xiao Kong.

Eigentlich hatte Wang nicht geplant, so schnell wieder zu arbeiten. In Shenzhen hatte er mit Xiao Kong vereinbart, sie würden die Feiertage anlässlich des Frühlingsfestes zur Erholung nutzen – als vorgezogene Flitterwochen. Zur Hochzeit dagegen wollten sie sich mit einer schlichten Zeremonie begnügen. Von einer prachtvollen Feier hätten sie als Blinde ohnehin nicht viel mitbekommen – warum dann das Geld für die Sehenden vergeuden? »Dieses Frühlingsfest«, hatte Wang gesagt, »wird unser Honigmond, da sollst du richtig ausgiebig in Honig baden, dreißig Tage lang.«

»Der Wunsch meines Bräutigams ist mir Befehl«, antwortete Xiao Kong artig.

Tatsächlich dauerten ihre Flitterwochen nicht einmal zwanzig Tage. Für die Änderung seines Plans hatte Wang einen handfesten Grund. Er hielt es bei seinen Eltern nicht länger aus, weil er einen Störenfried nicht ertragen konnte: seinen jüngeren Bruder. Das war eine lange Geschichte. Den Bruder hätte es eigentlich gar nicht geben dürfen, denn bei seiner Geburt hatte sich die Regierung schon die Einkindpolitik auf die Fahnen geschrieben. Dass er trotzdem zur Welt kam, verdankte er einzig und allein den Augen des Erstgeborenen. Bei der Geburt war Wang alt genug, um das Glück herauszuhören, das aus dem Lachen seiner Eltern sprach. Als Kind empfand er einerseits Freude und ein tiefes Gefühl der Befreiung, andererseits aber auch eine schmerzliche Eifersucht, die er nie überwinden konnte. Manchmal verspürte er sogar einen Anflug von Hass, und heimtückische Gedanken zuckten durch seinen Kopf. Aus diesen flüchtigen Anwandlungen entwickelte sich, als er erwachsen war, eine maßlose Liebe – für seinen kleinen Bruder hätte er bereitwillig sein Leben geopfert.

Am ersten Mai des letzten Jahres hatte sein Bruder geheiratet, und am Vorabend der Hochzeit hatte der Jüngere ihn in Shenzhen angerufen, um ihm in scherzhaftem Ton mitzuteilen: »Bruderherz, ich heirate zuerst, ich warte nicht mehr auf dich.«

Wang freute sich so sehr für seinen Bruder, dass er vor lauter Aufregung zu zittern begann. Aber dann zählte er an den Fingern die Stunden ab, die ihm noch blieben. Mist. Mit dem Zug konnte er unmöglich rechtzeitig in Nanjing eintreffen. Sofort dachte er daran, ein Flugzeug zu nehmen, auch wenn es ihm um das viele Geld leidtat. Die Worte: »Ich buche gleich einen Flug«, lagen ihm schon auf der Zunge, da meldete sich sein Argwohn: Vielleicht hoffte sein Bruder im Stillen darauf, dass kein Blinder an seiner Hochzeitstafel sitzen würde? »Ach Mensch«, seufzte er, »hättest du mir das nicht ein paar Tage früher erzählen können?«

»Ist doch egal«, sagte sein Bruder, »ist ja bloß eine Heirat, dafür musst du doch nicht den weiten Weg herkommen! Ich wollte dir nur kurz Bescheid sagen.«

In diesem Moment fiel bei Wang der Groschen: Sein Bruder wollte sein Geldgeschenk kassieren, mehr nicht. Wie gut, dass er selbst so misstrauisch war, sonst hätte er seinen Bruder noch in Verlegenheit gebracht. Er überschüttete den anderen mit seinen guten Wünschen, ehe er eilig auflegte. Danach fühlte er sich schwach und krank, als hätte er keinen Knochen oder Muskel mehr im Leib. Allein ging er zur Bank, allein zur Post und überwies dem Bruder zwanzigtausend Yuan. Eigentlich hatte er nur fünftausend überweisen wollen, aber er war so traurig und gekränkt in seinem Stolz, dass er sich vor lauter Wut hätte ohrfeigen können und das Vierfache hergab. In dieser Summe schwang die Botschaft mit: Ich will nichts mehr von dir wissen. Mit diesen zwanzigtausend endet unsere Beziehung. Als die Frau am Postschalter sein Geld in Empfang nahm, staunte sie: »Und das haben Sie alles selbst verdient?«

Verletzt und übellaunig, wie er war, hätte er ihr am liebsten geantwortet: »Geklaut habe ich es nicht!« Doch dafür waren seine Manieren zu gut, und außerdem hörte er heraus, dass die Frau ihre Frage als Kompliment meinte. Also lächelte er und sagte: »Allerdings. Bei meinen Augen musste ich es mir mit der einen Hand von der anderen stehlen.«

Mit seiner Selbstironie brachte er die Frau zum Lachen – und mit ihr jeden anderen im Postamt. Sicher zog er jetzt alle Blicke auf sich. Die Frau beugte sich vor und klapste ihm auf den Arm. »Junger Mann, ich bin beeindruckt. Ihre Mutter wird sich vor Freude gar nicht mehr einkriegen, wenn sie das Geld bekommt.«

Ein jähes Gefühl der Dankbarkeit für ihr Lachen und ihr Tätscheln überwältigte ihn wie ein mächtiger, warmer Strom, der sich geradewegs in sein Herz ergoss. Um ein Haar wäre er in Tränen ausgebrochen. Ach, kleiner Bruder, du bist mein eigen Fleisch und Blut und bist doch weniger wert als eine Fremde! Ich bringe dich nicht in Verlegenheit, okay? Bist du nun zufrieden?

Nach seiner Rückkehr nach Nanjing erkannte er, dass vieles gar nicht auf das Konto seines Bruders ging – die neue Frau mit Namen Gu Xiaoning hatte ihren verderblichen Einfluss auf ihn geltend gemacht. Wang hörte gleich heraus, was für eine herrschsüchtige Person diese Gu war. Sie sprach mit breitem Südnanjinger Akzent, und ihre Stimme troff vor Heimtücke. Sie war ein bösartiges Weibsstück. Und ihr Mann hatte sich, kaum verheiratet, in einen Tunichtgut verwandelt, der sich in allem von seiner Frau herumkommandieren ließ. Wie konnte er nur! Es kostete Wang bloß eine Sekunde, seinem Bruder zu verzeihen. Sein Zorn verlagerte sich auf Gu. Beim Klang ihrer Stimme loderte die Wut in ihm hoch.

Er sorgte sich um seinen Bruder, der genauso wenig eine Arbeit hatte wie seine Frau. Wie sollten sie denn da über die

Runden kommen? Wenigstens war Gus Vater beim Militär und verfügte über eine geräumige Wohnung – sonst hätten die beiden nicht mal einen Platz zum Leben gehabt. Dennoch brachten sie es fertig, wie die Götter in den Tag hinein zu leben: Mal sahen sie sich einen Film an, mal gingen sie ins Teehaus oder in die Karaokebar. Und Gu lief in einer Wolke aus Parfum herum. Machten sie sich denn gar keine Sorgen? Wie konnten sie nur immer so weiterleben?

Wang Daifu hatte sein Elternhaus schon vor langer Zeit verlassen: Mit zehn Jahren war er in ein Internat gekommen. Bis zu seinem Fachhochschulabschluss blieb er von zu Hause fort – und ging dann geradewegs nach Shenzhen. Seit er zehn war, hatte er nur noch losen Kontakt zu seiner Familie. Was für ein Mensch sein Bruder war, wusste er eigentlich nicht zu sagen – nur dass der Bruder als kleiner Junge ein ziemlicher Lausebengel gewesen war. Aber wie konnte er eine Frau wie Gu Xiaoning heiraten? Das war Wang ein Rätsel. Wenn man nur hörte, wie sie ihn anblaffte: »Du Blindschleiche!« »Bist du blind?« Ihre Rücksichtslosigkeit stimmte Wang missmutig. Blinde betrachten das Wort »blind« zwar nicht als tabu – sie benutzen es auch untereinander, und das manchmal sogar im Scherz. Aber bei Außenstehenden reagieren sie ziemlich dünnhäutig. Gu wollte zwar nicht böswillig andere verletzen, aber ihre gedankenlose Wortwahl bewies, wie wenig sie sich um ihren Schwager und dessen Frau in spe scherte. Ihm selbst machte das nicht viel aus – aber gegenüber Xiao Kong war es unverzeihlich. Seit Gus Ankunft war sie viel schweigsamer geworden. Offensichtlich fand sie die Frau ähnlich unleidlich wie er selbst.

Aber all dies stellte noch kein großes Problem dar. Das eigentliche Problem dämmerte Wang am Esstisch. Sein Bruder hatte versprochen, am Silvesterabend zum Essen nach Hause zu kommen. Aber die große Silvestergala im Fernsehen hatte schon begonnen, da ließ er sich noch immer nicht blicken. Erst spät am nächsten Tag – es wurde schon dunkel – bequemte er sich mit seiner Frau zu einem Neujahrsbesuch und bedachte seine Eltern und seinen Bruder mit ein paar Phrasen, ehe er wieder ging. Wirklich ärgerlich jedoch wurde es erst ab dem siebten Tag des neuen Jahres. Jeden Mittag schneiten die beiden zum Essen herein, und kaum hatten sie fertig gefuttert, waren sie auch schon wieder verschwunden. Abends wiederholte sich das Schauspiel. So ging es immer weiter, bis es Wang am fünfzehnten Tag wie Schuppen von den Augen fiel: Die beiden glaubten, er und Xiao Kong würden sich an den Mahlzeiten schadlos halten und sich umsonst die Bäuche vollschlagen – da durften sie beide doch nicht zu kurz kommen! Also fanden sich der Bruder und seine Frau ebenfalls in der öffentlichen Kantine ein.

Wären es nur ein oder zwei Mahlzeiten gewesen, es wäre nicht weiter ins Gewicht gefallen. Aber die Besuche nahmen kein Ende. Wie lange wollten die beiden seine alten Eltern noch so ausnutzen? Schließlich waren seine Eltern nicht auf Rosen gebettet. Mit seinem Verhalten trieb das junge Paar auf aggressive Weise ihn und Xiao Kong aus dem Haus. Gewiss hatte Gu Xiaoning diesen Plan ausgeheckt. Ganz sicher. Die Vertreibung konnte Wang verwinden, aber was wurde nun aus Xiao Kongs Flitterwochen? Er sagte kein Wort, aber tief in ihm gärten Trauer und Wut. Nur sagen konnte er nichts.

Und trotzdem durfte er nicht länger schweigen, zumindest nicht gegenüber Xiao Kong. Den Rest ihrer Flitterwochen würden sie später nachholen müssen. Nachdem sie sich beide im Wohnzimmer gemeinsam mit seinen Eltern die Abendnachrichten »angeschaut« hatten, gingen sie auf ihr Zimmer. Wang setzte sich auf das Bett und fasste Xiao Kong an den Händen, aber die richtigen Worte wollten ihm noch immer nicht einfallen. Sie dagegen ergriff ganz gegen ihre Gewohnheit die Initiative und küsste ihn, sodass er erst recht zum Schweigen verurteilt war. Während sie ihn unablässig weiterküsste, begann sie ihm die Kleidung auszuziehen. Erst als sie ihm den Pullover über den Kopf streifte, gab sie seinen Mund frei. Er wollte die Gelegenheit gerade nutzen, um etwas zu sagen, da drückte sie schon wieder ihre Lippen auf die seinen. Sie wollte mit ihm schlafen, das wusste er. Aber er war dazu nicht in der Stimmung. Niedergeschlagen, wie er war, zögerte er noch, als sie schon splitternackt war. Ihr Körper glühte vor Hitze. Sie zog ihn aufs Bett hinab. »Na komm, Schatz.« Widerstrebend fügte er sich, denn er wollte sie auf keinen Fall abweisen, und ihre Körper vereinten sich. Nachdem sie ihre Beine um seine Taille geschlungen hatte, stellte sie ihm unvermittelt eine mathematische Frage: »Wie viele sind wir?« Er richtete sich auf. »Einer.«

Sie nahm sein Gesicht in ihre Hände. »Das ist richtig, Schatz. Du darfst das nie vergessen, niemals: Wir sind eins. Ich weiß alles, was du denkst und sagen willst. Du musst mir also gar nichts sagen. Wir sind eins, genau wie jetzt. Du bist in mir, und wir sind eins.«

Er hörte jedes Wort und wollte gerade etwas erwidern, da brandete eine mächtige Woge der Erregung in ihm auf, und er kam. Wie aus dem Nichts. Er bäumte sich auf und erstarrte, während eine Horde von Pferden über ihn hinweggaloppierte. Fast im selben Moment traten ihm die Tränen aus den Augen, rannen über seine Wangenknochen und sein Kinn und tropften auf Xiao Kongs Gesicht. Sie riss den Mund auf, um seine Tränen zu trinken, und dieser jähe Wunsch zeitigte ein überraschendes Ergebnis: Auch sie kam. Dieser flüchtige Sex war unglaublich und unwiederholbar. Sie hatten kaum etwas getan, und dennoch war ihnen eine Erfahrung von makelloser, fast vollkommener Schönheit zuteil geworden. Xiao Kong ließ ihre Beine auf das Bett fallen, streckte sich, den Bauch gewölbt, und lag wie tot. Und doch schwebte sie. Sie hatte die Schwerkraft überwunden und glitt davon. Sie war in Gefahr. In diesem kritischen Moment packte sie Wang an den Ohren, sie klammerte sich an ihnen fest und drohte doch im nächsten Augenblick schon wieder davonzutreiben. Sie war in großer Gefahr. Und darum zog sie ihn zu sich herab. Sie brauchte sein Gewicht. Mit seiner Schwere, so hoffte sie, würde er sie niederhalten.

»Halt mich fest … Drück mich runter … Lass mich nicht davonfliegen … Ich hab Angst.«

Kapitel 2
Sha Fuming

Zehn Uhr morgens war es, als Wang Daifu mit »noch jemandem« bei Sha Fuming »vorbeischaute« und als Shas Bauchschmerzen einsetzten. Sein Magenleiden meldete sich mit zunehmender Pünktlichkeit: vormittags gegen zehn Uhr, nachmittags gegen drei oder vier Uhr und frühmorgens kurz vor Tagesanbruch. Im Umgang mit seinem Leiden hatte er schon Routine: Kaum begannen die Schmerzen, nahm er eine Pille »Magenglück« aus der Tasche, kaute sie klein und schluckte sie ohne Wasser hinunter. Ein paar Minuten später hörte der Schmerz auf. So nützlich die traditionelle chinesische Medizin auch war, so prompte Resultate wie die westliche Medizin konnte sie unmöglich liefern.

Während Sha in der Eingangshalle seine Pille kaute, stand Wang vor der Tür des »Sha-Zongqi-Tuina-Zentrums« und rief: »Boss Sha!« Wang war erfahren genug, um Sha nicht als alten Schulfreund anzusprechen, sondern als »Boss«, und das mit einer Stimme fast so dröhnend wie eine Lkw-Hupe. Nachdem Sha an die Tür gekommen war, wechselte er mit Wang ein paar höfliche Worte, und Wang stellte ihm Xiao förmlich als »Doktor Kong« vor, was Sha sogleich die Gewissheit gab, dass die beiden in der Tat noch nicht verheiratet waren.

Sha und Wang hielten die Begrüßung ziemlich kurz. Nach kaum zwei Minuten führte Sha seine Besucher schon in den Ruheraum. Es war totenstill, aber Wang spürte, dass der Raum voller Menschen war, die sich bei ihrem Eintritt erhoben hatten. Für einen Moment stutzte er, dann sagte er lächelnd: »Habt ihr gerade eine Besprechung?«

»Unsere Besprechungen haben wir normalerweise am Montag«, erwiderte Sha. »Heute haben wir eine Fortbildung.«

»Das trifft sich gut, dann kann ich gleich ein bisschen was dazulernen.«

»Du machst Witze, alter Freund. Wenn du mal Zeit findest, musst du ihnen was beibringen. Die Ausbildung heutzutage ist sehr oberflächlich, die Absolventen werden immer schlechter. Kein Vergleich zu unseren Zeiten.«

Wang lachte, während er Shas Absicht erfasste: Vor all seinen Angestellten hob der Chef hervor, wie erfahren sein neuer Mann war. Selbst Xiao Kong, die hinter ihm stand, atmete leise auf. Doch statt ins gleiche Horn zu stoßen, erwiderte Wang lächelnd: »Zu viel der Ehre, Boss Sha. Du bist ein Meister in Theorie und Praxis.«

Ob jemand seine Massagetechnik lobte, war Sha gleichgültig – ihm lag die Theorie am Herzen. Er bildete sich viel darauf ein, ein Mann der »Theorie« zu sein. Also lächelte er.

Wangs Worte waren nicht mal geschmeichelt: Sha verstand sein Geschäft. Wenige Minuten genügten, und Wang hatte erkannt: Sein alter Freund hatte seinen Laden im Griff. Unter seinem Kommando machte alles einen wohlgeordneten und ansehnlichen Eindruck. Wang war erleichtert. Als Angestellter wusste er an einer Klinik zweierlei zu schätzen: dass sie reibungslos funktionierte und dass sie etwas hermachte.

Wangs Instinkt trog nicht: Shas Praxis zeichnete sich dadurch aus, dass sie nicht bloß Tuina-Therapie anbot, sondern auch großen Wert auf die Weiterbildung ihrer Angestellten legte. Sha verfolgte damit seine ganz eigene Strategie: In Wahrheit diente die Fortbildung allein als Vorwand zur strafferen Personalführung. Gegen zehn Uhr vormittags gingen die Geschäfte in den Kliniken für gewöhnlich flau. Als er noch nicht sein eigener Herr gewesen war, hatte Sha diesen Leerlauf gern für ein Nickerchen genutzt. Unter Blinden ist ein kurzes Schläfchen während der Arbeit nicht weiter schwer. Unter Sehenden verrät sich der Schläfer, sobald er seine Augen schließt. Aber ein Blinder braucht sich nur hinzusetzen, den Kopf zu neigen – und schon ist er weggenickt, ohne dass es seinesgleichen auffiele. Und dennoch kann man ihn überführen: an der Art, wie er spricht. Wie alle aus dem Schlummer aufgeschreckten Schläfer wird er entweder verdächtig matt oder überhastet klingen – in jedem Fall anders als sonst.

Als ihm dies bewusst wurde, schwor sich Sha: Er als Chef würde kein noch so kleines Nickerchen dulden. Er würde dem Schlendrian Einhalt gebieten. Denn wenn die Kunden sähen, wie seine Mitarbeiter vor sich hindösten, würden sie das nicht einfach für Müßiggang halten, sondern für ein Zeichen flauer Geschäfte. Nutzte er dagegen die freie Zeit, um Besprechungen abzuhalten und die gemeinsame Arbeit zu erörtern, so würde der Empfangsbereich eine Atmosphäre voller Elan und unermüdlichem Eifer versprühen. Eine solche Atmosphäre konnte den Unterschied ausmachen: Sie sprach sich herum wie ein Lauffeuer, sie war wie eine Welle, die immer weitere Kreise zog. Weil er selbst für andere gearbeitet hatte, wusste Sha, wie ein Angestellter tickte, und das schlug sich in seinem Führungsstil nieder. Er kannte die Einstellung seiner Angestellten – und um nichts anderes ging es in der sogenannten Personalführung.

Sha führte Wang und Xiao Kong durch sein Tuina-Zentrum. Sie besichtigten jeden einzelnen Raum, sodass Wang einen positiven Eindruck von der Größe des Geschäfts gewann: Mit ihren dreizehn oder vierzehn Mitarbeitern und ihren siebzehn oder achtzehn Liegen war die Klinik weder besonders groß noch klein. Wäre er mit seinem Geld nicht der Börse in die Falle gegangen, hätte Wang ein Geschäft von ähnlicher Größe aufgezogen. Der Gedanke deprimierte ihn so sehr, dass er mit den Fingergelenken knackte.

Nachdem sie den letzten Raum besichtigt hatten, trat Sha einen Schritt zurück und schloss die Schiebetür. Wang wusste, nun wurde es ernst: Nun würden sie über das Geschäftliche sprechen. Sha schlug einen emotionalen Ton an, um auszudrücken, wie von Herzen froh er sei und wie sehr er den Beistand seines alten Freundes willkommen heiße. Aber Wang verstand zugleich, worum es dem anderen letztlich ging: um die Rollenverteilung. Ungeachtet aller alten Freundschaft würde er, Wang, hier nur einer unter anderen sein und keinen Sonderstatus genießen. Er entschloss sich, Klartext zu reden, und sagte leise: »Keine Sorge, Boss. Das ist nicht das erste Mal, dass ich für jemanden arbeite.«

Zufrieden rieb sich Sha die Hände. »Also, dann kauft euch, was ihr für den Alltag noch so braucht. Ich rufe gleich beim Wohnheim an und sage ihnen, sie sollen eure Betten herrichten.«

Wang klopfte Sha auf die Schulter, und der erwiderte die Geste und rief mit erhobener Stimme: »Willkommen im Sha-Zongqi-Tuina-Zentrum!«

Verständnislos legte Wang den Kopf schief. Warum, so wunderte er sich laut, trug das Zentrum den Namen Sha Zongqi und nicht Sha Fuming?

»Das ist so«, erklärte Sha. »Das Geld für diesen Laden stammt zur Hälfte von mir und zur Hälfte von Zhang Zongqi. Also sollten wir auch beim Namen halbe-halbe machen, oder?«

»Wer ist Zhang Zongqi?«

»Ein Freund, den ich in Shanghai kennengelernt habe.«

»Und wo ist er jetzt?«

»Im Ruheraum.«

»Dann sollte ich ihm mal Hallo sagen.«

»Wozu die Eile?«, sagte Sha. »Dazu ist noch genug Zeit. Und es macht wirklichen keinen Unterschied. Zwischen ihm und mir herrscht völliges Einvernehmen. Er ist gerade in einer Besprechung.«

Wang hob den Kopf, als wollte er »Ach so« murmeln, sagte aber nichts. Im Stillen erleichtert, ergriff er flüchtig Xiao Kongs Hand. Sha Fuming hatte also einen Geschäftspartner und war nur ein halber Chef. Eins war gewiss: Sha hatte in Shanghai auch nicht mehr Geld gemacht als er selbst in Shenzhen.

Nachdem er Wang und Xiao Kong zur Tür gebracht hatte, blieb Sha im kalten Wind stehen. Mit erhobenem Kopf »betrachtete« er die Fassade seiner Klinik. Sie stimmte ihn missmutig. Streng genommen, war die Lage seines Tuina-Zentrums allenfalls zweitklassig. Vor zwanzig Jahren hatte sich an dieser Stelle noch Ackerland erstreckt. Aber heutzutage war eine Stadt wie eine Frau, die versessen auf eine Brustvergrößerung war – je größer, desto besser, bis der Busen ganz neue Orte in Beschlag nahm. Und tatsächlich wuchs mit der Größe auch der Wert, wenn aus Reis- und Baumwollfeldern Geschäftsviertel zweiter Klasse wurden. Bleib am Ball, sagte sich Sha, und wenn die Geschäfte brummen, eröffnest du deine Vorzeigeklinik in einer erstklassigen Umgebung, egal wie horrend die

Miete ist. Dann würde er seinen Laden in Gulou eröffnen, dem Viertel in der Stadtmitte, benannt nach dem alten Trommelturm, oder in Xinjiekou, dem zentralen Geschäftsviertel von Nanjing.

Vom ersten Tag seines Arbeitslebens an wollte Sha mehr als bloß »von seiner Hände Arbeit leben«. Er wollte Kapital akkumulieren. »Von seiner Hände Arbeit leben« – was war das für eine absurde, arrogante, selbstgefällige Formulierung! Aber so redeten die Gesunden zu den Behinderten. In Wahrheit waren die »Normalos«, wie die Behinderten die Gesunden gerne nennen, gar nicht normal. Egal, ob Lehrer oder Beamte, gegenüber den Behinderten führten sie stets denselben Spruch im Mund: »Ihr müsst von eurer Hände Arbeit leben«, und dabei troffen sie vor Selbstzufriedenheit. Als müssten nur Behinderte »von ihrer Hände Arbeit leben« und nicht sie selbst – als fiele ihnen alles in den Schoß, und sie müssten bloß mit den Essstäbchen rühren, um sich die Bäuche vollzuschlagen. Und als wäre es genug, wenn die Behinderten sich selbst ernähren könnten; als wäre es wer weiß was für ein Kunststück, wenn keiner verhungern oder erfrieren müsste. Leckt mich am Arsch mit eurer Hände Arbeit! Die Normalos würden nie begreifen, was für ein zähes, furchtloses Herz in der Brust eines Blinden pochte.

Doch Shas Kapitalanhäufung nahm ein klägliches Ende. Die »ursprüngliche Akkumulation«, so behauptete Marx, sei von Verbrechen begleitet. Shas Akkumulation fehlten die Voraussetzungen dafür – er hatte nicht mal das Zeug zum Verbrecher. Alles, was er zustande brachte, war ein Opfer – das Opfer seiner Gesundheit. Schon in jungen Jahren zog er sich einen Bandscheibenvorfall an der Halswirbelsäule und eine Magensenkung zu. Als Physiotherapeut hatte er unzählige Bandscheibenvorfälle behandelt, und nun wurde sein eigener zu einem so ernsten Problem, dass ihn mitunter Schwindel und Brechreiz packten. Und bei jedem Schwindelanfall ging ihm nur eines durch den Kopf: Geld. Wofür er es brauchte? Nicht um von seiner beschissenen Hände Arbeit zu leben, sondern um Kapital anzuhäufen. Er brauchte Kapital, er war verrückt danach. Bei jedem Schwindel klärte sich sein Blick, bis er sie schließlich sah: die Lebenswirklichkeit – und die gehorchte einer simplen Logik: Entweder du arbeitest für andere, oder andere arbeiten für dich. So einfach war das.

Wenn er nicht von Geburt an blind gewesen wäre, dann hätte er – davon war Sha überzeugt – es mit der ganzen Welt aufnehmen können. Er war ein gelehriger Schüler, und das verlieh ihm eine hohe Meinung von sich selbst. Er lernte schnell. Als sie sich, um ein Beispiel zu nehmen, an der Fachhochschule die Energiebahnen und Akupunkturpunkte der traditionellen chinesischen Medizin angeeignet hatten und Wang und die anderen noch nach allen möglichen Akupunkturpunkten suchten – von Herz und Lunge, Niere, Schulterblättern, Kniekehlen und Unterschenkeln –, studierte er schon auf Vermittlung seines Lehrers an einem medizinischen Institut Anatomie. Indem er Leichen untersuchte – ihre Skelette, ihre diversen Systeme, Organe und Muskeln –, eignete er sich im Handumdrehen ein wohlstrukturiertes Wissen vom menschlichen Körper an. So gut die chinesische Medizin auch ist, sie hat ihre Schwächen: Sie nimmt ihren Ausgang und ihr Ende in der Philosophie und bringt den menschlichen Körper bei jeder Gelegenheit mit Himmel und Erde, Yin und Yang und den Fünf Elementen in Verbindung. Sie beginnt an der Oberfläche und endet in mystischen Abgründen; je tiefer man in ihre Geheimnisse eindringt, desto esoterischer wird sie. Mit der westlichen Medizin verhält es sich genau umgekehrt: Wo auch immer man seinen Einstieg wählt, der Anfang ist komplex, aber am Ende löst sich alles in Schlichtheit auf. Der menschliche Körper ist hier ein materieller, empirisch fassbarer Gegenstand, kein Objekt mystischer Spekulation und tiefen Nachsinnens. Kurz gesagt, die Anatomie ist praktischer und effektiver. Ein angehender Tuina-Therapeut, zumal wenn er blind ist, lernt am leichtesten den Umgang mit den Lebenden, wenn er sich zuvor mit den Toten vertraut gemacht hat.

Sha Fuming machte rasche Fortschritte, aber auf eine andere Weise als der andere Musterschüler in seiner Klasse, Wang Daifu. Wang ragte genauso hervor; er wusste genau, was er einmal machen wollte: mit seinem Körper seinen Lebensunterhalt verdienen. Also stählte er unermüdlich seine Muskeln und verbrachte jede freie Minute im Kraftraum. Um sich für seinen späteren Beruf starke Arme und Finger anzutrainieren, stemmte er beim Bankdrücken erstaunliche hundertfünfundzwanzig Kilo. Seine Arme waren so dick wie die Oberschenkel seiner Mitstudentinnen, und mit einem Druck seines Daumens konnte er eine durchdringende Wirkung entfalten.

Sha Fuming dagegen hielt sich nicht mit dem Training irgendwelcher Grundfertigkeiten auf. Er war überzeugt: So geschickt ein Therapeut auch sein mochte, er blieb doch ein einfacher Handarbeiter. Sha aber wollte kein einfacher Soldat sein, er wollte General werden. Wozu also so viel Energie im Kraftraum verpulvern? Da lernte er lieber ein wenig Englisch und Japanisch. Und die Wirklichkeit gab ihm recht: Seine Sicht der Dinge sollte sich als außergewöhnlich vorausschauend und strategisch klug erweisen. Als er in Shanghai seine erste Stelle angenommen hatte, waren all seine blinden Kollegen zu schüchtern, auch nur ein Wort zu sagen, sobald ein parfümierter Kunde – ein Ausländer also – hereinkam. In solchen Momenten spielte Sha seinen Trumpf aus. Mit seinem dürftigen Englisch oder Japanisch begrüßte er den Neuankömmling und gewann ihn so prompt als Kunden. Und niemand beklagte sich, Sha würde die Kunden an sich reißen, im Gegenteil, seine Kollegen zollten ihm im Stillen ihre neidvolle Anerkennung, wenn nicht Bewunderung. Diese Erfahrung zerstreute seine letzten Bedenken und festigte den Glauben an seine sprachlichen Fähigkeiten. In seinem gebrochenen Englisch oder Japanisch erörterte er nun mit seinen ausländischen Kunden ganz offen die Frage des Trinkgelds. Um nicht zu sagen: Er feilschte mit ihnen. Zurück im Wohnheim, gab er diese Wortwechsel bereitwillig zum Besten. Seine Kollegen waren sprachlos angesichts von so viel Verwegenheit: In ihren Ohren klang das nicht mehr wie Feilschen, sondern wie internationaler Handel! Ihnen klappten die Kinnladen herunter. Sha Fuming spielte in einer anderen Liga. Mit seinem Geschäftssinn zog er so viele Kunden an sich, dass er sich hätte vierteilen können.

Als wollte er sich zu Tode rackern, schuftete er Tag und Nacht. Seine Fingerfertigkeit war alles andere als herausragend. Aber was verstanden die Ausländer schon davon? Ihr Wissen erschöpfte sich in Bizeps und Trizeps, großem Brust- und großem Rückenmuskel, Trapez- und geradem Bauchmuskel. Von Akupunkturpunkten hatten sie keine Ahnung, geschweige denn von Massagetechniken wie sanftem oder anhaltendem Drücken, Pressen, Kneten oder Reiben, Klopfen oder Kneifen. Bei ihnen blieb bloß hängen, wie Sha sich mit Worten präsentierte: Er war liebenswürdig, schlagfertig und gebildet, und obendrein machte er dank seiner gebrochenen Sprachkenntnisse einen überraschend humorvollen Eindruck. Wenn die

Ausländer zum Beispiel sahen, wie dünn er angezogen war, und ihn fragten, ob er nicht friere, wollte er eigentlich erwidern: Nein, die Kälte mache ihm nichts aus. Aber auf Englisch wurde daraus: »I am a hot man« – er mutierte also zu einem »scharfen Typen«. Die Ausländer amüsierten sich köstlich: dass ein Blinder so witzig sein konnte! Shas Auftreten änderte das Bild, das sich die Leute von Behinderten gemacht hatten, ja sogar das Bild, das sie von den Chinesen hatten – so gesprächig war dieser »Mister Sha«, so optimistisch, so *open* und *humorous*. Die Folge war, dass seine Kunden Tage im Voraus einen Termin reservieren mussten – spontan vorbeischauen konnte man bei ihm nicht mehr. In Wahrheit wären derart frühzeitige Terminabsprachen gar nicht nötig gewesen, aber Sha legte nun einmal Wert auf Selbstdarstellung. Und der Erfolg gab ihm recht: Je schwieriger es war, einen Termin bei ihm zu ergattern, desto bereitwilliger warteten seine Kunden. Seine Geschäfte liefen so gut, dass er sich bald kaum noch um die Binnennachfrage Gedanken machen musste und sich stattdessen allein auf den internationalen Markt konzentrierte. Viele Ausländer kannten das Tuina-Zentrum an der Kreuzung von Minfeng- und Sixiang-Straße, denn dort arbeitete der famose Doktor Sha, dessen Massagetechnik genauso *fantastic* war wie seine Beredsamkeit.

Doch dann braute sich Unheil zusammen: Shas Geschäfte zeigten Anzeichen einer Flaute. Auf einmal begannen die Ausländer mit ihm um den Preis zu feilschen. Er ahnte nicht, dass seine eigenen Kollegen seine Kunden dazu angestiftet hatten. »Der Preis ist Verhandlungssache«, hatte einer der Therapeuten zu einem ausländischen Kunden gesagt. »Sie können ihn in der Mitte entzweischneiden und dann noch mal halbieren.« Aber was sollte das bedeuten? Der Fremde legte den Kopf schief, um darüber nachzusinnen. Die sprachliche Verständigung mag auf Hindernisse stoßen – der Drang, sich auszudrücken, findet einen Weg. Ein anderer Kollege von Sha demonstrierte das Gemeinte, indem er mit der einen Hand den Bauch des Kunden berührte, während er die andere Hand, wie zu einem Messer gestrafft, auf sein Opfer niedersausen ließ, als wollte er es entzweihacken. Der Ausländer hatte sich noch nicht von seinem Schreck erholt, da fuhr die Messerhand erneut nieder, diesmal auf sein Knie, sodass von ihm nur ein haariger Unterschenkel übrig blieb. Er starrte seinen Fuß an und stellte fest, dass er noch immer mit seinen haarigen Zehen wackeln konnte. Da ging ihm ein Licht auf – er war keinem neuen Boxeraufstand zum Opfer gefallen, sie erörterten bloß etwas Geschäftliches, und zwar nach entschieden chinesischem Muster: Wie verwandelte man eine Eins in ein Viertel, ja womöglich gar in ein Achtel oder Sechzehntel? Wie faszinierend doch die Chinesen ihre Zahlen auszudrücken wussten – entzückend wie eine Rhapsodie aus der Han-Zeit oder ein Gedicht aus der Tang-Zeit. »*Yeah,* jetzt hab ich's kapiert, absolut! Ist ja klasse!«, rief der Mann aus, wobei das Wort aus seinem Mund eher nach »Masse« klang.

Sha Fumings Geschäfte brachen ein. Und er beging einen Fehler, denn sein übersteigertes Ego trübte sein Urteilsvermögen. Genau wie Wang Daifu an der Börse verpasste auch Sha den richtigen Moment auszusteigen. Stattdessen wollte er seinen »internationalen Handel« wieder aufbauen, aber er folgte dabei einer chinesischen Logik: Er glaubte, er hätte so gute Beziehungen zu seinen ausländischen Kunden – seinen »alten Freunden« – aufgebaut, dass es ihnen unangenehm sei, den Therapeuten zu wechseln. Er irrte sich: Es war ihnen nicht unangenehm. Unangenehm wurde es nur für ihn selbst.

Schließlich kam es so weit, dass er sich, wann immer er jemanden ein paar Worte Englisch oder Japanisch sprechen hörte, gekränkt fühlte – so als hätte man ihn im Stich gelassen. Am liebsten hätte er sich irgendwohin verkrochen. Was weckte in ihm das Gefühl der Kränkung und den Wunsch, sich zu verstecken? Er wusste es selbst nicht zu sagen. Aber das Gefühl ließ sich nicht leugnen, und sein Umsatz fiel in den Keller. Ausgerechnet zu diesem Zeitpunkt spielte auch sein Körper nicht mehr mit.

Schon zu seinen Studentenzeiten war es mit seiner Gesundheit bergab gegangen. Warum? Weil er einer Versuchung erlegen war, die für Blinde viel größer ist als für Sehende: Er hatte allzu verbissen studiert. Ein Sehender mag noch so fleißig sein, er mag die Nacht zum Tag machen wie der sprichwörtliche arme Gelehrte, der ein Loch in die Wand zum Nachbarn schlägt, um bei dessen Kerzenschein zu lesen – am Ende bleibt er doch an den Unterschied von Tag und Nacht gebunden. Für einen Blinden existiert dieser Unterschied nicht – er lebt außerhalb der Zeit. Die Augen des Sehenden werden nach ausgedehnter Lektüre von einer Ermüdung befallen, die der Blinde, der sich auf den Tastsinn seines Zeigefingers verlässt, nicht kennt. Und so las Sha Tag und Nacht, las kreuz und quer alles, was ihm aus den letzten fünftausend Jahren in die Finger kam – medizinische Schriften, literarische Texte, Abhandlungen über Geschichte und Kunst, Naturwissenschaften und Wirtschaft. Er glaubte an die Worte des Dichters Wang Zhihuan aus der Tang-Zeit: »Um tausend Meilen weit zu blicken, / steig einen weitren Stock hinauf.«

Wer kannte diese Verse nicht? Aber für Sha waren sie mehr als bloß Poesie – für ihn waren sie Philosophie und Ansporn zugleich. Ein jedes Buch bedeutete ein neues Stockwerk. Wäre er erst einmal hoch genug gestiegen, so würde er »tausend Meilen weit blicken«. Oder um mit den Worten des Dichters Du Fu zu sprechen: »Die steigenden Wolken läutern mein Herz. / Mit den Augen verfolg ich den Heimflug der Vögel.« »Ein großes Wasser trennt die Reiche Wu und Chu. / Himmel und Erde treiben darauf Tag und Nacht.« Sha war überzeugt, er könnte sein »Augenlicht wiedererlangen«, genau wie seine Eltern es für ihn erhofft und in seinem Namen ausgedrückt hatten – *fu* bedeutet »wiedergewinnen«, *ming* »Licht«. Er glaubte fest daran, dass ein jeder Mensch ein zweites Paar Augen besäße – im Herzen. Indem er Buch um Buch las, wollte er diese inneren Augen öffnen. Er lebte außerhalb der Zeit, und sein Ehrgeiz kannte keine Grenzen.

Also las er. Für ihn, für den die Sonne nie aufgegangen war, ging sie auch nie unter.

Als Student war er einfach zu jung. Blinde nehmen ihr Studium zwar normalerweise später auf als Sehende, und Sha war ebenfalls älter als vergleichbare Studenten, die sehen konnten – und dennoch war er immer noch blutjung. Die Jugend zeichnet sich durch ihre körperliche Robustheit aus. Ein Jugendlicher steckt locker ein paar Strapazen mehr weg – heute, morgen, übermorgen. Wie sagt Tolstoi so schön: Der Körper soll der Sklave des Geistes sein.

Zu den Körperregionen, die Sha Fuming versklavte, gehörten sein Nacken und sein Magen. Mit brennendem Ehrgeiz unterwarf er sie Tag für Tag. Als ihm aufging, wie sehr sie darunter litten, waren sie schon nicht mehr seine Sklaven, sie hatten sich verwandelt in adlige Fräulein, verzärtelt wie Lin Daiyu, die weibliche Hauptfigur aus dem »Traum der roten Kammer«. Beim nichtigsten Anlass ließen sie, ohne Rücksicht auf ihn zu nehmen, ihrem Unmut freien Lauf.

Wir alle brauchen den Blick eines anderen, der uns, wenn nötig, ermahnt, auf unsere Gesundheit zu achten: »Du siehst aber blass aus! Geht's dir nicht gut?« Blinde müssen auf diese Gunst verzichten. Ob ihnen ein Paar Schuhe zu groß oder zu klein ist, können allein sie selbst entscheiden. Als Shas Geschäfte blühten, machten sein Nacken und Magen ihm schon schwer zu schaffen, aber er litt im Stillen und sagte zu niemandem ein Wort. Blinde haben einen ausgeprägten Stolz und verachten jeden Anflug von Wehleidigkeit. Wer einem anderen sein Leid klagt, benimmt sich würdelos wie ein Bettler. Shas Stolz war so unbändig, dass er sich gegenüber niemandem nur ein einziges Wort der Klage erlaubte. Wozu auch? Nun, da das Geschäft so sehr brummte, durfte er die Chance zum Geldverdienen nicht verpassen. In einem Monat konnte er mehr als zehntausend Yuan machen. Zehntausend Yuan – von einer solchen Summe hätte er früher nicht einmal zu träumen gewagt. Der langfristige Plan, den er sich ursprünglich zurechtgelegt hatte – sein eigener Chef werden, bevor er vierzig wurde –, schien ihm nun allzu schleppend. Er konnte ihn viel früher wahr machen. Also entschloss er sich, die Schmerzen auszuhalten. Jetzt hieß es standhaft bleiben, es war ja nicht mehr für lange. War er erst einmal zum Klinikbesitzer und damit zum Kapitalisten aufgestiegen, würden andere für seine Gesundheit und Bequemlichkeit, seinen Wohlstand arbeiten. Hals und Magen waren keine lebenswichtigen Organe – schließlich war er ein halber Doktor, er musste es wissen. Eine kleine Unpässlichkeit, mehr nicht.

Oberflächlich betrachtet, machten sein Nacken und Magen ihm Ärger, doch in Wahrheit war es sein Beruf, der seinem Nacken und Magen zusetzte. Um nur den Magen zu nehmen: Allzu lange schon hatte Sha ihn vernachlässigt. Bereits zu

Studentenzeiten hatte er, weil er bis tief in die Nacht hinein zu lesen pflegte, nie gefrühstückt. Später, als er zu arbeiten anfing, wurde sein Tagesrhythmus sogar noch ungesünder. Denn die Nacht ist die Hauptarbeitszeit eines jeden Therapeuten, darum kommt er am Morgen kaum aus dem Bett und schläft lieber eine Weile länger, statt zu frühstücken. Und das Mittagessen? Als Therapeut konnte er nicht frei über seine Zeit verfügen, er musste sich nach seinen Kunden richten. Nur weil ihm gerade nach Essen zumute war, konnte er den Kunden schlecht liegen lassen. Und wenn ein Kunde gerade mitten in einer Mahlzeit kam? Die einfachste Lösung war Schnelligkeit. Sha aß sein Essen nicht, er *trank* es. Er verrührte Reis und Gemüse miteinander und goss Brühe hinzu, sodass sich der gekochte Reis in einen Brei verwandelte, den er nicht mehr zu kauen brauchte. Ein paar symbolische Mundbewegungen, ein wenig Geschlürfe, und schon war alles in seinem Magen gelandet. Schnelligkeit an sich ist noch keine besondere Kunst – alle Therapeuten sind flinke Esser. Das Entscheidende ist die Verbindung von Schnelligkeit und Menge. Schließlich ließ Sha schon sein Frühstück weg, und sein Abendessen war ungewiss – umso mehr war er jeden Tag darauf angewiesen, mit dem Mittagessen eine solide Grundlage zu schaffen. Also *trank* er, was das Zeug hielt, und die darauf folgende Übersättigung schuf neue Probleme.

Nach dem Mittagessen stand den allermeisten Kunden der Sinn nicht nach einer normalen Behandlung, sondern nach einer Fußmassage. Denn dann konnten sie, während der Therapeut ihre Füße drückte und kniff, schob und knetete, ein kleines Nickerchen halten. Der Therapeut musste dabei im Sitzen arbeiten, Shas Bauch war zu diesem Zeitpunkt aber stets so voll, dass er einen Brechreiz unterdrücken musste, während er kerzengerade dasaß, den Kopf in den Nacken gelegt, und rülpste. Ein leerer Magen war allerdings noch schlimmer als ein voller. Im Rückblick betrachtet, hatte er häufiger unter einem leeren Magen gelitten. Gegen ein Uhr nachts überkam ihn gewöhnlich die Erschöpfung. Wenn junge Leute ermüden, wird ihr Magen außerordentlich munter. Hat ihr Hunger erst einmal ein gewisses Maß überschritten, wird ihr Magen gereizt und aggressiv, als würde eine Hand nicht weniger fingerfertig als die von Sha schiebend und ziehend, reibend und knetend darin wüten.

Auf diese Weise ruinierte er allmählich seinen Magen. Als die Beschwerden begannen, nahm er keine Medizin. Wie hat der taiwanesische Sänger Zheng Zhihua so schön gesungen:

Was zählt das bisschen Schmerz
In Wind und Regen?, sagt er.
Wisch dir die Tränen ab und frage nicht:
Warum?

Zheng Zhihua war gelähmt. Zum Ansporn für seine Zuhörer hatte er eine schwungvolle und hoffnungsfrohe Melodie für sein Lied gewählt, das zärtlich war und zugleich vor Kraft und Mut strotzte. Dieses Lied – davon war Sha überzeugt – galt ihm allein. In der Tat, das bisschen Schmerz war eine Lappalie. Wisch dir die Tränen ab und frag nicht: Warum? In Wahrheit brauchte sich Sha noch nicht mal irgendwelche Tränen abzuwischen. Weinen war unter seiner Würde.

Dann wurden aus den Beschwerden Schmerzen. Was der Unterschied ist? Die Wörter mögen ähnlich klingen, aber für Sha bezeichneten sie zweierlei Dinge. Beschwerden treten flächig auf, sie können wachsen und sich ausweiten, doch dabei bleiben sie stumpf wie das Reiben und Kneten im Tuina. Ein Schmerz dagegen verdichtet sich in einem Punkt, schneidend scharf und in die Tiefe ausstrahlend wie der anhaltende Druck im Tuina. Schließlich veränderte sich auch dieser Schmerz noch, wurde zu einem Gefühl des Zerrissenwerdens. Wie war das nur möglich? Woher kamen diese zwei Hände, die in seinem Magen wüteten?

Kapitel 3
Xiao Ma

Wang Daifu zog in das Männerwohnheim ein, das wie alle derartigen Einrichtungen einmal ein Apartmenthaus gewesen war. Die Zimmer, die früher als Wohn-, Arbeits- und Schlafzimmer gedient hatten, beherbergten nun je sechs bis acht Männer, untergebracht in drei oder vier Etagenbetten.

Als Neuankömmling musste Wang nehmen, was man ihm zuwies, und das war – wie zu befürchten – ein oberes Etagenbett. Wie alle Verliebten hatte er sich der Bequemlichkeit halber instinktiv ein unteres Bett erhofft. Aber natürlich beschwerte er sich aller Enttäuschung zum Trotz nicht. Als er das obere Geländer umklammerte und heftig daran ruckte, bewegte sich das Bett keinen Zentimeter – offensichtlich war es an die Wand gedübelt. Dieses unscheinbare Detail bereitete ihm eine unbeschreibliche Freude. Sha Fuming war doch in Ordnung. Das war der Vorteil, wenn man einen Blinden zum Chef hatte: Ein solcher Chef schenkte noch den unbedeutendsten Kleinigkeiten, die die Sehenden übersahen, seine Beachtung; er wusste – und darauf kam es an –, wo seine Fürsorge von Nutzen war.

Das untere Etagenbett belegte Xiao Ma. Eingedenk seiner Erfahrungen behandelte Wang ihn außerordentlich höflich. In einem Wohnheim sind die Beziehungen zwischen Bettnachbarn eine heikle Angelegenheit. So freundlich beide nach außen miteinander umgehen mögen, sie kommen vielleicht doch nicht miteinander zurecht – und damit beginnt der Ärger. Nicht, dass daraus große Probleme erwachsen würden – in der Regel verliert man über seine Unstimmigkeiten kein Wort, aber gerade das beschwört Unannehmlichkeiten herauf, und eben die wollte Wang vermeiden. Er war zum Arbeiten hier, nicht um Machtkämpfe zu führen. Mit Freundlichkeit kommt man weiter. Also war er höflich zu Xiao Ma. Allerdings dämmerte ihm bald, dass er sich seine Höflichkeit hätte sparen können. Denn aus seinem Bettnachbarn wurde man nicht schlau: Xiao Ma reagierte immer gleich, egal, wie gut oder schlecht man ihn behandelte. Und auch er seinerseits begegnete jedem anderen gleichermaßen lauwarm.

Xiao Ma war noch jung, erst Anfang zwanzig. Was würde er wohl tun, und wie würde er wohl aussehen, wäre er nicht im Alter von neun Jahren in einen Autounfall verwickelt gewesen? So sinnlos und unnütz diese hypothetischen Fragen auch waren, sie gingen ihm nicht aus dem Kopf. In Momenten der Muße hing er gern solchen Gedankenspielen nach, er verlor sich in ihnen wie in einem Traum. Äußerlich hatte der Unfall kaum Spuren auf seinem Körper hinterlassen, er hatte keine Glieder verloren und keine großen, entstellenden Narben davongetragen. Dafür waren seine Sehnerven zerstört. Selbst das einfachste Wahrnehmungsvermögen für Hell und Dunkel hatte er verloren, er war vollkommen blind.

Und doch wirkten seine Augen völlig gesund, wie die eines Sehenden. Nur wer ganz genau hinschaute, konnte einen Unterschied erkennen: Sie schienen lebendiger, lebhafter. Wenn er in Gedanken versunken oder wütend war, bewegten sich seine Augäpfel rastlos hin und her. Aber kaum jemand bemerkte das, und das bescherte ihm manche Unannehmlichkeiten, von denen gewöhnliche Blinde verschont blieben. Um ein Beispiel zu nennen: Blinde dürfen umsonst mit dem Bus fahren. Aber kein Busfahrer kaufte Xiao Ma die Behinderung ab, was immer wieder zu unangenehmen Situationen führte. Einmal hatte er gerade den Bus bestiegen, da begann der Fahrer unentwegt per Lautsprecher zu wiederholen: »Achtung, an alle Fahrgäste: Lösen Sie bitte unaufgefordert einen Fahrschein!« Als Xiao Ma das Wort »unaufgefordert« hörte, begriff er, wen der Fahrer meinte. Der Mann hatte ihn auf dem Kieker. Mit der Hand an die Haltestange geklammert, stand Xiao Ma im Gang und sagte kein Wort. Kein Blinder verkündet von sich aus: »Ich bin blind.« Das war undenkbar. Also schwieg Xiao Ma und rührte sich nicht. Aber so leicht warf der Fahrer die Flinte nicht ins Korn. Er nippte an dem Tee in seiner Tasse und wartete in aller Seelenruhe. Auch der Motor, der im Leerlauf lief, wartete. Die Stille im Bus legte sich wie Hohn auf Xiao Ma. Endlich, nach einer halben Minute, war sein Widerstand gebrochen. Einen Fahrschein wollte er nicht kaufen, die Schmach wäre zu groß gewesen. Also blieb ihm nichts anderes übrig, als aus dem Bus zu steigen. Mit aufheulendem Motor spie der Bus seine warmen Abgase wie unsichtbaren Trost oder Spott auf Xiao Mas Füße. Er war außer sich vor Wut angesichts der Demütigung, die ihm in aller Öffentlichkeit widerfahren war, und dennoch lächelte er. Sein Lächeln war wie eine Stickerei in seine Haut genäht. Nicht mal als Blinder gehe ich durch, die Leute erlauben das nicht. Er konnte sich ein Lächeln abringen, aber er setzte nie wieder einen Fuß in einen Bus. Er lernte, Nein zu sagen. Er sagte zu allem Nein – oder vielmehr: fürchtete alles –, was mit der Öffentlichkeit zusammenhing.

Von nun an hockte er lieber zu Hause – Hauptsache, er musste der Welt nicht feierlich verkünden: »Meine Damen und Herren, ich bin blind. Wirklich und wahrhaftig blind.«

Dafür sah er gut aus. Alle, die ihn zu Gesicht bekamen, waren sich einig: Er war ein attraktiver junger Bursche, wie er im Buche stand. Zuerst reagierte er mit Wut und Unglauben, überzeugt, man würde sich bloß über ihn lustig machen. Erst als er solche Bemerkungen von immer mehr Leuten hörte, beruhigte er sich und akzeptierte, was sie sagten: Er hatte ein hübsches Gesicht. Wie er wohl mit neun Jahren ausgesehen hatte, als er erblindet war? Er erinnerte sich nicht. Das Aussehen, das er als Kind gehabt hatte, schien ihm unwirklich wie ein Traum und in eine unerreichbar weite Ferne gerückt. Die Erinnerung an sein Gesicht war erloschen. Das war bedauerlich, aber nun war alles gut, denn nun wusste er, er war attraktiv. At-trak-tiv – ein Wort aus drei Silben, kompliziert und zugleich kompakt. Es klang gut.

Nur einen Makel hatte der ansonsten so attraktive Xiao Ma, und zwar an seinem Hals eine erschreckend große Narbe. Sie war kein Andenken an seinen Unfall, er hatte sie sich selbst beigebracht. Schon bald nach dem Unfall hatte er sich wieder aufgerappelt, nur vor seinen Augen herrschte noch immer Dunkelheit. Die Angst packte ihn. Doch sein Vater versicherte ihm, das sei nichts Ernstes, er werde bald wieder gesund sein. Und so verfiel er in einen Zustand des Wartens oder vielmehr: Er wurde zum Gegenstand nicht enden wollender Therapien. Sein Vater reiste mit ihm durchs ganze Land, nach Peking, Shanghai, Guangzhou, Xi'an, Harbin, Chengdu, ja sogar bis nach Lhasa. Von Stadt zu Stadt zogen sie und von Krankenhaus zu Krankenhaus, der kleine Xiao Ma war ständig unterwegs und kam dennoch nie an. Ihn erwarteten bloß immer neue Enttäuschungen. Aber sein Vater, getrieben von einem überschäumenden, nie erlahmenden Eifer, versicherte seinem geliebten Sohn ein ums andere Mal: »Mach dir keine Sorgen, du wirst wieder gesund werden. Ich sorge dafür, dass du wieder sehen kannst.« Und während Xiao Ma seinem Vater überallhin folgte, schöpfte er stets aufs Neue Hoffnung. Und zugleich wuchs seine Angst. Er wollte wieder sehen. Er musste wieder sehen. Doch er konnte die verdammten Augen einfach nicht öffnen. Er ahnte nicht, dass sie geöffnet waren, und begann mit den Händen an der Dunkelheit vor seinen Augen zu reißen. Aber so sehr er sich auch abmühte, das Dunkel wollte nicht weichen. In einem Wutanfall – sie waren gerade in Lhasa – packte er seinen Vater und biss ihn in die Hand.

Da erhielt sein Vater eine wundervolle Nachricht: Ein Augenarzt war aus Deutschland an das Erste Volkskrankenhaus in Nanjing, dem Ausgangspunkt ihrer Odyssee, zurückgekehrt. Xiao Ma kannte Deutschland: Es lag in noch weiterer Ferne als Lhasa. Sein Vater hob ihn hoch und rief: »Junge, wir kehren nach Nanjing zurück. Diesmal wirst du ganz gewiss wieder gesund werden, das versichere ich dir!«

Auf einmal ganz nah, tätschelte der Doktor aus Deutschland Xiao Mas Wangen. Sofort beschlich den Neunjährigen eine böse Vorahnung. Er glaubte an die Ferne, nicht an Menschen oder Dinge in seiner Nähe. Nun, da diese Hand aus Deutschland sein Gesicht berührte, war sie nicht mehr fern. Die nachfolgenden Ereignisse bestätigten seine Ahnung. Etwas Schockierendes passierte: Sein Vater riss den Doktor zu Boden und schlug mit der Faust auf ihn ein. Das geschah am anderen Ende des Gangs und eigentlich außer Hörweite des Jungen, aber ein rätselhaftes Wunder befähigte ihn, es dennoch zu hören. Zuerst hatte sein Vater eine Weile im Flüsterton mit dem Doktor geredet, ehe er sich vor ihm auf die Knie warf. Als der Doktor auch davon ungerührt blieb, stürzte der Vater sich auf ihn und warf ihn zu Boden. Er solle, befahl er dem Arzt, seinem Sohn versprechen, dass dieser in einem Jahr wieder sehen könne. Der Doktor weigerte sich. In aller Deutlichkeit hörte Xiao Ma ihn sagen: »Das ist unmöglich.« Daraufhin schlug der Vater zu.

Dies war der Zeitpunkt, an dem Xiao Ma explodierte. Er explodierte anders als andere, nämlich erstaunlich ruhig. Dass ein neunjähriges Kind zu einer solchen Ruhe fähig wäre, konnte niemand glauben. Während er im Krankenbett lag, wanderte die Aufmerksamkeit seines Gehörs ins Nebenzimmer. Er hörte dort jemanden essen, hörte einen Löffel und eine Schüssel und das helle Klirren, wenn beide aufeinandertrafen. Wie schön das klang, wie melodisch.

Er tastete sich an der Wand entlang zum Nachbarzimmer. An den Türrahmen gelehnt, blieb er stehen und fragte mit einem Lächeln: »Schwester, kann ich auch etwas zu essen bekommen?«

Zur Schwester vorgebeugt, fügte er leise hinzu: »Sie brauchen mich nicht zu füttern. Das kann ich allein.«

Die Schwester drückte ihm die Schüssel in die rechte Hand und den Löffel in die linke. Aber er aß nicht. Stattdessen zerschmetterte er die Schüssel am Türrahmen, und die Scherbe, die er nun in der Hand hielt, stieß er sich quer durch den Hals. Niemand hätte einem neunjährigen Kind eine solch schockierende Tat zugetraut. Fassungslos vor Entsetzen riss die Schwester ihren Mund zu einem Schrei auf und brachte doch keinen Ton heraus. Das Blut spritzte umher wie Granatsplitter. Die erfolgreiche Detonation stimmte Xiao Ma überglücklich. Wie heiß das Blut war, das er da ringsum verspritzte! Aber er war ja erst neun Jahre alt und hatte vergessen, dass er sich nicht draußen auf der Straße oder in einem Park befand, sondern in einem Krankenhaus, wo man ihn unverzüglich rettete. An seinem Hals blieb eine schockierend große Narbe zurück, die mit ihm gemeinsam wuchs: Je größer er wurde, desto breiter und länger wurde sie.

Die Narbe stach so sehr ins Auge, dass viele der unregelmäßig kommenden Kunden sie bemerkten, sobald sie sich hinlegten. Von Neugier gepackt, formulierten sie ihre Frage durch die Blume. So schweigsam er sonst war, in solchen Momenten redete Xiao Ma Klartext, um nicht noch mehr Worte machen zu müssen. »Sie wollen wissen, was mit der Narbe ist?« Wenn der Kunde dann beschämt bejahte, erklärte Xiao Ma mit schleppender Stimme: »Na, ich konnte nichts mehr sehen, und da bin ich halt in Panik geraten und wollte nicht mehr leben. Also, die Narbe habe ich mir selbst beigebracht.«

»Ach so … Und jetzt?«, pflegte der Kunde beunruhigt nachzufragen.

»Jetzt? Jetzt bin ich nicht mehr in Panik. Warum auch?« Er sagte das mit einem Lächeln in einem ruhigen, sanften Ton – und versank danach wieder in Schweigen.

Weil Xiao Ma so maulfaul war, vermied es Wang Daifu in der Klinik nach Möglichkeit, seinen Kollegen in Gespräche zu verwickeln. Im Wohnheim allerdings, vor dem Schlafen, pflegte er der Höflichkeit halber mit seinem Bettnachbarn ein paar Sätze zu wechseln – wenige, kurze Sätze, die sich oft genug in ein paar Wörtern erschöpften. Und jedes Mal machte Wang den Anfang. Die Bedeutung dieser paar Worte war nicht zu überschätzen: Für eine harmonische Beziehung zwischen Bettnachbarn waren sie unerlässlich. Dabei hätte Wang das eigentlich gar nicht nötig gehabt, schließlich war er deutlich älter als sein Kollege. Trotzdem hielt er seine höfliche Konversation aufrecht, und das mit gutem Grund. Beide Männer waren blind, aber der eine, Wang, war so auf die Welt gekommen, während den anderen, Xiao Ma, dieses Schicksal erst später ereilt hatte. Wer nicht begriff, was für einen himmelweiten Unterschied das machte, der konnte in ihrem Gewerbe nicht überleben.

Zum Beispiel ihr Schweigen. In der Öffentlichkeit schweigen Blinde meist. Aber es gibt viele Arten zu schweigen. Wer blind geboren ist, kommt schweigend auf die Welt. Anders jene, die erst später erblindet sind: Sie haben zwei Welten erlebt. Dort, wo beide Welten sich berühren, liegt ein Zwischenreich: das Fegefeuer. Nicht jeder kann es durchqueren. An seinem Eingang muss der Blinde, der sehend geboren ist, ein inneres Chaos, einen Zusammenbruch durchleiden, der von wüster, grausamer, elementarer Gewalt ist und ihn als Trümmerfeld zurücklässt. Tief in der Erinnerung lebt seine einstige Welt fort, nur die Verbindung zu ihr hat er verloren. Und dieser Verlust verwandelt jene Welt schlagartig, er macht sie abgründig und hart und fern. Vor allem aber macht er sie unergründlich und vielleicht auch unentrinnbar. Um ihr standzuhalten, muss der sehend geborene Blinde eines tun: Er muss töten. Sich selbst töten. Nicht mit einem Messer oder Gewehr, sondern mit Feuer. In den lodernden Flammen muss er sich winden. Muss sein eigenes verbranntes Fleisch riechen. Nichts anderes meint das Bild vom Phönix aus der Asche. Um aus der Asche wieder aufzusteigen, muss man sich erst selbst verbrennen.

Doch das genügt noch nicht. Den Blinden erwartet eine noch größere Prüfung, nämlich die Neuerschaffung seiner selbst. Beharrlich muss er dafür sein wie Stahl, geduldig wie Stein.

Und er braucht Zeit. Ein Bildhauer ist er, aber kein großer Meister. Sein Vorgehen ist chaotisch, er setzt mal hier den Meißel an, mal dort die Axt. Da der Verwandlungsprozess so fremdartig ist, kann er nicht wissen, wer er am Ende sein wird. Für gewöhnlich ist die fertige Skulptur unendlich weit entfernt von dem, was er sich erhofft hatte. Er liebt sich nicht. Also schweigt er.

Sein Schweigen könnte nicht wahrhaftiger sein. Es scheint inhaltsleer und birgt doch so viel Verzweiflung, so viel Leid. Es ist aus einem überstrengen Selbstgericht entstanden. Genau wie seine Ruhe. Und seine Sanftmut. Er musste so vernichtend über sich Gericht halten, musste seine Läuterung bis zur Höhe des Glaubens führen. Geleitet von einem solchen Glauben, hat er sein jetziges Ich zum Gott erhoben, während sein vergangenes Ich zum Dämon herabsinken musste. Aber auch als Dämon lebt das alte Ich noch in ihm fort, und er muss sich beständig zu höchster Wachsamkeit anhalten: vor diesem jahrtausendalten Frevel, dieser lächelnden, Blumen im Mund tragenden Schlange, die sein altes Ich ist. Diese Schlange ist so voller Leben, so überaus berückend und verführerisch, dass er ihr bei der geringsten Unvorsichtigkeit rettungslos verfällt. Zwischen diese beiden Ichs geworfen, findet der sehend geborene Blinde keinen festen Grund. Er neigt zum Jähzorn und muss dieser Neigung Herr werden.

Er kennt keine Kindheit, keine Jugend, kein Erwachsenenalter. Denn mit seiner Wiedergeburt hat er eine unmittelbare, tiefe Wandlung erfahren. Seine Miene hat ihre Kindlichkeit noch nicht abgelegt und ist doch von einer Abgebrühtheit, die alle Geheimnisse des Lebens bis auf den Grund durchschaut. Er ist auf eine unerfindliche Weise weltklug. Er hat keine Pupillen am Leib, weil sein Leib selbst eine einzige pechschwarze

Pupille ist, die alle Menschen aufnimmt außer ihn selbst. Mal schaut diese Pupille abstoßend grimmig drein, mal einnehmend sanft. Sie wahrt eine gleichmütige, skeptische Distanz – eine Gottheit, die drei Fuß über der Erde schwebt.

Xiao Mas Schweigen atmete den Ernst einer Skulptur. Dahinter steckte weder Natur noch Instinkt, sondern eine bis zur Perfektion getriebene Fertigkeit. Unter normalen Umständen konnte er diesen Ernst Stunden, Wochen, Monate, ja, Jahre aufrechterhalten. Das Leben bestand für ihn in einer einzigen fortwährenden kontrollierten Wiederholung.

Doch das Leben wiederholt sich nicht endlos. Es funktioniert nicht wie ein Fließband. Niemand kann es in eine Presse verwandeln, die Tage von immer gleicher Form, Qualität und Schwere ausspuckt, als wären sie Seifenstücke oder Pantoffeln. Das Leben gehorcht seinem eigenen Rhythmus der Ab- und Zunahme, heute wiegt es schwerer, morgen leichter und übermorgen wieder schwerer, und in eben diesem beständigen Auf und Ab liegt sein wahres Wesen, das, was das Leben erst interessant, schön und zugleich unberechenbar macht.

Xiao Mas vorher so geordnetes Leben war schwerer geworden, seit Wang Daifu und Xiao Kong darin eingetreten waren.

Als Xiao Kong das erste Mal bei ihm im Wohnheim auftauchte, war es schon nach ein Uhr nachts gewesen. Tuina-Therapeuten arbeiten normalerweise bis Mitternacht, und eine gute Viertelstunde später gehen sie »nach Hause« – das ist der Ausdruck, den sie bevorzugen, nicht etwa »Feierabend machen«. Der abrupte Spannungsabfall nach vierzehn oder fünfzehn Stunden ununterbrochener körperlicher Arbeit sorgt dafür, dass sie alles andere als wählerisch sind; sie brauchen sich nur irgendwo anzulehnen, und schon sind sie »zu Hause«.

Statt sich sofort zu waschen und schlafen zu legen, schöpfen sie großen Genuss daraus, sich eine Weile ruhig hinzusetzen. Aber weil sie in einer Gemeinschaft leben, kann es dabei durchaus lebhaft zugehen. Vielleicht bekommt der eine oder andere auf einmal Lust, etwas zu essen – also essen sie, und dabei werden sie munter und fangen an, allen möglichen Unsinn zu schwatzen. Sie reden und lachen und albern herum; einmal in Fahrt gekommen, plaudern sie über Gott und die Welt: über Eiscreme, die U-Bahn-Linie 1, Disney, Zinsen, alte Schulfreunde, Autos, chinesischen Fußball, witzige Sprüche der Kunden, Immobilien, Lammspieße, Filmstars, Aktien, den Nahostkonflikt, Tagträume, Wahlen in Japan, Nike-Turnschuhe, die Fernsehgala zum Frühlingsfest, Shakespeare, Affären, die Olympischen Spiele, Fußpilz, den Unterschied zwischen gebackenen Dampfbrötchen und Toast, die NBA, Liebe, Aids, Wohltätigkeit, kurz: alles, was ihnen gerade in den Sinn kommt. Dabei reden sie sich mitunter in Rage oder verkrachen sich sogar miteinander – aber das ist nicht weiter schlimm, bald vertragen sie sich wieder. Damit die Unterhaltung richtig in Gang kommt, ist es natürlich manchmal unvermeidlich, dass Männer und Frauen einander besuchen. Das verleiht den Gesprächen eine Intensität, die nicht selten in Radau ausartet, geräuschvoll begleitet von aufgeknackten Melonenkernen und dem Radio, aus dem Aktienkurse oder irgendwelche Geschichten, Sportnachrichten oder Wunschkonzerte, Psychotipps oder Werbespots tönen. Trotzdem gehorchen auch diese Besuche zwischen den Geschlechtern gewissen Regeln: Die erste Halbzeit spielt sich gewöhnlich bei den Frauen ab, die zweite bei den Männern. Denn die Frauen müssen vor dem Schlafengehen stets noch einigen komplizierten Verrichtungen nachgehen – lästigen, aber unerlässlichen Ritualen. Nur Männer bringen es fertig, mit stinkenden Socken ins Bett zu plumpsen und drauflos zu schnarchen, dass die Wände wackeln.

Nach ein Uhr nachts kam Xiao Kong endlich in Wang Daifus Wohnheim. Kaum eingetreten, wurde sie von Xu Tailai auch schon »Saozi!« gerufen. Diese Anrede – »Frau des älteren Bruders« – war nicht so komisch, wie sie klang. Schließlich wurde Wang Daifu schon bald nach seiner Ankunft »Dage« – also »älterer Bruder« – genannt. Denn wer ihm das erste Mal begegnete, spürte sogleich, dass er genauso ein Typ war: grundanständig und gutmütig, dabei kräftig, fleißig und wenig wortgewandt; einer von der Sorte, die sich leicht über den Tisch ziehen und herumschubsen lässt. Seine Schwerfälligkeit im Denken und Sprechen, dazu das sanfte Lächeln, mit dem er seine Worte begleitete, all das waren die typischen Merkmale eines »Dage«. Und wenn er der »ältere Bruder« war, was lag da näher, als Xiao Kong »Schwägerin« zu nennen!

Xu Tailai war eigentlich ein grundsolider Typ, der sich von lärmender Geselligkeit fernhielt. Gerade deshalb war der Effekt umso größer, als nun ausgerechnet er Xiao Kong so plump »Saozi« rief. Eine unverheiratete Frau so zu nennen, das war ein lustiger Einfall, eine neckische Weise, etwas auszusprechen, das sonst in stillschweigendem Einvernehmen ungesagt geblieben wäre. Sogleich erhoben sich von allen Seiten lautstarke »Saozi«-Rufe, die gar nicht mehr enden wollten. Xiao Kong fühlte sich überrumpelt. Sie hatte sich gerade geduscht und rasch zurechtgemacht, da fand sie sich, kaum im Männerwohnheim angekommen, in eine »Saozi« verwandelt.

Mitten in dieses Stimmengewirr hinein erlöste das Quietschen einer Sprungfedermatratze sie aus ihrer Hilflosigkeit – gewiss hatte Wang Daifu einen Platz für sie freigemacht. Sie folgte dem Geräusch. Natürlich konnte sie nicht auf Wangs oberes Etagenbett klettern, also hockte sie sich in die Mitte des unteren Betts. Zu ihrer Linken, da war sie sich sicher, saß Wang, also musste Xiao Ma zu ihrer Rechten sein. Doch noch ehe sie Zeit fand, ihn zu grüßen, baute sich Zhang Yiguang vor ihr auf und unterzog sie einem Verhör.

Zhang kam vom Jiawang-Kohlenbergwerk in der ostchinesischen Stadt Xuzhou, wo er sechzehn Jahre lang als Bergmann gearbeitet hatte. Der zweifache Vater stach unter seinen Kollegen durch seine lebhafte Art hervor. Aber dass er im Tuina-Zentrum aus dem Rahmen fiel, lag zuallererst an seinem Alter: Die meisten Therapeuten waren erst Mitte zwanzig, Zhang dagegen ging auf die vierzig zu – ein alter Mann. Hinzukam ein anderer Grund: Er war kein typischer Blinder. Bis zum Alter von fünfunddreißig Jahren hatte er funkelnde, ja, durchdringende Augen besessen; erst eine Gasexplosion im Schacht hatte ihn seines Augenlichts beraubt. Was tun? Er sattelte um auf Tuina – eine seltsame Wahl für einen so ungehobelten Klotz wie ihn. Allerdings hatte er einen Trumpf im Ärmel: Er verfügte über eine außergewöhnliche Kraft, und er schonte sich nicht. Keuchend pflegte er sich ins Zeug zu legen und jeden Kunden so durchdringend zu bearbeiten, als könnte er ihm die Kohle aus dem Leib graben. Manche Kunden mochten das, und deshalb hatte Sha Fuming ihn eingestellt: Zhang war gut fürs Geschäft.

Trotzdem wäre niemand auf die Idee gekommen, ihn »Dage« zu rufen, selbst wenn er noch älter gewesen wäre. Er war nicht der Typ, der einem Respekt abnötigte. Dafür fehlte ihm jede Gesetztheit. Seine hervorstechendste Eigenschaft bestand darin, dass er kein Maß kannte. Er musste alles übertreiben. Zum Beispiel beim Umgang mit anderen: Wenn er jemanden mochte, war er der liebenswürdigste Mensch auf der Welt und hätte sich am liebsten das Herz aus dem Leib gerissen, nur um es dem anderen als *Imbiss* zum Schnaps aufzutischen. Überwarf er sich jedoch mit jemandem, war er genauso maßlos und prügelte drauflos. Kein Wunder, dass er unter seinen Kollegen keine echten Freunde hatte.

Auf das Bettgestell gestützt, pflanzte er sich vor Xiao Kong auf und verkündete die Regeln »bei uns zu Hause«: Jeder Neuankömmling müsse sich einem Verhör unterziehen, sonst – und das gelte auch für »Saozi« – gehöre er nicht zur »Familie«. Natürlich wusste Xiao Kong, dass das alles bloß ein Spaß war. Nervös war sie trotzdem – immerhin war Zhang verheiratet und hatte zwei Kinder, er verfügte also über den nötigen Sachverstand, um seines Amtes als Inquisitor zu walten. Und ihre Sorge war berechtigt, denn tatsächlich lenkte Zhang seine Befragung sogleich auf die Beziehung zwischen ihr und ihrem »Dage« – freilich nicht direkt, sondern indem er einen scheinbar harmlosen Umweg nahm. Doch gerade damit beschwor er den angedeuteten Gegenstand umso nachhaltiger herauf; einmal in die Falle gegangen, konnte sich das Opfer nicht mehr herauswinden.

»Zum Aufwärmen ein kleiner IQ-Test: ein Rätsel«, sagte Zhang. »Dage und Saozi liegen sich nackt in den Armen. Welche Redewendung mit vier Wörtern passt darauf?«

Eine Redewendung? Wie sollte *eine* Redewendung erschöpfend erfassen, was beide nackt miteinander tun konnten? Xiao Kong hätte ein Leben lang darüber sprechen können.

»Xiong duo ji shao«, verkündete Zhang – »viel Böses, wenig Gutes.«

Was hatte das mit der Umarmung der beiden Liebenden zu tun? Gleich darauf ging den Zuhörern ein Licht auf: Die Worte klangen wie »große Titten, kleiner Schwanz«. Alle lachten sich schief. Dieser Zhang war wirklich ein Spaßvogel! Ein Komiker vom Schlage eines Pan Changjiang oder Zhao Benshan, mit einem genauso losen Mundwerk.

Nach diesem Witz zum Aufwärmen ließ Zhang von Xiao Kong ab und knöpfte sich Wang Daifu vor. »Gestern Nachmittag hat ein Kunde von Saozi geschwärmt: ›An der ist alles dran, was an einer Frau dran sein soll, und nichts zu viel.‹ Nun sag uns: Was soll denn an ihr dran sein und was nicht?«

Wieder lachten alle, darunter auch Wang, und obwohl sein Lachen gezwungen klang, freute er sich von Herzen. Schließlich hatte seine Saozi ein Kompliment geerntet – wie sollte er sich da nicht freuen! Nur Xiao Kong fand die Situation schwer erträglich, und in ihrer Hilflosigkeit suchte sie ihr Heil darin, immer weiter (und weiter)von ihrem Dage fortzurücken, als könnte sie sich so aus ihrer Verstrickung lösen. Aber vergebens, denn Zhang Yiguang ließ nicht locker. Und je mehr er ihren Geliebten bedrängte, desto näher rückte sie zu Xiao Ma, bis sie fast auf seinem Schoß saß.

Unbeholfen, wie Wang war, wurde er von seinem Peiniger im Handumdrehen in die Enge getrieben. In ihrer Verzweiflung sprang Xiao Kong auf und versetzte Xiao Ma einen handfesten Fausthieb. »Xiao Ma, er macht sich über mich lustig! Warum hilfst du mir denn nicht?«

Doch Xiao Ma war in Gedanken ganz woanders. Von »Familienangelegenheiten« pflegte er sich fernzuhalten, ihm lag einzig und allein daran, seine Gedanken schweifen zu lassen. Seit Xiao Kong ins Wohnheim gekommen war, hatte er nicht ein Wort gesagt. Sie hatte ihn überrumpelt, indem sie sich geradewegs zu ihm aufs Bett gesetzt hatte. Sogleich fing er ihren Duft ein – oder vielmehr: Ihr Duft fing ihn ein. Der Duft ihres Haares. Sie hatte es sich gerade gewaschen, es war noch feucht und roch nach Shampoo. Aber das Shampoo war mehr als bloß ein Shampoo, das Haar mehr als bloß Haar, zwischen beiden hatte sich eine wundersame chemische Reaktion ereignet, und Xiao Kong duftete auf einmal so betörend, dass ihn eine unerklärliche Nervosität packte. Er war ergriffen. Wie gut Saozi roch! Über ihrem Duft vergaß er Zhang Yiguangs bohrende Befragung völlig; er nahm einzig und allein wahr, wie Saozi allmählich immer näher zu ihm rückte. Ihr Duft umhüllte ihn wie mit Fingern und Armen, die ihn streichelten, hielten und umfassten. Er versank in dieser Umarmung. Die Nasenlöcher gebläht, hätte er gern einen tiefen Atemzug getan, aber ihm fehlte der Mut. Also hielt er den Atem an bis kurz vorm Ersticken.

Saozi hatte keine Zeit, Xiao Mas verborgene Gefühle zu ergründen, sie wollte bloß Wang Daifu aus der Schusslinie holen. Also trommelte sie mit ihrer schwächlichen Faust auf Xiao Ma ein und jammerte: »Xiao Ma, du bist so gemein!«

Er hob den Kopf und erwiderte: »Saozi, ich bin nicht gemein.«

Er sagte das mit der größten Aufrichtigkeit, zaghaft, ja, ängstlich, aber der Zeitpunkt hätte nicht unpassender gewählt sein können. Unter diesen Umständen hörten sich seine Worte wie ein Ulk an. Man hätte sogar meinen können, er wolle Saozi necken, dabei hielt er doch in Wahrheit zu ihr. Wer hätte gedacht, dass jemand wie Xiao Ma, der sonst kaum ein Wort von sich gab, sich auf einmal von einer so launigen Seite zeigen würde! Aber so geht es zu mit der Sprache: Macht ein großer Schweiger einmal den Mund auf, wirkt er prompt wie ein Spaßvogel.

Das allgemeine Gelächter bestärkte Xiao Kong in ihrem Glauben, dass Xiao Ma ihr übel mitspielte. Wieder sprang sie auf und schimpfte theatralisch: »Xiao Ma, du fieser Kerl! Ich habe dich immer für anständig gehalten, aber tief im Innern bist du gemein, hundsgemein!« So lautstark sie auch zeterte, innerlich triumphierte sie: Ihre kleine List war aufgegangen, die allgemeine Aufmerksamkeit hatte sich Xiao Ma zugewandt. Warum also nicht noch eins drauflegen? Wenn schon, denn schon. In ihrem Übermut würgte sie Xiao Ma am Hals – natürlich nur leicht, sie hatte alles unter Kontrolle –, und dazu rief sie: »Xiao Ma, bist du gemein oder nicht?«

An dieser Stelle müssen wir einmal mehr eine Eigenart der Blinden erklären: Da sie einander nicht sehen können, ist ihnen eine Kommunikation durch Blickkontakt oder Mimik verwehrt. In den seltenen Momenten, in denen sie ausgelassen miteinander herumalbern, nehmen sie sich deshalb – gleich, ob Männer oder Frauen – allerlei Freiheiten mit ihren Händen heraus. Beim Körperkontakt kennen sie keine Tabus. Hier ein Klapser, dort ein Kratzen oder Kneifen gehören zu einem lustigen Schwatz unter Freunden dazu. Wenn zwei einander nie berühren, ist das ein Vergehen, das genauso schwer wiegt, wie wenn zwei Sehende den Blick des anderen meiden – es ist ein Ausdruck böser Absichten oder fehlenden Respekts.

Xiao Ma begriff nicht, was an seinen Worten so witzig sein sollte, da hatten sich Saozis Hände schon um seinen Hals geschlungen, und ehe er sich's versah, spürte er ihre Haut auf der seinen. Um zu zeigen, wie ernst sie es meinte – als wäre sie wirklich imstande, ihn zu erwürgen –, untermalte sie ihren Anschlag mit einem Knurren. Dabei geriet sie ins Wanken, und ihr nasses Haar wogte umher und traf ihn wieder und wieder im Gesicht. Ihm schien es, als peitschte sie ihn mitten ins Herz.

»Bist du gemein oder nicht?«, schrie sie.

»Ja, ich bin gemein.«

Zu seiner Überraschung verwandelte sich selbst dieser Satz in einen Witz. Auf einmal war er von einer entbehrlichen Randfigur zu einem Hauptdarsteller aufgestiegen. Und noch ehe er sich über seine Gefühle im Klaren wurde, verlor er die Kontrolle. Ohne zu begreifen, wie ihm geschah, stieß sein Arm unversehens auf zwei fleischige Hügel, weich und doch fest und dabei unaussprechlich eigensinnig. Im selben Augenblick fühlte er sich ins Alter von neun Jahren zurückversetzt. Ein merkwürdiges Gefühl war das, flüchtig und zugleich von einer überschäumenden kindlichen Vitalität. Er erstarrte und wagte sich nicht mehr zu rühren. Seine Arme verharrten in der Haltung des Neunjährigen. Seine tote Mutter. Die Geburtstagstorte. Der Glanz der roten Kerzen, die eine Neun formten. Das Krachen des Autos, das sich überschlug. Der Duft von Haar überall. Der Busen. Mit allem, was dran sein sollte. Saozi. Ein gärender Drang zur Tat. Erstickung.

Plötzlich schossen ihm die Tränen in die Augen. Er hob den Kopf und bedeckte Xiao Kongs Hände mit den seinen. »Saozi.«

Wieder brachen alle in ein schallendes Gelächter aus, wüster noch und hemmungsloser als zuvor. Dass ausgerechnet der schweigsame Xiao Ma so einen trockenen Humor hatte! Der Bursche hatte es ja sogar faustdicker hinter den Ohren als Zhang Yiguang.

»Ich bin nicht Saozi!«, rief Xiao Kong mit vorgetäuschtem Ernst. »Ich bin Xiao Kong!«

»Nein«, erwiderte Xiao Ma mit demselben Ernst, »du bist Saozi.«

Inmitten des allgemeinen Gefeixes gab sich Xiao Kong aufgebracht, doch das war bloß gespielt. Dieser Xiao Ma ist aber auch wirklich gemein, dachte sie – die anderen lachen sich tot, und er schert sich nicht darum. Und sie? Sie konnte nichts dagegen tun. Glücklicherweise fand sie insgeheim Gefallen an seiner Anrede, und deshalb erklärte sie in einem resignierten Ton: »Na gut, dann bin ich eben Saozi.«

Dennoch durfte eine unverheiratete Frau diese Anrede nicht allzu bereitwillig akzeptieren, der Anstand gebot es, dass sie sich erst ein wenig zierte und dann verschämt gab. Im Stadium der Verschämtheit angekommen, ergriff sie Xiao Mas Hand und presste sie, um ihm eine Warnung zu übermitteln: Beim nächsten Mal kommst du mir nicht so leicht davon.

Er spürte ihre Drohung und verzog den Mund, da merkte er plötzlich, dass er lächelte. Mit diesem verborgenen, aus dem Nichts kommenden Lächeln tat sich, das wusste er, ein Riss auf, durch den etwas Undefinierbares in ihn eindrang – verschwommene Erinnerungen an seine Mutter, kühl und doch warm. Die Zeit ist ein seltsames Etwas: Sie geht nie wirklich vorüber. Verborgen in den Tiefen unseres Gesichts, taucht sie in einem Mienenspiel unversehens wieder empor.

Weit weg, am anderen Ende des Betts, lächelte auch Wang Daifu freudig vor sich hin. Er holte seine Zigaretten heraus und ließ sie herumgehen, aber zu Xiao Kongs Bedauern sagte er kein Wort. Er vereinte in sich alle möglichen guten Eigenschaften, und für Xiao Kong – davon war sie überzeugt – hätte er sein Leben gegeben. Nur mit Worten für sie einzutreten, dazu war er nicht imstande, und daran würde sich auch nie etwas ändern. Er wusste einfach nicht mit Worten umzugehen.

Und was konnte sie selbst sagen? Nichts. Also fasste sie, in Gedanken bei Wang, Xiao Ma an der Hand, während das Gelächter verebbte. Geistesabwesend, wie sie war, merkte sie gar nicht, was sie tat. Und so, mit seiner Hand in der ihren, begann Xiao Ma von der Erde aufzusteigen wie ein Ballon. Zwei

Ballone, schwebten sie beide empor – in einen Himmel freilich, der nicht grenzenlos war, sondern kegelförmig. So weit dieser Himmel sich anfangs auch erstrecken mochte, oben lief er in einer nadelfeinen Spitze aus, unter der sie einander absichtslos begegnet waren. Doch in Wahrheit waren sie keine Ballone, sondern Pferde, die schwerelos durch die Lüfte galoppierten, Seite an Seite, umhüllt vom Duft nach frischem Gras und Haar. Dabei rieben sie die Flanken aneinander und vollführten träge Bewegungen.

Xiao Kongs erster Besuch im Männerwohnheim war ein Reinfall – und doch in gewisser Hinsicht sehr erfolgreich: Sie und Wang Daifu waren ihren Kollegen schlagartig näher gekommen, wie sich an ihrem neckischen, ungezwungenen Umgang miteinander ablesen ließ. Auch wenn sie einander noch nicht rückhaltlos vertrauten, herrschte zwischen ihnen doch eine Harmonie, die die Vorstufe zur Freundschaft markierte.

Nach ihrem ersten Besuch machte es sich Xiao Kong zur Gewohnheit, jede Nacht vorm Schlafengehen – freilich immer erst, nachdem sie geduscht hatte – auf einen kleinen Plausch bei Wang vorbeizuschauen. Diese Besuche wurden ihr zur festen Regel. Blinde entwickeln gerne Regelmäßigkeiten, die sie nicht ohne gewichtigen Grund wieder aufgeben. Haben sie etwas einmal auf eine bestimmte Weise getan, halten sie daran auch weiter fest. Routine ist ihr Lebensretter, ohne sie lebten sie gefährlich. Wenn sie beispielsweise beim Gehen um eine Ecke biegen wollen, folgen sie den vertrauten Mustern. Ein Schritt zu viel oder zu wenig kann sie die Schneidezähne kosten.

Mit der neuen Gewohnheit zwischen Xiao Kong und Wang Daifu endete eine alte, die sie nach ihrer Ankunft in Nanjing angenommen hatten: Zweimal pro Nacht hatten sie miteinander

ander geschlafen. Beim ersten Mal pflegte sich Wang so wild und entfesselt zu gebärden, als kämpfte er um sein Leben oder als wollte er Xiao Kong mit Haut und Haaren verschlingen. Beim zweiten Mal dagegen wurde er sanft, zärtlich und detailversessen; beide fühlten sich dann auf magische, tief berührende Weise miteinander verbunden. Wenn das erste Mal Sex war, dann war das zweite Mal Liebe. Xiao Kong mochte beides, aber wenn sie sich für eines hätte entscheiden müssen, hätte sie wohl Letzteres gewählt, so überwältigend war es. Doch nach kaum zwei Wochen hatte diese Gewohnheit ein Ende gefunden: Nun, da beide wieder arbeiteten, war der zweifache Liebesakt undenkbar. Sobald sie nach Feierabend »nach Hause« kam, packte Xiao Kong ein heftiges Begehren, das im Kopf anfing, aber sich bald auf den ganzen Körper ausbreitete. Solange ihr Verlangen nur ein Gedanke war, konnte sie damit zurechtkommen, aber war erst einmal ihr Leib davon ergriffen, litt sie heftige Qualen. Sie konnte dann keinen klaren Gedanken mehr fassen, ihr Körper glühte vor Lust.

Ihre Besuche bei Wang waren deshalb von einer höchst widersprüchlichen Gemütslage begleitet, von der Außenstehende und vielleicht sogar ihr Geliebter nichts ahnten. So aufgekratzt sie sich nach außen gab, so niedergeschlagen fühlte sie sich in ihrem Innern. Bedrücktheit und freudige Erregung waren beide so mächtig, dass sie in ihr eine starke innere Anspannung erzeugten. Xiao Kong neigte in solchen Momenten zu Wut, Trübsinn und anderen Gefühlsanwandlungen. Beispielsweise spielte sie gern die Kokette, die schmollte und sich zierte. Dabei sehnte sie sich nur danach, sich Wang an die Brust zu werfen – er hätte nur seine Arme um sie schließen, seine Lippen auf die ihren drücken müssen, und alles wäre gut gewesen. Selbst mit unverschämten Forderungen hätte er sie ruhig bedrängen können. Aber wie sollte das in einem Wohnheim gehen? Unmöglich. Und so geriet Xiao Kong, ohne es zu merken, auf Abwege und überhäufte Xiao Ma mit ihrer Koketterie und ihrem Schmollen. Sie liebte es, mit ihm über die Stränge zu schlagen – mit Worten und mit Gesten.

Xiao Mas Glück wuchs von Tag zu Tag. Ihr Duft betörte ihn. Weil er nicht wusste, wie er diesen raumgreifenden Duft sonst in Worte fassen sollte, nannte er ihn einfach Saozi. Sie war allgegenwärtig, als nähme sie ihn an der Hand und ginge mit ihm über den Boden, über Koffer und Stühle, Wände, Fenster und Decke, ja sogar über die Kissen. Das Männerwohnheim verwandelte sich in die Straße, durch die er als Neunjähriger gelaufen war – eine faszinierende Straße, in der vor den mächtigen Kaufhäusern und Restaurants große Reklametafeln für tropische Früchte, Nike-Basketbälle, Adidas-T-Shirts und Eiscreme warben. Saozi führte ihn ebenso fürsorglich wie gebieterisch. Sie wachte über jeden seiner Schritte. Auch seine Mutter hatte versucht, ihn zu strenger Zucht anzuhalten, aber gegen sie hatte er in einem fort rebelliert. Bei Saozi dagegen fügte er sich widerstandslos. Sollte sie ruhig mit einem Grinsen gegen ihn sticheln, sollte sie ihn ruhig genüsslich runtermachen oder sanft maßregeln – er nahm es mit Freuden hin. Es war, als bestünde zwischen ihnen ein stillschweigendes Einverständnis. Ihre Harmonie war vollkommen.

Dienstagnacht kam Saozi nicht. Sie war erkältet, Xiao Ma konnte in der Ferne ihr Husten hören. Zum Warten verurteilt, saß er auf dem Bett und fand keinen Schlaf. Er wartete, bis in beiden Wohnheimen beinahe alle eingeschlafen waren und es offensichtlich war, dass sie nicht mehr kommen würde. Ohne sich auszuziehen, legte er sich nieder und versuchte, ihren Geruch selbst zu erschaffen. Es war ein Desaster. Nichts wollte sich einstellen – nichts, was dran sein sollte, und nichts sonst. In seiner Verzweiflung tastete er sein Laken ab in der Hoffnung, ein Haar von ihr – nur ein einziges – zu finden. Wieder vergebens. Immerhin brachte ihm dieses absurde Bemühen jene wundersame Berührung in Erinnerung, die sich durch Saozis trockene, weiche Bluse hindurch zwischen seinem Arm und ihrem Busen ereignet hatte. In diesem unaussprechlich schönen Augenblick ging mit dem Ding zwischen seinen Beinen eine Verwandlung vor sich: Es wurde immer größer, dicker, härter. Da drehte sich Wang Daifu mit einem Husten herum. Xiao Ma zuckte zusammen, schlagartig alarmiert. Er verstand Wangs Husten als Warnung. Gern hätte er dem immer weiter anschwellenden Ding Einhalt geboten, aber er wusste nicht wie, und sein Begehren wuchs nur noch mehr.

Kapitel 4

Du Hong

Du Hong war früher als Wang Daifu und Xiao Kong ins »Sha-Zongqi-Tuina-Zentrum« gekommen– viel früher freilich nicht, bloß ein paar Monate. Ji Tingting hatte sie empfohlen. Als Neuankömmling suchte sie in den ersten Wochen beständig die Nähe von Ji – sofern man bei ihresgleichen überhaupt von besonderer Nähe sprechen konnte. Schließlich lebten die über ein Dutzend Therapeuten, die sich ausnahmslos im engen Umkreis von Klinik und Wohnheim bewegten, ohnehin fortwährend nahe beieinander. Dennoch schälten sich auch unter diesen Umständen, sei es unter Frauen oder unter Männern, einige Beziehungen heraus, die inniger waren als andere. Zwischen Du und Ji endete diese anfängliche Nähe allerdings schon nach wenigen Monaten, dann schloss Du sich Gao Wei an.

Gao Wei arbeitete am Empfang. Sie konnte sehen. Wäre Du nicht blind gewesen, hätte sie bemerkt, dass Gao Wei ein Mädchen mit einem zierlichen Näschen und schmalen Augen war. Wenn sie lächelte – und sie lächelte oft –, dann verschwanden ihre Augen bis auf ein kleines Funkeln fast völlig hinter den Lidern. Große Augen sind entzückend, kleine verführerisch. Gaos Lächeln mit den beinahe geschlossenen Augen hatte etwas Aufreizendes, aber das war es nicht, was ihre blinde Freundin anzog. Ihre Beziehung wurde jedenfalls immer inniger. Bald brachte Gao ihre Freundin jeden Tag mit dem Dreirad zur Arbeit und wieder zurück. Besonders im Straßenverkehr bereitet die Fortbewegung den Blinden Probleme. Gaos Selbstlosigkeit befreite Du von dieser Sorge. Ohne es zu merken, vernachlässigte Du ihre alte Freundin Ji Tingting zusehends. Bei den Mahlzeiten saßen nun Du und Gao Seite an Seite und kauten und schluckten einmütig.

Als Gao ihre Stelle antrat, war sie zwar eine ausgezeichnete Fahrradfahrerin, doch Dreirad fahren konnte sie noch nicht. Gleich an ihrem ersten Tag verlangte Sha Fuming von ihr, sie solle das lernen. »Schon ein Zweirad zu fahren ist für mich ein Kinderspiel«, erwiderte Gao, »da fahre ich ein Dreirad doch wie im Schlaf.«

Daraufhin schickte Sha sie vor die Tür, damit sie die Probe aufs Exempel machte. Prompt blamierte sie sich und rammte immer wieder kreischend die Mauer. Alle Blinden hörten ihre panischen Schreie. Schließlich krachte sie so heftig gegen die Mauer, dass sie samt Dreirad zurückgeschleudert wurde. Es war zum Totlachen.

Nachdem sie sich wieder aufgerappelt hatte, befasste sie sich eingehender mit dem ungewohnten Gefährt, und da ging ihr ein Licht auf. Ein Fahrrad hat zwar einen Lenker, aber beim Abbiegen kommt es vor allem auf die Verlagerung des Körperschwerpunkts an – der Lenker spielt nur eine Nebenrolle. Ein Dreirad dagegen bleibt dank seines zusätzlichen Rads stets fest auf dem Boden. Wenn der Fahrer nun beim Abbiegen gewohnheitsmäßig seinen Körper verlagert, verpufft die Bewegung – das Fahrzeug bewegt sich weiter stur geradeaus. Also bremsen? Auch das geht schief, weil sich die Bremse nicht am

Lenker befindet und man mit der Hand hinunterlangen muss, was man in der Eile leicht vergisst. Also verliert man die Kontrolle über sein Gefährt. Dabei konnte Gao sich noch glücklich schätzen, dass sie sich nur an der Mauer versuchte – wäre es der Yangtze gewesen, so wäre sie allem Geschrei zum Trotz mitsamt dem Dreirad in den Fluten versunken.

Die Hauptaufgabe einer Empfangsdame besteht darin, die Kunden zu verteilen und über die geleisteten Arbeitsstunden der Therapeuten Buch zu führen. Aber in einer Tuina-Klinik kommt noch eine weitere wichtige Aufgabe hinzu, nämlich die Bereitstellung von Laken und Handtüchern. Die behördlichen Hygienevorschriften verlangen, dass Handtuch und Laken nach jeder Sitzung gewechselt werden. Gebrauchte Tücher und Laken müssen also in eine Wäscherei gebracht und am nächsten Morgen wieder abgeholt werden. Das erfordert Arbeitskraft. Um so sparsam wie möglich zu wirtschaften, übertrug Sha Fuming diese Aufgabe den Empfangsdamen. Eine Bewerberin, die nicht Dreirad fahren konnte, stellte er nicht ein – sie mochte noch so entzückende oder verführerische Augen haben.

Zum Glück ist ein Dreirad kein Flugzeug. Nach ein paar Versuchen konnte Gao Wei mühelos nach rechts oder links abbiegen und obendrein höchst elegant die Bremse unter ihrem Hosenboden ziehen. Verglichen mit den Therapeuten und den übrigen Angestellten in einer Tuina-Klinik schiebt eine Empfangsdame eine ruhige Kugel, vor allem weil sie jeden zweiten Tag freinehmen kann. Aber Gao nahm nie frei, sie erschien jeden Tag zur Arbeit, um Du Hong morgens vom Wohnheim zur Klinik zu fahren und nachts wieder zurück. In der Folge kühlte Dus Beziehung zu Ji Tingting ab, während sie und Gao unzertrennlich wurden. Damit keiner sie belauschte, pflegten sie endlos miteinander zu flüstern. Fragte sie jemand: »Was redet ihr denn da?«, antwortete Du: »Na, wir ziehen über dich her.«

Ji, die all das mit »ansah«, war darüber tief gekränkt. Doch Du war ein kluges Mädchen, sie wusste die Wogen zu glätten, indem sie Ji ab und an eine kleine Leckerei zusteckte – mal ein paar Mandarinenstückchen, mal eine Handvoll Erdnüsse oder Maronen, nie mehr als eine Kleinigkeit, aber stets mit einer solchen Wärme dargeboten, als hätte Du sich jeden Bissen eigens für die alte Freundin vom Munde abgespart. Auf diese für Frauen typische Weise wertete sie ihre bescheidenen Gaben emotional auf: Je rarer das Essen, desto besser schmeckte es. Obendrein kämmte sie Ji manchmal das Haar. Besänftigt durch diesen Eifer, verzieh die großherzige und deutlich ältere Ji ihrer Freundin. Du gab sich Mühe, und das genügte. Als Blinde konnte Ji gut verstehen, was für eine Erleichterung es für Du bedeutete, eine sehende Dreiradfahrerin als Freundin gewonnen zu haben.

Du Hong war eigentlich keine ausgebildete Tuina-Therapeutin. Sie hatte diese Laufbahn erst spät eingeschlagen. An der Blindenschule in Qingdao hatte sie noch den Großteil ihrer Energie der Musik gewidmet. Hätte sie damals auf ihre Lehrer gehört, so wäre ihr vermutlich auf der Bühne eine große Karriere geglückt. Sie sei, so hatten die Lehrer ihr erklärt, zur Musikerin geboren, und zwar besonders dank ihres Gedächtnisses. Wer eine Begabung in sich trägt, ahnt gewöhnlich selbst nichts davon. Tritt sein Talent zutage, weiß er nur eins: wie mühelos ihm alles von der Hand geht.

Genauso war es auch mit Du Hong und der Musik. Wie alles angefangen hatte? Das war eine lange Geschichte, die in ihr fünftes Schuljahr zurückreichte. Für eine Sondervorstellung hatte ihre Schule ein Kino gemietet. Der Hollywoodfilm, den die Schüler »sahen«, handelte von der Zukunft des Kosmos, und er war durchgehend untermalt von schrillen Geräuschen und einer gellenden, geist- und zusammenhanglosen Kakofonie – vermutlich sollte das die »Sphärenmusik« darstellen. Eine Woche später hörte Du Hongs Musiklehrerin, als sie zur Toilette ging, nebenan jemanden summen. Die Töne klangen vertraut, auch wenn sie sie im ersten Moment nicht zuordnen konnte. Dann fiel es ihr wieder ein: War das nicht die Musik des Kosmos aus dem Hollywoodfilm? Nach dem Händewaschen wartete sie, um zu sehen, wer aus der Kabine herauskäme – es war Du Hong. »Wie konntest du dir denn so ein wirres Stück merken?«, fragte sie das Mädchen.

Du verstand die Frage nicht. Mit einem Schmunzeln erwiderte sie: »Musik ist doch kein Text aus dem Lehrbuch, das muss man sich doch nicht merken!«

Das klang ganz schön gewagt. Aus dem Mund eines Sehenden hätte es sich wie Prahlerei angehört. Aber ein Blinder ist nicht so selbstbewusst – und selbst wenn er es wäre, würde er es nicht so unverblümt äußern. Also konnte der Satz nur eines bedeuten: die Wahrheit.

Die Lehrerin nahm Du mit ins Lehrerzimmer, wo sie vor dem versammelten Kollegium vier Phrasen aus einem Stück von Brahms auf dem Klavier spielte. Dann legte sie die Hände auf die Knie und forderte ihre Schülerin auf, das Gehörte aus dem Gedächtnis nachzusingen. Du ließ die Arme hängen und blieb stumm neben dem Klavier stehen. Die Lehrerin begriff, dass das Mädchen sich genierte, und signalisierte ihren Kollegen, sie sollten hinausgehen. Doch auch als alle anderen Lehrer den Raum verlassen hatten, weigerte sich Du noch immer. Endlich verloren die Lehrer, die sich heimlich draußen vor den

Fenstern versammelt hatten, die Geduld und zerstreuten sich. Nun erst begann Du den Part der rechten Hand, also die Melodie, zu singen. Jeder Ton saß. Doch noch ehe ihre Lehrerin sie dafür loben konnte, geschah etwas Erstaunliches: Sie sang jetzt auch die Begleitung der linken Hand. Diese Leistung war so immens, dass nur wenige Genies dazu imstande gewesen wären. Fassungslos packte die Lehrerin sie an den Schultern und drehte sie in ungläubigem Staunen hin und her: War das wirklich Du Hong, das Kind, das in den Matheprüfungen kaum mehr als vierzig von hundert Punkten erreichte?

Ja, es war Du Hong, dasselbe Mädchen, das sich in Mathematik, Chinesisch und Sport so dumm anstellte. Doch in der Musik flog ihr alles nur so zu. Warum, so fragte sich die Lehrerin, hatte sie diese Begabung nicht früher entdeckt? Aber es war noch nicht zu spät, das Mädchen war ja erst in der fünften Klasse. Und im selben Moment fasste sie einen Entschluss: Sie würde dem Kind das Klavierspielen beibringen. Doch Du zeigte kein Interesse. »Wofür interessierst du dich denn dann?«, fragte die Lehrerin.

»Ich möchte gern singen.«

Von Nervosität gepackt, saß die Lehrerin auf ihrem Klavierschemel und klopfte sich in einem fort im Takt eines Marsches auf die Schenkel.

»Du Hong, du hast ja keine Ahnung! Überhaupt keine Ahnung! Du bist blind, da kannst du doch nicht als Sängerin Karriere machen! Was kann beim Singen schon für dich rausspringen, wenn du weder taub noch stumm bist! Verstehst du, was Sondererziehung bedeutet? Du wirst es nicht mal verstehen, wenn ich es dir erkläre. Es bedeutet: Du musst es dir schwer machen. Du musst das Unmögliche schaffen – ein Taubstummer, der singt, ein Lahmer, der tanzt, ein geistig Zurückgebliebener, der etwas erfindet. Nur so offenbart sich das Wunder der Sondererziehung. Kurz gesagt: Ein Behinderter muss ungeheure Schwierigkeiten überwinden, er muss durch die Hölle gehen, damit er das Unerreichbare erreicht. Nur so erlangt er die Macht, die Menschen zu rühren, die Gesellschaft und die Epoche zu bewegen. Was soll denn daran so besonders sein, wenn du als Blinde singst? Dafür musst du doch bloß den Mund aufmachen. Aber Klavierspielen, das ist schwer – für einen Blinden gibt es keine größere Herausforderung. Verstehst du das? Du bringst so gute Voraussetzungen mit – und willst nichts daraus machen? Faul bist du, sonst nichts! Sag deinen Eltern, ich will mit ihnen sprechen!«

Du Hong sagte ihren Eltern nichts. Sie fügte sich. Wie eine Tischlerin formte ihre Lehrerin aus ihr einen Hocker, den sie vors Klavier stellte. Das Mädchen machte phänomenale Fortschritte. Nach drei Jahren bestand sie die Prüfung auf Stufe acht. Es war ein Wunder.

Doch dieses Wunder fand ein jähes Ende im zweiten Jahr der Mittelschule. Es war ein selbst gewähltes Ende: Sie weigerte sich hartnäckig, sich ans Klavier zu setzen.

Daran schuld war ein Auftritt auf einer großen Wohltätigkeitsgala, die den Behinderten »Mitgefühl schenken« sollte. Dazu fanden sich viele Prominente ein, abgehalfterte Filmstars, aber auch ein paar angesagte Popsänger. Du, als musikalischer Gast eingeladen, kam in einem knöchellangen Glockenrock auf die Bühne, um eine dreistimmige Invention von Bach zu spielen – ein anspruchsvolles polyfones Stück, das das kontrapunktische Zusammenspiel der beiden Hände betont. Die zweistimmigen Inventionen beherrschte sie besser, aber ihre Lehrerin hatte sie angespornt, sie müsse die Herausforderung suchen. Es war ihr erster öffentlicher Auftritt, und kaum betrat sie die Bühne, fühlte sie, dass etwas nicht stimmte. Ihre Hände waren angespannt, besonders die Ringfinger waren auf einmal steif und hatten ihre sonstige Sicherheit und spielerische Leichtigkeit verloren. Genau genommen war diese Schwäche der Ringfinger ein altes Problem, das zu meistern Du viel Mühe verwendet hatte. Scheinbar behoben, trat es nun bei diesem besonderen Anlass wieder zutage. Notgedrungen versuchte sie die fehlende Kraft aus den Handgelenken heraus zu kompensieren, um die Ringfinger auf die Tasten hämmern zu können. Dabei geriet ihr der Rhythmus so sehr durcheinander, dass sie kaum hinzuhören wagte. Das war kein Bach mehr. Alles, nur kein Bach.

Perfektionistisch, wie sie war, hätte sie das Stück am liebsten abgebrochen und von vorn angefangen, aber dies war kein Üben, dies war ein öffentlicher Auftritt. Also schleppte sie sich mühsam an der Melodie entlang über die Runden, in immer gedrückterer Stimmung und gegen einen heftigen Widerwillen kämpfend, als hätte sie einen Haufen Fliegen heruntergewürgt. Die Fehler häuften sich. Ihr Spiel war nicht halb so gut wie sonst. Von einer abgrundtiefen Niedergeschlagenheit erfasst, klimperte sie weiter.

Mehr als einmal war sie den Tränen nahe. Zum Glück konnte sie sich beherrschen. Sie wusste selbst nicht zu sagen, wie sie das Stück dennoch zu Ende brachte. In die letzten Noten legte sie all ihre Verbitterung. Mit hängenden Handgelenken, die Finger gespreizt, hob sie die Arme, hielt, wie um einen Schlussstrich zu ziehen, den Atem an und schlug mit all ihren Fingern auf die Tasten. Dann wartete sie. Wartete, bis der letzte Takt vorüber war. Da erst holte sie wieder Atem, während sie die Hände von den Tasten hob. Endlich war sie vorüber, die verunstaltete dreistimmige Invention. Bis auf die Knochen hatte sie sich blamiert, hatte vollkommen versagt. Der Drang zu weinen, wurde in ihr übermächtig, aber da brandete tosender, nicht enden wollender Applaus auf. Von widerstreitenden Gefühlen überwältigt, stand sie auf und verbeugte sich einmal und noch einmal. In diesem Moment kam die Moderatorin zu ihr. Sie pries ihren Vortrag mit einem halben Dutzend Adjektiven und einer Fülle von Vergleichen. Mit einem Wort: Dus Spiel war makellos gewesen. Der Gelobten war nicht mehr nach Weinen zumute, eine wachsende Kälte breitete sich in ihr aus. Ein Gefühl von Trostlosigkeit. Sie begriff: Sie war eine Blinde und würde es immer bleiben. Sie war nur zu einem Zweck auf der Welt: damit die Sehenden ihr Großmut und Mitleid erweisen konnten. Dass jemand wie sie dem Klavier überhaupt ein paar Töne entlocken konnte, war schon außergewöhnlich genug.

Die Moderatorin ergriff ihre Hand und zog sie nach vorn an den Rand der Bühne, wo sie kommandierte: »Kamera hierher!« Da erst begriff Du, dass sie im Fernsehen war. In der ganzen Provinz, ja vielleicht im ganzen Land sahen die Leute ihr zu. Sie fühlte sich verloren.

»Sagst du uns deinen Namen?«

»Du Hong.«

»Lauter bitte.«

Sie hob die Stimme. »Du … Hong.«

»Bist du glücklich?«

Sie überlegte einen Moment. »Ja.«

»Lauter bitte.«

»Ja!«, rief sie mit gerecktem Hals.

»Und warum bist du glücklich?«

Warum? Was war denn das für eine Frage? Was sollte das für eine Frage sein? Du war wie vor den Kopf geschlagen.

»Oder fragen wir einmal so: Was möchtest du uns in diesem Moment gern sagen?«

Dus Lippen zuckten, während ihr abgedroschene Phrasen wie »unermüdlich vorwärtsstreben« und »dem Schicksal trotzen« durch den Kopf schossen, aber sie brachte diese Wörter nicht zu einem Satz zusammen. Glücklicherweise erhob sich in diesem Moment eine Musik, eine Geigenmelodie, die immer näher kam und immer lauter anschwoll, triefend vor Sentimentalität. Ohne die Antwort abzuwarten, begann die Moderatorin, begleitet von der Musik, Dus Geschichte zu erzählen. In einem pathetischen Sprechgesang schilderte sie, dass »die arme Du Hong von Geburt an nichts sehen konnte« und wie sie dennoch »den Mut zum Weiterleben gefasst« habe. Missmutig hörte Du zu. Sie hasste nichts so sehr, wie wenn jemand sagte, wie »arm« sie dran sei und dass sie nichts sehen könne. Ihre Miene verfinsterte sich, aber die Frau war gerade erst in Fahrt gekommen. Mit volltönender, vor Gefühl bebender Stimme stellte sie die Frage in den Raum: »Und warum hat Du Hong heute für uns gespielt?«

Ja, warum? Du war gespannt auf die Antwort. Mucksmäuschenstill lauschte das Publikum, als die Moderatorin ihre zu Tränen rührende Antwort gab: »Die arme Du Hong wollte die Güte vergelten, die sie von der ganzen Gesellschaft erfahren hat – von jedem Großvater und jeder Großmutter, jedem Onkel und jeder Tante, jedem Bruder und jeder Schwester.«

Die Geige, die sich bis dahin als Begleitung im Hintergrund gehalten hatte, trat nun hervor; ihr herzerweichendes Lied, elegisch wie ein Grabgesang, hallte im ganzen Saal, nein, in jedem Winkel der Gesellschaft wider. Die Moderatorin wurde von einem jähen Schluchzen geschüttelt; es schien, als würde im nächsten Moment ihre Stimme von Tränen erstickt.

Der Gedanke, etwas zu »vergelten«, war Du nie gekommen. Sie hatte bloß ein Stück von Bach gespielt, und sie hatte ihre Sache gut machen wollen, aber das war ihr misslungen. Warum sollte das eine Vergeltung sein? Für wen? Seit wann war sie etwas schuldig und wem? Der »ganzen Gesellschaft« also. Das Blut schoss ihr in die Wangen, als sie etwas sagte. Sie wusste genau, dass sie etwas gesagt hatte, aber ohne Mikrofon verpufften ihre Worte im Nichts. Die Geigenmelodie, die soeben ihren Höhepunkt erreicht hatte, brach abrupt ab – im selben Moment, in dem die Moderatorin ihren Satz beendete. Die Frau legte einen Arm um Dus Schulter, um sie vorsichtig die Bühne hinunterzuführen. Du hatte es noch nie leiden können, wenn jemand sie am Arm nahm – es verletzte sie in ihrem Stolz. Sie konnte allein gehen. Auch wenn sie »nichts sehen konnte«, war sie überzeugt, dass sie selbst hinter die Bühne gefunden hätte. Schließlich schaute die ganze Gesellschaft ihr zu. Sie wollte die Hand der Frau abschütteln, aber die Kraft der Liebe ließ sich nicht beirren, und der Griff der Frau war fest. Und so ließ sich Du von der Moderatorin behutsam die Bühne hinuntergeleiten. Sie begriff nun, dass ihr Auftritt mit Musik nichts zu tun hatte, sondern allein dazu diente, die Güte der Leute ins rechte Licht zu rücken und eine Schuld zurückzuzahlen, die sie niemals gänzlich begleichen könnte. Die Geige mit ihrer rührenden Melodie hatte für sie um Gnade gebeten. Die Leute weinten, und so war ihr die Schuld doch noch erlassen. Bitte, bitte, seid barmherzig mit mir, habt Mitleid! Ihre Hände zitterten, so sehr war ihr die Moderatorin zuwider – und die Musik. Den Kopf erhoben, reckte sie ihr Kinn trotzig in die Höhe. Das also war die Musik: erbärmlich.

Hinter der Bühne empfing ihre Lehrerin sie mit einer Umarmung, in der sich Glück und Trauer mischten. Du begriff nicht, woher dieses Übermaß an Gefühl rührte, und wusste nicht, wie sie darauf reagieren sollte, während sie den glühend heißen Atem spürte, der aus den Nasenlöchern ihrer Lehrerin drang.

Als hätte sie sich an diesem Atem die Finger verbrannt, setzte sie nie wieder einen Fuß in das Klavierzimmer. Die Lehrerin suchte sie in ihrem Wohnheim auf und fragte sie nach dem Grund. Nachdem Du alle ihre Zimmergenossinnen hinausgeschickt hatte, erwiderte sie: »Klavier spiele ich nicht mehr. Sie können mir die Kniegeige beibringen.«

»Wieso denn das?«, fragte die Lehrerin perplex.

»Wenn ich mich als Straßensängerin durchschlagen muss, kann ich die Geige bequem mit mir herumtragen.«

Diese Worte trafen die Lehrerin völlig unvorbereitet. Aber auch wenn in ihnen ein Sarkasmus mitschwang, für den Du zu jung schien, hatte das Mädchen recht: Sie war kein Kind mehr und musste sich Gedanken um ihre Zukunft machen. Schließlich konnte sie nicht den Rest ihres Lebens auf der Bühne verbringen in der vagen Hoffnung, irgendwann ihre Schuld zu begleichen.

Die Musik konnte ihr gestohlen bleiben. Eine Scheißnutte war die Musik, sonst nichts! Bloß einmal hatte sie Bach gespielt und sich damit eine Schuld eingehandelt, die sie niemals sühnen konnte. Die Schande, die sie mit ihrem Auftritt über sich gebracht hatte, würde sie ihr Lebtag begleiten.

Du machte kehrt, bevor es zu spät war. Kategorisch verweigerte sie jede weitere Klavierstunde und jeden weiteren Auftritt. Zu deutlich hatte sie verstanden, was sich hinter »Wohltätigkeitskonzerten« und »Barmherzigkeit« verbarg: Die Behinderten wurden hervorgezerrt, um die Gesunden zu rühren. Denn das liebten die Leute, ja, die »ganze Gesellschaft«. Na, dann holt euch doch eure Rührung und vergießt eure Tränen, wenn euch das glücklich macht, aber lasst mich aus dem Spiel. Mir geht es gut, ich brauche eure Tränen nicht.

Nach langem Überlegen fiel ihre Wahl schließlich auf Tuina. In Wahrheit blieb ihr gar keine andere Wahl. Wenn sie nun die Hände ausstreckte, berührte sie keine Tasten mehr, sondern die Körper ihrer Mitschülerinnen. Doch das Leben schien ihr einen üblen Streich zu spielen: Während ihr das Klavierspielen ungeachtet all seiner Schwierigkeiten beinahe in den Schoß gefallen war, tat sie sich mit dem so viel leichteren Tuina ungeheuer schwer. Zum Beispiel konnte sie sich die Akupunkturpunkte lange Zeit nicht merken – und als sie sich endlich eingeprägt hatte, fand sie sie nicht und wenn das endlich gelang, bekam sie sie mit den Fingern nicht recht zu fassen. Beim Klavierspielen kommt es darauf an, den Druck und die Geschwindigkeit richtig zu dosieren, und eben dies übertrug Du nun auch auf die Mitschülerinnen, an deren Körpern sie sich versuchte. Aber die Mädchen dankten es ihr bloß mit allerlei Neckereien: Drückte Du sie mit den Fingern, kommentierten sie »do«, beim nächsten Mal »re«, und so ging es, wie nicht anders zu erwarten, weiter mit »mi, fa, sol, la, si«. Dann kniff Du die Spötterinnen, dass sie aufstöhnten. Doch bei allem Spaß, den sie miteinander hatten, fühlte Du eine nagende Reue: Hätte sie nur nicht so viel kostbare Zeit vergeudet! Was sollte bloß nach dem Abschluss aus ihr werden?

Auf allerlei Umwegen landete sie im fernen Nanjing: Durch die Freundin einer Freundin einer Freundin lernte sie Ji Tingting kennen, die dort arbeitete. Ji gehörte zu dem Typus, der sogleich zur Stelle war, wenn jemand Hilfe brauchte. Nach dem Motto »Lass mich nur machen« riss sie die Dinge gerne an sich.

Diese unter Blinden seltene Eigenart hing damit zusammen, dass sie vergleichsweise begünstigt war: Bei Korrektur ihres Augenfehlers erreichte ihr Sehvermögen die Stufe B-3. Obwohl sie nur die Freundin einer Freundin einer Freundin war, verkündete sie also per Handy: »Wir sind doch Freunde, also komm her, Schwester. Es ist schön hier in Nanjing.«

Weil Ji sie, ohne sie je getroffen zu haben, »Schwester« nannte, übernahm Du diese Anrede, wenngleich widerwillig – es klang so schrecklich hinterwäldlerisch. Unter Straßenkünstlern redete man vielleicht so. Aber eines musste man diesem Menschenschlag lassen: Auf ihn war Verlass. Kaum traf Du in Nanjing ein, stellte Ji sie Sha Fuming vor mit den Worten: »Boss, hier ist ein neuer Goldesel für dich.«

Natürlich bat Sha erst einmal um ein Vorstellungsgespräch. Ji war lange genug in dem Gewerbe, um die Spielregeln zu kennen. Also führte sie ihn in einen Massageraum und drückte ihn auf eine Liege. Dann nahm sie Dus Hand und legte sie auf seinen Nacken, was einen denkbar schlechten Eindruck bei Du hinterließ: Diese Ji wollte mit ihrem Sehvermögen angeben. Kaum hatten Dus Finger Sha berührt, wusste er Bescheid: Die Bewerberin war nicht vom Fach.

Während er auf der Liege lag und sich von ihr massieren ließ, stellte er ihr im unnahbaren Ton eines Bosses alle möglichen Fragen, angefangen bei ihrer Herkunft und ihrem Alter. Sie beantwortete alle Fragen, und auch als er sich schließlich danach erkundigte, was für eine Schule sie besucht hatte, gab sie ihm wahrheitsgemäß Auskunft. Ohne näher darauf einzugehen, ging er dazu über, mit ihr über die Ausbildung zu reden. Sie massierte gerade seinen Nacken – sein Gesicht ruhte in der Höhlung seiner Arme –, da musste er in sich hineinlachen. Das sollte Tuina sein? Ein Kratzen, wenn es juckte, war das, mehr nicht. Er stieß einen tiefen Seufzer aus. »Die heutige Ausbildung erweist den Schülern einen Bärendienst.«

Du war nicht Teil der Ausbildung, über die er sich mokierte, doch sie war klug genug, um innezuhalten. Nach einem kurzen Zögern nahm sie ihre Hände von seinem Körper.

Gegenüber Ji erwähnte er ihre mangelnde Qualifikation mit keinem Wort, zog bloß an der Tür einen Fünfzig-Yuan-Schein hervor und sagte: »Ich gebe dir einen Tag frei. Wo die Kleine schon mal von so weither nach Nanjing gekommen ist, kannst du mit ihr ein bisschen in der östlichen Vorstadt bummeln gehen.« Was er meinte, war sonnenklar. Aber Ji wehrte den Schein ab, drückte ihn zurück in seine Hand und rührte sich nicht, um ihn zu erweichen. Er verzog den Mund zu einem Schmunzeln. »Du willst mich doch nicht zwingen?« Er beugte sich vor und flüsterte ihr ins Ohr: »Sie ist noch schlechter als das, was mir sonst so unterkommt.«

Mit einem Schulterklopfen ließ er sie stehen. Er hatte ihr schon so manchen Sonderwunsch erfüllt, aber hier ging es ums Prinzip, und da musste er hart bleiben. Er begab sich nicht in den Ruheraum, weil er wusste, dass Du Hong dort war, und er ihr nicht in die Arme laufen wollte – das wäre nur unangenehm geworden.

Während Ji noch immer am Eingang der Klinik stand, sackte ihre Stimmung in den Keller. Sie blinzelte in rascher Folge, ehe sie ihr Handy herausnahm, um ihre Freundin und »Schwester« Zhao anzurufen. Zhao, die in einer Stadt weit weg lebte, hatte sie gebeten, sich um Du zu kümmern. Was sollte sie ihr nun sagen? »Du musst ihr unbedingt helfen«, hatte die Freundin ihr am Telefon eingeschärft. Fast flehentlich hatte sie geklungen. Eine Bitte, die mit solchem Nachdruck geäußert wird, verwandelt sich in einen Befehl. Nach einiger Überlegung steckte Ji das Handy wieder ein.

Aber dann klingelte ihr Handy. Zu ihrer Überraschung war es Du Hong. »Tingting, ich weiß Bescheid. Kein Problem.«

»Wo steckst du?«

»In der Toilette.«

»Warum kommst du nicht raus und redest mit mir?«

Du zögerte einen Moment, ehe sie leise erwiderte: »Ich bleibe lieber noch eine Weile hier.«

Ji wusste nicht mehr weiter. Endlich sagte sie: »Hast du schon mal von dem Sun-Yat-sen-Mausoleum hier in Nanjing gehört?«

Ohne darauf zu antworten, sagte Du: »Tingting, das ist kein Problem.«

Ji spürte, wie sich ihre Brust spannte. Dass Du nicht auf ihre Frage einging, konnte nur eines bedeuten: Sie fühlte sich verloren. Ji verstand, in was für einer Gemütsverfassung ihre Freundin jetzt war – schließlich war dies ihre erste große Reise. Für einen Blinden gibt es nichts Aufreibenderes als die erste Reise, die ihn von zu Hause fortführt – vor allem, wenn er allein unterwegs ist. Seine Sorge und seine Bedrückung, seine Verzagtheit und sein Minderwertigkeitsgefühl verdichten sich, ins Ungeheure vergrößert, zu einem Furcht einflößenden schwarzen Loch. Seine Angst davor ist wirklich und unwirklich, begründet und grundlos zugleich, je nachdem, was ihm auf seiner Reise widerfährt. Die Ängste eines Blinden sind so grenzenlos wie die Welt, die er nicht sieht. Wovor er sich ängstigt? Er weiß es nicht. Du Hong hatte das Pech, dass sie gleich mit ihrem ersten Schritt ins Leere trat. Wohlgemerkt: Sie stolperte nicht und stürzte – das hätte zwar wehgetan, aber immerhin wäre sie auf festem Boden gelandet –, sondern sie trat ins Leere, und das bedeutete: Sie schlug nirgendwo auf, sondern sie fiel und fiel ins Bodenlose. Bei einem Sturz mag man sich alle

Knochen brechen, aber er löst nicht die Beklemmung eines solchen freien Falls aus.

Tingting wusste aus eigener Erfahrung, was das bedeutete. Das Handy krampfhaft umklammert, stand sie da und wusste nicht, was sie sagen sollte.

In der Nacht ließ sie Du zu sich ins Bett kommen. Es war so eng, dass beide nur auf der Seite liegen konnten. Anfangs lagen sie Rücken an Rücken, aber nach einer Weile fand Ji das seltsam und drehte sich zu Dus Rücken herum. Weil sie nichts zu sagen wusste, streichelte sie ihr die Schulter, um ihr ein klein wenig Trost zu spenden.

Da drehte sich auch Du herum. Als sie ihren Arm um Jis Rücken legen wollte, stieß sie versehentlich gegen ihren Busen. Beiläufig umschloss sie die Brust mit ihrer Hand. »Deiner ist aber schön!«

Das war ein sonderbares Gesprächsthema, aber die beiden Frauen, die nicht wussten, worüber sie sonst reden sollten, griffen es dankbar auf.

Prompt betastete auch Ji den Busen der anderen. »Deiner ist schöner. Früher war meiner wirklich ganz hübsch, aber dann ist er immer weiter auseinandergewachsen.«

»Wie kann denn das sein?«

»Wieso denn nicht?«

Dann wird es mir wohl irgendwann genauso ergehen, dachte sich Du. Da wisperte ihr Ji ins Ohr: »Hat deinen mal jemand angefasst?«

»Ja.«

Mit plötzlicher Munterkeit fragte Ji erwartungsvoll: »Wer?«

»Ein weiblicher Lustmolch. Total pervers.«

Ji sann einen Moment darüber nach. Als bei ihr der Groschen fiel, kniff sie Du so heftig in die Brustwarze, dass das

Mädchen vor Schmerz aufstöhnte. Ji hatte sich einfach nicht unter Kontrolle.

Nachdem beide noch eine Weile herumgealbert hatten, schlief Du, immer noch niedergeschlagen, ein. Im Schlaf schmiegte sie sich immer enger an Ji, während sich ihre Schulter auf und ab bewegte.

Die Ängste der Blinden sitzen tief – wie tief, das können nur sie selbst ermessen. Ji legte ihren Arm um Du. Sie fand keinen Schlaf. Die Erinnerung an ihr erstes Bewerbungsgespräch in Peking wurde in ihr wach: Es hatte keine zehn Minuten gedauert, da schickte man sie schon wieder fort. Sie erinnerte sich noch daran, wie sie sich gefühlt hatte: als fiele sie endlos in die Tiefe, hinab ins Bodenlose. Aber dann hatte sie Glück gehabt: Ihre Freundin Zhao war auf den Plan getreten und hatte ihr geholfen. Seitdem empfand sie eine grenzenlose Dankbarkeit für Zhao und brannte darauf, ihr die gute Tat zu vergelten. Aber wie? Es schien unmöglich. Sie konnte bloß ihrerseits für andere da sein, so wie Zhao für sie selbst da gewesen war. Und was hatte sie zustande gebracht? Nichts. An Schlaf war nicht zu denken.

Sie fühlte sich zutiefst schuldig. Sie hatte es vermasselt. Wie sollte es jetzt mit Du Hong weitergehen? Sie konnte bloß ihr Leid mit ihr teilen und sie im Arm halten.

In jedem Fall musste sie dafür sorgen, dass ihre Freundin morgen blieb – egal, ob sie beide nun einen Ausflug in die östliche Vorstadt unternahmen oder sich einfach einen Tag ausruhten. Sie könnten zusammen den Konfuzius-Tempel besuchen, ein bisschen bummeln und ein paar Leckereien essen. Und ein kleines Geschenk sollte Du bekommen. Das Mädchen sollte Nanjing mit guten Erinnerungen verlassen: Hier gab es jemanden, der für sie da war. Sie hatte bloß Pech gehabt, mehr nicht. Bei diesem Gedanken wagte Ji kaum noch zu schlafen – zumindest durfte sie nicht zu fest schlafen, damit sich Du nicht etwa in aller Frühe mit ihrem Gepäck davonschlich.

Erst tief in der Nacht schlief Ji ein, und als der Morgen graute, schlief sie wie ein Stein. Doch ihre Sorge war grundlos: Kaum war sie aufgewacht, erklärte Du ihr fest entschlossen, sie wolle weder das Sun-Yat-sen-Mausoleum noch den Konfuzius Tempel besuchen. Stattdessen wolle sie mit Tingting zum Tuina-Zentrum gehen. Anfangs glaubte Ji, Du wolle nicht daran schuld sein, dass ihre Freundin einen Tageslohn verlor, aber als sie beide in der Klinik ankamen, erkannte Ji ihren Irrtum. Sie hatte das Mädchen unterschätzt.

In einer roten Bluse folgte Du ihrer Freundin zum Tuina-Zentrum, wo sie, laut und vernehmlich für alle, »Boss Sha« rief. »Boss, ich weiß, dass meine Fähigkeiten noch nicht Ihren Ansprüchen genügen, aber können Sie mir einen Monat Zeit geben? Ich kann die Toiletten sauber machen und andere Hilfsarbeiten verrichten. Ich brauche bloß drei Mahlzeiten am Tag. In der Nacht kann ich bei Tingting unterkommen. Wenn ich nach einem Monat immer noch nicht Ihren Ansprüchen genüge, gehe ich freiwillig, das verspreche ich hier vor allen Leuten. Die Kosten für meine Verpflegung erstatte ich Ihnen im Laufe eines Jahres. Ich hoffe, Sie geben mir diese Chance.«

Gewiss hatte sie sich ihre kleine Rede vorher zurechtgelegt, wenn nicht gar auswendig gelernt. Und obwohl sie schüchtern klang, als müsste sie nach Atem ringen, und immer wieder stockte, hatte sie, ohne es zu ahnen, alle Anwesenden tief beeindruckt. So zaghaft sie auch auftreten mochte, sie hatte Rückgrat gezeigt.

Damit hatte Sha Fuming nicht gerechnet. Hätte Du sehen

können, wären ihre Worte nicht weiter der Rede wert gewesen, unter Blinden hingegen waren sie außergewöhnlich. Blinde haben einen bemerkenswerten Stolz. Mit einer Ablehnung konfrontiert, sind sie zuallererst darauf bedacht, ihre Würde zu wahren, indem sie mit ungebrochenem Selbstbewusstsein auftreten nach dem Motto: »Ihr wollt mich nicht? Woanders wird man mich schon wollen!« Umso erstaunter war Sha von Dus Verhalten. Ob er wohl selbst, so fragte er sich, unter ähnlichen Umständen das Gleiche getan hätte? Die Antwort war Nein. Dass sie gleichwohl so gehandelt hatte, fand er nicht etwa unangebracht – im Gegenteil, ihm imponierte ihr Mut. Nicht fehlendes Sehvermögen, sondern fehlender Mut ist für einen Blinden das größte Hindernis – das und die Verletzlichkeit, die aus seinem überzogenen Stolz erwächst. Warum, so erkannte Sha in aller Klarheit, sollte ein Blinder sich mehr Würde aufbürden als ein Sehender? Vieles halsen wir Blinde uns nur selbst auf. Es gibt auf der Welt bloß eine Würde: die Würde des Menschen, nicht die des Blinden.

»In Ordnung«, murmelte er gedankenverloren.

Sha war der geborene Boss, und als solcher belehrte er gern andere. Also tat er sein Bestes, um Du Hong zu unterrichten. Und seine Schülerin gab sich die größte Mühe. Tuina ist keine Kunst wie das Klavierspiel, es erfordert weder ein umfangreiches Wissen noch eine besondere Klugheit. Du mangelte es schlicht an Kenntnissen. »Falls du einen Akupunkturpunkt nicht auf Anhieb finden kannst«, schärfte Sha ihr ein, »dann ist das nicht weiter schlimm. Hauptsache, du stellst dich schlau an und achtest auf die Reaktion deines Kunden. Also: Das hier auf den Schulterblättern zum Beispiel ist der Tianzong-Punkt. Das ist ein schmerzempfindlicher Punkt.« Er demonstrierte das Gemeinte, indem er abrupt seinen Daumen daraufpresste.

Sie schrie auf vor Schmerz. »Siehst du? Prompt hast du reagiert, oder? Genau wie dein Kunde, der wird auch ein Geräusch von sich geben oder zumindest die Beine bewegen. Und was sagt dir so eine Reaktion? Dass du den Punkt gefunden hast. Das musst du dir immer bewusst machen.«

»Du brauchst keine Angst zu haben, du könntest dem Kunden wehtun. Wieso solltest du davor Angst haben? Betrachte das mal aus seiner Perspektive. Er sagt sich: Wenn ich schon Geld dafür ausgebe, dann soll es ruhig ein bisschen wehtun. Die Leute sind geizig und immer auf ihren Vorteil bedacht, aber jeder auf seine Weise: Für manche ist Tuina gleichbedeutend mit Schmerz; wenn es gar nicht wehtut, ist es bloß eine Sexmassage. Deshalb brauchst du keine Angst zu haben, du könntest ihnen wehtun – du machst sie damit glücklich. Sagt ein Kunde trotzdem zu dir, du sollst nicht so stark zudrücken, so erfüllst du ihm seinen Wunsch – denn dann wird er deine Fähigkeiten bereits nicht mehr in Zweifel ziehen.«

Während sie ihm zuhörte, entdeckte Du, dass auch die Sprache ihre Akupunkturpunkte hatte. Sha war kein gewöhnlicher Boss, mit seinen Worten traf er genau den betreffenden Punkt, sodass seinen Zuhörern schlagartig ein Licht aufging. Und sie erkannte, warum ihre Fähigkeiten so dürftig waren: Es lag an ihrer Einstellung. Sie machte sich zu viele Gedanken, war übervorsichtig und zögerlich, und deshalb wagte sie nicht, beherzt zuzudrücken. Schließlich konnte sie den Körper eines Kunden unmöglich wie ein Klavier behandeln! In Wahrheit jedoch musste der Therapeut im rechten Moment tüchtig zupacken – der Kunde würde schon keinen Schaden nehmen. Besonders ein Neuling musste ordentlich Kraft in sein Tuina hineinlegen zum Beweis, dass seine Technik stimmte, dass er pflichtbewusst war und keine Anstrengung scheute. Falls der

Kunde dann einen Schmerzensschrei von sich gab, pflegte Du zu sagen: »Das tut ein bisschen weh, oder? Sie sind in letzter Zeit ziemlich überarbeitet, nicht wahr?« Das klang gut – mitfühlend und kompetent zugleich. So gewann man Kunden. Denn ein Tuina-Zentrum ist kein Krankenhaus, die Leute suchen hier Entspannung und nicht Heilung. Wer krank ist, geht ins Krankenhaus und nicht ins Tuina-Zentrum.

Sha Fumings Plan war, Du eine Weile gründlich einzuweisen und dann zu schauen, wie sie sich anstellte. Hauptsache, er musste sich keine Vorwürfe machen. Wenn sie sich mauserte, durfte sie bleiben; wenn nicht, würde auch sie selbst nicht von ihm durchgefüttert werden wollen. Nein, sie nicht. Aber dann geschah etwas Unerwartetes. Sha kam aus der Toilette, da hatte Du einen Kunden. Er zitierte Gao Wei vom Empfang zu sich und stellte sie zur Rede: »Wie kommst du dazu, einen Kunden zu ihr zu schicken?«

»Der Kunde hat nach ihr gefragt, da kann ich ja wohl schlecht Nein sagen!«, antwortete Gao, gekränkt von dem Vorwurf in seiner Stimme.

Sha sagte kein Wort, aber im Stillen bereute er seine Weichherzigkeit. Dus Unvermögen würde ihm noch sein Geschäft ruinieren. Sein Tuina-Zentrum war kaum etabliert – sollte sein Ruf leiden, so ließe sich das nicht wiedergutmachen.

Das Unglaubliche war nicht, dass Du Hong einen Kunden hatte, sondern dass ihr Geschäft direkt vor Shas Augen aufblühte. Die Kunden verlangten sie – und immer mehr von ihnen nicht nur einmal –, und Sha ließ sie gewähren. Als Chef konnte er schließlich schlecht von einer akademischen Warte aus die Unfähigkeit seiner eigenen Mitarbeiterin herausstellen. Dennoch machte er sich weiter Sorgen, und so belauschte er wiederholt Dus Sitzungen. Tatsächlich brachte sie nicht nur die Kasse zum Klingeln, sondern pflegte auch einen erstaunlich vertrauten Umgang mit ihren Kunden. Wie war das nur möglich?

Die Antwort kam bald ans Licht: Zu Shas Bestürzung war Du eine echte Schönheit. Dabei war er eigentlich über das Aussehen seiner Mitarbeiter gut im Bilde, denn wenn die Kunden nichts Besseres zu tun hatten, hörte er sie oft darüber plaudern. Manchmal mischte sich in dieses belanglose Geschwätz auch ein Lob für den einen oder anderen Therapeuten, seine Figur oder sein Gesicht, aber stets in nichtssagende Phrasen verpackt: Diese Therapeutin sei »hübsch«, jener Therapeut »gut aussehend«. Auch Sha selbst hatte schon solche Komplimente geerntet – und sie genauso wenig ernst genommen, wie sie gemeint waren. Und selbst wenn ein Kunde einmal die Wahrheit sagen und eine Therapeutin tatsächlich eine Schönheit sein sollte, was scherte ihn das? Er konnte ohnehin nichts sehen, also war es ihm gleichgültig. Hübsch war, wer die Kunden zufriedenstellte und die Kasse zum Klingeln brachte.

Eines Tages jedoch schneite eine besondere Gruppe von Kunden herein: ein Filmteam. Die sieben oder acht Mitglieder drängelten sich in der Eingangshalle, angeführt von einem Mann in den Fünfzigern, der mit rauer Stimme und starkem Pekinger Akzent sprach und den alle bloß »Regisseur« nannten. Sha wusste, was es mit einem Regisseur auf sich hatte, und obwohl die Gruppe nur auf der Durchreise war, entschloss er sich, ihr den allerbesten Service zu bieten. Nachdem er sich persönlich nach der Zahl der Gäste erkundigt hatte, stellte er seine tüchtigsten Mitarbeiter für sie ab – einschließlich des anderen Eigentümers, Zhang Zongqi. Nur sich selbst nahm er aus. Mit dem plötzlichen Zustrom von acht Kunden schien das Tuina-Zentrum, das ohnehin nicht besonders groß war, aus allen Nähten zu platzen. Das geschäftige Treiben versetzte Sha in Hochstimmung. Nachdem er Kunden und Therapeuten einander zugeteilt hatte, kam er in den Ruheraum und verkündete mit einem Händereiben: »Fernsehserien machen die. ›Die Tang-Dynastie‹ haben sie gedreht, ihr habt bestimmt schon davon gehört, oder?«

Du Hong hatte nicht nur davon gehört, sie hatte sogar einen kleinen Teil »gesehen«. Die Musik fand sie bloß mäßig, aber immerhin war die Titelmelodie »Der Mond scheint heller als die Sonne« nicht schlecht. Lächelnd, die Hände auf die Oberschenkel gelegt, saß sie Sha gegenüber auf der linken Seite eines Tisches. Wie immer nahm sie dabei die besondere, kerzengerade Haltung ein, die sie sich beim Klavierspielen angewöhnt hatte. Sobald sie sich irgendwohin setzte, straffte sie ihren Oberkörper, wobei sich ihr Kreuz nach innen wölbte und ihr Busen hervortrat. Ihr Oberkörper und ihre Oberschenkel bildeten dabei einen Winkel von neunzig Grad, genau wie ihre Ober- und Unterschenkel. Die Schultern hielt sie entspannt auf einer Höhe, während sie die Knie aneinanderlegte, damit die Hände, eine über die andere gelegt, gelassen auf den Beinen ruhen konnten. Sie sah aus wie eine Pianistin, die sich innerlich sammelt für ihr Stück – oder die es wehmütig verklingen lässt. Während sie so da saß und vor sich hin lächelte, haderte sie im Stillen mit Sha, aber auch mit sich selbst. Warum hatte er sie nicht zu einem der Kunden geschickt? War sie wirklich so viel schlechter als die anderen? Das bisschen Stundenlohn war ihr egal, aber sie hatte ihr Gesicht verloren. Trotzdem setzte sie gewohnheitsmäßig ein Lächeln auf – nicht um der anderen willen, sondern um ihrer selbst willen. Denn ihr Anspruch an sich selbst war, auch im Ärger eine anmutige Haltung zu wahren.

Sie lächelte eine Stunde. Mit anderen Worten: sie ärgerte sich eine Stunde. Dann schwärmte der Regisseur mit seiner Truppe aus den Massageräumen heraus. Vor Elan strotzend, wollte er sich noch im Tuina-Zentrum umsehen – womöglich könnte er ja bei seinem nächsten Dreh davon profitieren. Sha führte ihn in den Ruheraum. Er öffnete die Tür und rief: »Der Herr Regisseur möchte euch sehen. Heißen wir ihn willkommen.« Die Angestellten erhoben sich, und manche applaudierten sogar. Der Beifall war bloß spärlich, aber die Atmosphäre herzlich, wenn auch ein wenig verlegen, denn alle waren aufgeregt – schließlich beehrte sie ein echtes Filmteam.

Du Hong lächelte bloß und nickte leicht, aber sie stand nicht auf. Der Blick des Regisseurs blieb sogleich an ihr hängen – an dieser Pianistin, die soeben ihr Spiel beendet hatte. Stumm hielt er inne, dann rief er leise eine Frau herbei. Sha hörte, wie die Frau »Oh!« murmelte. Es war ein Ausdruck der Bewunderung, aber wem er galt, konnte Sha nicht ahnen. In den Augen der Frau war Du keine Pianistin mehr, sondern eine Kaiserin während der Krönung, gütig, edel, prächtig, reglos, Ehrfurcht gebietend, ja, majestätisch.

Nichtsahnend fragte Sha höflich: »Möchte der Herr Regisseur etwas Wasser trinken?«

Der Regisseur beachtete ihn gar nicht, sondern flüsterte zu der Frau neben ihm: »Wunderschön.«

»Mein Gott«, raunte die Frau. »Wirklich wunderschön«, fügte sie in einem Ton hinzu, der keinen Zweifel duldete, so als würde sie das Ergebnis einer wissenschaftlichen Studie verkünden.

Sha verstand nicht, was vor sich ging, er hörte nur, wie der Regisseur in den Raum trat und leise fragte: »Wie heißt du?«

Nach einem langen Schweigen hörte Sha, wie Du antwortete: »Du Hong.«

»Kannst du sehen?«, fragte der Regisseur.

»Nein.«

Der Regisseur stieß einen Seufzer aus, in dem eine grenzenlose Trauer und ein tiefes Bedauern lagen. »Liuzi, notier dir ihre Handynummer.«

»Tut mir leid, ich habe kein Handy.« Du sagte das weder unterwürfig noch hochmütig.

Sha hörte, wie der Regisseur ihr die Schulter tätschelte. Draußen vor der Tür hörte er ihn sagen: »Wie schade.« Und wieder seufzte die Frau: »Wirklich wunderschön.« Ihr Seufzer, aufrichtig und ernst, kam aus tiefstem Herzen.

Kaum war das Filmteam aus der Klinik geströmt, kehrte im Innern wieder Stille ein. Aber diese Stille war anders als sonst, fast angespannt. All den blinden Therapeuten war schlagartig ein erschütterndes Geheimnis offenbart worden: Mitten unter ihnen lebte eine göttliche Schönheit. Diese Erkenntnis gründete nicht auf einer beiläufigen Bemerkung, die irgendein gewöhnlicher Kunde im Scherz fallen gelassen hatte, sondern auf dem Ausspruch des Regisseurs der »Tang-Dynastie« – einem Ausspruch, den er in Hochchinesisch und mit größtem Ernst geäußert hatte wie ein Schauspieler, der auf der Bühne einen Vers rezitiert, obendrein beglaubigt von einer Frau.

In der Nacht schrieben die Therapeutinnen an ihre Freunde in der Ferne lauter SMS, die in einem überspannten Ton gehalten waren, als stünden die Verfasserinnen unter Schock. »Weißt du was? Hier bei uns gibt es eine Du Hong – du glaubst ja nicht, wie schön sie ist!«

Aus ihren Worten sprach nicht die leiseste Eifersucht. Wie hätten sie auch eifersüchtig sein können auf eine Schönheit, auf die ein Regisseur ein Auge geworfen hatte! In Worte fassen vermochten sie Dus Schönheit zwar nicht, aber das war egal: Dafür konnten sie sich in Übertreibungen ergehen, und wenn das nicht reichte, in Gefühlsüberschwang. Denn was war Schönheit anderes als ein Tonfall des Erstaunens! Also redeten sie nicht, sie intonierten, und sie sangen.

Auch Sha Fuming durchlebte eine feierliche Nacht. Während er im Bett lag, beherrschte Du Hong all seine Gedanken. Nur Gestalt annehmen wollte sie nicht. Und in ihm erhob sich eine Frage, die immer schwerer auf ihm lastete: Was ist Schönheit?

Von Unrast gepackt, verlor er den Boden unter den Füßen.

Kapitel 5
Xiao Kong

Das sexuelle Begehren ist ein Pfad, der überallhin führt; oberflächlich betrachtet eine Linie, verästelt er sich in Wahrheit in ein unübersehbares Geflecht. Seit sie beide wieder angefangen hatten zu arbeiten, quälte das Verlangen Xiao Kong genau wie Wang Daifu. Wenn die Begierde lange genug gelodert hat, bringt sie neue Äste, neue Blätter hervor. Kong und Wang gerieten in Zank miteinander. Die heißblütigen Lippen der Verliebten sind zum Küssen geboren, aber wenn ihnen das Küssen verwehrt bleibt, suchen sie einen Ersatz im Streit – diesem Grundmuster folgt die Liebe.

Zankten die beiden wirklich miteinander? Nein, zwischen ihnen stand es eher noch schlimmer: Sie befanden sich in einem kalten Krieg, einem stummen Hader. Und doch wussten sie im Grunde ihres Herzens genau, dass sie einen Streit austrugen.

Natürlich freute sich Wang darüber, dass Kong jede Nacht zu ihm ins Wohnheim kam. Aber mit der Zeit verdichtete sich in ihm der Verdacht zur Gewissheit, dass sie nicht etwa seinetwegen kam, sondern wegen Xiao Ma. Soll sie ruhig, sagte sich Wang – ich bin ja nicht kleinherzig. Doch mit der Zeit wurde es ihm unerträglich, denn sie besuchte ihren neuen Schwarm nicht bloß, sie schäkerte auch noch mit ihm. Immerhin musste man Ma zugute halten, dass er in Passivität verharrte und bloß regungslos dahockte wie ein Ölgötze. Aber wie Kong sich aufführte! Sie warf sich ihm förmlich an den Hals. Wang ahnte nicht, wie angespannt er aussah: Sein Mund öffnete und schloss sich unentwegt, als wollte er seine Zähne küssen, während seine Zunge über seine Lippen fuhr. Er fühlte sich elend. Eine unaussprechliche Traurigkeit nagte an ihm.

In Wahrheit flirtete Kong nicht, sie war niedergeschlagen. Eine Bedrückung, genährt von aufgestauter Energie und gärendem Verlangen, trieb sie um, und das besonders bei der Arbeit. Nach Feierabend, wenn sie ins Männerwohnheim kam, nahm ihr Trübsinn eine andere Gestalt an: Sie wurde überdreht und barst vor Energie – ein Überschwang, der eigentlich Wang galt, aber auf unerforschlichen Wegen bei Xiao Ma ankam. Dass verliebte junge Frauen in die eine Richtung zeigen und tatsächlich in die andere zielen, ist gang und gäbe, aber Wang wusste nichts davon. Seine Freundin, fand er, benahm sich einfach unmöglich, indem sie sich einem fremden Mann an den Hals warf. Es war beschämend.

Dann, aus heiterem Himmel, kam es zwischen Kong und Ma zu einer handgreiflichen Auseinandersetzung. Freilich war Ma bloß das Opfer, nicht der Täter. Und wieso? Wieder einmal war die alte Erblast ihrer Beziehung schuld: die Anrede »Saozi«. Kong gab sich in dieser Nacht besonders unnachgiebig, sie riss sein Kissen in die Höhe und drohte, sie werde ihn damit versohlen. Aber da kannte sie ihn schlecht – träge, antriebslose Typen wie er können sich überraschend stur stellen. Also schlug sie ihn, schwenkte das Kissen mit beiden Händen und ließ es auf seinen Kopf niedersausen – es war ja bloß ein Kissen, das würde ihm schon nichts zuleide tun.

Mit diesem Schlag nahm das Unheil seinen Lauf. Ma war nicht etwa wütend, nein, im Stillen hüpfte ihm das Herz vor Glück. Sonst gab er nie Kontra – diesmal schon: »Du *bist* Saozi.«

Damit goss er Öl ins Feuer. Mit dem Kissen in der Hand ließ Kong einen wahren Orkan / von Schlägen / über ihn hereinbrechen. Kong fand Gefallen an ihrer Züchtigung; es war, als hätte sie ein Ventil gefunden für all ihren Frust. In ihre Schläge mischte sich ihr Lachen immer lauter wie in einem zügellosen Rausch.

Wang teilte ihren Überschwang nicht. Sein Gesicht verfinsterte sich, während seine Lippen Worte formten, aber am Ende kletterte er bloß stumm in sein oberes Etagenbett. Kong war so in ihrem Rausch gefangen, dass sie gar nichts davon merkte. Sie schlug weiter und immer weiter auf Ma ein, Dutzende Male, bis sie endlich erschöpft war. Heftig keuchend wandte sie sich zu Wang um, doch der war verschwunden. »Nanu! Wo bist du denn?«

Er lag bereits in seinem Bett.

»Wo bist du denn?«, fragte sie noch einmal.

»Schlafen«, kam es von oben. Seine Stimme klang erstickt – offensichtlich lag er auf der Seite, den Mund halb in seinem Kissen vergraben.

Der Schlüssel zur Sprache der Liebenden liegt nicht in den Worten, sondern im Ton – in dem, was unausgesprochen in den Worten mitschwingt. Kongs Hochgefühl trübte sich sofort, als sie den Missmut in Wangs Stimme hörte. Im Wohnheim war es auf einmal still, und die Verlegenheit, in die sie diese Stille stürzte, spiegelte sich in ihrer Miene wider. Seine Verstimmung verstimmte sie. *Du* bist unglücklich? Weißt du, wie *ich* mich fühle? Wieso bist *du* unglücklich? Mit niedersackenden

Schultern ließ sie das Kissen fallen. Das Gesicht tief bedrückt, sagte sie höflich zu Ma: »Xiao Ma, es ist schon spät, ich gehe auch schlafen. Bis morgen.«

Dies war die erste schlaflose Nacht in Wang Daifus Leben. Nachdem Xiao Kong gegangen war, wälzte er sich von einer Seite auf die andere – mit der Folge, dass auch Xiao Ma keinen Schlaf fand und sich gleichfalls hin und her wälzte. Beide nahmen die Ruhelosigkeit des anderen wahr. Und Wang ging auf, dass Kong nur seine Freundin war und noch nicht seine Frau. Nur weil sie beide einen halben Monat »Flitterwochen« miteinander verbracht hatten, gehörte sie ihm noch lange nicht. Also war die Lage ernst. Er setzte sich auf, um sie anzurufen. Kaum hatte er ihre Nummer gewählt, ließ ihn ein Klingeln nebenan zusammenzucken. Nein, er konnte sie jetzt nicht anrufen. Er wollte doch keine öffentliche Livesendung veranstalten. Ohne noch einen Gedanken zu verlieren, legte er auf. Aus Sorge, sie könnte ihn zurückrufen, schaltete er sein Handy aus. Welche Hürde doch die Entfernung für die Liebe bedeuten konnte – nicht nur eine zu große Entfernung, auch eine zu kleine.

Die Mühe, sein Handy auszuschalten, hätte er sich sparen können – Xiao Kong ignorierte ihn. Nicht nur in dieser Nacht, sondern auch am nächsten Tag. Schließlich hatte er sich völlig danebenbenommen, er hatte sie vor allen Leuten dastehen lassen wie ein billiges Flittchen. Das würde sie ihm nicht durchgehen lassen. Sobald sie ihn kommen hörte, suchte sie das Weite. Das Tuina-Zentrum hatte ja genug Betten, sollte er doch »schlafen«, wo er wollte!

Natürlich entging ihm ihr Verhalten nicht, aber er wagte nicht, sie deswegen zur Rede zu stellen. Dies war der erste Streit, den sie miteinander ausfochten, und er hatte keine Ahnung, wie sie sich aufführen würde, wenn er sich einen Ruck gab und das Gespräch mit ihr suchte. Womöglich würde sie ihn vor den Kollegen bloßstellen. Das konnte er unmöglich zulassen, er hatte seinen Stolz.

Die Zeit verging quälend langsam, und er war mit seiner Weisheit am Ende. Als die Nacht zu guter Letzt angebrochen und er in sein Zimmer zurückgekehrt war, kam Kong nicht. Er fühlte sich elend, aber er brachte nicht den Mut auf, zu ihr ins Wohnheim zu gehen. Wieder wälzte er sich schlaflos im Bett. Auch sein Bettnachbar fand keinen Schlaf, aber er zwang sich, still zu liegen, um Wang nichts von seiner Schlaflosigkeit zu verraten. Krampfhaft verharrte er in ein und derselben Haltung – und verbrachte damit eine qualvolle Nacht.

Am dritten Tag dämmerte Wang, dass die Dinge nicht so einfach lagen, wie er geglaubt hatte. Kein Zweifel, er steckte in Schwierigkeiten. Xiao Kong war doch nicht etwa in Ma verliebt? Schwer zu sagen. Jedenfalls konnte er nun nachfühlen, wie sehr sie litt. Als damals die Liebe in ihr erwacht war, hatte eine ähnliche Lustlosigkeit wie jetzt sie befallen – er konnte das aus ihrer Stimme heraushören. Ihr Kummer vergrößerte den seinen, aber er wusste keinen Ausweg. Im Tuina-Zentrum liefen die Geschäfte an diesem Tag besonders gut, sodass er ungeachtet seiner wachsenden Erschöpfung eine Sitzung an die andere hängen musste. Er machte sich Sorgen und Vorwürfe und ahnte nicht, dass dies zur Liebe dazugehört. Am Nachmittag ertrug er es fast nicht mehr. Er konnte kaum noch einen klaren Gedanken fassen. Er musste sie anrufen, unbedingt. Aber wie? Als die Sitzung endlich beendet war, ging er auf die Toilette, verriegelte die Tür hinter sich und wählte ihre Nummer.

Sie nahm gleich ab, aber ihr Ton war kühl. »Hallo? Wer ist da?«

Er suchte nach den richtigen Worten. Wo sollte er anfangen?

»Wer ist da?«, fragte sie erneut.

»Ich vermisse dich«, platzte es aus ihm heraus.

Sie war gerade bei der Arbeit und ähnlich fahrig gewesen wie er; seine Worte überrumpelten sie und lösten in ihr eine Flut von Gefühlen aus: Freude und, mehr noch, Erlösung. Ihr fiel ein Stein vom Herzen. Von sich aus hätte sie niemals klein beigegeben – trotz der leisen Angst, die sie im Stillen beschlichen hatte: Sollte ihre Beziehung etwa so enden? Immerhin war dies schon der dritte Tag ihres kalten Kriegs – eine kleine Ewigkeit. Sie war so erschöpft, dass sie ihm nur noch um den Hals fallen und sich bei ihm ausheulen wollte. Kann es ein größeres Glück geben als die Kapitulation des Geliebten?

Aber sie war gerade mitten bei der Arbeit und massierte, das Handy unters Ohr geklemmt, mit beiden Händen den Kunden. Vor Kollegen und Kunden war nicht die rechte Zeit für verliebtes Geturtel. Also zügelte sie sich und schlug einen förmlichen Ton an, als wollte sie ein Ferngespräch mit irgendeinem Freund beenden: »Alles klar. Ich bin gerade bei der Arbeit. Wir reden später.« Und damit legte sie innerlich jauchzend auf.

Wang Daifu hielt sein Handy umklammert. Schon bevor sie auflegte, hatte ihre Stimme auf ihn wie eine kalte Dusche gewirkt. Jeder Trottel konnte aus ihrem Ton heraushören, dass sie ihn kurz abfertigte. Eine Weile blieb er wie betäubt stehen, dann kam ihm wieder zu Bewusstsein, dass er auf der Toilette war. Ich muss hier raus, sagte er sich, und zwar jetzt. Er zog an der Tür, aber sie ließ sich nicht öffnen. In Rage rüttelte er mit aller Gewalt daran, bis ihm endlich einfiel, dass er die Tür verriegelt hatte.

Kaum war sie mit ihrem Kunden fertig, eilte Kong voll brennender Ungeduld in den Ruheraum, aber nun war Wang wieder bei der Arbeit. Gewitzt, wie sie war, hatte sie aus dem Tropfgeräusch im Hintergrund erraten, dass er aus der Toilette angerufen hatte. Warum sollte sie es ihm nicht nachtun? Sie ging also auf die Toilette, nahm schmunzelnd ihr Handy heraus, und nachdem sie eine Weile damit herumgespielt hatte, tippte sie sorgfältig mit beiden Daumen seine Nummer ein. Es klingelte, und als der Mann, den sie liebte, abhob, erwiderte sie sein Geständnis, indem sie zu seinen drei Wörtern ein viertes hinzufügte: »Ich vermisse dich auch.« Was für eine gelungene Ergänzung das doch war! Ein Wink, dass ihre Beziehung wieder im Reinen war, eine Anspielung auf das Geheimnis, das die Liebenden miteinander verband. Selbst wenn noch mehr Zeit verstrichen wäre, es wäre nicht weiter ins Gewicht gefallen, denn es brauchte nur einen Moment, um sie beide wieder zu vereinen. Wie schön doch die Liebe war.

Die halbe Stunde, die seit seinem »Ich vermisse dich« vergangen war, hatte er in einer aufgewühlten, tief traurigen Stimmung verbracht. Er hatte bereits mit dem Schlimmsten gerechnet. Als dann auf einmal Kong sein Geständnis erwiderte, wäre er am liebsten in Tränen ausgebrochen, aber natürlich musste er sich – mit dem Kunden und den Kollegen um sich herum – beherrschen. »Alles klar. Gleichfalls. Wir reden später«, sagte er und hasste sich selbst für seinen förmlichen Ton. Aber das Leben – das hatte er nun erkannt – besteht aus Missverständnissen, und vieles begreift nur, wer es selbst erlebt hat. Er hatte seine Lektion gelernt: Das nächste Mal würde er versuchen, sich in sie einzufühlen.

Als sie einander endlich begegneten, geschah dies im Ruheraum. Das Zimmer war voller Leute, und natürlich durften sie sich nicht gehen lassen. Er kam zu ihr, und sie setzten sich Schulter an Schulter auf eine ausgemusterte Liege. Wortlos. Aber diesmal war ihr Schweigen anders als zuvor – zart wie nach einer Genesung von schwerer Krankheit; wert, ein Leben lang erinnert zu werden. Schließlich legte er seine Hand auf ihren Oberschenkel, und sie nahm sie und hielt sie fest. Und alles war gut. Mit jedem Finger zwischen ihren Fingerritzen sagte er ihr: »Ich liebe dich«, und ihre Finger antworteten: »Ich liebe dich auch.« Und dabei wandte sie ihm das Gesicht zu, als wäre sie nun erst wahrhaft verliebt.

Stumm aneinandergepresst, liebkosten sich ihre zehn Finger. Ihr Streicheln rief in den beiden allerlei Erinnerungen wach an die Zeit, als sie miteinander geschlafen hatten. Wie sehnten sie sich danach, es wieder zu tun, um einander zu zeigen, wie tief ihre Liebe war! Aber wohin sollten sie gehen? Es war ausgeschlossen. Sie mussten sich beherrschen, mehr noch, mussten einander mit den Fingern gut zureden: Beherrsch dich. Aber was für eine Ermahnung war das? Ohne Worte war sie und steigerte doch noch ihr Begehren. Je länger beide einander zuredeten, desto heftiger brannte in ihnen das Verlangen – mit der Folge, dass sie sich noch mehr beherrschen mussten. Die Selbstkontrolle, die sie einander auferlegten, war kein psychischer Vorgang, sondern eine körperliche Schwerstarbeit. Ungeheuer aufreibend. Am Ende lehnte Kong sich völlig erschöpft an Wangs Schulter. Er roch den Atem aus ihrem offenen Mund – die Luft war so heiß, dass es ihm das Herz brach. Er schnaufte leise, von der sehnlichen Hoffnung umgetrieben, er könnte bald sein eigener Chef sein. Ein Boss musste er werden, und zwar schnell. Sich für einen anderen abzuschuften, das war kein Leben.

Dass sich ein Streit in einem solchen Wohlgefallen auflösen

konnte, erstaunte Kong. Trotzdem: Streit blieb Streit mit all seinen Verletzungen – in Zukunft konnte sie gern darauf verzichten. Als sie sich vergegenwärtigte, wie es dazu gekommen war, musste sie sich ihr eigenes Fehlverhalten eingestehen. Offensichtlich sollte sie einmal ernsthaft in sich gehen. Dass sie vor der Nase ihres Freundes mit einem anderen herumschäkerte, war in jedem Fall eine Geschmacklosigkeit. Sie nahm sich vor, nicht mehr das Männerwohnheim zu betreten. Denn auch wenn sie keine bösen Absichten verfolgte, hatte Wang sie missverstanden und das Unglück seinen Lauf genommen.

Nun, da sie ihn nicht länger besuchen kam, blieb ihm nichts anderes übrig, als zu ihr in den Frauentrakt zu gehen. Aber er spürte bald, wie anders diese Besuche waren. Er gehörte zu jener gesetzten Sorte von Männern, mit der die Frauen kaum einmal scherzten. Da er und Kong vor den anderen auch nicht miteinander flüstern wollten, gestalteten sich seine Besuche so fade, dass man sie nicht mit ihren vergleichen konnte. Beide saßen bloß herum. Fast wie in einem Ritual. Reglos wie Möbelstücke.

Dabei begann Wang seiner Freundin mehr Aufmerksamkeit zu schenken – und merkte, wie bedrückt sie war. Auch ohne dass er ihr Gesicht sah, konnte er allein am Ton ihrer Stimme erkennen, wie sehr sie sich verändert hatte. Tatsächlich war sie schon vom zweiten Tag ihrer neuen Arbeit an in gedrückter Stimmung gewesen, aber er hatte dem keine Beachtung geschenkt. Wie war sie in Shenzhen gewesen? Laut und lebhaft hatte sie drauflos geplappert, was ihr gerade in den Sinn kam, und dabei sogar den einen oder anderen Fluch eingestreut. Sie war glücklich gewesen. Jedenfalls hatte sie diesen Eindruck immer vermittelt – und dass man in ihr lesen konnte wie in einem offenen Buch. Dass sie nun so unfroh war, konnte er verstehen. Wie man es auch drehte und wendete, er hatte versagt, weil er sie nicht zur Frau des Chefs gemacht hatte. Im Grunde hatte er sie, ob mit Absicht oder nicht, betrogen, als er sie nach Nanjing lockte. Dieser Gedanke lastete schwer auf ihm.

Wenn er in einer solch trübseligen Stimmung in sein Wohnheim zurückgekehrt war, hörte er in seinem Bett noch Radio. Wie allen Blinden hatten ihm früher die Shows und Sportsendungen im Radio Vergnügen bereitet, aber nun hatte er dafür kein Ohr mehr. Die Börse beanspruchte all seine Aufmerksamkeit. Um dieses Geheimnis für sich zu behalten, kaufte er sich eigens ein Paar Kopfhörer. Aber wie angestrengt er auch, die Stöpsel in den Ohren, die Entwicklung verfolgte, die Börse blieb sich immer gleich: eine Leiche, kalt und ohne Lebenszeichen.

Neben der Börse informierte ihn das Radio auch über den Nanjinger Immobilienmarkt. Dabei kam ihm unwillkürlich ein Sprichwort in den Sinn: Ein Unglück kommt selten allein. Die Börse war zusammengebrochen, und er hing mit seinem Geld mit drin, aber bevor er noch die Zeit fand, sich selbst zu bemitleiden, lief auch noch der hiesige Immobilienmarkt heiß. Wieso begegnete ihm auf Schritt und Tritt bloß solcher Irrsinn? Hätte der Immobilienmarkt wenigstens auf harmlose Weise verrückt gespielt – aber er tat es auf aggressive Weise, wie ein tollwütiger Hund, der sich von seiner Kette losgerissen hat und sich schnurstracks auf sein Opfer stürzt. Im Rückblick betrachtet war er mit seiner Rückkehr nach Nanjing in eine Falle getappt. Die allgemeinen Immobilienpreise diktierten auch die Mietpreise für einen Laden an der Straße, und so hätte er unter den gegenwärtigen Bedingungen, selbst wenn er an der Börse wieder auf einen grünen Zweig gekommen wäre, kaum eine Praxis eröffnen können. Hätte er damals nicht sein Glück an der Börse versucht, wäre er jetzt im schlimmsten Fall immer noch in der Lage gewesen, sich eine Drei-Zimmer-Wohnung zu kaufen. Nun aber, da der Immobilienmarkt genauso verrückt spielte wie die Börse, war sein Geld kaum noch etwas wert. Wer »von seiner Hände Arbeit« lebte, war – davon war er inzwischen überzeugt – zu einem Leben in Armut verurteilt. Wie sehr man sich bei der Arbeit auch ins Zeug legte – und wenn man sich abschuftete, bis man Blut spuckte –, die Gefahr, über Nacht zu verarmen, war allgegenwärtig. Die Sorge, er könnte in bitterer Armut enden, ließ ihn nicht mehr los.

Wann würde Kong endlich die Frau des Chefs werden?

In Wahrheit irrte er sich. Nicht diese Frage bereitete ihr Sorgen, sondern die Tatsache, dass sie ihren Eltern ihren Umzug nach Nanjing verschwiegen hatte – so wie sie ihnen überhaupt ihre Liebesbeziehung verheimlicht hatte. Denn beide würden niemals ihre Zustimmung geben, vor allem nicht ihr Vater.

Ihre Eltern hatten seit jeher einen simplen Wunsch – oder vielmehr Befehl – an sie herangetragen, was für einen Mann sie finden sollte: Bei allem würden sie Kompromisse eingehen, nur nicht beim Sehvermögen. Wenigstens ein klein wenig musste er (unter allen Umständen) sehen können, einen Blinden würden sie niemals akzeptieren. Am Abend, bevor Kong noch Shenzhen gegangen war, hatten ihre Eltern Klartext mit ihr geredet: In deine Beziehungen und Heiratspläne – so lautete die Botschaft in Kürze – mischen wir uns nicht ein, aber eines musst du dir merken: Ein Leben *führt* man, man ertastet es nicht. Du bist schon völlig blind, da können wir unmöglich einem Mann unsere Zustimmung geben, der sich auch nur durchs Leben tastet.

Tatsächlich hatte sich Kong bemüht, einen Mann zu finden,

der mit ihr ein Leben *führen* konnte, aber gefunden hatte sie dabei nichts als Tränen. Und ihr Scheitern schenkte ihr eine Einsicht: Egal, wie intelligent oder klug sie sonst auch sein mögen, die Eltern eines blinden Kindes werden selbst blind. Denn sie bleiben ihr Lebtag in ihrem Wunschdenken gefangen. Natürlich hätte Kong gern einen Mann gefunden, der sehen konnte – aber wie schwer war das! Doch die Eltern eines Blinden können nicht aus ihrer Rolle heraustreten, und in ihrer Sturheit sind sie keinem vernünftigen Argument zugänglich. Der Grund ist einfach: Sie haben außerordentlich viel Zeit und Mühe in ihr Kind investiert, haben ihm ein außerordentliches Maß an Sorge, Hoffnung, Liebe angedeihen lassen. Entsprechend außerordentlich sind auch die Forderungen, die sie an ihr Kind stellen. Sie wollen sich nicht in seine Heiratspläne einmischen und können es doch nicht lassen – zu sehr treibt sie die Sorge um.

Wang war vollkommen blind. Am Anfang ihrer Beziehung fasste Kong den Entschluss, ihren Eltern nichts zu sagen – erst mal schauen, wie sich alles entwickeln würde. Wie konnte sie ahnen, dass sie auf Anhieb einen solchen Volltreffer landen würde! Schon nach wenigen Tagen war sie in ihn verliebt, obwohl sie stets auf der Hut vor ihren Gefühlen gewesen war – doch was nützt eine solche Vorsicht einem Mädchen, das zum ersten Mal verliebt ist! Die Liebe ist wie eine Ameise: So winzig sie auch ist, mit ihrer Höhle kann sie einen riesigen Deich zum Einsturz bringen. Bloß ein winziges Loch hatte Kong in dem Deich ihrer Gefühle gegraben, aber als sie es wieder zuschütten wollte, war es zu spät. Zuerst weinte sie. Danach entschied sie sich für die Liebe. Wenn sich die Dinge erst einmal so weit entwickelt hätten, dass es kein Zurück mehr gab – um es mit einer Redewendung zu sagen: wenn »der Reis gar geworden«

wäre –, dann, so rechnete sie sich aus, würde sich schon irgendeine Lösung finden. Sie musste bloß eine außerordentliche Geduld aufbringen – aber das müssen alle Blinden. Geduld ist der Kern ihres Daseins, nur so können sie ihre fehlende Sehkraft ausgleichen. Sie müssen lernen zu warten. Egal, was geschieht, sie dürfen sich niemals Hals über Kopf in etwas hineinstürzen, sonst kommen sie zu Fall und schlagen sich womöglich alle Zähne aus.

Kong konnte warten, aber die Liebe konnte es nicht. Die schwindelerregende Geschwindigkeit, mit der die Liebe über sie hereinbrach, hatte sie überrumpelt, und so war sie ihrem Geliebten nach Nanjing nachgeeilt. Schon der Name der Stadt hatte eine Woge überschwänglicher Freude in ihr ausgelöst. Zum Frühlingsfest, so hatte Wang ihr eröffnet, wolle er mit ihr gemeinsam nach Nanjing gehen. Sie war kein Kind mehr, sie verstand die unausgesprochene Bedeutung seiner Worte. Und doch gab sie ihm keine Antwort. Sie wollte ihm antworten, aber sie wagte es nicht. Denn sie kannte sich gut genug, um zu wissen: Ihre Stimme würde vor Aufregung so sehr zittern, dass es beschämend wäre. Ihre ausbleibende Antwort raubte ihm allen Mut. Es war nicht nur ihre Nervosität, die sie hemmte – vor ihr lag der größte Schritt ihres Lebens. Sollte sie diesen Schritt tun, gäbe es keine Umkehr mehr. Darin inbegriffen war der unausweichliche Verrat an ihren Eltern. Was ein solcher Verrat bedeutet, können Sehende nicht ermessen. Wieder brach sie in Tränen aus. Weinte und weinte. Doch den Worten »gemeinsam nach Nanjing« wohnte ein unwiderstehlicher Zauber inne, ein aufreizender Ruf, der sie verhexte. Wie Seidenfäden fesselten diese Worte sie, umschlangen und umwanden sie, bis sie in ihnen eingesponnen war. Dabei wusste sie nur zu gut, dass sie selbst es war, die diese Fäden spann; sie verfing sich in ihrem eigenen Kokon, und am Ende unternahm sie nicht einmal mehr den Versuch, sich daraus zu befreien, so aufgezehrt waren ihre Kräfte. Sie gab sich ihrem Liebesrausch hin.

Oder auch nicht. Denn sie ergriff die Initiative – eine Initiative, die jeden, der sie kannte, schockiert hätte. Zuerst besuchte sie einen Friseursalon und ließ sich ihr Haar neu machen. Dann ging sie auf Einkaufstour. Als Erstes erwarb sie ein Paar hochhackige Schuhe – ein Tabu unter Blinden, aber ihr tat es nicht leid um das Geld, auch wenn sie die Schuhe nur einmal tragen sollte, nur einen Tag, womöglich gar nur zwei Stunden. Dann kaufte sie hauchdünne Dessous von Triumph, die sich atemberaubend anfühlten mit ihrem Spitzenbesatz. Und zu guter Letzt nahm sie all ihre Kraft oder vielmehr all ihren Mut zusammen und kaufte einen Flakon Chanel No. 5. Warum? Daran waren zwei junge Kundinnen schuld, von denen die eine Kongs VIP war. Während sie ihre Tuina-Massage genossen, plapperten beide ohne Punkt und Komma, besser gesagt: sie schwelgten in Träumen – Träumen von einem maßlos dekadenten Leben. Ein Haus mit Blick aufs Meer, weitläufig und luxuriös eingerichtet, malten sie sich aus, und über die Gardinen und Betten wanderte ihre Fantasie zu einem faszinierenden Mann von unerschöpflicher sexueller Energie. Darauf zitierte Kongs VIP-Kundin Marylin Monroes berühmte Antwort auf die Frage, was sie nachts anziehe: »Zum Schlafen trage ich nur Chanel No. 5.« »Du Schlampe!«, lachte die andere. Im ersten Moment verstand Kong das Zitat gar nicht, aber dann – schließlich war sie eine Frau – fiel bei ihr der Groschen, und sie geriet unversehens in helle Aufregung angesichts der berauschenden Fantasien, die diese Worte in ihr wachriefen.

Als sie all ihre Besorgungen erledigt hatte, erschrak sie: Verkuppelte sie sich nicht gerade selbst? Ja, im Stillen brachte sie sich selbst unter die Haube. Die Vorkehrungen waren getroffen, das Jahr neigte sich dem Ende entgegen, nur Wang hüllte sich in Schweigen. Nanjing erwähnte er mit keinem Wort mehr – die Abfuhr, die er sich geholt hatte, hatte ihm allen Mut genommen. Schließlich rief sie ihn an. »Das Jahr geht zu Ende – willst du jetzt nach Nanjing oder nicht?«

»Hm, ja«, druckste er herum.

Sie versuchte ruhig zu bleiben. »›Hm, ja‹? Was soll denn das heißen?«

Der Holzkopf! Brummte doch tatsächlich ein zweites Mal »Hm, ja«! Gekränkt und in Rage schrie sie in ihr Handy: »Dann denk mal drüber nach! Ruf mich an, wenn du damit fertig bist!« Damit legte sie auf.

Verwirrt kratzte sich Wang am Kopf. Kratzte sich und legte sich ein paar Worte zurecht, aber ihm fehlte der Mut, sie auszusprechen. Zwei Minuten später rief er sie zurück und sagte: »Ich will nichts als mit dir zusammen sein.« Das waren leere Worte, die die eigentliche Frage verfehlten – trotzdem kam er selbst sich ungeheuer schlau vor. Wie schön er das gesagt hatte! Vor lauter Selbstzufriedenheit darüber, wie gerissen er war, hüpften seine Augenbrauen auf und ab. Was für ein Trottel! Er war so simpel gestrickt, dass es wehtat. Doch liebte sie nicht gerade das an ihm? »Wirst du auch lieb zu mir sein?«, fragte sie ihn leise im weichen, nachgiebigen Ton einer Braut. Wang ahnte nichts von der Höhe jenes Bergs mit Namen »Frau« und von der Tiefe jenes gleichnamigen Gewässers, aber ihre Frage machte ihm Hoffnung. Von einem plötzlichen Ernst ergriffen, ließ er alle Schläue beiseite. Zutiefst feierlich, mit lauter Stimme, brach es aus ihm hervor: »Wenn ich nicht lieb zu dir bin, soll mich ein Auto überfahren, sobald ich aus dem Haus gehe!«

Als die Braut, als die sie sich fühlte, bedurfte sie eines Schwurs – aber nicht eines derart unheilvollen. »Mal nicht den Teufel an die Wand, du blöder Wichser! Ich will nichts mehr mit dir zu tun haben!«

So kam sie nach Nanjing. Gegenüber ihren Eltern log sie, sie gehe nach Hongkong. Es war das erste Mal, dass sie ihre Eltern anlog, und sie fühlte sich deswegen zutiefst schuldig. Aber was hätte sie sonst tun sollen? Der Mut, den ihre Leidenschaft ihr eingab, erstaunte sie selbst, ja, schon der Gedanke daran ängstigte sie. Ihre Eltern hätten die Wahrheit, wenn sie ihnen jemand erzählt hätte, niemals geglaubt – ihre Tochter war in solchen Dingen immer so solide und besonnen gewesen. Doch nun hatte dieselbe Tochter ihre Sache mit verblüffender Konsequenz durchgezogen.

Sie war furchtlos und zu allem bereit, denn sie liebte. Noch einmal vor die Wahl gestellt, hätte sie dieselbe Entscheidung getroffen. In Liebesdingen werden alle Eltern hinters Licht geführt. In Kongs Augen gab es nur noch ihn, den Bräutigam. Sie liebte seinen Hals, seine Brust, seine eigensinnigen Arme. Er war ein Ofen von nie versiegender Wärme. Sie begehrte seinen Körper, sein Gewicht. Wie geborgen sie sich in seinen Armen fühlte! Sobald er sie umschloss, war sie sicher wie in einem Safe. Aber das war noch nicht alles. Das Wichtigste war: Er liebte sie. Sie wusste es, sie war sich seiner Liebe vollkommen sicher. Er würde nicht zulassen, dass ihr etwas zustieß, würde sich schützend vor sie stellen, egal, ob sie ein Messer bedrohte oder ein Feuer, Nägel oder Glassplitter, ein Strommast oder eine Hausecke, ein Motorradraser, ein rüder Skateboarder oder eine brühheiße Fleischsuppe. In Wahrheit konnte sie selbst zurechtkommen, sie brauchte seinen Schutz nicht, aber er hätte ihn ihr nur zu gern geboten. Wie schön doch die

Liebe war – schöner, als hätte sie am ganzen Körper Augen besessen.

Am meisten mochte sie seinen Charakter. Er war fleißig und verlässlich und erntete Respekt, wo immer er hinkam. Natürlich war sein kleiner Mann ungezogen und unersättlich, und sie selbst begehrte ihn auch, aber mehr als das liebte sie, was danach kam, wenn sie ihr Chanel No. 5 trug und sonst nichts und sie beide still beieinander lagen, sie an seiner Brust, und er sie streichelte und sie ihn. Nichts konnte ihnen dann etwas anhaben, mochte es draußen auch regnen oder stürmen, schneien oder frieren, mochten Wölfe oder Tiger dort lauern. Diese Momente der Geborgenheit und Wärme waren ihr zu kostbar zum Schlafen, und so tat sie oft bloß, als schliefe sie schon. Und er fiel darauf herein, küsste sie und nannte sie leise seinen »Schatz«. Und solche unbeschwerten Augenblicke sollte sie für ein bisschen Schlaf hergeben? Da harrte sie lieber aus, bis die Müdigkeit übermächtig wurde und sie sich mit einem tiefen Seufzer und sich lösenden Schultern an seiner Brust in den Schlaf hinübergleiten ließ.

Selbst wenn sie beide schliefen, blieb ihre Hand beharrlich auf seiner Brust liegen; von Unruhe erfüllt, ließ sie nicht von ihm ab und berührte ihn überall. Und manchmal fasste sie unabsichtlich seinen kleinen Mann an, der, stets auf der Lauer liegend, sogleich aufwachte und anschwoll. Davon erwachten auch sie und er und mit ihm sein Begehren. So tief in der Nacht war sie dafür eigentlich zu müde, doch sie glaubte an eine eherne Wahrheit: Sie gehörte ihm, und also war sie ihm zu Willen, wann immer er es wollte. Sein kleiner Mann war eben ein ungezogener Schlingel und nicht so gesittet wie der Große.

Xiao Kong war glücklich. Allerdings blieb sie selbst in ihren seligsten Momenten gegenüber ihrem Handy – dem Shenzhener

Handy – auf der Hut. In Nanjing hatte sie sich ein neues Handy zugelegt, aber um ihre Lüge aufrechtzuerhalten, brauchte sie das Handy aus Shenzhen mit seiner alten Nummer. Die Lüge war der Fleck auf ihrem Glück, sie gab ihm etwas Schmutziges. Beim Gedanken an die maßlose Mühe, die sich ihre Eltern all die Jahre gegeben hatten, kam es ihr vor, als würde sie nicht ihre Eltern, sondern sich selbst anlügen. Die Lüge ist wie ein unfreiwilliger Marsch: Hat man einmal das linke Bein vorgesetzt, so folgt das rechte zwangsläufig und immer so weiter. Doch auf die Lüge ist kein Verlass, sie hält keiner Wiederholung stand und verliert zusehends an Kraft, bis sie schließlich ihr wahres Gesicht zeigt.

Während Kong mit Wang im kalten Krieg lag, schöpfte ihre Mutter Verdacht. »Wo bist du nun eigentlich?«

»Na, in Shenzhen.«

»Nein, da bist du nicht«, sagte ihre Mutter entschieden.

»Wo soll ich denn sonst sein?!«, erwiderte Kong noch entschiedener.

Ob Shenzhen oder Nanjing, das machte einen großen Unterschied. Sie durfte ihren Aufenthaltsort nicht preisgeben, denn sonst wäre sie in Erklärungsnot geraten: Was machst du in Nanjing?

Alle Lügner begehen die Dummheit, ihr Gegenüber zu unterschätzen. Kongs Mutter hatte bereits durchschaut, dass ihre Tochter nicht mehr in Shenzhen war – die veränderte Geräuschkulisse verriet es ihr: Der Lärm klang plötzlich nur noch gedämpft, vor allem aber fehlte der gedehnte Singsang des Kantonesischen. Kein Zweifel, ihre geliebte Tochter war nicht mehr in Shenzhen.

Die Eltern waren besorgt. Was war im Leben ihrer Tochter geschehen? Und wo war sie überhaupt?

Kong stellte ihr Shenzhener Handy stumm. Wann immer es vibrierte, krampfte sich ihr Herz zusammen – schon wieder musste sie lügen. Wie ein Dieb schlich sie sich dann aus dem Behandlungszimmer, um sich dem quälenden Verhör ihrer Eltern zu stellen. Vor Wang und den anderen brachte sie die Worte »Ich bin in Shenzhen« nicht über die Lippen. Das Lügen war schon ohne Ohrenzeugen schwer genug.

Obendrein musste sie noch in anderer Hinsicht auf der Hut sein: Wang durfte nichts vom fehlenden Einverständnis ihrer Eltern erfahren. Es würde ihn verletzen. Also musste sie ihre Lügen vor ihm geheim halten.

Kapitel 6
Jin Yan und Xu Tailai

Xiao Kong und Wang Daifu waren nicht das einzige Liebespaar im Tuina-Zentrum, es gab noch ein anderes Paar: Jin Yan und Xu Tailai. Beide Beziehungen unterschieden sich zunächst einmal darin, wie sie begannen: Während Kong und Wang schon vor ihrer Ankunft ein Paar gewesen waren, kamen Jin Yan und Tailai erst im hiesigen Tuina-Zentrum zusammen. Und auch der Stil ihrer Beziehung wich voneinander ab: Obwohl sie schon länger zusammen waren, kontrollierten sich Kong und Wang und wahrten jederzeit ihre Zurückhaltung, sodass man sie für gewöhnliche Freunde hätte halten können. Jin und Tailai dagegen trugen ihre Liebe offen zur Schau – besonders Jin, die so viel lärmendes Aufheben davon machte, dass nur noch die Trommeln und Gongs zur Untermalung fehlten.

Gewöhnlich beginnt eine Beziehung so: Der Mann findet Gefallen an der Frau und wartet auf die passende Gelegenheit, ihr unter vier Augen seine Gefühle zu offenbaren. Allerdings ergreift manchmal auch die Frau die Initiative, und dann fällt die Annäherung direkter und unverhohlener aus. Genauso verhielt es sich mit Jin, nur dass sie ihre ganz eigene Vorgehensweise hatte: Sie kannte Tailai kaum ein paar Tage, da ließ sie ihren Gefühlen schon freien Lauf, und zwar in aller Öffentlichkeit, wild entschlossen, als zöge sie mit einer Bombe in den Krieg. Noch ehe er reagieren konnte, ließ sie die ganze Klinik wissen: Xu Tailai gehört mir. Lasst die Finger von ihm. Nichts kann mich von meinem Ziel abbringen.

Sie gebärdete sich reichlich überzogen – Tailai war keine erlesene Kostbarkeit, um die sich die Frauen rissen. Er war ein Allerweltstyp. Sein Aussehen ließ sich in einem Wort zusammenfassen: unscheinbar. Hätte man auf der Straße einen Knüppel geschwungen, man hätte im Handumdrehen acht oder neun Kerle seines Schlages niedergemäht. Auch wenn Blinde einander nicht sehen können, so leben sie doch mitten unter den Sehenden und gewinnen durch deren Gespräche eine ziemlich gute Vorstellung davon, wie es um ihr Aussehen bestellt ist.

Tailai konnte Jin nicht das Wasser reichen. Dass sie ihm trotzdem so verbissen nachstellte, widersprach jeder Vernunft. Er hatte mehr Glück als Verstand; dass die beiden zueinanderfanden, gehorchte keiner Logik. Oder vielleicht tickte Jin nicht ganz richtig.

Tatsächlich hatte ihre Beziehung eine komplizierte Vorgeschichte – sie war wie ein Brunnen, dessen Tiefe keiner ahnte, nicht einmal Tailai selbst.

Er kam eigentlich von der Ostküste, aus der Provinz Jiangsu nördlich von Shanghai, wo er seine erste Arbeit gefunden hatte. Sie dagegen stammte aus dem hohen Norden, aus Dalian – so weit von ihm entfernt, dass sie einander unmöglich kennen konnten. Unter normalen Umständen wären sie einander nie begegnet, welche Wendung das Schicksal auch immer genommen hätte.

Mit seiner Zeit in Shanghai verband Tailai keine glücklichen Erinnerungen. Er war nicht der Typ, der sich gut allein durchs Leben schlägt. Die Gründe lagen auf der Hand: Seine Fähigkeiten waren so gering wie sein Selbstbewusstsein, und verschlossen war er obendrein. Das lag auch an seiner Art zu sprechen. Die Blinden, die heutzutage in der Gesellschaft ihr Auskommen finden, haben alle eine gute Ausbildung durchlaufen, und das zeigt sich zuallererst an ihrer Fähigkeit, Hochchinesisch zu sprechen. Tailais Ausbildung war nicht schlechter als die anderer Leute, aber sobald er den Mund aufmachte, trat der Unterschied zutage: Seine Aussprache war stark vom Dialekt seiner Heimat im Norden von Jiangsu gefärbt. Wenn er dazu gezwungen war, konnte er durchaus Hochchinesisch reden, aber schon beim bloßen Gedanken daran zog er die Schultern hoch, und ihm lief eine Gänsehaut über den Nacken. Also weigerte er sich, es zu sprechen. Dabei war ein kleiner Akzent nicht weiter schlimm, wer sprach schon lupenreines Hochchinesisch? Aber wie es so ist bei Menschen mit geringem Selbstwertgefühl, reagierte er besonders empfindlich auf seinen Akzent und ging mit sich selbst hart ins Gericht.

Warum? Weil seine Art zu sprechen drollig wirkte. Sein Dialekt unterschied nicht zwischen »h« und »f« – er vertauschte vielmehr beide miteinander. Aus »haben« wurde »faben«, aus »fassen« »hassen«. Das war so lustig, dass manche – darunter auch ein Mädchen vom Empfang – ihn auf die Schippe nahmen, indem sie seinen Akzent nachahmten. »Tailai, du *fast* einen Kunden. Bett neun.«

Solche Verulkungen machten ihn wütend, denn der Akzent eines Menschen ist Ausdruck seiner Identität. In seiner Identität als Blinder fühlte er sich nicht angegriffen – blind waren seine Kollegen schließlich auch. Vielmehr glaubte er seine ländliche Herkunft veralbert – eine Herkunft, die ihn wie ein unheilbares Leiden begleitete. Er mochte sich noch so sehr anstrengen, mochte seinem Schicksal noch so sehr trotzen, er würde immer einer vom Land bleiben – sein Akzent verriet ihn. Wer ihn nachahmte, zeigte mit dem Finger auf ihn und rief: »Du Landei!«

So wütend er auch war, sich das Mädchen am Empfang zur Feindin zu machen wagte er nicht. Für die anderen jedoch, für seine blinden Kollegen, galt das nicht. Ihnen gegenüber dürstete er nach Rache. Wenn nötig, würde er seine Fäuste sprechen lassen – nicht weil er so mutig gewesen wäre, sondern weil er so ein Feigling war. Eben deshalb schluckte er die Verspottungen der anderen hinunter, selbst als er sie schon nicht mehr ertragen konnte – bis er es schließlich nicht länger aushielt und sich wehrte. Ihm selbst war nicht bewusst, wie überzogen er reagierte – er machte aus einer Mücke einen Elefanten. Andererseits: Was bleibt einem anständigen Kerl übrig, als auch mal alle Vernunft beiseitezuschieben?

Tatsächlich lösten seine Fäuste das Problem: Niemand ahmte ihn mehr nach. Stolz erhobenen Hauptes lief er umher, aber bald zeigte sich, dass sein Triumph verfrüht war. Beinahe jeder nämlich zeigte ihm nun die kalte Schulter, und das ist noch vorsichtig ausgedrückt: Man behandelte ihn wie Luft. Er hatte seinen Stolz und tat, als wäre es ihm gleichgültig. Ihr ignoriert mich? Na und? Ich habe eh keine Lust auf euch. Er gab sich überheblich und sonderte sich von den anderen ab. Sich selbst aber konnte er nichts vormachen: Ihm war klar, dass er nicht nur seinen Hochmut, sondern auch seinen Trübsinn selbst zu tragen hatte, und das tat er. Der Trübsinn jedoch wollte nicht weichen, im Gegenteil, er trug Zinsen und Zinseszinsen und wuchs von Tag zu Tag.

In diesem Zustand erregte ein Mädchen vom Land, Xiao Mei aus der Provinz Shaanxi im Norden, seine Aufmerksamkeit.

Dabei war an ihr gar nichts Besonderes – außer dass sie sich nicht scheute, ihren Dialekt zu sprechen. Sie plapperte so ungeniert und unbekümmert drauflos, als käme sie gar nicht auf die Idee, Hochchinesisch zu sprechen. Schon bald wurde ihm bewusst, wie reizend ihr Dialekt klang: Mit seinen vielen ebenen Tönen wirkte er zunächst eher fade, aber er verlieh jedem Satz an irgendeiner Stelle einen besonderen Nachdruck, ehe er zum Schluss wieder wie ein Lied mit einem flachen, lang gedehnten Ton ausklang. Ihr Akzent war stärker als seiner, aber sie scherte sich nicht darum – ja, sie schien ihn nicht einmal zu bemerken. Sie redete so ungezwungen drauflos, dass, wer ihr länger zuhörte, glauben konnte, Hochchinesisch wäre eine Verirrung und jeder sollte mit demselben kräftigen Shaanxier Akzent wie sie sprechen. Verglichen damit war sein eigener Akzent scheußlich: Vor allem im Auslaut, in den unzähligen Verschlusslauten und fallenden Tönen, klang er abgehackt und grob, ja, stur mit seinen abrupten Schlüssen. Tailai schämte sich für seinen Akzent: Womit hatte er das verdient? Mit dem Dialekt von Shaanxi wäre ihm seine ländliche Herkunft nicht mehr peinlich gewesen.

Dann geschah das Unerwartete. Eines Nachts begegneten sich Tailai und Xiao Mei im Waschraum, wo sie ein Paar Strümpfe wusch. Beide standen am Waschbecken, als sie plötzlich mit einer Frage den Finger in die Wunde legte: »Warum sagst du eigentlich nie was?«

Er blinzelte ein paarmal, ohne Antwort zu geben. Sie glaubte, er habe sie nicht gehört, und wiederholte ihre Frage. Diesmal antwortete er ihr, aber sein Ton war barsch. »Was meinst du?«

»Nichts, ich will dich nur mal reden hören.«

»Was denn reden?«

»Nichts Besonderes. Ich will einfach deine Stimme hören.«

»Was meinst du?«

»Das klingt schön.«

»Was redest du da?«

»Dein Dialekt klingt echt schön.«

Ihre Worte hatten etwas Schockierendes. Er brauchte eine Weile, bis er begriff, was sie meinte. Wie sagt man: Aus anderer Leute Topf schmeckt der Reis besser. Sein Dialekt, die Ursache seiner Komplexe und sein wunder Punkt, verwandelte sich bei ihr in eine Stärke. Er konnte es erst nicht glauben, aber er musste – sie klang so aufrichtig, so voller Neid und Bewunderung.

In ihrer Gegenwart wuchs sein Selbstvertrauen. Und er fing an zu sprechen. Mit dem Selbstbewusstsein beim Reden hat es eine erstaunliche Bewandtnis: Manchmal reift dabei noch etwas anderes heran, das der Selbstsicherheit etwas Weiches, Bestrickendes verleiht. Das Verhältnis zwischen Tailai und Mei wurde immer inniger; beide redeten in ihrem jeweiligen Dialekt, und je mehr sie redeten, desto mehr hatten sie einander zu sagen, bis sie sich ineinander verliebten.

Ihre Beziehung währte nicht einmal zehn Monate. An einem Sonntag im September rief Meis Vater sie an und bat sie, auf der Stelle nach Hause zu kommen und zu heiraten. Der ihr zugedachte Bräutigam, das gab er unumwunden zu, war geistig behindert. Ihr Vater war kein Tyrann: Er wage nicht – so stellte er klar –, sie zu beschwindeln oder zu irgendetwas zu zwingen. Er wolle bloß alles mit ihr besprechen. Eine Bitte sei das, mehr nicht. Auch von dem Geschäft, das dahintersteckte, erzählte er ihr: Wenn die Angelegenheit erst einmal über die Bühne gebracht sei, werde die ganze Familie davon profitieren.

»Komm nach Hause, mein Mädchen.«

Sie verschwand aus heiterem Himmel. Nachdem sie in einem Hotel in der Nähe ein Zimmer gemietet hatte, rief sie Tailai an – er solle unauffällig herüberkommen. Als er am nächsten Morgen erwachte, erfuhr er aus einem Brief, den sie ihm hinterlassen hatte, von ihrer Abreise. An den Fingerspitzen, die ihren Brief abtasteten, fühlte er jeden Konsonanten und jeden Vokal, als wären sie ihre Haut oder ihre Poren. Sie verschwieg ihm nichts, und sie endete mit den Worten: »Mein Tailai, eines darfst du nie vergessen: Ich bin dein, und du bist mein.« Er hätte selbst nicht zu sagen gewusst, wie oft er ihren Brief las, ehe er ihn endlich in den Schoß legte und streichelte und dabei zu singen begann – anfangs noch leise, aber schon nach wenigen Versen aus vollem Hals schmetternd, sodass der Sicherheitsdienst des Hotels ihn aus dem Zimmer geradewegs in sein Tuina-Zentrum eskortierte, wo er fast eineinhalb Tage weitersang, als wäre er besessen. In das anfängliche Mitleid seiner Kollegen mischte sich zunehmend Erstaunen: Woher kannte er so viele Lieder? Er sang ein Lied nach dem anderen, vom Ende der Achtzigerjahre bis hin zum Anfang des neuen Jahrhunderts, und sparte keinen Stil und keine Gesangstechnik aus. Noch verblüffender war die Schönheit seiner Stimme. Mit einer Inbrunst, die nichts von seiner sonstigen Schüchternheit ahnen ließ, stieß er seine herzerweichenden Klagen aus. Das Allererstaunlichste jedoch war, dass er, der sonst keinen hochchinesischen Satz zustande brachte, auf einmal jeden an- und auslautenden Konsonanten – ob »f« und »h« oder »n« und »l« – korrekt zu unterscheiden wusste; selbst »zh«, »ch«, »sh« und »z«, »c«, »s« waren alle am rechten Platz. So lag er auf seinem Bett und sang, während seine Kollegen ihm vergeblich zuredeten, er möge endlich etwas essen und trinken.

Mir war nie kalt   solang du bei mir warst
Du hast mir immer zugeflüstert   Nachts bin ich bei dir
Hast still geteilt meine Last   mir meinen Groll genommen
Doch warum meidest du   jetzt meinen Blick
Bin ich nicht der, den du am meisten liebst   Warum sagst du nichts

Die Tage und die Nächte wechseln sich und stehn doch still
Unfähig, sich die Welt des andern vorzustellen
Wir bleiben stur an unserm Platz und warten
Ein jeder seine eigne Welt
Meine Trauer wirst du nie verstehen
So wenig wie der Tag die Dunkelheit der Nacht

Jiumei, Jiumei, schöne kleine Schwester
Jiumei, Jiumei, rote Blütenknospe,
Jiumei, Jiumei, süße kleine Schwester
Jiumei, Jiumei, du in meinem Herzen

Ich gab dir meine Liebe   und hab es nie bereut
Könnt ich nur einen Tag mit dir zusammen sein
Nichts würd mir fehlen auf der Welt
Wo selbst die fernsten Fernen nicht von Dauer sind

Wo bist du jetzt   Ich muss dir etwas sagen
Wie kann ich dich erreichen   und wieder bei dir sein
Wenn meine Liebe ohne Echo bleibt   dann ist die Welt mir gleich

Im Wind treibt eine Regenwolke   eine Regenwolke
Treibt mit gebrochnem Herzen   Wohin wohl mag der Wind sie wehen

Ich leb am Hang aus gelber Erde   wo die Stürme blasen
Sie alle, ob aus Nordwest oder Südost
Singen meine Lieder
Meine Lieder

Ich sag dir, ich hab lang gewartet   ich sag dir meine letzte Bitte
Deine Hände will ich fassen   Komm, lass uns gehen
Deine Hände zittern   Deine Tränen fließen
Willst du mir vielleicht sagen   dass du mich armen Schlucker liebst
Komm, lass uns gehen

Er sang, bis er seine Stimme verlor und nur noch ein Röcheln hervorbrachte. Als alle schon glaubten, nun gehe es mit ihm zu Ende, stieg er in aller Ruhe aus seinem Bett, aß und trank, ohne dass ihn jemand dazu hätte überreden müssen. Und als er fertig war mit seiner Mahlzeit, ging er zur Arbeit, als wäre nichts geschehen.

Jin Yan war zu diesem Zeitpunkt noch in Dalian. Wie weit das von Shanghai entfernt ist? Mindestens zweitausend Kilometer – eine ganze Welt. Aber was sind schon zweitausend Kilometer im Handyzeitalter? Ein Nichts. Kaum hatte sich die Geschichte mit Xu Tailai ereignet, hörte Jin von einer Bekannten aus ihrer Heimat davon. Im Zuge ihrer Verbreitung hatte sich die Geschichte immer weiter von der Wahrheit entfernt, war wieder und wieder ausgeschmückt und ausgesponnen worden: zu einem Plot voller spannungsreicher Wendungen, die das individuelle Temperament eines jeden Erzählers und die explosive Wucht eines romantischen Melodrams atmeten. Diese Geschichte war bruchstückhaft und doch in sich rund, melancholisch und doch dramatisch. In der geschlossenen Welt der Blinden verbreitete sie sich wie ein Wirbelsturm. Als Jin sie gehört und ihr Handy zugeklappt hatte, war sie von Liebe ergriffen, noch ehe sie sich die Tränen abwischen konnte. Mit einem Schlag war sie der Liebe verfallen – und dem Helden jener Geschichte, Xu Tailai.

Eine Woche später kündigte sie in Dalian und gelangte auf

den entfesselten Rädern eines Zugs nach Shanghai. Ihr Job war ihr gleichgültig; mit ihren zehn Fingern konnte sie ihr Tuina-Handwerk überall ausüben. Aber mit der Liebe war es anders: Die Liebe ereignete sich nur im rechten Moment. Und am rechten Ort. Wer dieses Hier und Jetzt verpasste, dem bot es sich nie wieder. Als Blinde war Jin Pessimistin. Ihr Pessimismus war bodenlos. In aller Nüchternheit sah sie ihr Leben vor sich: Das Schicksal hielt nicht viel für sie bereit. Diese illusionslose Haltung nahm ihr alle Last. Tief in ihrem Innern war sie frei von Sorgen. Sie verlangte nichts vom Leben, und sie hing an nichts. Das Einzige, was sie in dieser Welt erstrebte, war die Liebe; solange sie nicht verhungerte, wäre sie damit zufrieden. Wenn die Liebe eintrat, würde sie sie willkommen heißen wie eine Rose, die all ihre Blütenblätter öffnet und all ihren Duft verströmt. Um das eine Mal vorzubereiten, da sie lieben und eine Braut sein würde, war sie willens, ihr ganzes Leben einzusetzen und herzuschenken rückhaltlos und ohne Bedenken.

Doch sie kam zu spät. Eine Woche, bevor sie in Shanghai eintraf, war Tailai ohne Abschiedsgruß gegangen – wie die Helden in den Legenden, die mit dem letzten Satz sinnigerweise verschwinden, spurlos und in eine weite Ferne. Als sie seine Handynummer wählte, erhielt sie die erwartete Nachricht: »Der von Ihnen gewählte Anschluss ist nicht mehr erreichbar.« Doch sie ließ sich davon nicht entmutigen. Die Nachricht hätte besser, aber auch schlechter ausfallen können: Sie besagte zumindest, dass die Geschichte von Xu Tailai der Wahrheit entsprach und ihr Held wirklich existierte. Er war zwar nicht mehr hier, aber doch irgendwo anders, auch wenn sein Handy nicht mehr in Betrieb war. Aber was machte das schon? Hauptsache, die Liebe war gegenwärtig.

Von Anfang an war Jins Liebe zweigeteilt: halb real und halb fiktiv; halb geerdet und halb abgehoben; halb bekannt und halb im Dunkeln; halb hier, halb dort; halb errungen, halb erhofft. Eine ebenso faszinierende wie quälende Mischung. Doch die Qual steigerte noch die Faszination und verlieh ihrer Liebe etwas Träumerisches und Entrücktes.

Wo er war? Sie hatte kein Ahnung. Aber dann kam die unheilvolle Nachricht, die beinahe einer Todesanzeige glich: Statt weiter zu melden, dass der Anschluss nicht mehr erreichbar sei, teilte das Handy ihr kurzerhand mit: »Kein Anschluss unter dieser Nummer.«

Sie fühlte keine Trauer. Stattdessen hörte sie in ihrem Innern unzählige Lieder, Lieder wie strömender Regen oder wirbelnder Schnee, vom Ende der Achtzigerjahre bis zum Anfang des neuen Jahrhunderts, in allen erdenklichen Stilen und Gesangstechniken. Die Lieder umhüllten sie wie ein uferloser Nebel. Lautlos sang ihr Herz und doch voll Hingabe.

Tailai, ein Mann, der seine Geliebte verloren hatte, aber vom Schicksal dazu bestimmt war, mit ihr, Jin Yan, in einem imaginären Raum eine Romanze zu beginnen – Tailai also konnte noch nicht ahnen, dass er schon eine neue Liebe gefunden hatte. Xu war sein Name, Xu Tailai. Ihr Herz weitete sich. Das Meer ist weit genug für die aufspringenden Fische, der Himmel hoch genug für die aufsteigenden Vögel. Aber Jins Welt war bevölkert von Fischen und Vögeln, die nichts mit ihr zu tun hatten. Himmel und Meer hatten ihren Tailai unbarmherzig verschlungen. Wo war er nur? Wo?

Sie fasste den Entschluss, in Shanghai zu bleiben. Matt schmachtete sie dahin wie in einem Traum. Sie blieb in dem Tuina-Zentrum, in dem auch Tailai gearbeitet hatte, traurig, aber nicht verzweifelt – immerhin hatte *er* hier gelebt. Sie war sich sicher, dass ihr Bleiben wohlüberlegt war. Sie kannte die Welt der Blinden: Diese Welt scheint groß, aber in Wahrheit ist sie klein, sehr klein. Und alle Blinden teilen eine fatale Schwäche: Nostalgie. In Shanghai hatte Xu Freunde, die er irgendwann anrufen würde. Ihr blieb nur eines zu tun: warten – wie der Bauer, der darauf wartet, dass noch mehr Hasen gegen den Baum rennen und sich das Genick brechen. Niemand wusste, wie ihr Herz schlug, niemand außer ihr selbst. Anderer Leute Herzen schlugen wie das eines Hasen, aber ihres wie das einer Schildkröte. Eine Schildkröte konnte ohne Weiteres unter einem Baum auf ihren Hasen warten. Jeder Herzschlag einer liebenden Frau – davon war sie überzeugt – war von Wert, jeder Herzschlag brachte sie ihrem Geliebten ein kleines Stückchen näher. Ihre Augen mochten blind sein, aber sie waren angefüllt mit Bildern seiner entschwindenden Gestalt, Bildern, die üppig wucherten und sich übereinander schoben. Sie war verliebt, nur sie allein. Keine andere Liebe ist so ergreifend, so wahrhaftig. Mein Geliebter, ich bin gekommen. Ich bin da.

Sie setzte sich selbst eine Frist: Gut ein Jahr wollte sie warten. Wer ein Ziel hat, dem vergeht die Zeit schnell. Warten ist qualvoll und doch ein Segen, denn mit jedem Tag, jeder Stunde rückt das Ziel näher. Und so ist kein Moment vergebens.

Tatsächlich brauchte sie kein Jahr zu warten. Das Schicksal ist unberechenbar: Schon nach fünf Monaten lachte es ihr zu. Eines Nachts nach Feierabend kamen ein paar von den Männern zu ihr in den Frauentrakt herüber, plauderten und knackten Melonenkerne, deren Schalen sie auf den Boden spuckten. Es war schon nach ein Uhr nachts, da kamen sie plötzlich auf Tailai zu sprechen. Im Zimmer wurde es für einen Moment still, da meldete sich ein »Hase«, der bei der Tür saß, mit ruhiger Stimme zu Wort. »Es geht ihm gut. Er ist jetzt in Nanjing.«

Schweigen senkte sich über die Runde.

»Von wem redest du?« Jin drehte sich zu dem Sprecher. »Wem geht es gut?«

»Ach«, seufzte der Hase, »ein komischer Kauz. Du kennst ihn nicht. Xu Tailai.«

Sie versuchte die Fassung zu bewahren, und dennoch bebte ihre Stimme, als sie fragte: »Hast du seine Handynummer?«

»Klar. Erst vorgestern Mittag hat er mich angerufen.«

»Warum hast du mir denn nichts gesagt?«, fragte sie unsinnigerweise.

Einen Melonenkern zwischen den Zähnen, öffnete der Hase den Mund, wusste aber keine Antwort. Die Frage brachte ihn aus dem Konzept. »Du kennst ihn doch gar nicht.«

»Doch, ich kenne ihn.«

»Woher denn?«

Sie überlegte einen Moment. »Ich schulde ihm was.«

Nanjing. Ach, Nanjing. Wie fern war ihr Nanjing vorgekommen, als sie noch in Dalian gelebt hatte – wie die verborgene Lösung eines Rätsels. Nun jedoch war die Stadt auf einmal zum Greifen nahe, gleich neben Shanghai. Und plötzlich packte sie die Angst, die Bangnis des Reisenden, der endlich heimkehrt. Aber sie hatte keine Zeit, sich zu sorgen; ihr Herz war eine Patrone, abgefeuert nach fünfmonatigem Zielen. Und schon am nächsten Nachmittag um drei Uhr siebenundzwanzig, nach gut zwei Stunden Fahrt mit dem Zug und gut zwanzig Minuten Fahrt mit dem Auto, setzte das Taxi sie sicher vor dem »Sha-Zongqi-Tuina-Zentrum« ab.

Sie stieß die Glastür auf, ging langsam hinein und verlangte eine Sitzung mit Xu Tailai. Doktor Xu habe gerade einen

Kunden, erwiderte das Mädchen am Empfang. Ob sie nicht jemand anderen wolle?

»Ich warte«, sagte Jin ruhig.

»Ich warte.« Sie hatte schon so lange auf ihn gewartet, da kam es auf eine kleine Weile mehr nicht an. Ihr früheres Warten war fruchtlos gewesen, närrisch und dumm, begleitet nur von ihrer einsamen Liebe. Eine Qual war es gewesen. Aber nun war es anders. Beide Arten zu warten waren ähnlich konkret und real, aber in das jetzige Warten war sie verliebt. Sie wollte sich diesem Warten hingeben und es auskosten. »Kann ich ein Glas Wasser haben?«

Später konnte sie selbst nicht glauben, wie ruhig sie gewesen war. Wie hatte sie nur so ruhig bleiben können? Wie hatte sie das geschafft? Das passte gar nicht zu ihr. Sie staunte über ihre eigene Gelassenheit, die in ihr die Überzeugung nährte, dass sie und Tailai vom Karma füreinander bestimmt waren. Nach einer langen, verwickelten Folge von Wiedergeburten hatten sie beide nun endlich wieder zueinandergefunden. So einfach war das.

Endlich tauchte er vor ihren Augen auf, vage und verschwommen, ein Schemen nur, aber – so viel war gewiss – auf handfeste Weise real und rund einen Meter sechsundsiebzig groß. Anders als andere Blinde war Jin nicht vollkommen blind, sie konnte sehen, aber nicht scharf. Die Makuladegeneration, die vor zehn Jahren bei ihr eingesetzt hatte, hatte ihre Augen ruiniert – eine heimtückische Krankheit, die sich über einen langen Zeitraum hinzieht, eine schleichende Verschlechterung des Sehvermögens und eine allmähliche Verengung des Blickfelds bewirkt, bis am Ende von der Welt nichts mehr übrig bleibt. Jins verbliebenes Sehvermögen war auf ein Sichtfeld direkt vor ihren Augen, schmal wie ein senkrechter Stab, und eine Entfernung von wenigen Zentimetern beschränkt. Wenn sie die Nase an einen Spiegel presste, konnte sie sich darin sehen. Und wenn sie sich Tailai geschnappt und sein Gesicht direkt vor ihres gezogen hätte, dann hätte sie mit ein bisschen Anstrengung erkennen können, wie er aussah. Aber seine äußere Erscheinung war ihr gleichgültig – was zählt schon das Aussehen eines Mannes im Vergleich zum Klagegesang eines unsterblich Verliebten?

Endlich berührten seine Finger ihren Körper. Als Erstes massierte er ihren Nacken, um sie zu entspannen. Seine Hände besaßen genügend Kraft, obwohl sie schlank und die Gelenke schlaff waren – passend zu seiner verletzlichen, passiven Natur. Die begrenzte Spannweite und Stärke seiner Bewegungen deutete auf einen wenig selbstbewussten, übervorsichtigen, ja, ängstlichen Mann hin, der nicht zu schludern pflegte. Er vernachlässigte keinen einzigen Akupunkturpunkt, und an den empfindlichen Stellen agierte er besonders behutsam, als könnte er sich in den Kunden einfühlen. Und er war Linkshänder.

Der Himmel meinte es gut mit ihr. Von dem Moment an, da sie Tailais Geschichte gehört hatte, war sie sich sicher gewesen, was für ein Mensch er war. Als hätte sie eine Weissagung empfangen, wusste sie nichts über ihn und doch alles. Und nun bewahrheitete sich alles: Er war genau die Sorte Mann, die sie wollte. Er war ihr Typ. Sie mochte keine dominanten Männer, die glaubten, die Welt gehöre ihnen – Männer, an deren Brust die Frauen Schutz suchten wie kleine Vögel. Ihr Traummann war anders. Die wichtigste Eigenschaft, die er mitbringen musste, war seine Sanftheit. Im Idealfall war er ein wenig verletzlich, dann könnte sie ihn wie seine große Schwester oder Mutter beschützen und lenken. Sie sehnte sich danach, einen Mann zu verhätscheln wie ein Kind, dass ihm schwindlig würde und er sich nicht mehr von ihr losreißen könnte. Sie hatte eine kurze Romanze mit einem jungen Burschen gehabt, der ein bisschen besser sehen konnte als sie. Dieses immer noch reichlich dürftige Sehvermögen wurde ihm zum Verhängnis, denn es vermittelte ihm eine so hohe Meinung von sich selbst ein, dass er sich ihr gegenüber wie ihr Gebieter aufführte. Sie hatten einander geküsst, aber nur ein einziges Mal. Danach gab sie ihm den Laufpass, so sehr war ihr sein Kuss zuwider – so selbstverliebt war dieser Kuss, so aggressiv, als wollte er sie damit verschlingen. Sie sehnte sich danach, ihren Liebsten an ihre Brust zu drücken und *ihn* mit Haut und Haaren zu verspeisen. Sie wusste genau, wie sie liebte: abstrakt, aber besitzergreifend, alles an sich reißend und sich einverleibend wie eine Tigermutter. Einen braven, gehorsamen Mann wünschte sie sich, einen Pantoffelhelden, der sich zärtlich an sie klammerte. Nicht Geliebtwerden, sondern Lieben war ihr wichtig; im Grunde war es das Einzige, was zählte.

Jins Makuladegeneration hatte begonen, als sie zehn war. In den folgenden sieben Jahren verbrachte sie einen Großteil ihres Lebens mit Arztbesuchen. Ihre Krankenkarriere offenbarte ihr eine grundlegende Tatsache: Ihre Krankheit verschlimmerte sich stetig, ihre Sehkraft nahm beständig ab. Diese Entwicklung war unaufhaltsam. Schließlich überredete sie ihre Eltern, nicht mehr mit ihr zum Arzt zu gehen. So schmerzvoll das Erblinden für sie war, sie erlebte es anders als viele ihrer Leidensgenossen: als einen schleichenden Prozess, der sich frühzeitig angekündigt hatte und ihr die Zeit gab, sich auf jeden Schritt innerlich einzustellen. Mit siebzehn Jahren, im schönsten, erfülltesten Alter eines Mädchens, brach sie die ärztliche Behandlung ab, um ihr letztes Licht einzufangen. Sie ging verschwenderisch mit ihrem Augenlicht um. Um die Zeit, die ihr noch blieb, auszunutzen, schaute sie unaufhörlich: Bücher und Zeitschriften, Theaterstücke und Filme, im Kino, im Fernsehen und auf DVD. Bald fand ihr Schauen einen Mittelpunkt, ein Thema, um das ihre Bücher und Filme kreisten: die Liebe. Wie schön war doch die Liebe: so rührend, so reich an dramatischen Wendungen, so frei von allen Existenzsorgen, so fern dem Alltag und der Medizin. So bezaubernd. Was machte es da schon aus, dass diese Liebe anderen gehörte? Jin schaute einfach. Und auch das war schön.

Und mit der Zeit entdeckte sie den wahren Kern: Die Liebe war oft nur der Anfang, der Hintergrund für alles Weitere. Was aber war das eigentlich Faszinierende? Die Hochzeit. Sie liebte die Hochzeiten in den Büchern und vor allem in den Filmen. Wie viele Hochzeitsfeiern sie gesehen hatte? Unzählige. Alte und neue, chinesische und ausländische. Bald erkannte sie die Gesetze der Dramaturgie, denen all diese filmischen Hochzeiten folgten: Ein Drama war entweder eine Tragödie oder eine Komödie. Alle Komödien endeten mit der Hochzeit, alle Tragödien mit dem Tod. Heiraten und sterben, darum drehte sich alles im Leben. All das Gerede von Politik und Wirtschaft, von Militär und auswärtigen Beziehungen, von Charakter und Schicksal, von Kultur und Nation, von Zeiten und Sitten, von Glück und Trauer, von Essen und Trinken und Kleidung, von Klassizismen und Moden – hört mir doch auf mit all dem hochtrabenden Geschwafel! Schaut euch eine Hochzeit an, dann wisst ihr Bescheid.

Aufgeweckt, wie sie war, gab sie sich keinen Illusionen hin: Am Ende würde sie erblinden. Darauf musste sie sich einstellen. Der Himmel würde ihr nicht mehr allzu viele Gelegenheiten geben. Außer dafür zu sorgen, dass sie nicht verhungerte oder erfror – was blieb ihr sonst zu tun? Nur die Liebe. Aber die Liebe ließ auf sich warten. Auf alles, so sagte sie sich, konnte sie in diesem Leben verzichten, nur nicht auf die Liebe. Prächtig herausputzen würde sie ihre Liebe. Wie sie das anstellen wollte? Eine Romanze würde sie erleben mit dem Hochzeitsfest als feierlicher Krönung. In gewissem Sinne feierte sie von dem Moment an, da sie die ärztliche Behandlung aufgegeben hatte, jeden Tag Hochzeit: Sie versetzte sich selbst in die Bücher und Filme und heiratete so in einem fort – mal im Nordosten, mal im Südwesten, mal in China, mal im Ausland, mal im Altertum, mal in der Gegenwart. Das war ihr Geheimnis: Sie war kein bisschen verschämt, im Gegenteil, all diese Hochzeiten gaben ihr Halt, waren ihr Eiweiß und ihre Vitamine, ihr Wind und Regen, ihr Sonnenschein und Schnee.

Natürlich war sie bei allem Glück nicht frei von Sorgen. Ihre größte Sorge war, sie könnte vor ihrer Hochzeit vollständig erblindet sein. Bevor das geschah, musste sie einen Mann finden, koste es, was es wolle. Die Hochzeit würde sie filmen lassen. Mit ein bisschen Glück würde sie sich das Video noch anschauen können, und das jeden Tag. Und wenn sie sich dafür an den Bildschirm drücken musste, sie würde erst damit aufhören, wenn ihre Augen nichts mehr sehen konnten. Wie ging die Redensart noch? Sich die Augen aus dem Kopf gucken.

Oder man nannte die Augen Herbstgewässer: sich die Herbstgewässer aus dem Kopf sehen. Jin erinnerte sich noch gut an ihre Augen, wie sie vor ihrer Erkrankung gewesen waren: klar und rein, hell und licht und dabei schillernd wie Wellengekräusel, die Winkel sanft nach oben geschwungen. Ihre Augen waren tatsächlich wie Herbstgewässer gewesen. Manchmal dachte sie: Wie gut, dass meine Augen so schlecht sind – sonst wäre ich womöglich noch ein richtiger Vamp geworden! Wer konnte das schon wissen.

Während sie auf der Liege lag und Xu Tailais Finger auf ihrem Körper spürte, seufzte sie leise. Sie fühlte sich wie in einem Traum und musste sich hartnäckig daran erinnern, dass dies kein Traum war. Das war die Wirklichkeit. Vergiss das nicht!, ermahnte sie sich wieder und wieder. Bleib standhaft! Das ist kein Traum. Das ist die Wirklichkeit. Wie gern hätte sie sich herumgedreht, seine Hände gedrückt und ihm gesagt: Weißt du, wie lange wir uns schon lieben?

»Nicht so stark«, sagte sie.

»Sanfter«, sagte sie.

»Sie sind aber empfindlich«, sagte er. Es waren die ersten Worte, die er zu ihr sprach. »Noch sanfter, und die Wirkung geht verloren.«

Aber das war unmöglich. Sanft genug ausgeübt, verwandelt sich Tuina in Streicheln. Männer verstanden so etwas nicht. Mit einem fast lautlosen Schnauben sagte sie: »Darf ich Sie nach Ihrem Namen fragen?«

»Warum so förmlich? Ich heiße Xu.«

»Ah«, sagte sie mit dem Gesicht in der Aushöhlung, während sie innerlich hellwach wurde. »Wenn Sie mir sagen, wie viele Geschwister Sie haben, kann ich Ihren Vornamen erraten. Können Sie das glauben?«

Er zog eine Hand zurück und überlegte. »Was machen Sie beruflich?«

»Ich studiere das Gesetz des Schicksals.«

»Sie meinen, Sie sind Wahrsagerin?«

»Nein. Alles folgt seinem eigenen Gesetz – das Tao, die Mathematik, die Physik. Und auch das Schicksal.«

»Na, dann sagen Sie mir doch, wie viele Geschwister ich habe.«

»Sagen Sie mir erst Ihren Namen. Nur so kann ich wissen, wie viele Geschwister Sie haben.«

Er dachte einen Moment nach. »Sagen Sie mir lieber meinen Namen. Ich habe eine kleine Schwester.«

Er kam tatsächlich aus dem nördlichen Jiangsu. Sein starker Akzent verriet ihn: Nur Leute aus seiner Heimat sagten statt »meimei« – kleine Schwester – »mimi«, als wollten sie eine miauende Katze nachahmen. Er habe eine »Miau«, hatte er gesagt.

Nach kurzem Überlegen sagte sie: »Sie heißen Xu, ja? Und Sie haben eine kleine Schwester? Dann heißen Sie … Xu … Tai … lai. Ja, genau: Xu Tailai.«

Seine Hände hielten inne. »Wer sind Sie?«

»Ich studiere das Gesetz des Schicksals.«

»Woher kennen Sie meinen Namen?«

»Ganz einfach: Alles folgt seinem eigenen Gesetz. Sie heißen Xu mit Nachnamen, und Sie haben eine jüngere Schwester, also müssen Sie Xu Tailai sein.«

»Warum sollte ich Ihnen glauben?«

»Das verlange ich gar nicht von Ihnen. Ich will nur, dass Sie glauben: Sie sind Xu Tailai. Können Sie das glauben?«

Er versank eine Weile in Schweigen. »Und was wissen Sie sonst noch?«

Sie setzte sich auf, umgeben von der Aura der Zauberin. In Wahrheit war es eine Aura des Glücks, aber das wusste nur sie selbst. »Geben Sie mir Ihre Hände.«

Getreu dem alten Grundsatz »Männer links, Frauen rechts« hielt er ihr artig seine linke Hand hin, doch sie ergriff beide Hände. Es war das erste Mal, dass sie ihn berührte, und sie unterdrückte eine Anwandlung von Traurigkeit, während sie erst seine Handflächen, dann seine Handrücken befühlte. Danach hielt sie inne und verkündete, seine Hände fest gepackt, mit ruhiger Bestimmtheit: »In Ihrem Leben gibt es zwei Frauen.«

»Wieso zwei?«

»Weil die Erste nicht für Sie bestimmt ist.«

»Wieso nicht?«

»Das Schicksal will es so. Sie sind nicht für sie bestimmt.«

Sie spürte, wie er zuckte. Entweder war er es, der zitterte, oder die Luft.

»Wieso kann sie nicht meine Frau werden?«

»Weil Sie für die zweite Frau bestimmt sind.«

»Und was, wenn ich sie nicht liebe?«

»Genau da liegt das Problem.« Sie ließ seine Hände los. »Sie lieben sie.«

Er hob den Kopf, die Augen zum Universum gerichtet, in dessen Mitte er stand, umtost von den Stürmen des Äthers.

Sie beschloss, ihm nicht länger zuzusetzen. »Darf ich Sie um einen Gefallen bitten? Können Sie Ihren Chef herholen?«

Er stand wie benommen da, ahnungslos, was das Schicksal für ihn bereithielt. Natürlich glaubte er der Frau nicht, die da vor ihm saß, aber andererseits sind alle Blinden mehr oder weniger abergläubisch: Sie glauben an das Schicksal, das man nicht sehen kann, genauso wenig, wie sie selbst sehen können, weshalb sie sich ihm besonders nahe fühlen. Als Xu seinen Chef Sha Fuming holte, glaubte er in seiner Begriffsstutzigkeit, die Kundin wolle sich über ihn beschweren. Mit hastigen Schritten kam Sha herbei, aber kaum betrat er den Raum, wusste er Bescheid: Die Frau wollte sich nicht beschweren, sie wollte eine Arbeit.

Jin fackelte nicht lange und ergriff die Initiative: Sie forderte Sha auf, sich hinzulegen, damit sie das Behandlungszimmer kurzerhand zum Büro für ihr Bewerbungsgespräch umfunktionieren konnte. Aber Sha war erfahren genug, um sich ihrem Kommando nicht zu beugen. »Wir sind nur ein kleiner Laden«, wies er sie höflich ab, »deswegen brauchen wir im Moment kein Personal.«

»Ausgeschlossen«, erwiderte sie. »Erstklassiges Personal braucht man immer.«

Mit diesen Worten zog sie ihn am Arm, damit er sich hinlegte. So etwas hatte er auch noch nicht erlebt. Um keine Handgreiflichkeiten heraufzubeschwören, tat er ihr den Gefallen. Er brauchte nur zwei Minuten, um sich ein Bild zu verschaffen: Ihre Technik war nicht schlecht, und über genügend Kraft verfügte sie auch, aber so erstklassig wie behauptet war sie auch wieder nicht. Mit einem Hüsteln setzte er sich auf und sagte so freundlich wie möglich: »Wir sind nur ein kleiner Laden, nicht wahr? Wenn Sie die Straße der Reformen hinuntergehen, kommen Sie nach vier Kilometern, wo sich die Straße mit der Straße der Öffnung kreuzt, zu einem anderen Tuina-Zentrum. Versuchen Sie dort doch mal Ihr Glück.« Um die Stimmung aufzulockern, schob er noch einen Scherz hinterher: »Der Weg der Reform und Öffnung ist von Tuina und Massage gesäumt.«

Jin lachte nicht. »Ich gehe nirgendwohin. Ich bleibe hier.«

Eine so dreiste Bewerberin war Sha noch nicht untergekommen. Er lachte. »Wie meinen Sie das?«

»Ich bin nicht zu Ihnen gekommen, um einen Job zu finden. Hätte ich das gewollt, wäre ich woanders hingegangen.«

Sha lachte erneut. »Aber einen neuen Chef brauchen wir hier auch nicht.«

»Ich mag einfach Ihren Managementstil. Den will ich unbedingt kennenlernen.«

Das war genauso abwegig wie das, was sie vorher gesagt hatte, aber es klang gut und war Wasser auf Shas Mühlen. Die körperliche Anspannung fiel von ihm ab, als hätte die Frau seine Muskeln geknetet. Er lachte nicht mehr, er verzog den Mund zu einem Schmunzeln, ehe er sagte: »Von wem haben Sie das gehört?«

»In Shanghai habe ich das gehört.« Eine vage, nichtssagende Antwort, die keinen konkreten Namen nannte, sondern kurzerhand ganz Shanghai aufs Tapet brachte – als wäre Shas Managementstil dort in aller Munde. Diese absurde Behauptung war mehr als ein Muskelkneten, sie war Balsam für Shas Seele und traf zielsicher seinen inneren Akupunkturpunkt. Aber je mehr er sich darüber freute, desto weniger durfte er es zeigen. Also legte er sogleich die Bescheidenheit an den Tag, die einem Erfolgsmenschen wie ihm gut zu Gesicht stand, und tat das Lob ab: »Wir tun, was wir können, mehr nicht. Nichts Besonderes.«

»Ich möchte einfach von Ihnen lernen, wie man alles managt, und wenn sich die Gelegenheit ergibt, möchte ich später selbst eine Klinik eröffnen. Falls Sie sich deswegen Sorgen machen, kann ich Ihnen hier und jetzt versichern, dass mein Laden, falls ich ihn in Nanjing eröffne, mindestens zehn Kilometer von Ihrem entfernt liegen wird – zum Dank für Ihre Freundlichkeit.«

Mit ihrem »Dank« forderte sie ihn in Wahrheit heraus, und er konnte nicht anders als ihre Herausforderung annehmen. Denn die Stärke eines Menschen ist zugleich seine Schwäche. Nach einem erneuten Lachen räusperte er sich und sagte: »Wir sind doch alle blind, also reden wir nicht mehr darüber. Sie verdienen Ihr Geld und ich meins. Das Sha Zongqi-Tuina-Zentrum heißt Sie willkommen.«

Nachdem sie sich bei ihm bedankt hatte, fühlte sie einen nachträglichen Schreck. So lange hatte sie nichts von Xu Tailai gehört und doch an ihrer einseitigen Liebe festgehalten; unbeirrt war sie vorangeschritten, über einem Abgrund balancierend wie eine Seiltänzerin, furchtlos, gelassen, kühn, geduldig. Nun endlich war sie bei Tailai angelangt – und tat, was eine Seiltänzerin niemals tun darf: zurückblicken. Und sie erschrak angesichts der Gefahr des Absturzes, in der sie mit jedem Schritt geschwebt hatte. Eine jähe Traurigkeit überkam sie mit solcher Macht, dass sie beinahe die Beherrschung verloren hätte. Aber sie weinte nicht, denn sie fühlte, dass die Liebe nicht nur tiefes Leid bedeutete, sondern auch und noch mehr eine im Innersten anrührende Erfahrung. Das war wahre Liebe. Und auf einmal verliebte sie sich in ihr eigenes Verliebtsein.

Das Problem war nur, dass Tailai noch nichts von seinem Glück ahnte. Überhaupt nichts. Ihre einseitige Romanze in eine zweiseitige zu verwandeln war eine knifflige Aufgabe. Eines war offensichtlich: Er hatte sich von seinem ersten Schlag noch nicht erholt. Und selbst wenn: Von dem, was in ihr vorging, konnte er nichts ahnen. Und wenn doch, was hätte er schon sagen sollen?

Sie war entschlossen, ihre Annäherung nicht hinauszuzögern. Nach einigem Hin- und Herüberlegen fasste sie den Plan, ihn über die Sprache zu packen. Der Norden von Jiangsu lag zwar nicht weit von Nanjing entfernt, aber Tailais Akzent war nicht zu überhören, und er nahm sich das so sehr zu Herzen, dass sein Selbstbewusstsein darunter litt. Sie musste ihm helfen, dieses Problem in den Griff zu bekommen, sonst stünden seine Komplexe ihnen beiden immer im Weg.

Endlich kam ihre Chance: Sie war mit ihm im Ruheraum allein. Diese Gelegenheit, das wusste sie, würde nicht lange währen – vielleicht fünf, vielleicht auch nur zwei Minuten.

Das Problem war, dass sie ihm Angst einflößte, und das seit

dem Moment, da sie ihm sein Schicksal geweissagt hatte. Weil sie sich darüber im Klaren war, knüpfte sie nicht gleich eine Unterhaltung mit ihm an, sondern nahm erst ihr Handy heraus und tat, als würde sie ihre Familie in Dalian anrufen. Als niemand abhob, klappte sie mit einem Seufzer ihr Handy zu. »Tailai, deine Heimat ist nicht weit von Nanjing, oder?«

»Nein«, antwortete er, »höchstens hundertfünfzig Kilometer.«

»Ach?!«, sagte sie im Ton des Erstaunens. »Das gibt's doch nicht!«, fuhr sie gedehnt fort. »Der Nanjinger Dialekt hört sich so hässlich an, aber bloß hundertfünfzig Kilometer weiter in deiner Heimat ist der Dialekt so wunderschön! Wirklich bezaubernd.«

Diese Worte waren eine Bombe, eine Wasserbombe, die schwankend in die Fluten seines Herzens sank. Hilflos fühlte er, wie sie in die Tiefe glitt und dann mit einem gedämpften Krachen explodierte, sodass sich die Fluten in eine gewaltige Wassersäule verwandelten, die unter tosendem Brodeln aufwallte und wieder niederstürzte. Niemand hätte die stürmischen Wogen in seinem Innern in Worte fassen können, aber Jin hörte, wie schwer er atmete.

Er saß wie betäubt da, als sie ging. »Ich weiß genau: Viele Leute mögen deinen Akzent. Ich bin bestimmt nicht die Einzige.«

Ihre Worte klangen verzagt, als wüsste sie um ihre Unzulänglichkeit. Das Selbstmitleid, das darin mitschwang, war bedeutungsschwanger.

Kapitel 7
Sha Fuming

Was ist Schönheit? Was ist sie genau? Seit der Regisseur das Tuina-Zentrum verlassen hatte, ließ diese Frage Sha Fuming keine Ruhe. Und je mehr er sich darüber den Kopf zerbrach, desto größer wurde seine Verwirrung. Ja, was war denn nun das Schöne? Und wo fand man es?

Genau genommen wollte er sich gar nicht über die Schönheit als solche Klarheit verschaffen, sondern über Du Hong. Aber weil die Schönheit in ihr Gestalt angenommen hatte, waren beide ein und dasselbe. Wer das Schöne nicht begriff, würde Du Hong niemals verstehen. Er war von Unruhe gepackt und mit den Nerven am Ende, doch das einzige Ergebnis seiner Unrast war, dass er sich in eine noch größere Ungewissheit, ein noch tieferes Dunkel gestürzt fühlte. Das Reich des Schönen würde ihm auf ewig verschlossen bleiben. Betaste sie von Kopf bis Fuß, sagte er sich, und der Gedanke erschreckte ihn – was könnten seine Hände denn schon erspüren? Größe und Länge konnten sie ertasten, Festigkeit und Temperatur, Feuchtigkeit und Form, aber dann stießen sie auch schon an ihre Grenzen. Frustriert von diesem Gedanken, saß er den ganzen Tag mit ernstem Gesicht im Ruheraum herum, in Grübeleien versunken und von Bauchschmerzen geplagt.

Schönheit ist edel, heißt es in den Büchern. Was ist edel?

Schönheit ist sanft, heißt es in den Büchern. Was ist sanft?

Schönheit ist harmonisch, heißt es in den Büchern. Was ist harmonisch?

Was ist edle Einfalt? Und stille Größe? Was ist das Erhabene? Und was das Prachtvolle? Was ist das Unermessliche? Und was das Feierliche? Was ist funkelnd und kristallklar? Was frisch und rein? Was kunstvoll? Und was unergründlich? Was ist ein glitzerndes Wellengekräusel? Ein Dunst in den Bergen? Ein loderndes Feuer? Ein üppiges Grün? Eine einsame grüne Insel? Ein grenzenloser Nebel? Endloser gelber Sand? Unendliche Weiten? Was ist Liebreiz? Anmut? Zartheit? Koketterie? Grazie? Ein bezauberndes Lächeln? Attraktivität? Coolness? Ungezwungenheit? Charme? Männlichkeit? Natürliche Leichtigkeit? Warum murmelt fließendes Wasser? Warum wogen Dunstwolken über einem Gewässer? Warum winden sich die Wege des Himmels? Warum funkeln schwankende Lichter? Warum hasten Streitrösser und Soldaten? Warum ist jemand aalglatt? Warum ist das Nichts leer? Warum sind die Zeiten stürmisch?

Was ist Rot? Was ist Grün? Warum ist die Sehnsucht rot und der Kummer grün? Und warum heißt es: »Weißt du, weißt du? Das Rote sollte üppig sein, das Grüne licht«?

Sha verfügte über ein außergewöhnliches Gedächtnis. Er kannte eine beachtliche Menge von Gedichten und Redewendungen auswendig. In der Grundschule hatte ihm sein Gedächtnis den Ehrennamen »kleiner Professor« eingetragen. Aber verstand er all diese Verse und Wendungen? Nein. Mit den Jahren schien in ihm zwar ein Verständnis zu reifen – aber was besagte das? Dass er die Worte benutzen konnte. Streng genommen, verstehen die Blinden die Welt nicht, sie benutzen sie nur.

Das Problem war: Das Schöne kann man nicht benutzen, man muss es verstehen.

In seinem Innern war er aufgewühlt, tief aufgewühlt, und dabei brodelte es ohnehin schon in ihm. Aber was nützte das? Ihm blieb nichts anderes übrig, als sich zu beherrschen. Also setzte er sich in den Ruheraum und nestelte an seinen Fingern herum wie ein meditierender alter Mönch an seiner Gebetskette. Aber wie hätte er – bei dem stummen Aufruhr, der in seinem Herzen tobte – Frieden in der Meditation finden können?

Stand er mit der Welt in einer Beziehung? Ja, vermutlich. Er lebte auf eine sehr handfeste Weise in der Welt, und ganz in seiner Nähe lebte darin auch ein Mädchen namens Du Hong. Aber ihre Schönheit schuf eine unüberwindliche Hürde zwischen ihnen beiden. Also war er von der Welt isoliert. Bei diesem überraschenden Gedanken stand sein Herz still. Für die Welt war er bloß eine Hypothese – oder andernfalls war die Welt selbst nur hypothetisch.

Das Problem war: Das Schöne war mächtig. Es besaß eine ungeheure Kohäsionskraft, oder anders gewendet: Es verlieh enorme Antriebskräfte, nötigte, drohte, zwang zu einer Reaktion. So gesehen hatte weniger Dus Schönheit selbst ihn in den Bann gezogen als vielmehr die Bewunderung, die der Regisseur ihr gezollt hatte – und die auch in ihm, Sha, Bewunderung geweckt hatte. Woher nahm das Schöne diese Macht? Welche Magie wohnte ihm inne?

Nachdem ihm diese Grübeleien eine geschlagene Woche keine Ruhe gelassen hatten, hielt er es nicht länger aus. Er passte eine Pause ab, in der er Du verstohlen zu sich bat – angeblich um sich ein Bild von ihren Fähigkeiten zu machen. Kaum hatte sie den Raum betreten, schloss er die Tür hinter ihr und tastete nach dem Schalter an der Wand, aber als er das Licht einschaltete, war es so dunkel wie seine Augen. Warum hatte er es überhaupt eingeschaltet? Einen Moment sann er darüber nach, ohne eine Antwort zu finden. Nachdem er die Überprüfung abgeschlossen hatte, erklärte er: »Sehr gut.« Von plötzlicher Nervosität gepackt, brach er in ein grundloses Lachen aus, ehe er endlich in einem neckischen, ja, schlüpfrigen Ton sagte: »Du Hong, alle meinen, du bist schön. Kannst du mir deine Schönheit mal beschreiben?«

»Chef, Sie machen Spaß«, antwortete sie, wie es sich gehörte. Nichts konnte unter diesen Umständen ihre gute Erziehung besser unter Beweis stellen als Bescheidenheit. »Die Leute haben doch bloß Spaß gemacht.«

Sein Lächeln erstarb. »Das war kein Witz«, erklärte er nachdrücklich.

Sie stutzte, erschrocken über seinen Ernst. »Wie soll ich das anstellen? Ich sehe ja genauso wenig wie Sie.«

Diese Antwort, so vorhersehbar sie auch sein mochte, überrumpelte ihn, mehr noch, sie versetzte ihm einen Schlag. Er wankte zurück, als wäre jemand mit einem Messer oder Knüppel auf ihn losgegangen. Die Frau, in der das Schöne Gestalt angenommen hatte, konnte es genauso wenig benennen. Diese Erkenntnis stimmte ihn unsagbar traurig. Still und starr war diese Traurigkeit und stürzte ihn doch in Aufruhr.

Unendlich erschöpft, entschloss er sich, aufzugeben und das Schöne, das so betörend und betrügerisch daherkam, fallen zu lassen. Aber er unterschätzte seine Macht, seine unwiderstehliche Verführungskraft. Ein unaufhörlich wirbelnder Strudel war es, ebenso gefahrvoll wie verlockend. Und er versank darin immer tiefer.

Das Schöne war ein Unheil, das sanft und gemächlich über ihn hereinbrach.

Sein Magen tat ihm wieder weh, und das traf ihn überraschend, weil es um zwei Stunden zu früh kam.

Geplagt von seinen Magenschmerzen, überkam ihn ein plötzlicher Hass auf den Regisseur und die Frau an seiner Seite. Hätten irgendwelche gewöhnlichen Kunden zu Du gesagt: »Mädchen, du bist aber schön!«, er hätte ihre Worte nicht ernst genommen. Doch das Urteil stammte aus dem Mund eines Künstlers und verströmte ein literarisches Flair. Es war wie eine Ansage im Radio. Ach, wären diese Leute nie in unser Tuina-Zentrum geplatzt! Diese Künstler sind an allem schuld. Platon hatte recht, als er sie aus seinem idealen Staat verjagen wollte. Sie führen die Menschen nur in die Irre.

Natürlich waren diese Gedanken aus der Wut geboren. Tief in seinem Innern war er dem Regisseur und seiner Assistentin dankbar für ihre Entdeckung, mit der sie ihm einen ebenso dunklen wie aufreizenden und warmen Frühling beschert hatten.

Wenn der Frühling bereits angebrochen war, konnte der Sommer nicht mehr fern sein. Sha roch schon den Duft, den Du einem Winterjasmin gleich verströmte.

Dennoch war er in Trübsinn versunken – ihm war bald bewusst geworden, dass die Blinden selbst in der Liebe auf anderer Leute Urteil angewiesen bleiben. Wenn ein Blinder sich verliebt, misst er wie alle Verliebten dem Aussehen seiner Angebeteten große Bedeutung bei. Anders als normale Verliebte jedoch muss er sich dabei die Ansichten der Sehenden einprägen und muss sie, als wollte er eine Gleichung lösen, Schritt um Schritt in seine Rechnung einbeziehen, bis er endlich eine Antwort gefunden hat, die scheinbar seine eigene und doch in Wahrheit Allgemeingut ist. Ein Leben lang bleiben die Blinden in den Urteilen der anderen gefangen, sind nicht sie selbst, sondern bloß die anderen, der Regisseur und seinesgleichen. Umstellt von fremden Urteilen, erleben die Blinden ihre Liebe auf den ersten Blick, erhaschen sie einen flüchtigen Abglanz, ein Staunen erregendes Aufscheinen des Schönen.

Auch Sha Fuming hatte einen solch flüchtigen, dafür umso wahrhaftigeren Abglanz des Schönen erhascht, und zwar als Internatsschüler im Alter von sechzehn Jahren. Zu seiner Überraschung war er der Liebe auf der Straße begegnet.

Er erinnerte sich noch immer an jenen strahlend hellen Sommernachmittag: Die Sonne brannte ihm mit einer solch verschwenderischen Kraft auf die Stirn, dass ihre Strahlen auf ihm tanzten und seine Haut, als er aus dem Supermarkt trat, Feuer zu fangen schien. Während er noch die Treppe hinunterging, fasste ihn – auf der fünften Stufe – jemand an der Hand. In einer Anwandlung von Schüchternheit schürzte er die Lippen. Dass ein Blinder auf der Straße Hilfe erhält, ist nichts Ungewöhnliches, aber diese Hand war anders – sie gehörte einem Mädchen, das konnte er fühlen. Voller Scheu ließ er sich von ihr führen, nichts ahnend von den möglichen Folgen. An der Straßenecke angekommen, ließ er ihre Hand los und brachte ein ebenso förmliches wie gehemmtes »Danke« hervor.

Doch das Mädchen ergriff seine Hand von Neuem. »Wollen wir was trinken gehen?«

Es war tatsächlich ein Mädchen von sechzehn oder siebzehn Jahren, ein Irrtum war ausgeschlossen. Für einen Moment wusste er nicht, ob er sich freuen oder ärgern sollte. Manche Leute übertreiben es mit ihrer Gutherzigkeit und geben den Blinden, nachdem sie ihnen geholfen haben, noch irgendwelche Almosen, als wären es Bettler. Weil er solche Leute und ihr Verhalten verabscheute, wies er sie höflich ab: »Danke, aber ich habe gleich Unterricht.«

Doch sie ließ nicht locker. »Ich bin von der Mittelschule 14, ich hab auch Unterricht – na, komm schon.«

Er kannte ihre Schule: Sie lag schräg gegenüber der seinen. Im letzten Halbjahr hatten beide Schulen gemeinsam ein Festival veranstaltet.

»Wir können doch Freunde sein, oder?«, fragte sie, und dabei schaukelte sie mit dem Arm, sodass auch sein Arm hin und her schlenkerte. Sein Gesicht fühlte sich komisch an – vermutlich war das die sogenannte »Schamesröte«. Er wandte den Kopf ab und sagte: »Ich habe nachmittags noch Unterricht, aber trotzdem danke.«

»Und wenn wir beide schwänzen?«, hauchte sie ihm ins Ohr.

Erst später fiel ihm eine passende Redewendung ein, um seinen Gemütszustand zu beschreiben: Das Mädchen kam mit derselben erschütternden Gewalt über ihn wie ein Blitz aus heiterem Himmel. Er war immer ein guter Schüler gewesen, für den es undenkbar war, auch nur zu spät zum Unterricht zu erscheinen – von schwänzen ganz zu schweigen. Nun aber lagen die Dinge anders: Ein Mädchen hatte eine höchst verführerische Einladung an ihn ausgesprochen. Und wenn wir schwänzen? Wir beide?

Jäh in Versuchung geführt, geriet er ins Schwanken. Hinter dem Blitz aus heiterem Himmel – das war ihm klar – verbarg sich eine Verlockung namens »Mitte der Gesellschaft«. Seit wer weiß wie lange teilen die Blinden eine hartnäckige Überzeugung: Wo immer Leute *sehen,* ist »die Mitte der Gesellschaft«. Aber hinter dem Blitz lag nicht nur diese Mitte, sondern auch ein toter Winkel. Diese Verbindung – in der Mitte und doch am Rand – übte auf Sha eine unwiderstehliche Anziehungskraft aus, und auf einmal erwachten in ihm Neugier, Kampfgeist und Abenteuerlust.

Sie gingen in eine Kneipe in der Changle-Straße. Routiniert bestellte das Mädchen, das hier offensichtlich Stammgast war, eine eisgekühlte Cola. Es war Shas erster Kneipenbesuch, und er weckte eine Vielzahl von Gefühlen: Aufregung zweifellos, dazu Gehemmtheit und eine untergründige Angst. Vor allem fürchtete er, sich vor dem Mädchen lächerlich zu machen. Glücklicherweise konnte er immer noch klar denken, und so schätzte er in einem fort die Situation ab und prägte sich alles ins Gedächtnis ein. Nach gut zehn Minuten fiel die Anspannung langsam von ihm ab, und das schlug sich in seinen Worten nieder: Er sprach immer mehr, und mit dem Sprechen wuchs sein Selbstvertrauen. Dann aber kam ihm die Selbstsicherheit wieder abhanden, und auch das zeigte sich in seinem Redefluss, der sich nun zu einem Wortschwall ohne Punkt und Komma steigerte.

Zum Einstieg wählte er die Musik, die in der Bar gespielt wurde, als Thema. Dahinter steckte eine Strategie: Bring das zur Sprache, worin du dich zu Hause fühlst. Langsam gewann er die Kontrolle über die Themen und bestimmte den Gesprächsverlauf. Wie die meisten seiner Altersgenossen stützte er sich dabei weniger auf eigenes Verständnis als auf sein gutes Gedächtnis und zitierte Unmengen von Aphorismen und geflügelten Worten, um die Beziehung zwischen der Musik und der Seele und dergleichen mehr zu erörtern – bis er abrupt innehielt, weil er plötzlich gemerkt hatte, dass das Mädchen schon eine ganze Weile nichts mehr gesagt hatte. Hatte sie vielleicht das Interesse verloren? Also machte er einen Stopp, nein, eine verbale Vollbremsung, was dem Mädchen offenbar nicht entging, denn sie sagte: »Ich höre zu.« Um ihren Worten Nachdruck zu verleihen, zog sie seine Hand auf den Tisch und hielt sie gedrückt. »Ich höre zu.«

Vorher hatte er seine Hände krampfhaft zwischen den Knien aneinandergepresst. Nun ruhte seine linke Hand auf dem Tisch, darüber ihre Handfläche. Ihre Finger hatten sich mit seinen verschränkt, und diese für ihn unsichtbare Szene überstieg alles, was er sich jemals vorgestellt hatte: Der Gedanke war ihm nie gekommen, dass zwei Hände, die nichts miteinander zu tun hatten, eine so einfache und dabei so komplexe Beziehung eingehen könnten – wie eine präzise Konstruktion, in der jeder Finger und jede Fingerritze eine Funktion erfüllten. Solide und stabil. Seine Hand jedoch fühlte sich kraftlos und zittrig an, und in seinem Innern wogten Selbstvertrauen und Minderwertigkeitsgefühl so heftig auf und ab, auf und ab, dass er zwischen Euphorie und Depression schwankte.

Als das Gespräch auf die Lyrik der Tang-Zeit kam, gewann er langsam sein inneres Gleichgewicht wieder. Auf keinem anderen Gebiet war er so beschlagen, und nun profitierte er zudem von seinem außergewöhnlichen Gedächtnis: Alle paar Sätze streute er ein Zitat ein, hier ein paar Verse und dort ein paar Verse. Und auch wenn sie beide nur miteinander plauderten, wirkte sein Geplauder außerordentlich fundiert, denn zu jedem Vers wusste er die Quelle anzugeben. Was er sagte, hatte Hand und Fuß. Hier konnte er mit dem Schliff punkten, den seine Belesenheit ihm verliehen hatte; hier konnte er zeigen, was in ihm steckte, und er genoss es, während er parlierte, zitierte, kommentierte. Und dennoch reichte sein Selbstvertrauen nicht, um ihm die Zweifel zu nehmen, ob das Mädchen wirklich zuhörte. Sie tat es – und legte auch ihre andere Hand auf die seine, sodass ihre beiden zierlichen Handflächen seine Hand umschlossen. Wieder hielt er inne und wagte kein Wort zu sagen aus Angst, das Herz könnte ihm aus dem Hals springen.

»Wie heißt du?«, fragte sie.

»Sha Fuming.« Er reckte seinen Hals und schluckte, ehe er fortfuhr: »Sha wie in *huang sha* – gelber Sand –, fu wie in *guangfu* – wiedererlangen –, ming wie in *mingliang* – hell. Und du?«

Ihr kam eine Idee, wie sie ihm ihren Namen besonders anschaulich machen könnte. Aus ihrem Glas fischte sie einen Eiswürfel, zog seinen Arm zu sich herüber und schrieb darauf drei Schriftzeichen.

Er spürte das Eis auf seinem Arm, fühlte, wie es einen Strich nach dem anderen – bald waagerecht, bald senkrecht, bald schräg nach links, bald schräg nach rechts – auf seine Haut malte. Es war ein eigentümliches, zutiefst erfrischendes Gefühl. Weil das Eis so kalt war, schrieb das Mädchen nicht, sie ritzte – ritzte ihm die Striche in Herz und Knochen ein. Sein Rücken straffte sich, und er wollte die Augen schließen, aus Angst, sie könnten seine Verwirrung verraten. Aber er hielt die Augen offen und geradeaus gerichtet.

In einer Anwandlung von Übermut bestand das Mädchen darauf, dass er ihren Namen laut aussprach. »Sag mir: Wer bin ich?«

Er zog seinen Arm zurück und versank eine Weile in Schweigen, ehe er endlich sagte: »Ich … kann nicht lesen.«

Er sprach die Wahrheit. Das Chinesisch, das er las, war eine ganz eigene Sprache, genauer gesagt: es war Blindenschrift. Chinesische Schriftzeichen hatte er nie gelernt. Und dennoch konnte er die *Dreihundert Tang-Gedichte* auswendig aufsagen.

Sie glaubte, er würde scherzen, und lachte. »Na klar, du kannst nicht lesen. Du bist ein Analphabet.«

Wer sich angestrengt bemüht, sich selbstbewusst zu zeigen, dem ist nicht nach Scherzen zumute. »Ich bin kein Analphabet«, sagte er mit ernster Miene. »Aber ich kann tatsächlich nicht lesen.«

Sein Gesicht verlieh ihrem Gespräch eine solche Ernsthaftigkeit, dass sie ihn aufmerksam musterte. Schließlich glaubte sie ihm. »Wie ist denn das möglich?«

»Ich habe Blindenschrift gelernt.« Um sich ihr verständlich zu machen und um das Gespräch zu vertiefen, erfragte er ihren Namen, ehe er den schon schmelzenden Eiswürfel in die Hand nahm. Sorgfältig schrieb er ihren Namen – Xiang Tianzong –, indem er mit dem nassen Zeigefinger lauter kleine runde Punkte von unterschiedlicher Größe auf den Tisch tupfte.

Xiang Tianzong betrachtete das scheinbar chaotische und doch so wohlgeordnete Tröpfchenmuster auf der Tischplatte. Das also war ihr Name. Sie neigte den Kopf bald zur einen, bald zur anderen Seite, um das Muster zu studieren. Was für eine absonderliche Sprache! Da hatten sie beide die ganze Zeit miteinander geredet, aber in Wahrheit hatte er eine Fremdsprache gesprochen – wie faszinierend, wie spannend, wie lustig das war! Eine romantische Szene, wie sie nur das Leben schreiben kann. Sie nahm sein Gesicht in beide Hände und rief: »Du bist echt cool!«

Sha wusste den Ton, in dem jemand etwas sagte, genauso gut zu deuten wie die Wörter selbst. Ihr Ton, untermalt noch durch ihre Hände auf seinem Gesicht, gab ihm all sein Selbstbewusstsein zurück. Er reckte den Hals und räusperte sich. Aus Angst, von ihr dabei gesehen zu werden, unterdrückte er den Drang zu lächeln, auch wenn ihn das all seine Selbstbeherrschung kostete. Ein Lächeln kann gut oder schlecht sein, abhängig von den Umständen. Manchmal verliert der Lächelnde dadurch seine Würde. Das konnte Sha sich auf keinen Fall erlauben. Also gab er sich den Anschein der Gelassenheit, während er weiterredete – diesmal nicht im gewöhnlichen Plauderton, sondern fast im Stil einer akademischen Vorlesung.

»Es handelt sich dabei um eine sehr junge Sprache. Ihr Erfinder heißt Huang Nai. Wahrscheinlich kennst du seinen Namen nicht, aber seinen Vater kennst du bestimmt: Huang Xing, der berühmte Revolutionär des modernen China, einer der Anführer der Revolution von 1911. Huang Nai war Huang Xings jüngster Sohn. Als er geboren wurde, war sein Vater schon tot.

In seiner Jugend spielte er gern Fußball. Dabei verletzte er sich so schwer, dass er sein rechtes Augenlicht verlor. 1949 löste sich dann bei seinem linken Auge die Netzhaut ab, sodass er von da an völlig blind war.

Unserem geliebten Premierminister Zhou Enlai lag die Gesundheit von Huang Nai sehr am Herzen, deshalb schickte er ihn 1950 in die Sowjetunion, genauer gesagt in die ehemalige Sowjetunion. Aber es war zu spät, und die Behandlung blieb ohne Erfolg.

Das Dunkel lehrte Huang Nai die Bedeutung des Lichts. Ihm kamen all die Millionen von Blinden in den Sinn, die so dringend eine ideale Schrift brauchten, um sich kulturell zu bilden und geistig auszutauschen. Doch die zwei Blindenschriften, die damals in China verbreitet waren, besaßen große Mängel. Also fasste Huang Nai den Entschluss, eine neue Schrift zu schaffen.

Nach ungezählten gescheiterten Versuchen und Verbesserungen hatte er 1952 ein Schriftsystem auf der Grundlage der Pekinger Aussprache und der Pinyin-Umschrift des Hochchinesischen entwickelt. Im Jahr darauf erkannte das Erziehungsministerium seine Schrift an und förderte ihre Verbreitung im ganzen Land.

Nun, da sie ihre eigene Schrift hatten, waren alle Blinden

mit einem Schlag sehend geworden. Viele von ihnen wurden Lehrer, Schriftsteller oder Musiker. In der Provinz Henan, in Zhengzhou, gibt es eine junge Frau namens Wang Hong, die keine Mühen gescheut hat und schließlich Moderatorin bei einem Radiosender geworden ist.«

In Wahrheit redete Sha nicht, er plapperte nach, was er unzählige Male im Klassenzimmer gehört hatte. Abgesehen von dem spontanen Einschub »genauer gesagt in die ehemalige Sowjetunion« hatte er alles andere aus dem Gedächtnis aufgesagt. Aber weil er sich mit dem bloß auswendig Gelernten unmöglich zufriedengeben konnte, fuhr er fort:

»Die chinesische Blindenschrift beruht auf Pinyin, also auf einer latinisierten Umschrift. Im Zuge der Bewegung des Vierten Mai 1919 forderten viele Gelehrte die Latinisierung der chinesischen Schrift. Leider wurde diese Forderung nicht in die Tat umgesetzt, sonst bräuchte man jetzt höchstens halb so lange, um Chinesisch zu lernen. Immerhin haben wenigstens wir Blinden an der Latinisierung des Chinesischen festgehalten, und deshalb ist unsere Schrift sehr wissenschaftlich.«

Nun erst hatte er gesagt, was ihm wirklich am Herzen lag. Jetzt, das wusste er, war es Zeit innezuhalten – das Mädchen sollte die Gelegenheit erhalten, ebenfalls etwas zu sagen.

»Wie kommt es, dass du so viel weißt?«

Als er die Bewunderung in ihrer Stimme hörte, fühlte er sich größer und größer werden wie ein aufgepumpter Ballon. Er schwebte auf Wolke sieben. »Ich gehe meinen eigenen Weg, egal, was die anderen sagen«, erklärte er mit seinen sechzehn Jahren, aber schon im nächsten Moment kam ihm seine Antwort unpassend vor, und er ergänzte mit großem Ernst: »Ich nutze die Zeit, in der andere Leute Kaffee trinken, zum Lernen.«

Die Musik in der Kneipe schwoll an und wand sich empor wie Spinnfäden im Wind, und unter dem Einfluss dieser sentimentalen Stimmung tat Xiang etwas Unerhörtes: Sie nahm Shas Hände und drückte sie auf ihre Wangen, sodass er ihr Gesicht umfasst hielt. Er wagte nicht, sich zu rühren, auch wenn es ihn ungeheure Mühe kostete, bis sie ihren Hals drehte und damit die erschütternde Liebkosung beendete.

Nicht weit von ihnen, in einer Ecke vorne links, saß ein enorm großer, kräftiger Oberschüler. Er war der Center der Basketballmannschaft von Xiangs Mittelschule. An seine Brust schmiegte sich ein in knalligen Farben gekleidetes junges Mädchen. Sha ahnte davon naturgemäß nichts. Noch vor vier Tagen war Xiang Tianzong das Mädchen in den Armen des Centers gewesen, aber nun hatte »dieses Flittchen« ihren Platz an sich gerissen. Doch wenngleich ihr das Herz blutete, geschlagen geben wollte sie sich noch lange nicht. Sie hatte gerade den Entschluss gefasst, zum Gegenangriff überzugehen, da war ihr Sha über den Weg gelaufen. Prompt hatte sie ihn in die Kneipe geschleppt – wild entschlossen, sich vor ihrem Center mit einem anderen Jungen zu zeigen.

Während sie Sha zuhörte, ließ sie »das Schwein« und »die Schlampe« vor sich nicht eine Sekunde aus den Augen. Der Center schaute aus dem Fenster, aber Xiang und das Mädchen wechselten herausfordernde Blicke. Freilich äußerte sich ihre wechselseitige Provokation nicht etwa auf aggressive Weise, sondern denkbar liebenswürdig, erfüllt von Freude und Sanftmut. Beide lagen im Wettstreit miteinander, und dies waren ihre Olympischen Spiele: Wer hatte den milderen, weicheren, betörenderen Blick? Mit einem Wort: Wer war glücklicher? Im Glanz ihres Sieges trat das andere Mädchen mit der größeren Anmut auf, vergleichbar jenem Vers aus der Tang-Zeit: »Dunst umhüllt das kühle Wasser, Mondenschein den Sand.« Xiang konnte sich unmöglich geschlagen geben. Sie wandte die Augen von der kleinen Schlampe ab und fixierte Sha mit einem immer verklärteren Blick, der sich bis zu Vernarrtheit und höchster Beseligung steigerte. Glaubst du wirklich, dass ich darauf reinfalle? Du bist doch noch nicht trocken hinter den Ohren. Also komm mir bloß nicht damit! Deine Augen glänzen bloß wegen deiner Kontaktlinsen so. Glaub nur nicht, mir könntest du was vormachen.

Sha Fuming konnte nichts sehen, aber das bedeutete nicht, dass er blind für die Liebe gewesen wäre. Er wusste Bescheid. Ihm blieb verborgen, was sich vor ihm in der Ecke abspielte. Unverhofft lächelte ihm das Glück zu.

»Wie gefällt dir das, dass du heute die Schule schwänzt?«

»Gut.«

»Freust du dich?«

Er bewegte die Lippen, ohne die richtigen Worte zu finden. Ihm als Sechzehnjährigen fiel es schwer, seine Gemütslage in Worte zu fassen. In seinem Kopf schwirrten die Gedanken durcheinander, aber sein Verstand war immerhin klar genug, um einen Vers aus der Tang-Zeit zu zitieren: »Dies Gefühl verwandelt sich in ewige Erinnerung.« Höchst zufrieden mit seiner Antwort holte er tief Luft.

Xiang schmiegte sich an seine Brust. »So möchte ich immer sitzen bleiben. Mein ganzes Leben lang.«

Er steckte sich einen Eiswürfel in den Mund. Sein Mund schmolz, während das Eis lichterloh brannte.

Später hätte er nicht zu sagen gewusst, woher seine Liebe kam und wohin sie verschwand. Seine kleine, klägliche Kneipenliebe währte kein ganzes Leben, sondern gerade mal zwei Stunden, ehe sie erstarb, gänzlich erstarb. Gut zwei Stunden – eine flüchtige und doch lange Zeit. Ihre Länge sollte er erst später begreifen. Seine Liebe erlosch, ohne eine Spur zu hinterlassen. Sie verwandelte sich tatsächlich in ewige Erinnerung. Das war alles, was ihm von ihr blieb: eine Erinnerung, ein Traum. Und in diesem Traum kamen nur zwei Dinge vor: Hände und Eis. Die Hände umschlangen ihn murmelnd wie Wasser, einschmeichelnd und zart wie Blumen, die vom Himmel fielen, dann gefroren sie mit einem Schlag zu Eis, und so trieben sie durch seine Erinnerung und wollten all die Jahre nicht schmelzen, egal, wie warm es in seinem Traum wurde. Und dabei quälte ihn stets aufs Neue die Tatsache, dass das Eis die Gestalt der Hände bewahrte, die Finger lückenlos aneinandergelegt, sodass er, so sehr er sich auch abmühte, keine Möglichkeit fand, sie zu halten. Überall auf dem Wasser trieben diese Hände, eisig, hart und majestätisch.

Seine kleine Zwei-Stunden-Liebe übte einen tiefen Einfluss auf Shas Leben aus. Seitdem sehnte er sich nach einem Paar Augen – *sehenden* Augen – und stellte eine strikte Forderung an Liebe und Heirat: Die Frau, die er liebte, musste sehen können. Nur eine solche Frau konnte ihm helfen, in die Mitte der Gesellschaft einzutreten.

Und so schob er seine Heirat immer weiter vor sich her. Zwei Schlüsselbegriffe hielten ihn umklammert: Augen und die Mitte der Gesellschaft. Sie waren nicht länger bloß Bedingungen für Liebe und Heirat, sie wurden ihm zur Religion. Und hat jemand erst einmal einen Glauben, so entwickelt er auch die Willensstärke, seine Zeit zu vergeuden.

Die allermeisten Blinden hoffen, dass sie einen Partner finden, der besser sehen kann als sie selbst. Dahinter verbergen sich nicht ausschließlich praktische Bedürfnisse, sondern ebenfalls Eitelkeiten – besonders bei den Frauen mit ihrer

Neigung zum Konkurrenzdenken. Wer sich einen Partner mit normalem Sehvermögen geschnappt hat, hat allen Grund, diesen außerordentlichen Triumph zu feiern.

Sha war nicht eitel. Er hielt einfach an seinem Glauben fest. Sollte er keine Frau, die sehen konnte, finden, war er willens, ein Leben lang auf Liebe und Heirat zu verzichten. Doch im Angesicht des Schönen verlor sein Glaube an Kraft. Wie haltlos so ein Glaube doch sein kann: Manchmal genügte eine innere Regung, um ihn zum Einsturz zu bringen.

Freilich zieht eine solche innere Regung auch das entsprechende Handeln nach sich. Eines Tages nutzte Sha eine kurze Mußephase nach dem Mittagessen, um den Ruheraum aufzusuchen. Er klopfte an die Tür und rief: »Du Hong!« Du stand auf. »Komm mal mit«, verfügte er in geschäftsmäßigem Ton.

Ohne ihr zu erklären, warum sie mitkommen sollte, setzte er sich einfach auf eine Liege und rührte sich nicht mehr. Also blieb sie, gleichfalls regungslos, neben ihm stehen – was hätte sie sonst tun sollen? Ihr Chef war in letzter Zeit in bedrückter Stimmung gewesen, und das beunruhigte sie – hatte sie womöglich etwas damit zu tun? Schließlich war sie in seinem Tuina-Zentrum noch nicht fest angestellt. Sie ließ ihr Verhalten und ihre Worte der letzten Tagen Revue passieren und kam zu ihrer Erleichterung zu dem Schluss, dass sie sich nichts hatte zuschulden kommen lassen. »Chef, wie kann ich Ihnen Entspannung verschaffen?«

Er gab keine Antwort. Sie konnte nicht ahnen, dass er seine Arme gehoben hatte. Seine Hände dürsteten danach, ihr Gesicht zu streicheln, um sich von diesem Etwas namens »Schönheit« zu überzeugen und es zu begreifen. Aber sie zögerten. Sie fanden nicht den Mut. Schließlich fasste er ihre Hand. Sie war eiskalt, jedoch nicht aus Eis. Sie wies keine Spur von Härte. Sie war weich. Ergreifend wie in seiner Erinnerung. So, wie sich eine Hand anfühlen musste. Mit fünf Fingern. Er streichelte einen Finger nach dem anderen und machte eine erregende Entdeckung: Zwischen ihren Fingern öffneten sich vier Zwischenräume. Ohne einen Gedanken zu verlieren, schob er seine Finger hinein. Ihre Hände griffen perfekt ineinander. Nun erst merkte er, dass nicht ihre Hand so kalt war, sondern seine. Doch jetzt schmolz das Eis. Seine Hand schmolz, Tropfen um Tropfen, begann zu fließen und zu fluten.

Aus einem plötzlichen Impuls heraus zog er ihre Hand zu sich, um, solange das Schmelzen noch im Gange war, das zu tun, wonach er sich schon so lange gesehnt hatte: Er legte ihre Hand auf seine Wange. Sie wagte sich nicht zu rühren. Sachte drehte er den Kopf, sodass sie ihn streichelte. Wie warm sie war.

»Chef, wir sollten das nicht tun.«

Was für ein langer Traum das war, der eine so unerträgliche Zeit überwand. Hier war, was er immer gesucht hatte, hier in greifbarer Nähe.

»Bleib hier, Du Hong. Für immer.«

Sie zog ihre schweißnasse Hand zurück. »Chef, dann machen wir daraus doch ein Geschäft, oder?«

Kapitel 8
Xiao Ma

Von einem Tag auf den anderen war Saozi nicht mehr ins Männerwohnheim gekommen. So ging das schon eine ganze Weile.

Xiao Ma spürte, dass sie ihm auswich– nicht nur im Wohnheim, sondern auch im Tuina-Zentrum.

Von dem Moment an, da sie ihn zu meiden begann, versank er in Trübsal. Warum tat sie das? Doch dann huschte unversehens ein Lächeln, schwach und flüchtig, über sein Gesicht. Denn er erkannte, was sich hinter ihrem Verhalten verbarg, und das erregte ihn körperlich.

Er erinnerte sich an ihren Duft. Den Duft ihres Haares. Einen nassen Duft. An ihr war alles dran, was an einer Frau dran sein sollte, und nichts zu viel.

Er versank in ein Schweigen so still wie Saozis Duft. Da er ohnehin wenig Worte zu machen pflegte, nahm niemand eine Veränderung an ihm wahr. Nur er selbst wusste, dass er sich verändert hatte. Er war schon immer still gewesen, aber nun war er still inmitten der Stille.

Was das ist: Stille? Und Stille in der Stille? Xiao Ma wusste es.

Wenn er still war, saß er meistens einfach bloß da. Auf andere wirkte er dann ungeheuer ruhig. Doch in Wahrheit war diese Ruhe nur Fassade, denn er spielte mit einem Spielzeug, von dem niemand etwas ahnte: der Zeit.

Xiao Ma brauchte keine Uhr. Wenn er einen Kunden hatte, ging er ruhigen Schrittes in den Behandlungsraum, den er genau eine Stunde später mit einem »Fertig!« ebenso ruhigen Schrittes wieder verließ – keine Minute zu spät und keine Minute zu früh. Dahinter verbarg sich eine besondere Begabung: ein erstaunliches Zeitgefühl. Die Zeit hatte für ihn eine materielle Qualität, sie war gegenständlich und konkret – mit einem eigenen Umfang, einer Fläche, einem Volumen, einer stofflichen Struktur und einem Gewicht. Im Alter von neun Jahren hatte er die Zeit kennengelernt, aber sein Spielzeug wurde sie damals noch nicht. In jenen spielzeuglosen Tagen zog er beständig die Brauen nach oben – er wollte die Augen öffnen. Er vertraute auf sein Glück, hoffte auf ein Wunder. Tag und Nacht sehnte er den Morgen herbei, an dem – im Moment des Erwachens – sein Augenlicht aus den Höhlen hervorbrechen würde wie Nägel, die die oberen Lider durchstachen, sodass ringsumher das Blut floss. Seine Sehnsucht war so ungestüm, dass gewöhnliche Menschen sie nicht ermessen konnten; sie führte ihn an den Rand des Todes.

Vier Jahre später rettete seine beispiellose Klugheit den dreizehnjährigen Jungen. Sein Ungestüm verebbte. Er fand inneren Frieden, indem er die Zeit zu seinem Spielzeug machte.

Im Haus seiner Eltern stand eine altmodische Schreibtischuhr, die ihm immer im Gedächtnis geblieben war. Sie war rund, und sie besaß einen Zeiger für die Stunden, einen für die Minuten und einen für die Sekunden. An der Spitze des Sekundenzeigers steckte ein rotes Dreieck. Mit neun Jahren hatte er noch geglaubt, die Zeit wäre ein Gefangener, eingesperrt hinter dem runden Glas. Und genauso irrtümlich hatte er die Zeit für einen roten Zeiger gehalten, der mit jeder Sekunde einen kleinen Schritt weiter tickte. Über ein Jahr lang gab er die Uhr nicht aus seinen Armen. Ihre Sekunden und Minuten begleiteten ihn auf Schritt und Tritt. Und er begann mit der Uhr zu spielen. Egal, wie zahllos und komplex ihr tickendes Kommen und Gehen auch sein mochte, ihr Ticktack gehorchte – und das war das Entscheidende – ein und demselben Rhythmus. Tick-tack, tick-tack, tick-tack, tick-tack, tick-tack, tick-tack. Weder zu schnell noch zu langsam, regelmäßig, in immer demselben Abstand, unwandelbar, geduldig, ewig.

Tick-tack, tick-tack, tick-tack, tick-tack, tick-tack, tick-tack, tick-tack.

Die Zeit tickte. Keine Zeit war sie, sondern ein Tick-tack. Kein Tick-tack war sie, sondern die Zeit. Er fand Gefallen an ihrem Ticken. Und verliebte sich in die Zeit.

Nach einem Jahr trennte er sich von der Uhr – er brauchte sie nicht mehr. Denn nun hatte er gelernt, selbst zu ticken. Sein Körper hatte sich den Rhythmus zu eigen gemacht, und er irrte sich nie. In seinem Innern tickte die Zeit. Ohne geistige Anstrengung, ohne besondere Aufmerksamkeit konnte er, was immer er gerade tat, sein Ticken in Gang halten. Er hatte sich in eine neuartige Uhr verwandelt – nur war er lebendig, er konnte essen, schlafen, atmen, er kannte Kälte und Schmerz, und dieses Bewusstsein verschaffte ihm eine große Genugtuung. Er aß jedes Reiskorn, machte jeden Atemzug im Rhythmus seines Tickens, und wenn ihm kalt war oder wenn ihm etwas wehtat, wusste er die Dauer seiner Leiden in Ticktacks zu bemessen. Nur der Schlaf war davon ausgenommen. Aber kaum erwacht, begann sein Körper automatisch wieder zu ticken, tickte und tickte in einem fort.

Bald reichte ihm das Ticken nicht mehr, und dieses Ungenügen bescherte ihm neue Freuden. Er begriff, dass er nicht nur ein Teil der Zeit war, sondern dass er auch mit ihr spielen konnte, und das auf vielerlei Weisen. Die einfachste war das Zusammenfügen.

Ein Ticken entsprach einer Sekunde, und eine Sekunde war messbar nach Länge oder Weite. Also konnte ein Ticken eine geometrische Form haben – wie ein rechteckiger Mosaikstein. Und so begann Xiao Ma all diese quadratischen Steinchen zusammenzusetzen. Ticken um Ticken fügten sie sich aneinander, ein endloser, unerschöpflicher Strom. Nach zwei Wochen blickte er auf und machte eine erstaunliche, tief greifende Entdeckung: Die grenzenlose Erde war weithin von jenem Ticken bedeckt; nichts störte seine perfekte Ordnung, kein Grashalm oder Baum, kein Gebäude oder Strommast. Wäre ein Blinder auf einem blinden Pferd geritten, die Hufe wären so frei dahingestoben wie wirbelnde Schneeflocken. Ma rührte sich nicht, und doch glaubte er an seinen Ohren den Wind rauschen zu hören, und in seinem Nacken flatterte sein Haar.

Mit der Zeit jedoch empfand er das Zusammenfügen und Erbauen als eintönig. Wenn alles von Menschenhand erbaut war, musste es auch von Menschenhand wieder abgerissen werden. Und ein wahnwitziger Gedanke nahm in ihm Gestalt an: Er wollte zerstören, wollte niederreißen. Dabei ging er von der folgenden Annahme aus: Ein gewöhnlicher Nachmittag bestand aus fünf Stunden. Das machte alles Weitere einfach: Er zerlegte den Nachmittag in fünf Teile zu je einer Stunde, dann jede Stunde in sechzig Teile zu je einer Minute, die er weiter in die kleinste Einheit, das Ticken der Sekunde, zergliederte. Mit jedem Ticken entfernte er ein Stückchen, bis mit dem letzten Ticken, das er fortnahm, ein grenzenlos weiter Nachmittag auf wundersame Weise verschwunden war. Ein vages Lächeln huschte über sein Gesicht. Was für ein herrlicher Nachmittag – und wo war er geblieben? Wer hatte ihn auseinandergerissen? Wer hatte ihn fortgeschafft und wohin? Das war ein Geheimnis. Ein Rätsel.

Indem er die Perspektive und die Methode wechselte, fand er weitere Wege, mit der Zeit zu spielen. Er versuchte, sich mit ihr zu bewegen. Seine Uhr war rund, also musste er sich kreisförmig bewegen, in immer neuen, am Rand der alten ansetzenden Zirkeln. Nach ein paar Monaten fragte er sich, warum die Zeit unbedingt kreisförmig sein musste – warum sollte sie nicht die Form eines Dreiecks annehmen? Jede Stunde stellte ein Dreieck dar, in dem jede Seite zwanzig Minuten entsprach. Und auch jede Minute bildete ein Dreieck, mit zwanzig Sekunden je Seite. Nachdem er sich so eine Weile vergnügt hatte, kam ihm ein noch tollkühnerer Gedanke: Warum mussten die beiden Enden der Zeit miteinander verbunden sein? Dafür gab es keine Notwendigkeit. Wer sagte, dass er die Zeit nicht öffnen konnte? Also stellte er ein neues Experiment an unter der Annahme, dass die Zeit eine senkrechte Linie war. Mit jedem Ticken kletterte er ein Stückchen weiter an ihr hoch, weiter und immer weiter. Bald zeigte sich, dass ihn nichts aufhalten konnte. Zwei Stunden vergingen, zwei volle Stunden, ohne dass er einen Blick zurück hätte werfen wollen. Aber dann ging ihm auf einmal in aller Klarheit auf, dass er bereits himmelhoch gestiegen war. Er war hoch in den Wolken. Angesichts dieser Entdeckung brach ihm der kalte Schweiß aus, er war erregt und zugleich erschrocken, vor allem weil er unter

Höhenangst litt. Doch klug, wie er war, bewahrte er einen kühlen Kopf. Zur Versicherung, dass er nicht in die bodenlose Tiefe stürzen würde, ballte er die Hände zu Fäusten. Ganz auf sich allein gestellt, schwebte er in den Lüften. Mein Gott. Mein Gott. Mein Gott! Er war im Himmel. Wie atemberaubend das war, wie erregend! Ein flüchtiger Gedanke, und er wäre in der Tiefe zerschmettert.

Sein kühler Kopf rettete ihn. Er traf genau die richtige Entscheidung: So wie er hinaufgeklettert war, so würde er auch wieder hinabklettern. Er holte noch einmal tief Atem und begann den Abstieg, geduldig Stück für Stück und Tick für Tick. Siebenhundertzwanzigmal hatte es getickt, bloß siebenhundertzwanzigmal, da geschah das Wunder, und er landete wieder auf seinen Stuhl. In einem ebenso heldenhaften wie aufreibenden Abenteuer hatte er sein Leben gerettet. In kalten Schweiß gebadet, erhob er sich, auf die Armlehnen gestützt. Er hatte es geschafft, geschafft! Er verfiel in einen euphorischen Freudentaumel. Überwältigt von diesem nie gekannten wilden Rausch, schrie er allein im Wohnzimmer: »Jetzt weiß ich es! Jetzt weiß ich: Die Zeit ist nicht rund! Sie ist nicht dreieckig! Und auch nicht verschlossen!«

Wenn die Zeit nicht verschlossen war, war auch ihr Ticken nie gefangen gewesen. Vielmehr barg sie unbegrenzte Möglichkeiten. Seine kräftezehrenden und gefährlichen Expeditionen enthüllten Xiao Ma schließlich die elementarste Wahrheit über die Zeit, eine Wahrheit, über die ihn seine Augen hinweggetäuscht hatten: Die Wahrheit ist nicht das, was wir sehen. Wäre er blind auf die Welt gekommen, mit anderen Worten: hätte er jene verfluchte Schreibtischuhr nie gesehen, so hätte er die Zeit unmöglich für rund gehalten. Ihr Ticken war nie gefangen gewesen.

Nicht sehen können ist eine Beeinträchtigung – sehen können auch. Ein selbstzufriedenes Lächeln machte sich auf seinem Gesicht breit.

Die Zeit konnte hart oder weich sein; sie konnte an der Oberfläche oder im Innern eines Gegenstands sein. Zwischen ihrem Tick und ihrem Tack konnte sich eine undurchsichtige Lücke auftun oder auch nicht; sie konnte eine Gestalt annehmen oder auch nicht. Er hatte ihr magisches Antlitz erschaut. Sie war unerforschlich. Wollte man sich unbedingt Klarheit über sie verschaffen, so gab es nur einen Weg: Man musste sie durchdringen, von einem Ende zum anderen.

Die Menschen logen. Selbstverliebt, wie sie waren, steckten sie die Zeit in einen Kasten in dem Glauben, sie könnten sie kontrollieren, könnten sie sehen und zum Ticken bringen. Im Angesicht der Zeit war ein jeder blind. Der einzige Weg, ihr wahres Gesicht zu erblicken, bestand darin, sich von ihr zu lösen.

Und so begriff Ma die Bedeutung der Zeit: Wer mit ihr vereint sein wollte, musste seinen Körper loslassen, musste die anderen und sich selbst loslassen. Nur einem Blinden konnte das gelingen. Die Sehenden waren beherrscht von ihren Augen und würden jene innige Verbundenheit mit der Zeit niemals erlangen.

Vereint sein mit der Zeit und ihrem Ticken – das war Xiao Mas Stille.

Die Stille in der Stille dagegen war anders: Sie war keine Stille mehr. In ihr war er nicht mehr mit der Zeit vereint, sondern von ihr verlassen. Und lernte, achtsam zu sein. Hellwach verfolgte er jede Bewegung von Saozi, und wenn sie sich nur umwandte – er konnte dann fühlen, wie die Luft unmerklich erzitterte. Auf einmal verwandelte sich der Ruheraum vor seinen Augen in einen Schauplatz seiner Kindheit: Berge gab es dort und Gewässer, Gräser und Bäume, einen blauen Himmel und weiße Wolken. Und goldenen Sonnenschein. Und Saozi war ein Schmetterling, der still umherflog. Unzählige Schmetterlinge bevölkerten die Landschaft in farbenfreudigen Schwärmen, aber es hätten noch so viele sein können, Saozi stach unter ihnen hervor: Ein Schmetterling wie aus Jade, dessen prachtvoll gemusterte Flügel einen flaumweichen Glanz verströmten, so flatterte sie auf und nieder, anmutig und lautlos, ehe sie schließlich ihren Schwarm verließ, um auf einem schmalen Blatt zu rasten. Ihr Leib schien nur aus ihren zwei riesigen jadegrünen Flügeln zu bestehen, die von vollkommener Symmetrie waren, geschmeidig und doch voller Prunk.

»Xiao Ma, warum folgst du mir?«, fragte sie ihn. »Du bist gemein. So gemein!«

Er nahm all seinen Mut zusammen und setzte sich auf dasselbe Blatt wie sie. Beide waren sie ohne Gewicht, und dennoch erzitterte das Blatt, und sie flog davon – aber diesmal in einen unermesslich weiten, wolkenlosen Himmel von strahlendem Blau, in dem bloß zwei Dinge existierten: sie und er. Schwerelos vor Glück folgte er ihr in eine Welt, die aus nichts als vier sorglosen Flügeln bestand.

Wieder setzte sie sich nieder, diesmal am Wasser. Vorsichtig umkreiste er sie, ehe er gleichfalls niederschwebte – und was war das für eine großartige Landung! Mitten auf ihr kam er zur Ruhe. Eine Brise erhob sich, und beide schaukelten und wogten sie auf und nieder. Erregend war es, und doch fühlte er einen tiefen Frieden. Als er den Kopf zur Seite neigte, erblickte er ihr und sein Spiegelbild im Wasser: als ruhte sie auf ihm. Wie prächtig sie darin aussah! Und er selbst? Ein düsterer Falter, eine plumpe Motte. Vor Scham wurde ihm schwarz vor

Augen, und er glitt von ihrem Körper herab und fiel, unrettbar verloren, ins Wasser.

In eben diesem Moment schwamm ein Schwarm Fische herbei, eine dichte, wimmelnde Masse von Abertausenden, alle von derselben Farbe, Länge und Größe. Und er merkte, dass er keine Motte mehr war, sondern ein Fisch – ein Fisch mitten in der Menge, gleichfarbig und gleich groß. Diese Entdeckung flößte ihm Angst ein: Welcher dieser Fische war er selbst? Wie sollte Saozi ihn inmitten dieses unermesslichen Meers von Fischen erkennen? Er kämpfte sich an die Oberfläche und verausgabte all seine Kräfte, um aus dem Wasser zu springen. Doch seine Mühen waren vergebens, seine Hüpfer nutzlos – sie endeten nur stets damit, dass er wieder ins Wasser plumpste, lautlos und ohne dass auch nur ein Tropfen aufspritzte.

Um herauszufinden, wer er war, wollte er sich von seinem Schwarm entfernen – und wagte es doch nicht. Denn dann wäre er allein dem grenzenlosen Ozean ausgeliefert gewesen. Den Schwarm verlassen und sich dieser ungeheuren Einsamkeit aussetzen? Das brachte er nicht fertig. Oder sollte er den Schwarm trotzdem verlassen? Oder lieber nicht? Er rang mit sich selbst, bis er in eine tödliche Verzweiflung versank. Er lag im Sterben, und als er fühlte, wie ihn das letzte bisschen Kraft verließ, drehte er sich herum. Bald würde er mit dem weißen Bauch nach oben auf den Wellen treiben, ein Leichnam, ein Spielball der Gezeiten.

Da tauchte ein Delfin auf, ein blitzblankes, glattes Geschöpf mit klaren, fließenden Linien. Unter unablässigen Wiegebewegungen schwamm er herbei und rief dem Fischschwarm zu: »Xiao Ma, ich bin es, Saozi!« Von ihrem Ruf befeuert, folgte er ihr und schrie: »Saozi! Ich bin es, Xiao Ma!« Sie hielt inne und blickte ihn mit ihren kreisrunden Augen argwöhnisch an. Sie konnte nicht glauben, dass dieser Bursche vor ihr Xiao Ma sein sollte. Und wäre er es gewesen, hätte dann nicht das Meer vor lauter Xiao Mas gewimmelt? In heller Aufregung drehte er sich herum und rief: »Sieh hier die große Narbe an meinem Hals!« Sie sah es. Mit seinem Gesicht hätte er sie niemals von seiner Identität überzeugen können, aber eine grausige Narbe führte beide wieder zusammen. Traurig war das, doch die beiden waren nicht traurig, sie waren voller Freude, nein, Euphorie. Sie fühlten den Drang, einander zu umarmen, nur hatten sie keine Arme, keine Hände. Also blieb ihnen nichts anderes übrig, als einander anzublicken und zu weinen. Träne um Träne floss aus ihren Augen, eine riesiger als die andere, und schoss, in eine Luftblase verwandelt, empor in den unendlich fernen Himmel.

»So habe ich noch nie geheult«, sagte Saozi. »Xiao Ma, du bist so gemein!«

In solch endlose Tagträumereien versunken, saß Xiao Ma im Ruheraum. In seinen Träumen hielt Saozi ihn umschlungen. Wenn sie sich nicht rührte, war sie ein Schmetterling, ein Fisch, ein Lichtbündel, ein Dufthauch, ein Tautropfen auf einem Blütenblatt, eine Wolke über einem Berg. Und eine Schlange, die sich über seinen Fuß hinaufwand, bis sie seinen Scheitel erreichte. Stumm erhob er sich, eine von einer Schlange umwundene, mitten im Ruheraum aus dem Nichts erstandene Säule.

Doch Saozi konnte nicht ewig dort sitzen bleiben, sie musste auch manchmal umhergehen. Und kaum machte sie einen Schritt, egal, wie leise, fing er ihn in einer erstaunlichen Lautstärke auf. Ihr Gang war dadurch gekennzeichnet, dass sie den einen Fuß etwas lauter aufsetzte als den anderen. Und so verwandelte sie sich in ein Pferd – und der Ruheraum in ein üppiges Grasland, das er für sie geschaffen hatte.

Sie war ein fuchsrotes Pferd – von dieser Überzeugung ließ er sich nicht abbringen. Zufällig hatte er einmal ein paar Kunden sagen hören, ihr Haar sei in einem typischen Fuchsrot getönt. Also waren ihre Mähne und ihr Schwanz fuchsrot. Während sie dahingaloppierte, wogten ihre lange Mähne und ihr schmaler Schwanz wie Wellen im Wind. Mit acht Jahren hatte er einmal ein echtes Pferd gesehen, dessen Wimpern ihn tief beeindruckt hatten. Weil die Augen des Tieres so feucht gewesen waren, wirkten sie besonders klar. Und die Wimpern ringsumher formten ein unregelmäßiges Oval. Ein Zauber ging von diesen Augen aus, die ihn so innig anblickten, dass er in ihnen die fernen Berge gespiegelt sah. Nachdem Saozi ihm einen Blick aus ihren ovalen, feuchten Augen zugeworfen hatte, galoppierte sie mit einem lang gezogenen Wiehern davon. Er blieb dicht an ihrer Seite, und so preschten sie im Gleichschritt dahin. Der Wind, den ihr Galopp entfesselte, schlug auf seinen Augen einen unmerklichen Bogen, ehe er kühl und melodisch an seinen Augenwinkeln vorüberrauschte. Auch ihre Augen hatten den Wind gewiss gespürt, denn ihr Überschwang war so groß, dass sich ihre Hufe beinahe von der Erde lösten.

»Xiao Ma, du bist wirklich ein kleines Pferd«, sagte sie, indem sie auf die Bedeutung seines Namens anspielte.

Wie gut sie das gesagt hatte. So unscheinbar ihre Worte waren, so reich waren sie an Bedeutung. Mit dahinwirbelnden Hufen stürmte er mit ihr auf einen Hügel, an dessen Spitze sich ein weites, goldenes Weideland vor ihnen auftat – eine gewaltige Senke, mancherorts tiefgrün, andernorts goldgelb, auf die die Sonne die langsam wandernden Schatten der Wolken warf, sodass die Weide selbst in Bewegung geriet und um eine fuchsrote Stute kreiste – Saozi. Mit einem überraschten Wiehern bäumte sie sich auf, dann brach sie in ein heftiges Schnauben aus, und dabei stob und wirbelte ihr Schwanz mit seinen unzähligen fuchsroten Haaren im Licht der untergehenden Sonne auf. Ihre durchscheinenden Haare versprühten einen strahlenden Glanz wie kalte Flammen, die wider jede Vernunft brannten. Als er sie mit seiner Nase anstupste, wischte sie mit ihren Flammen über sein Gesicht, und ihm stieg der berauschende Duft ihres Feuers in die Nüstern. Dann wandte sie sich von der Weide ab und bettete ihren Hals auf seinen Rücken. Ihr Hals war unten ungewöhnlich warm und glatt und unvorstellbar weich. Regungslos gab er sich dieser erstaunlichen Berührung hin, bis er sich schließlich umdrehte und seinen Hals auf ihren Rücken legte. Ihr Körper war schweißgebadet, und ihre Muskeln zuckten noch vereinzelt. Als ein Wind aufkam, schmiegten beide ihre Leiber aneinander, vereint in einer Körperwärme, einem Atemrhythmus. Jeder betrachtete den anderen mit einem Auge. Saozi ahnte nicht, dass sich das goldene Weideland und Mas Kopf in ihrer funkelnden Pupille spiegelten. Der Widerschein seines Kopfes wölbte sich im selben Bogen wie ihr Auge.

Sie blinzelte, und die Schönheit dieses Blinzelns erwuchs aus dem Zusammenspiel all ihrer Wimpern, die sich erst schlossen und dann aufschnappten. Gerührt von diesem Schnapplaut, rieb er seinen Hals an ihr. Vielleicht zum Dank, vielleicht aus Unwillen oder Zärtlichkeit tat sie es ihm nach. Er hätte sein ganzes Leben in ihrem Atem baden mögen bis zu seinem Tod, für immer.

Da kam ein Hirte mit Riesenschritten herbei, auf der Schulter einen Sattel. Xiao Ma schien er gar nicht zu bemerken, er ging schnurstracks zu Saozi und legte ihr den Sattel auf den Rücken.

»Nimm das weg!«, schrie Ma. »Fass sie nicht an!«

Aber der Hirte tätschelte bloß ihren Hals und rief, während er sich auf ihren Rücken schwang: »Hü!«

Dann ritt er davon, fortgetragen von ihr, der Rücken schwankend zwischen Himmel und Erde. Ma wollte ihm hinterherstürzen, doch schon nach wenigen Schritten merkte er, dass mit ihm etwas nicht stimmte. Als er sich umblickte, entdeckte er zu seinem Entsetzen, dass der Boden übersät war mit den Trümmern seines Körpers: lauter Schrauben und Zahnräder, dazu drei Zeiger für Stunden, Minuten und Sekunden. In Wahrheit war er gar kein Pferd, sondern ein altersschwacher Wecker, der bei seinem wilden Galopp in alle Einzelteile zerfallen war. Er hörte, wie Saozis Hufe auf die Erde schlugen: tick-tack, tick-tack, tick-tack, tick-tack.

Plötzlich unterbrach ein Ruf von Gao Wei aus der Eingangshalle die ausschweifenden Fantasien, denen er mit geschlossenen Augen gefrönt hatte: »Wang Daifu, Xiao Kong, Xiao Ma! Kundschaft für euch!«

Ma erwachte – nicht aus der Stille, sondern aus der Stille in der Stille. Er erhob sich – genau wie Saozi, die ausgiebig gähnte und sich genüsslich rekelte. »Ach, schon wieder Arbeit«, seufzte sie. »Ich bin ganz schön müde.«

Drei Kunden galt es zu bedienen, und wie es der Zufall wollte, war die Reihe an Wang Daifu, Xiao Kong und Xiao Ma. Ma wollte nicht, aber er hatte keine andere Wahl. Als Angestellter konnte er schließlich nicht tun und lassen, was er wollte.

Die Kunden, die offensichtlich Freunde waren, verlangten einen Raum für drei. Ma arbeitete auf der Innenseite, Kong in der Mitte, Wang bei der Tür. Dieses gedrängte Beisammensein in einem Raum stürzte nicht nur Ma in Verlegenheit, sondern auch Wang und Kong, und darum sagten sie alle kein Wort. Es war Mittag, aber die Atmosphäre unterschied sich in nichts von der um Mitternacht: still, friedlich, zum Schlafen einladend. Nach ein paar Minuten waren denn auch schon alle drei Kunden eingeschlafen. Wangs Kunde schlief so tief, dass er laut vor sich hinschnarchte.

Kaum hatte das Schnarchen auf der einen Seite eingesetzt, wollte auch Mas Kunde auf der anderen Seite nicht nachstehen. Interessanterweise war sein Schnarchen genau um einen halben Takt verschoben, sodass die Schnarcher im Wechsel auf und ab wogten. Offenbar waren die beiden Urheber so gute Freunde, dass sie selbst ihr Schnarchen noch aufeinander abstimmten, als wollten sie ein Duett singen. Auf diese Weise verwandelte sich der ursprüngliche Viervierteltakt in einen Marschrhythmus, der sich seltsam gehetzt anhörte – so als wäre Schlafen der pure Stress. Lustig. »Ist das nicht toll?«, sagte Kong lachend. »Ich dirigiere, und ihr beiden singt. Großartig!«

Diese Worte waren nur so dahingesagt und ohne tiefere Bedeutung. Doch Worte sind immer in einen äußeren Zusammenhang eingebettet, und aus diesem Zusammenhang heraus gewinnen sie manchmal einen besonderen Sinn, über den man nicht lange grübeln darf – andernfalls bläht sich dieser Sinn unverhältnismäßig auf.

»Ich dirigiere, und ihr beiden singt« – was sollte denn das heißen, fragten sich Wang und Ma gleichermaßen. Und beide verloren sich in Gedanken.

Abgesehen vom Schnarchen der Kunden herrschte im Raum Stille. Aber diese Stille währte nicht lange. Wang begann ein

Gespräch mit Kong. Sie diskutierten über das Essen, das sie in letzter Zeit bekommen hatten. Kong machte keinen Hehl aus ihrer Meinung, dass die Verpflegung zuletzt immer miserabler geworden sei. Wang wollte das Thema lieber nicht vertiefen oder gar in die gleiche Kerbe hauen, denn mit der scharfzüngigen Köchin Jin Dajie wäre, falls ihr die Kritik zu Ohren käme, nicht zu spaßen. Also wechselte er das Thema und begann ihre gemeinsamen Erinnerungen an Shenzhen aufzufrischen: Das Essen dort sei eben einfach besser. Kong stimmte ihm zu, und gemeinsam schwelgten sie in Erinnerungen an die Meeresfrüchte und Suppen von Shenzhen.

Weil die Kunden ein Nickerchen machten, redeten beide sehr leise. Sie führten bloß ein zwangloses Gespräch ohne großen emotionalen Gehalt, so familiär wie die Unterhaltung eines alten Ehepaares daheim in Küche oder Schlafzimmer – so als wäre Xiao Ma gar nicht anwesend. Aber er stand daneben und hörte jedes Wort. Für ihn hatten beide den Bereich der Plauderei schon hinter sich gelassen und die Grenze zum Flirt überschritten. Er war nie in Shenzhen gewesen, und selbst wenn, hätte er sich schlecht in das Gespräch einmischen können. Ihm blieb nur die Stille in der Stille, doch in seinem Innern gärte es immer mehr: vor Neid und Traurigkeit, vor allem aber vor Eifersucht.

Aber Saozi blieb Saozi, deshalb sagte sie von Zeit zu Zeit irgendetwas Belangloses zu ihm, und das beruhigte ihn beträchtlich: Man konnte sagen, was man wollte, er bedeutete ihr noch immer etwas. Und in Neid, Traurigkeit und Eifersucht mischte sich ein wenig Trost.

So ruhig diese Stunde war, so lang kam sie den dreien vor. Alle sehnten sie das Ende herbei. Zum Glück erwachte Mas Kunde als Erster und stieß einen so herzhaften Seufzer der

Entspannung aus, dass er auch seine beiden Freunde weckte. Damit normalisierte sich die Atmosphäre wieder, und der Raum war nicht länger die Küche oder das Schlafzimmer eines Ehepaars. Schläfrig erörterten die Kunden ihr Nickerchen und kamen übereinstimmend zu dem Schluss, dass es ein gelungener Mittag war und dass ihre Entscheidung, zum Tuina hierherzukommen, großartig, ruhmreich und über jede Kritik erhaben war.

Da kam Gao Wei herein und flüsterte Wang etwas ins Ohr: Einer seiner VIP-Kunden sei gekommen und warte in Zimmer vier auf ihn; die Liege sei schon frisch bezogen. »Alles klar«, murmelte Wang, massierte den Oberschenkel seines Kunden fertig und verabschiedete sich mit ein paar Höflichkeitsfloskeln. Während die Kunden auf dem Boden ihre Schuhe suchten, nutzte Kong die Gelegenheit, ihr Shenzhener Handy herauszuholen. Sie wollte ihren Vater anrufen, wenn die Kunden gegangen waren. Dass sie es nicht eilig hatte, den Raum zu verlassen, entging Ma nicht. Sie ahnte nicht, dass die Zeit im selben Rhythmus tickte wie sein Herz.

Als die Kunden endlich fort waren, trat er an die Tür und lauschte: Im Gang herrschte Stille. Da schloss er die Tür und sagte leise: »Saozi.« Offensichtlich wollte er ihr etwas sagen, also wandte sie sich um, steckte ihr Handy zurück in die Tasche und kam einem Schritt auf ihn zu. Er wusste nicht, was er sagen sollte, als er den Duft ihres Haares direkt an seiner Nase roch – einen ruhigen und doch vor Vitalität strotzenden Duft. Den Kopf gesenkt, tat er einen unbändig tiefen, tiefen Atemzug.

»Saozi.«

Dieser Atemzug verschaffte ihm ein ungeheures Behagen. Seine Wirkung überstieg alles, was einer Nase sonst gegeben war. »Saozi.« Er schlang seine Arme um sie und drückte sie an sich, während seine Nase die Luft rings über ihrem Kopf erkundete.

Kong war wie vor den Kopf geschlagen. Sie wollte schreien, wagte es aber nicht. Sie versuchte sich freizukämpfen und zischte ihm leise, aber in größter Schärfe zu: »Lass mich los! Sonst rufe ich Wang.«

Kapitel 9
Jin Yan

Xu Tailai begann zu sprechen. Endlich. Das vereinfachte alles. Prompt leitete Jin Yan ihre emotionale Offensive ein. Dabei verfolgte sie eine ungewöhnliche Strategie, die von außen ansetzte und wie in einem Säuberungsfeldzug zunächst die Peripherie unterwarf. Was das heißen soll? Als Tailai endlich ihre Zuneigung bemerkte, wusste jeder andere im Tuina-Zentrum längst Bescheid.

Sie tat zweierlei: Erstens setzte sie sich beim Essen neben ihn, und zweitens nahm sie auf dem Nachhauseweg nach Feierabend seine Hand. Unter den blinden Therapeuten waren beide Verhaltensweisen nicht ungewöhnlich, und vor allem die zweite hatte nichts Besonderes zu bedeuten. Den Nachhauseweg pflegten sie seit jeher grüppchenweise anzutreten, Hand in Hand zu dritt oder viert, geführt von einem Sehenden. Aber Jin hatte schon immer ihre ganz eigene Art gehabt.

Niemand sah die Romanze zwischen ihr und Tailai kommen. Normalerweise hatten ihre Kollegen ein gutes Gespür dafür, welcher Mann gerade welcher Frau hinterherlief und umgekehrt. Einfach gesagt, mussten beide »zueinander passen«. Diese Formulierung mochte noch so schwammig und schwer definierbar sein – wo sie Wirklichkeit wurde in Gestalt eines realen Paares, nahm sie höchst konkrete Züge an. Man mochte es drehen und wenden, wie man wollte, die überfeinerte Lin Daiyu aus dem »Traum der roten Kammer« und der grobschlächtige Lu Zhishen aus den »Räubern vom Liangshan-Moor« gaben einfach kein gutes Paar ab – genauso wenig wie Jin und Tailai. Entsprechend überraschend kam ihre Romanze für alle.

Eines Mittags, als Jin Dajie hereinkam, hatte Jin Yan ihren großen Auftritt. Dajies Erscheinen signalisierte, dass das Mittagessen fertig war. Dajie, die sehen konnte und hauptberuflich als Köchin im Zentrum arbeitete, war bekannt für ihre Pünktlichkeit. Man hätte die Uhr nach ihr stellen können, so zuverlässig pflegte sie um Punkt zwölf Uhr mittags hereinzumarschieren. Ebenso gewissenhaft wie höflich reichte sie jedem seine Schüssel, und schon begannen alle das Essen in sich hineinzuschaufeln. Junge Leute, gleich ob männlich oder weiblich, können nicht manierlich essen, sie schlingen wie die Wölfe. Jin Yan jedoch fiel an diesem Mittag aus dem Rahmen. Sie stellte die Schüssel auf den Tisch und nippte bloß an ihrem Wasser.

»Jin Yan, lang zu!«, ermunterte sie die Köchin. »Das Essen ist gut heute.«

»Ich habe es nicht eilig«, erwiderte Jin ruhig. »Ich warte auf Tailai. Wir essen zusammen.«

Tailai war zu diesem Zeitpunkt noch bei der Arbeit. Einer seiner VIP-Kunden hatte sich den Knöchel verstaucht und war deshalb eine halbe Stunde zusätzlich in Behandlung. Jins Antwort erinnerte alle daran, wie sie tags zuvor beim Mittagessen zu Tailai gegangen war. »Tailai, kann ich neben dir sitzen?«, hatte sie ihn völlig ungezwungen gefragt. Alle hatten das für einen harmlosen Spaß gehalten und nicht weiter darüber nachgedacht. Du Hong war aufgestanden und hatte Jin ihren Platz überlassen. »Setz dich ruhig, Xu Tailai ist nicht David Beckham. Und bleib so lange sitzen, wie du willst.«

Nun aber verstummten alle, als sie Jin sagen hörten, sie warte auf Tailai. Es klang beiläufig und war doch laut wie ein Trommelwirbel. Geht das nicht ein bisschen schnell, fragten sich alle. Sie ist schließlich erst vor ein paar Tagen gekommen. Und dann soll sie sich ausgerechnet in Xu Tailai verguckt haben?

Nein, das musste ein Irrtum sein.

Es war kein Irrtum. Jin Yan hatte ein Auge auf Tailai geworfen. Ob sie in ihn verliebt war, ließ sich noch nicht sagen, aber allem Anschein nach auch das. Sie behandelte ihn auffallend liebenswürdig. Das war mehr als die normale Freundlichkeit unter Kollegen. Als er mit seinem Kunden fertig war, sagte sie ihm, er solle sich erst mal die Hände waschen. Und als er das getan hatte, saßen sie zusammen und begannen zu essen, und dabei ermahnte sie ihn zur Langsamkeit, gab ihm etwas aus ihrer Schüssel und plapperte in einem fort.

Nein, so verhielten sich bloße Kollegen nicht. Tailai spürte, wie es im Ruheraum still wurde. Er hielt den Kopf gesenkt und hätte Jin am liebsten abgewiesen. Sie stellte ihre Schüssel ab und knuffte ihn: »Männer müssen tüchtig essen, klar?« Tailai, der vor Verlegenheit nicht mehr aus noch ein wusste, schaufelte schnell das Essen in sich hinein. Nicht mal ans Kauen dachte er, sodass sein Mund bald bis obenhin vollgestopft war. Wusste sie denn nicht, wo sie war? Im Ruheraum, vor allen Leuten! Aber diese Unerschrockenheit war typisch für sie: Je mehr Publikum sie hatte, desto unbekümmerter verhielt sie sich.

Sie aß und redete, und vereinzelt stieß sie auch ein Lachen aus, und dabei erweckte ihre gedämpfte Stimme den Eindruck einer Intimität, wie sie nur zwischen Liebenden herrscht. Ihre Kollegen genierten sich unter diesen Umständen, laut zu reden, und es wurde so still im Raum, dass man Jin und Tailai im Gleichklang kauen hörte wie ein Ehepaar. Alle wahrten ihr Schweigen, aber im Stillen gingen ihnen alle möglichen Gedanken durch den Kopf. Wer ist dieser Xu Tailai? Wer? Warum verliebt sich ein hübsches Mädchen gleich nach der Ankunft ausgerechnet in ihn? Und was soll sein kühles Getue? Das kauft ihm doch keiner ab.

So forsch und siegessicher Jin sich beim gemeinsamen Essen gab, auf dem nächtlichen Nachhauseweg zeigte sie ein anderes Gesicht: Scheinbar hilflos und schwach suchte sie Tailais Nähe und bestand darauf, seine Hand zu nehmen und keine andere.

Stille herrschte auf den nächtlichen Straßen, die lärmenden Fußgänger und die wimmelnden Fahrzeuge waren verschwunden, und die Straßen, die auf einmal verlassen wirkten, schienen weiter geworden, verwandelt in eine Welt, in der sich die Blinden frei bewegen konnten. Freilich war es zugleich eine einsame Welt, in der ein jeder, obwohl in Grüppchen unterwegs, allein war. Aber Jin mochte diese Einsamkeit. Während sie die linke Straßenseite entlanggingen, redeten sie leise miteinander und lachten. In solchen Momenten berauschte sich Jin jedes Mal an dem Gefühl, die Welt gehöre ihr – ihr und Tailai. Wie auf einer Wanderung durch die Wildnis.

Ich bin ein Wolf aus dem Norden
Durch endlosen Wind und Regen ziehe ich
Der Nordwind heult mir entgegen
Weite Wolken von gelbem Sand fegen vorbei

Was hätte schöner sein können? Nichts. Man stelle sich vor: Tief nachts, auf einer einsamen Straße oder einer verlassenen Öde, gehen ein Mädchen und ein junger Bursche Hand in Hand, und es gibt für sie kein Zurück. Was für ein erhebendes Gefühl.

Langsam gehe ich mit dir
Langsam wissen wir, was kommt
...
So lange, wie Himmel und Erde währen
Love is forever

Tailai wagte nicht, ihre Gefühle zu erwidern – teils weil er von Natur aus ängstlich war, teils weil die Wunde, die ihm seine erste Liebe zugefügt hatte, so tief war. Ein gebranntes Kind scheute das Feuer. Doch ebendies war der eigentliche Grund, warum Jin sich in ihn verliebt hatte: Sie fühlte den Drang, ihn zu heilen. Ob sie ihn auch so geliebt hätte, wenn er nicht so verletzt worden wäre? Schwer zu sagen. Sie kannte sich selbst: Ein gebrochenes Herz zog sie an, nicht ein kaltes, durch nichts zu erschütterndes. Nur ein solches Herz war die Liebe wert. Egal wie zerrissen es sein mochte, sie würde seine Fetzen auflesen und in der Hand halten, um sie Stich um Stich wieder zusammenzunähen. Sie wollte sehen, wie sein Herz leise zuckte und sich, endlich geheilt, wieder zusammenzog und ausdehnte. Das war die Liebe, die sie ersehnte.

Mittag für Mittag waren Jin und Tailai beim Essen zusammen und Nacht für Nacht auf dem Nachhauseweg, und ihre Kollegen machten sich darauf ihren Reim: Die beiden waren ein Paar. Und warum auch nicht? Auf der Welt war Platz für Blumen und Kuhfladen – warum sollte die Blume nicht in einem Kuhfladen stecken?

Nur leider waren die beiden noch gar kein Paar, und Jin wusste das. Die Liebe ist keine gewöhnliche Sache, sie folgt einem Ritual: Sie verlangt ein Wort, eine Tat oder beides, damit offenbar wird, was die Liebenden unausgesprochen vereint. Nur dann ist es Liebe.

Jin tat, was sie konnte, ungeniert und in aller Offenheit, aber vor dem Ritual der Liebe wahrte sie die Zurückhaltung, die einer Frau zu Gesicht stand. »Ich liebe dich« zu sagen kam für sie nicht infrage. Diese Worte musste Tailai zuerst sprechen. In diesem Punkt konnte sie keine Kompromisse eingehen. Sie würde warten, bis er die Worte aussprach – Geduld hatte sie genug. Zu sehr lag ihr dieser Satz am Herzen. Sie musste ihn einfach zu hören bekommen. Sie hatte ein Anrecht auf ihn. Sie verdiente ihn. Nur er würde ihrer Liebe eine Bedeutung verleihen.

Aber Tailai sagte ihn nicht, und damit hatte sie schon gerechnet. Sie war innerlich gespalten: Ein Teil von ihr hoffte, bald in den Besitz dieses Satzes zu gelangen, ein anderer Teil hoffte, Tailai möge seine Erklärung noch ein wenig aufschieben. Schließlich hatte er gerade erst eine andere geliebt. Ob ein Mann schon einmal verliebt, ob er verheiratet gewesen war oder Kinder gezeugt hatte, das alles war ihr gleichgültig. Sie legte nur Wert darauf, wie er die Frauen behandelte – vor allem die eine Frau vor ihr. Hätte er, nachdem er gerade erst einen schmerzlichen Verlust erlitten hatte, ihr schon im nächsten Moment seine Liebe erklärt, sie wäre bitter enttäuscht gewesen. Sie hatte es nicht eilig. Eine Liebeserklärung ist wie eine gute Suppe: Sie braucht Zeit.

Die Tage vergingen. Aus Tagen wurden Wochen. Tailai erklärte sich nicht. Jin hatte Geduld, aber das bedeutete nicht, dass sie seine Erklärung nicht herbeisehnte. Mit der Zeit war ihre Geduld erschöpft. Egal, was sie auch tat und wie sie es tat, Tailai bewegte sich keinen Deut auf sie zu. Er aß mit ihr, er ging mit ihr nach Hause, er unterhielt sich mit ihr – aber wenn es darauf ankam, blieb er stumm und verharrte stur in seiner Passivität.

Sein Schweigen zermürbte sie. Wenn sie zurückblickte, erschrak sie, wie lange sie beide sich nun schon kannten, ohne dass er auch nur den Wunsch hätte erkennen lassen, ihr seine Gefühle zu offenbaren. Er setzte nicht einmal zu einer Erklärung an oder geriet ins Stammeln; in den entscheidenden Momenten wirkte er schlicht gleichgültig. Sein Schweigen zerstörte beinahe ihr Selbstbewusstsein. Vielleicht liebte er sie ja gar nicht? Konnte ein Kuhfladen eine Blume abweisen? Aber natürlich konnte er.

Sie fühlte sich überfordert und erschöpft, aber sie hatte die Sache schon so weit vorangetrieben, dass es kein Zurück mehr gab. Am ermüdendsten war nicht einmal sein Schweigen. So siegesgewiss, wie sie ihre Offensive inszeniert hatte, wussten alle von ihrer vermeintlichen Beziehung. Mit welchem Grund hätte sie nun, da sie scheinbar mit Tailai zusammen war, ihr Rührstück abbrechen sollen? Sie musste weiter so tun, als hinge für sie der Himmel voller Geigen, und das war schwer erträglich.

Sie erklärte sich ihm nicht und er sich ihr auch nicht. Sie hatte Geduld, aber seine Geduld war größer. Sie hatte geglaubt, sie könnte immer weiter warten, aber darin hatte sie sich geirrt. Denn sie wartete nicht auf Tailai, sondern auf die Zeit selbst, und die Zeit war unendlich. Jenseits ihrer Geduld würde es immer ein Morgen geben, einen bodenlosen Abgrund, ein unerreichbar fernes Ziel. Endlich dämmerte ihr, dass sie nicht länger warten konnte. Sie brach unter der Last ihrer eigenen Geduld zusammen. Tailais zähere, ausdauerndere Geduld hatte sie vernichtet. Seine Geduld war entsetzlich, nein, unmenschlich. Sie hatte bloß noch den einen Wunsch, sich einmal tüchtig auszuweinen. Zum Glück kannte sie sich selbst gut genug, um vorauszusehen, dass sie Rotz und Wasser heulen würde, und deshalb nahm sie sich eigens einen halben Tag frei und ging zu einer Karaokebar namens Kalemen, wo sie sich in eine Kabine einschloss und sich bei voll aufgedrehter Musik hemmungslos ausheulte.

Abgesehen davon traf sie im Stillen einige Vorbereitungen. Als Erstes rief sie ihre Mutter an und erzählte ihr, in letzter Zeit gehe es ihr gesundheitlich »nicht so gut«. Sie wusste, was ihre Mutter sagen würde: Sie solle nach Hause kommen. Und sie ergriff die Gelegenheit, um zu erwidern: »Mal sehen.« Eine bedeutungsschwere Antwort, denn hinter ihr verbarg sich ein Entschluss: Sie würde Klartext mit Tailai sprechen. Lief es gut, würde sie in Nanjing bleiben – andernfalls würde sie auf der Stelle nach Hause fahren.

Also war es am Ende doch sie, die zuerst mit der Sprache herausrückte. In dieser Nacht gingen Zhang Zongqi, Ji Tingting, Tailai und Jin Yan gemeinsam nach Hause, geführt von einer der Empfangsdamen, Xiao Tang. Vor der Tür hielt Jin inne, ging zu Zhang hinüber und nahm Tailais Hand aus seiner. »Chef, geht ihr schon mal nach oben. Wir machen noch einen kleinen Spaziergang.« Mit einem Lächeln nahm Zhang Xiao Tangs Hand und ging hinauf. Jin zog Tailai am Saum seiner Jacke zum Straßenrand hinüber. Sobald sie sich sicher war, dass ihre Kollegen alle ins Haus hinaufgegangen waren, kam sie ohne Umschweife zur Sache: »Tailai, ich muss mit dir reden.«

Diese Erklärung klang so gewichtig, dass seine Miene sogleich erstarrte. Er wusste nicht, ob sie sein Gesicht sehen konnte, doch er senkte den Kopf. In dieser Nacht würde etwas passieren, das sagte ihm sein Instinkt.

Aber was immer geschehen mochte, er war entschlossen, nichts zu sagen. Aus Ärger über seine Haltung ließ sie ihre Absicht, Klartext mit ihm zu reden, fallen und schaltete auf stur. Du willst nichts sagen? Na gut, dann sage ich eben auch nichts. Mal sehen, wie lange du das durchhältst. Und wenn wir hier bis zum Morgen stehen, mich wirst du nicht los.

Doch sie hatte sich wieder einmal geirrt. Ihre Geduld konnte sich nicht mit seiner messen. Nur zehn Minuten später riss ihr der Geduldsfaden. Mühsam die Beherrschung wahrend, legte sie eine Hand auf seine Schulter. »Tailai, alle im Zentrum sind blind, und trotzdem sehen alle, was los ist. Und nur du siehst es nicht? Nur du ahnst es nicht?«

Er hüstelte und scharrte mit seiner Schuhspitze auf dem Boden.

»Anscheinend willst du mich zwingen, es zu sagen«, sagte sie mit sich überschlagender Stimme. »Tailai! Ich bin schließlich eine Frau …«

»Tailai, du willst es also nicht sagen, ja?«

»Tailai, du willst mich also zwingen, es zu sagen, ja?«

»Tailai, sagst du es nun oder nicht?«

Sein Fuß scharrte weiter auf dem Boden, und seine Lippen bewegten sich – aber nicht seine Zunge.

Kochend vor Wut legte sie beide Hände auf seine Schultern. Schwermut und Zorn, so lange in ihr aufgestaut, brachen sich endlich Bahn. »Sagst du es oder nicht?«, schrie sie ihn an.

»Ich sage es«, platzte es mit einem Zittern aus ihm heraus. »Ich sage es.« Den blinden Blick auf sie gerichtet, brachte er nach einer halben Ewigkeit endlich hervor: »Ich bin nicht gut genug für dich.«

Er sagte es mit gebrochenem Herzen und unter Tränen. Er wusste, er war nicht gut genug. Aus Angst, sie könnte ihn nicht verstanden haben, wiederholte er aus tiefstem Herzen: »Jin Yan, ich bin wirklich nicht gut genug für dich.«

Das also war der Grund! Mein Gott, das war es. Sie hatte sich diese Szene unzählige Male ausgemalt, aber damit hatte sie nicht gerechnet. »Ich bin nicht gut genug für dich. Ich bin wirklich nicht gut genug für dich.« Konnte eine Romanze einen schöneren Anfang nehmen? Nein. Unmöglich. Die Liebe hatte sie demütig gemacht, aber sie war einem noch demütigeren Herzen begegnet. So schwer erträglich Demut und Selbstverleugnung sind, in der Liebe sind sie rührend, betörend und herzerwärmend. Das also war die Liebe: der rückhaltlose Wille, den anderen mit Federn zuzudecken, auch wenn man selbst splitternackt war. Sie zog ihre Arme zurück und starrte ihn an. Ihre Schultern begannen zu zittern, dann ihr ganzer Körper. Was hätte sie jetzt noch sagen können? Was? Die Hände zu Fäusten geballt, fühlte sie in ihrem Kopf eine einzige Leere. Was hätte sie in diesem Moment noch tun können außer weinen? Und sie begann lauthals zu heulen.

Ihr jähes Schluchzen wühlte die nächtliche Stille des Wohnviertels auf. Bald kam Zhang Zongqi, begleitet von Jin Dajie und Gao Wei, aus dem Haus, um Jin hereinzuholen. Aber sie wollte nicht auf ihn hören. Er sah sich gezwungen, ihr mit missmutiger Miene zu erklären: »Jin Yan, wir wohnen hier nur zur Miete. Wenn du dich weiter so aufführst, werden sich die Leute über uns beschweren.« Aber sie war vernünftigen Argumenten nicht mehr zugänglich, sie scherte sich um nichts mehr. Sie wollte bloß noch heulen. Wann, wenn nicht jetzt, war dafür der richtige Zeitpunkt?

Dajie hatte schon geschlafen, als Zhang sie geweckt hatte.

Noch halb im Schlaf hatte sie Jins hemmungloses Geschluchze gehört. Den Grund konnte sie unmöglich ahnen, aber daran, dass Jin derart in Tränen aufgelöst war, konnte in ihren Augen nur einer schuld sein: Tailai. Und weil sie daran glaubte, dass Frauen stets zusammenhalten müssen, stellte sie ihn mit der Autorität der älteren Schwester zur Rede: »Xu Tailai, wie kannst du unserer Jin Yan das antun?«

Tailai verstand die Welt nicht mehr. Warum machte Jin ihm so eine Szene?

Während er von Zhang weggezogen wurde, nahm Dajie Jin in die Arme. »Ist ja gut, jetzt hören wir erst mal auf zu weinen.«

Mit einem Schluchzer hob Jin den Kopf. Sie rang nach Atem. »Dajie, geh du schon mal vor. Lass mich noch fünf Minuten weiterweinen.«

Was für ein seltsames Ansinnen. Welcher Kummer währte bloß fünf Minuten? Im Schein der Straßenlaterne musterte Dajie Jins Gesicht: Ihre Miene wollte nicht zu ihrem Schluchzen passen. Dajie ging ein Licht auf: Höchstwahrscheinlich hatte sie Tailai Unrecht getan. Tja, da war nun nichts mehr zu machen. Beim nächsten Essen würde sie ihm ein paar Stücke Fleisch extra geben. Und wenn Tailai unschuldig war, brauchte man sich um Jin gewiss nicht zu sorgen. »Nun sei ein braves Mädchen und komm mit mir hoch«, sagte sie mit sanfter Stimme. »Du willst vielleicht nicht schlafen, aber die Leute schon.«

»Nein.« Jin schob sie weg. »Ich muss noch ein bisschen weinen.«

Im Stillen seufzte Dajie. Die Zeiten hatten sich geändert. Sie verstand die jungen Leute nicht mehr. Was sollte denn das heißen: »Ich muss noch ein bisschen weinen«?

Am Ende war es doch Jin Yan, die zuerst »Ich liebe dich«

sagte. Sie sagte es in seinen Armen. So wenig selbstbewusst, wie er war, hatte er Angst vor der Liebe und noch mehr Angst davor, seine Gefühle zu äußern. Aber er bewunderte sie, das spürte sie. Die Angst, ihr wehzutun, machte ihn so nervös, dass sein Atem schwer ging und seine Finger sich versteiften. Während sie sich zärtlich an ihn schmiegte, entfuhren ihr jene drei Wörter. Wenn er sie nicht sagen wollte, dann eben nicht. Sie würde ihn nicht dazu zwingen. Im Angesicht der Liebe, das war ihr schließlich klar geworden, war Tailai ein Bauer: ängstlich, plump, begriffsstutzig und stur. All das waren Schwächen, doch in der Liebe gewannen sie ihren eigenen Reiz. Jin war entschlossen, eine Schlange an der Brust dieses Bauern zu sein – keine Giftschlange, sondern eine zierliche, geschmeidige Wasserschlange. Schlangen beißen, und genau das würde sie tun. Ihre Liebe kam mit Zähnen daher. Bei diesem Gedanken lachte sie lautlos.

»Tailai, bin ich lieb?«

»Ja.«

»Liebst du mich?«

»Ja.«

»Denkst du vorm Einschlafen an mich?«

»Ja.«

»Kannst du ein Leben lang lieb zu mir sein?«

»Ja.«

Sie biss ihn – nicht neckisch, sondern wirklich. Sie verbiss sich in seinem Hals und gab ihn erst wieder frei, als er vor Schmerz aufstöhnte.

»Tut das weh?«

»Ja.«

»Weißt du, dass ich dich auch sehr liebe?«

»Ja.«

»Weißt du, dass ich genauso einen Mann wie dich heiraten will?«

»Ja.«

»Dann beiß mich.«

»Nein.«

»Na, komm schon.«

»Nein.«

»Warum denn nicht?«

»Ich will dir nicht wehtun.«

Diese Antwort rührte sie so sehr, dass sie ihm gleich ein weiteres Mal in den Hals biss. Kaum eine Stunde waren sie zusammen, und schon war er von Wunden gezeichnet.

Plötzlich fiel ihr etwas ein, und sie befreite sich aus seinen Armen, um ihn ihrerseits zu umarmen und ihm eine gewichtige Frage zu stellen: »Tailai, ich bin hübsch, ich bin eine große Schönheit – weißt du das?«

»Ja.«

Sie ergriff seine Hand. »Befühl mein Gesicht. Bin ich hübsch?«

»Ja.«

»Mach weiter. Bin ich hübsch?«

»Ja.«

»Wie hübsch?«

Die Frage stürzte ihn in Verlegenheit. Er war blind geboren und wusste nicht, was hübsch war. Er brauchte eine Weile, ehe er – feierlich, als wollte er einen Schwur leisten – erklärte: »Noch hübscher als Schweinegulasch in Sojasoße.«

Kapitel 10
Wang Daifu

Wang Daifu besuchte seine Eltern allein. Er nahm Xiao Kong nicht mit, weil seine Mutter am Telefon so komisch geklungen hatte. Er hatte erst gar nicht versucht, mehr aus ihr herauszubekommen, sondern war, nachdem er nach seiner Sitzung Sha Fuming Bescheid gesagt hatte, gleich zu seinen Eltern gefahren. Der Gedanke an sein Elternhaus weckte eine unbestimmte Angst in ihm: Einerseits sehnte er sich nach mehr Nähe, andererseits wollte er Distanz wahren. Der entscheidende Grund war, dass er nicht wusste, was er seinen Eltern sagen sollte. Normalerweise hätte er, einmal nach Nanjing zurückgekehrt, seine Eltern regelmäßig besuchen sollen, aber das hatte er nicht getan. Um seine Sohnespflicht zu erfüllen, rief er sie jeden Tag an, mehr nicht – und das, obwohl häufige Besuche bei seinen Eltern einem leidenschaftlich Verliebten wie ihm vieles erleichtert hätten. Aber ihm war es lieber, seine Eltern auf Distanz zu halten, denn er hatte sich daran gewöhnt, sie bloß als Sorge und Gedanken wahrzunehmen.

Kaum betrat er die Wohnung, spürte er, dass etwas nicht stimmte. Seine Eltern sagten kein Wort. Anscheinend waren sie nicht allein. Irgendetwas Schlimmes musste passiert sein. Unheil lag in der Luft.

Von Nervosität befallen, bereute Wang, dass er auf dem Nachhauseweg nicht erst seinen jüngeren Bruder angerufen hatte. Immerhin konnte der Bruder sehen, er war die Säule der Familie; mit ihm daheim wäre alles anders. Dennoch bewahrte Wang kühlen Kopf. Er grüßte erst seine Mutter, dann seinen Vater, ehe er, während er mit der einen Hand nach dem Sofa tastete, mit der anderen Hand sein Handy aus der Tasche holte und die Nummer seines Bruders wählte.

»Das ist bestimmt der ältere Bruder, oder?«, sagte eine wohlklingende Stimme.

Wang tat, als wäre er überrascht, und lachte. »Wir haben einen Gast! Wie soll ich Sie anreden?« In seiner Tasche meldete sein Handy: »Der von Ihnen gewählte Anschluss ist nicht mehr erreichbar.«

»Das brauchst du nicht zu wissen. Frag doch deinen Bruder. Allerdings ist sein Handy ständig aus.«

»Der von Ihnen gewählte Anschluss ist nicht mehr erreichbar«, wiederholte die Stimme mechanisch.

In der Stille des Wohnzimmers klang die Ansage besonders laut. Verlegen schaltete Wang das Handy aus, während seine Angst ins Unkontrollierbare wuchs.

»Mutter, warum bietest du unserem Gast keinen Tee an?«

»Keine Sorge, das hat sie schon.«

»Dann … nehmen Sie doch bitte einen Schluck.«

»Keine Sorge, das tun wir schon die ganze Zeit. Wir sind hier, um unser Geld zu holen.«

Wang schlug das Herz bis zum Hals. Sie steckten also wirklich in Schwierigkeiten. Mit diesen Typen war nicht zu spaßen. Aber dann kam ihm der Gedanke, dass die Kerle nicht so unverfroren wären, seine Eltern einfach auszurauben. »Können Sie mir sagen, wer Ihnen das Geld schuldet?«, fragte er höflich.

»Dein Bruder.«

Nun, da er alles begriff, nahm er einen tiefen Atemzug, und die Angst fiel von ihm ab.

»Können Sie mir sagen, wer Sie sind?«

»Wir sind von der Gang.«

»Von welcher Gang?«

»Der Mah-Jongg-Gang. Wir halten uns an die Regeln.«

Wang schwieg. Er begann mit den Fingerknöcheln zu knacken, erst mit denen der linken, dann der rechten Hand. Danach wiederholte er den Vorgang, aber die Knöchel gaben kein zweites Knacken mehr her. »Schulden muss man natürlich zurückzahlen. Aber mein Vater schuldet Ihnen kein Geld und meine Mutter und ich auch nicht.«

»Du musst uns nichts über die Regeln erzählen. Wir haben einen Schuldschein von ihm mit seiner Telefonnummer und seiner Adresse. Uns interessiert nur der Schuldschein, nicht die Leute dahinter. Wir halten uns an die Regeln.«

Das war schon das zweite Mal, dass die wohlklingende Stimme das sagte. Wieder krampfte sich Wangs Herz zusammen. Was sollte denn das heißen: »Wir halten uns an die Regeln«? Es klang wenig vertrauenerweckend.

»Wir haben kein Geld«, sagte er.

»Das kümmert uns nicht.«

Wang atmete tief ein, um all seinen Mut zu sammeln. »Und wenn wir welches hätten, würden wir es Ihnen nicht geben.«

»Das ist ausgeschlossen.«

»Was wollen Sie denn dagegen tun?«

»Wir?«, sagte die wohlklingende Stimme. »Nichts. Wir wollen nur unser Geld. Und wenn wir es nicht bekommen, dann gehen wir. Dann nimmt jemand anders die Sache in die Hand. Das sind unsere Regeln. Wir halten uns an die Regeln.«

Es klang unheilvoll. Wang hörte die Drohung in jedem Wort.

»Wie viel schuldet er Ihnen?«

»Fünfundzwanzigtausend. Ein hübsches Sümmchen.«

»Was wollen Sie?«

»Unser Geld.«

»Hier herrschen immer noch Recht und Ordnung!«, schrie Wang mit gespielter Furchtlosigkeit.

»Wir reden hier nicht von Recht und Ordnung«, parierte die wohlklingende Stimme leichthin seinen Angriff. »Wir reden von den Gesetzen, und damit kennen wir uns aus.«

Wang verstummte. Sein Atem ging schwer. Abrupt sprang er auf, holte sein Handy heraus und schlug auf die Tasten ein. »Der von Ihnen gewählte Anschluss ist nicht mehr erreichbar.« Er wollte eben sein Handy auf den Boden schmettern, da packte ihn jemand am Arm. Er versuchte sich freizumachen, aber so kräftig er auch war, der andere war kräftiger.

»Du musst es nicht an deinem Handy auslassen«, sagte die Stimme. Sie gehörte nicht zu dem Arm. Also war noch jemand da.

»Wenn ihr was wollt, kommt damit zu mir«, sagte Wang. »Lasst meine Eltern in Ruhe!«

»Zu dir können wir nicht kommen.«

Als Behinderter verstand Wang, wie das gemeint war: als Demütigung. Aber sie hatte den gegenteiligen Effekt: Er gewann seine Fassung zurück. »Was wollt ihr nun eigentlich?«

»Unser Geld.«

»Aber ich habe keins. Wirklich nicht.«

»Wir können dir Zeit geben.«

»Also gut«, sagte Wang. »Ein Jahr.«

»Fünf Tage.«

»Ein halbes Jahr.«

»Zehn Tage.«

»Drei Monate«, sagte Wang.

»Höchstens zwei Wochen«, sagte die Stimme. »Und das sind die letzten zwei Wochen. Dein Bruder taugt nichts. Er hält sich nicht an die Regeln.«

Es war schon nach neun Uhr abends, als Wang ins Tuina-Zentrum zurückkehrte. Während der Fahrt im überfüllten Bus hatte er, wie es seine Gewohnheit an öffentlichen Orten war, stur geradeaus geblickt. Aber in seinem Innern gab es kein Geradeaus, nur Geld. Er überschlug, dass er die fünfundzwanzigtausend Yuan unmöglich aufbringen konnte, es sei denn, er griff seine Aktien an – ein Gedanke, den er sogleich verwarf. Nicht einmal für seine Heirat würde er seine Aktien antasten – dann erst recht nicht für so was. Scheiß drauf, sagte er sich mit plötzlicher Entschiedenheit. Schließlich war es nicht er, der die Schulden hatte.

In Wahrheit war seine Entschiedenheit bloß ein Trick, um sich selbst zu trösten. Wie hatte der Reporter Han Qiaosheng ein Spiel der chinesischen Fußballnationalmannschaft so schön kommentiert? »Wenn er unbewacht ist, zeigt XY einen hübschen Trick.« Kaum hatte er sein Täuschungsmanöver durchgezogen, wurde sein Herz wieder genauso weich wie die Beine der chinesischen Fußballer. Ein weiches Herz hasst leicht. Er hasste das Geld. Hasste die »Gang« und ihre Mitglieder. Und seinen Bruder.

Sein Bruder war Abschaum, ein stinkender Haufen vergammeltes Fleisch, offenkundig verzogen von seinen Eltern. Er empfand Mitleid mit ihnen: Aufgerieben hatten sie sich, hatten seinen Bruder mit all ihrer Liebe überschüttet und am Ende so einen Nichtsnutz großgezogen. Bei dem Gedanken, dass sein Bruder überhaupt nur als Ersatz für ihn selbst auf die Welt gekommen war, befiel ihn ein Hass auf sich selbst und seine Augen. Wäre er sehend geboren worden, hätten seine Eltern niemals ein zweites Kind gehabt – und wenn doch, hätten sie es nicht zu einem Herrensöhnchen verhätschelt. Wie er es auch drehte und wendete, er trug daran die Schuld.

Er musste die Schulden begleichen. Das Schicksal wollte es so.

Er überlegte, ob er die Polizei einschalten sollte, aber das konnte er nicht. Die Kerle hatten einen Schuldschein von seinem Bruder in der Hand, dagegen konnte er nichts ausrichten. Was auf dem Schuldschein geschrieben stand, würde er niemals erfahren. Die Schweine waren bestens organisiert. Und ehrenwerte Leute waren sie auch. Sie verstießen nicht gegen das Gesetz, sie hielten sich an die Regeln.

Aber was war mit dem Geld? Wie sollte er es auftreiben?

Plötzlich fiel ihm ein, dass er noch immer nicht mit seinem Bruder gesprochen hatte. Als er die Nummer wählte, war das Handy weiter ausgeschaltet. Aber warum sollte er nicht seine Schwägerin kontaktieren? Er rief seine Mutter an und ließ sich von ihr die Nummer der Schwägerin geben, und als er die Nummer wählte, kam er tatsächlich zu ihr durch. Vom anderen Ende der Leitung her dröhnten ihm ohrenbetäubende Explosionen und Flugzeuge im Sturzflug entgegen – offensichtlich war sie im Kino. »Xiaoning?«, fragte er mit gedämpfter Stimme.

»Wer ist da?«

»Dein Schwager. Ist mein Bruder da?«

»Wir schauen uns gerade einen Film an.«

»Ich weiß«, sagte Wang mit einem verlegenen Lachen. »Kannst du ihn mir mal geben?«

Endlich hatte er seinen Bruder aufgespürt – selbst wenn er immer noch nicht wusste, wo der Bruder sich versteckt hielt. »Hier ist dein Bruder«, sagte Wang. »Wo steckst du?«

»Anhui. Auf dem Land.«

In Anhui hatte er sich also verkrochen. Auf dem Land. Eine schöne Gegend. Für ein paar Tage konnte er sich dort vielleicht verstecken, aber nicht auf Dauer.

»Was gibt's?«, fragte sein Bruder. »Ich schaue gerade einen Film.«

»Du schuldest den Mah-Jongg-Typen Geld, oder?«, fragte Wang behutsam und so ruhig wie möglich, damit sein Bruder nicht vor Wut gleich wieder auflegte.

»Stimmt.«

»Sie sind zu uns nach Hause gekommen.«

»Und wenn schon. Das ist doch halb so wild.«

»Und wenn schon? Was soll denn das heißen? Du versteckst dich in Anhui, aber wo sollen sich Mama und Papa verstecken?«

»Wieso sollte ich mich verstecken? Wir wollten hier nur mal auf den Huangshan steigen.«

»Und warum schaltest du dann dein Handy aus?«

»Weil ich kein Geld mehr draufhabe. Also warum sollte ich es noch einschalten?«

Wang verstummte. Anscheinend war sein Bruder wirklich nicht auf der Flucht – er klang nicht, als würde er sich verstecken. Eine solche Unbekümmertheit konnte nicht geheuchelt sein. Sein Bruder war ein großer Geist, der den drückendsten Schwierigkeiten mit Gelassenheit begegnete. Vor Anspannung hob Wang die Stimme: »Wie kannst du denn da so sorglos bleiben? Du schuldest ihnen einen Haufen Geld!«

»Wieso sollte ich mir Sorgen machen? Ich stehe bei denen in der Kreide, nicht die bei mir.«

»Hast du denn gar keine Angst, dass sie Mama und Papa was antun?«

»Und wenn schon. Wozu die Aufregung? Für das bisschen Kohle? Das ist doch halb so wild. Wegen sowas wird doch niemand gewalttätig.«

»Wieso kannst du deine Schulden nicht zurückzahlen?«

»Das habe ich doch gar nicht gesagt.«

»Na, dann tu's doch.«

»Ich hab aber kein Geld.«

»Trotzdem musst du es zurückzahlen.«

»Was regst du dich denn so auf? Komm wieder runter. Warum genießt du nicht einfach dein Leben?«

Sein Bruder schmunzelte. Wang konnte es nicht hören, aber er spürte, dass sein Bruder dort in Anhui schmunzelte. Und auf einmal kam er sich wie eine erbärmliche Missgeburt vor. In einer plötzlichen Anwandlung von Scham legte er auf.

Er stand am Straßenrand und schaute mit leerem Blick um sich.

Ihm kam der Spitzname in den Sinn, den die Nanjinger für Typen wie seinen Bruder hatten: lebendes Gespenst. Jetzt begriff er endlich, was damit gemeint war: Diese lebenden Gespenster waren wundersame Wesen, von denen niemand wusste, wie sie auf der Welt überlebten. Ein ungeheures Mysterium von dämonischer Magie. Während alle anderen sich um ihr Überleben sorgten, lebten sie besser als die meisten vor sich hin. Außerhalb des Lebens standen sie und doch mitten darin; an seinem Grund und doch an seiner Spitze. Sie waren weder optimistisch noch pessimistisch, aber auf ihren Gesichtern lag ein unwandelbares, lautloses Lächeln. Ihr auffälligstes Kennzeichen – ihr Markenzeichen – waren ihre Lieblingssprüche, die ihre ganze Philosophie enthielten: »Wozu die Aufregung?

Das ist doch halb so wild.« Noch den größten Schwierigkeiten begegneten sie mit: »Das ist doch halb so wild. Wozu die Aufregung?«

Die Sonne geht unter? Das ist doch halb so wild. Sie geht auch wieder auf. Wozu die Aufregung? Jeden Tag geht sie wieder auf, also wozu die Aufregung? Und jeden Tag geht sie wieder unter, das ist doch halb so wild.

Als er ins Tuina-Zentrum zurückkehrte, behandelte Xiao Kong gerade einen Kunden. Erschöpft ließ er sich in einen Sessel sinken, unfähig, noch einen Finger zu rühren, der Kopf beherrscht von einem Gedanken: Geld. Und er entschloss sich, doppelt vorzusorgen: Zuerst würde er das Geld auftreiben – das war in keinem Fall verkehrt. Seinetwegen war sein Bruder auf die Welt gekommen: als Ersatz für ihn. Nun würde er als Ersatz für seinen Bruder einstehen. Darum geht es doch im Leben, sagte er sich mit einem resignierten Lachen: Eines ersetzt das andere. Die Ostwand reißt man ein, um die Westwand auszubessern, und dann reißt man die Westwand ein, um die Ostwand auszubessern. Die Südwand reißt man ein, um die Nordwand auszubessern, und dann reißt man die Nordwand ein, um die Südwand auszubessern. Die innere Wand reißt man ein für die äußere, die äußere für die innere; die hohe für die niedrige, die niedrige für die hohe. Man reißt ab und baut wieder auf, reißt ab und baut wieder auf, bis am Ende das Leben das gleiche geblieben ist und doch in neuem Glanz erstrahlt.

Eigentlich, so rechnete er sich aus, müsste Xiao Kong ihm das Geld bereitwillig leihen. Andererseits würde er seine Worte mit Bedacht wählen müssen, denn in Geldangelegenheiten war sie ziemlich heikel. Er müsste sich erst mit ihr besprechen. Es war kurz vor zehn, als sie mit ihrem Kunden fertig war.

Wang nahm Sha Fuming mit vor die Tür und erklärte ihm leise, er würde gern gemeinsam mit Kong Frühschicht schieben. Die »Frühschicht« war Teil der Regeln des Tuina-Zentrums. Weil frühmorgens kaum Kunden kamen, erschienen die meisten Therapeuten erst um zehn Uhr zur Arbeit. Da das Zentrum aber auch vorher schon geöffnet sein sollte, kamen einige wenige Therapeuten bereits zur Frühschicht. Der Fairness halber durften diese wenigen zum Ausgleich am Vortag eine Stunde eher Feierabend machen. Per Knopfdruck rief Sha die Zeitansage seiner Uhr ab: Es war erst zehn Uhr, eine Stunde vor Frühschicht-Feierabend.

Sha Fuming führte ein strenges Regiment und ließ bei den Arbeitszeiten keine Extrawünsche gelten. Gerade wollte er Wang an diesen Grundsatz erinnern, da ging ihm ein Licht auf: Die beiden waren ein Liebespaar. Umso erstaunlicher, dass Wang zum ersten Mal eine solche Bitte äußerte. Bei aller Strenge musste ein Chef doch menschlich bleiben.

»In Ordnung. Aber eins muss ich dir sagen: Das darf sich nicht wiederholen, und die eine Stunde musst du mir zurückzahlen.«

»Natürlich«, sagte Wang.

Noch ehe er sich umgedreht hatte, hatte Sha seine Schulter gefunden und ihm einen Klaps darauf gegeben. Und noch ein paar Klapse. Als Wang die Bedeutung dieser letzten Klapse begriff, geriet er in peinliche Verlegenheit. »Das ist es nicht«, beeilte er sich zu sagen, aber was »das« war, konnte er schlecht erklären.

»Na los, mach dich vom Acker!«, erwiderte Sha vergnügt, was die Unterstellung noch vertiefte. Vor lauter Scham brachte Wang kein Wort mehr heraus. Es kostete ihn einige Überwindung, zu Kong in den Ruheraum zu gehen und ihr zuzuflüstern: »Xiao Kong, ich habe mit dem Chef gesprochen. Wir können früher nach Hause gehen.« Ihm kam seine Stimme selbst übertrieben geheimnistuerisch vor.

Sie hatte keine Ahnung, was er vorhatte, aber geradeheraus, wie sie war, fragte sie laut: »Was sollen wir denn so früh zu Hause?«

Aber kaum waren die Worte heraus, fiel bei ihr der Groschen. Was sonst sollte Wang im Schilde führen, wenn er so geheimniskrämerisch tat! Das Blut schoss ihr ins Gesicht.

Da tönte aus Xiao Mas Ecke ein Hüsteln herüber, das unter diesen Umständen seltsam klang. Oder vielleicht klang es auch nur in Kongs Ohren so. Seit er sich einmal so schlecht benommen hatte, waren sie beide gleichermaßen angespannt, und ihre Beziehung war es erst recht. Freilich wussten davon nur sie beide. Ma war mit gutem Grund nervös: Er fürchtete, sie würde ihn verraten. Sie dagegen hatte Angst, er könnte sich erneut gehenlassen. Die Anspannung hatte zur Folge, dass beide ängstlich darauf bedacht waren, jede Berührung zu vermeiden. Umso gegenwärtiger war der andere in ihren Köpfen.

Nach seinem Hüsteln stand er auf und tappte zur Tür, wobei er mit dem Knie irgendwo anstieß. Ohne dass sie sich umdrehte, spürte Kong die ungeheure Leere, die er zurückließ.

Sie litt so innig mit ihm, dass es sie selbst überraschte. Warum waren ihre Gefühle so stark? Das war nicht recht. Für einen flüchtigen Moment fühlte sie sich tatsächlich wie seine Saozi, seine Schwägerin. Oder fast wie seine Mutter. Angesichts dieser Rolle, in der sie sich so unversehens wiederfand, durchströmte sie ein Gefühl der Wärme. Sie empfand wie eine Frau, das ging ihr auf einmal auf, und sie wünschte Ma nur das Beste.

Freilich war das nur ein flüchtiger Gedanke. In erster Linie war sie verlegen, und wer in Verlegenheit ist, stellt sich dumm an, was sich oft genug in dem Versuch äußert, besonders schlau zu sein. »Hast du mir was Leckeres zu essen mitgebracht?«, fragte sie ihn überflüssigerweise.

Das Herz schwer von Sorgen, stand Wang eine Weile stumpfsinnig da, ehe er antwortete: »Nein.«

So ein Trottel! So ein Idiot! Ein bisschen flunkern hätte ihn schon nicht umgebracht.

»Na los!«, rief Zhang Yiguang dazwischen. »Probier mal, was er Leckeres für dich hat!«

So witzig das sein mochte, es lachte niemand. Kong hätte vor Scham im Boden versinken mögen. Es war, als würden Wang und sie es in aller Öffentlichkeit miteinander treiben.

Sie durfte nicht zulassen, dass Wang vor so vielen Leuten sein Gesicht verlor. Ihre Wangen glühten und fühlten sich wie aufgedunsen an, als sie ihn an der Hand fasste. »Gehen wir.« Der unbefangene Ton täuschte über das Wirrwarr von Gefühlen in ihrem Innern hinweg. Auch Unmut über Wang schwang darin mit.

Was ein Gespräch über Geld hätte werden sollen, hatte sich in etwas völlig anderes verkehrt, aber nun musste Wang die Sache auch zu Ende führen. Hand in Hand mit Kong ging er hinaus. Er war so durcheinander, dass er, kaum aus der Tür, ins Stolpern geriet und hingestürzt wäre, hätte sie ihn nicht aufgefangen. »Mach langsam«, sagte sie mit einer komischen, leise zitternden Stimme. Er zwang sich zur Langsamkeit, auch wenn ihm das eine noch größere Selbstkontrolle als ohnehin schon abverlangte.

Es war jetzt zehn Uhr, eine Stunde vor dem vorzeitigen Feierabend für die nächste Frühschicht. Eine Stunde blieb ihnen füreinander – abzüglich der dreizehn Minuten, die sie für den Weg brauchten, wären das noch siebenundvierzig Minuten. Danach würden ihre Kollegen von der nächsten Frühschicht kommen, Zhang Yiguang und Ji Tingting. Die Zeit drängte, sie mussten jede Sekunde nutzen. Unterwegs sprachen sie kein Wort, und als sie zu Hause ankamen, waren sie in Schweiß gebadet. Nun stellte sich erst einmal die Frage: Sollten sie zu ihr oder zu ihm gehen? Keuchend standen sie einen Moment unschlüssig da, dann bestimmte Wang einfach sein eigenes Zimmer. Er öffnete die Tür und trat ein. Nach einem kurzen Zögern folgte Kong ihm. Sobald sie im Zimmer war, verriegelte er die Tür hinter ihr. Dann küssten sie einander. Kong atmete auf. Alle Anspannung fiel von ihr ab, als sie in seine Arme sank.

Doch gleich darauf ließen sie einander schon wieder los. Sie durften ihre kostbare Zeit nicht mit Küssen verschwenden. Bis zu Xiao Mas Bett bewegten sie sich noch unter Küssen voran, dann ließen sie voneinander ab und entblößten sich, bis ihre Kleidung überall auf dem Boden verstreut lag. Wang hob Kong auf sein Bett. Kaum hatte sie sich hingelegt, kam ihr zu Bewusstsein, wie überhastet sie beide gehandelt hatten. Stück für Stück hätten sie ihre Kleidung ausziehen und ablegen sollen. Wenn sich ein Blinder vor dem Zubettgehen entkleidet, hält er eine strikte Ordnung ein: Jedes Stück muss am rechten Platz sein, zuunterst die Socken, darüber die Hose, das Hemd, der Pullover und zuoberst die Jacke oder der Mantel. Nur so kann er sich beim Aufstehen in der altbewährten Reihenfolge wieder anziehen. Stattdessen hatten sie beide in ihrer kopflosen Hast ihre Kleidung nicht nur überall verstreut, sondern auch noch bunt durcheinandergewürfelt. Dieser Übermut würde sich noch rächen. Sie konnten doch nicht mehr nach ihren Socken tasten, wenn die Kollegen zurückkamen! Ein

Blinder darf nicht einen Schritt überstürzen. Beunruhigt und bedrückt sagte Kong: »Die Kleidung! Was ist mit der Kleidung?«

»Welche Kleidung?«, fragte Wang, während er zu ihr hinaufkletterte.

»Die ist völlig durcheinander, und gleich müssen wir uns schon wieder anziehen! Also mach schnell!«

Als er endlich zu ihr hinaufgestiegen kam, war er steinhart und drang fast ohne Vorspiel in sie ein. Er fühlte, wie ihr Körper zuckte und sich straffte. So hatte sie noch nie reagiert, aber er war zu sehr in Eile, um sie danach zu fragen. In seinem Kopf war genauso wie in ihrem nur Platz für einen Gedanken: den Gedanken an die Zeit. Sie mussten so viel Zeit wie möglich sparen, und das hieß: so viel Tempo wie möglich machen. Er bewegte sich rasch und mit außerordentlicher Wucht. Ein paar heftige Stöße, ein Stöhnen, und alles war vorbei und der Raum von seinem Geruch erfüllt. Beide keuchten schwer, und noch ehe Kong wieder zu Atem gekommen war, schnaufte sie: »Runter! Anziehen, schnell!«

Hastig wischten sie sich ab und stiegen vom Bett hinunter. Wie schön wäre es doch gewesen, wenn sie es gerade ein bisschen ruhiger angegangen wären! Nun hatten sie den Ärger: Jedes Kleidungsstück mussten sie einzeln suchen. Das hier ist deins und das da meins. Und die Zeit lief ihnen davon. Dass jetzt bloß niemand nach Hause kam! Während ihre Hände eifrig beschäftigt waren, flatterten ihre Herzen vor Nervosität. Jetzt nur keine Panik! Sie mussten Geduld und einen kühlen Kopf bewahren. Geschlagene zehn Minuten brauchten sie, ehe sie sich endlich angezogen hatten, aber sie waren noch immer in Sorge. Im Geiste überprüften sie noch einmal alles. Als sie sich hinsetzten, stand ihnen der Schweiß auf der Stirn.

Wang nahm sich nicht die Zeit, sich die Stirn abzuwischen, und öffnete hastig die Tür. Dann griff er nach seiner Uhr und drückte auf die Zeitansage: zehn Uhr vierundzwanzig. Er war fassungslos. Noch sechsunddreißig Minuten. Das bedeutete: Wenn man die Zeit beiseiteließ, die sie für den Heimweg, fürs An- und Ausziehen gebraucht hatten, blieb kaum eine Minute, vielleicht bloß eine halbe Minute für den eigentlichen Sex – wenn man das überhaupt noch so nennen konnte. Er hatte bloß Hals über Kopf seinen Samen in der Frau, die er liebte, verspritzt.

Vielleicht konnte ein einfacher Arbeiter nicht mehr für seine Frau tun. Ihm fehlten die Worte. Sechsunddreißig Minuten. Zweitausendeinhundertsechzig Sekunden hatten sie sich erkämpft, aber statt sie seiner Frau zu schenken, würde er sie nun mit ihr in sinnlosem Warten vergeuden. Und worauf warteten sie? Auf die Leute von der Frühschicht – um ihnen zu beweisen, dass sie nichts getan hatten. Wie absurd. Wie erstarrt stand er an der Tür und wusste nicht, was er tun sollte. Er atmete tief ein und langsam wieder aus. Es klang wie ein Seufzen, ein verschwitztes Seufzen. Dann ging er zu ihr zurück, suchte ihre Hand und streichelte sie behutsam und voller Zärtlichkeit. In diesem Moment überkam ihn eine grenzenlose Liebe. Was hatte er nur getan? Mein Schatz. Meine Frau. Ihr Unglück schmerzte ihn.

Auch Kong empfand Schmerz, aber körperlichen. Sie krümmte sich über ihre Knie, so sehr brannte der Schmerz in ihrem Innern. Es tat noch mehr weh als bei ihrem ersten Mal. Damals war der Schmerz erträglich gewesen: als Beweis dafür, dass sie einander besaßen. Danach war sie in Tränen ausgebrochen, weil sie ihr Glück nicht in Worte fassen konnte. Vertrottelt, wie er war, hatte Wang, als er ihre Tränen spürte, in einem fort gestammelt: »Tut mir leid.« Für ihr Glück gab es nur ein Wort: herzzerreißend. Damals war ihr Schmerz nass gewesen. Und jetzt? Staubtrocken. Sie hatte keine Tränen, sie war bloß niedergeschlagen. Was tat sie bloß? Was? Ein Flittchen war sie. Niemand hatte sie entwürdigt, und dennoch fühlte sie sich zum ersten Mal in ihrem Leben erniedrigt. Sie hatte sich in eine schamlose Schlampe verwandelt.

»Lass uns heiraten.« Sie hob den Kopf und packte seine Hand.

»Was?«

Den Kopf zur Seite geneigt, wiederholte sie: »Lass uns heiraten.«

Er überlegte einen Moment. »Wir haben doch noch gar nichts vorbereitet.«

»Das müssen wir auch nicht. Wir haben uns, was brauchen wir mehr?« Ihr heißer Atem schlug ihm ins Gesicht.

»Aber … Und wenn ich kein Geld habe?«

»Ich will dein Geld nicht. Ich habe selbst Geld. Wir nehmen meins. Wir feiern ganz schlicht, okay?«

»Mit deinem Geld? Das geht doch nicht!«

»Und wie geht es dann?«

Seine Lippen zuckten, aber er wusste nicht, was er sagen sollte. »Was hast du's denn so eilig?«

Das tat weh. Indem sie von sich aus das Thema Heirat angeschnitten hatte, hatte sie alle Zurückhaltung aufgegeben, die sich für eine junge Frau gehörte. Was meinte er damit: »eilig«? Wie verletzend das klang. Als wäre sie eine wertlose Schlampe, die ihn Hals über Kopf zur Heirat nötigen wollte. Stand es wirklich schon so schlimm um sie?

»Natürlich habe ich es eilig«, sagte sie. »Wer will mich denn noch haben in meinem jetzigen Zustand? Ich habe ja wohl Grund genug zur Eile!«

Das waren heftige Worte. Beide waren sie kaum aus dem Bett gestiegen, da sprach sie schon von ihrem »Zustand«. Was auch immer sie damit gemeint hatte, in Wangs Ohren klangen ihre Worte wie ein Vorwurf. Und hatte sie damit so unrecht? Beim Sex war er mit Feuereifer bei der Sache, aber wenn es ums Heiraten ging, machte er schlapp. Aber er brauchte das Geld. Nach langem Schweigen lenkte er ein und brummte: »Wenn du unbedingt willst, heiraten wir.«

»Was soll denn das heißen?«, sagte sie, ohne ihre Tränen zu spüren. Mit einem Mal war alles wieder in ihr hochgekommen: der Druck, den ihre Eltern auf sie ausübten, und die Verlegenheit, in die sie Xiao Mas unerwartetes Verhalten gestürzt hatte. Und für wen nehme ich das alles auf mich? Für dich!

Plötzlich überwältigte sie die Traurigkeit. Ich habe dir deinen Wunsch erfüllt und bin nach Nanjing gekommen, aber du versetzt dich kein bisschen in meine schwierige Lage hinein. Du weißt es überhaupt nicht zu schätzen, wie gut ich zu dir bin. »Wenn du unbedingt willst, heiraten wir« – was für ein verletzender Satz! Schluchzend schrie sie: »Ich bin mit dir den weiten Weg nach Nanjing gekommen, und dann kriege ich so einen Satz zu hören? ›Wenn du unbedingt willst, heiraten wir.‹ Redet so ein richtiger Mensch? Heirate doch einen Hocker oder Stuhl oder deine Schuhsohle! Oder heirate dich gleich selber! Und fick dich selber!«

Die Sache mit dem Geldleihen konnte er jetzt erst mal vergessen. Er war niedergeschlagen. »Wie kannst du so was sagen?«, sagte er sanft. »Wieso sollte ich mich selber ficken?«

Sie rieb sich die Augen. »Fick dich selber.«

Kapitel 11
Jin Yan

Ohne dass ihre Kollegen es ahnten, hatte die Romanze von Jin Yan und Tailai ihren Anfang genommen. Der fanatische Eifer, mit dem Jin ihrem Tailai nachgestellt hatte, war schlagartig erloschen. Über Nacht hatte sie sich in eine sittsame junge Frau verwandelt. Ihre lautstarken Offensiven von früher schienen der Vergangenheit anzugehören. Stattdessen hielt sie sich nun so sehr im Hintergrund, dass ihren Kollegen prompt Böses für Tailai schwante.

In Wahrheit blieb sie, die sonst den großen Auftritt liebte, bloß im Rahmen dessen, was unter blinden Liebespaaren üblich ist und was sich mit der folgenden Wendung zusammenfassen lässt: »im Trubel die Stille suchen«. Genau das taten die beiden: Sie suchten sich eine lauschige Ecke, in der sie still beisammensaßen, sich umarmten und küssten und dann wortlos Händchen hielten. Normalerweise sind verliebte junge Leute ständig auf dem Sprung: Sie gehen ins Kino oder ins Café oder machen einen Ausflug ins Grüne, und dabei schäkern und schmusen sie um die Wette – lauter Dinge, die auch blinde Paare gerne täten, wenn sie dabei nicht auf so viele Hindernisse stoßen würden. Was tun? Jin und Tailai zügelten ihr körperliches Verlangen und verwandelten sich in Wartende.

Händchen haltend warten – das war ihre Art des Zusammenseins. Sie konnten endlos beieinandersitzen, endlos sich umarmen, endlos einander küssen, ohne einen Mucks zu machen. Wenn die Kunden ausblieben, konnten sie den ganzen Tag so verbringen, ohne dass ihnen langweilig geworden wäre. Sie trennten sich nur, wenn Kunden kamen – dann tätschelte einer die Wange des anderen und flüsterte: »Warte auf mich.« Oder sie gingen wortlos, mit dem größten Widerstreben, auseinander, als könnte einer ohne den anderen nicht leben, und bis zuletzt, wenn ihre Körper schon ein paar Schritte auseinander waren, wollten ihre Zeigefinger sich noch immer nicht voneinander lösen.

Von außen betrachtet, blieb ihre Romanze im Rahmen des Gewöhnlichen. Aber Jin Yan war nicht gewöhnlich. Sie verfiel in eine Lethargie, denn wieder begann sie zu warten. Worauf? Auf ihre Hochzeit. Wartend hing sie ihren Gedanken nach, und wann immer sie neben Tailai saß, verlor sie sich unweigerlich in Träumereien, die um ihre Hochzeit kreisten.

Ihr Gehirn funktionierte wie eine Festplatte, auf der hauptsächlich Hochzeiten gespeichert waren. Hätten ihre Augen ihr keinen Strich durch die Rechnung gemacht, sie hätte Hochzeitsplanerin werden können. Das umfassende Wissen, das sie auf diesem Gebiet erworben hatte, schuf einen uferlosen Raum für ihre Fantasien. So gesehen, war sie weniger in Tailai als in ihre ersehnte Hochzeit verliebt.

An einer Hochzeit chinesischen Stils fand sie wenig Gefallen. Das hervorstechendste Merkmal und die größte Schwäche einer solchen Feier ist, dass alles ums Essen kreist. Um die mitgebrachten Geldgeschenke wieder hereinzubekommen, schlemmen die Gäste, was das Zeug hält. Dazu gehört auch das Trinken, und damit fängt der Ärger an. Immer finden sich irgendwelche Kerle, die zu tief ins Glas schauen und dann dem Brautpaar die Schau stehlen. Die eigentlichen Hauptdarsteller, um die sich alles drehen sollte, geraten dabei aus dem Blick – darin liegt das größte Übel einer chinesischen Hochzeit. Und ordinär ist sie auch. Die Chinesen mögen ihr Land für das Reich von Sitte und Anstand halten, in Wahrheit verstehen sie nichts davon. Man schaue sich nur an, wie ein solches Bankett endet: mit einem schmutzigen, klappernden Chaos von Geschirr und Essensresten. Auf der anderen Seite muss man zugeben, dass eine chinesische Hochzeit ihren eigenen Zauber hat, nämlich in Gestalt des Brautgemachs. Dessen Reiz pflegte Jin in einem Wort auf den Punkt zu bringen: verrucht. Und sehr erotisch.

Tailais Vater hat gewiss mit den Gästen geredet, denn kaum ist das Bankett zu Ende, zerstreuen sie sich in kleinen Grüppchen, rülpsend und in den Zähnen stochernd. Der Zeremonienmeister führt das Brautpaar ins Brautgemach. Beide setzen sich nebeneinander auf das Bett. Tailais Mutter gibt ihrem Sohn noch ein paar Worte mit, ehe sie, ein breites Grinsen auf dem runzeligen Gesicht, rückwärts aus dem Zimmer geht und mit beiden Händen die Tür hinter sich schließt. Durch ihren roten Schleier sieht Jin, wie sich die zartgelben Flammen der Kerzen krümmen und voller Anmut wieder aufrichten. Leuchtend rot sind die Kerzen und an den Seiten mit den vergoldeten Zeichen für doppelten Segen verziert.

Ihre Flammen brennen hell, und doch ist es dämmerig im Raum, und nur die eine Gesichtshälfte der Braut ist erleuchtet, während die andere in ein geheimnisvolles Dunkel getaucht ist. Ebendies macht den Kerzenschein so besonders: Halb enthüllt, halb verhüllt er jedes Ding, als wäre es eine verschämte Frau. Doch nichts kommt der lichten Gesichtshälfte der Braut gleich: Scharlachrot ist sie, glänzend vor Röte und rot vor Glanz. Ihre Bluse und ihr Schleier sind aus rotem Satin gefertigt, den der Kerzenschein zu einem flüchtigen, dabei umso prachtvolleren Leben erweckt. Der Anblick des Raums schafft die Illusion, die Kerzen dienten allein dazu, das Gesicht der Braut – oder genauer: ihre eine Gesichtshälfte – zu erleuchten, und alle anderen Dinge, in Dämmer getaucht, brauchten nur die Kulisse zu bilden. Und so erstrahlt die halbe Braut in ihrem leuchtenden, warmen Rot, während sie aufrecht auf dem Bett sitzt, die Wangen schamhaft gerötet, voller Liebreiz, still und ruhig wie das Spiegelbild einer Blume im Wasser.

An einem Band aus roter Seide, das in der Mitte zu einer tellergroßen Blüte geschlungen ist, hat Tailai sie in das Brautgemach geführt. Ein zweites Band aus roter Seide ist an seinen Körper geknüpft wie die Fessel eines Gefangenen – drollig sieht das aus. An seiner Brust ist dieses Band ebenfalls zu einer großen Blüte geschlungen. Als er sie vor das Hochzeitsbett gebracht hat, findet sie den Bettrand, ohne ihre Hände zu benutzen, nur mit ihrem wie tastend bewegten Gesäß. Sie nimmt Platz. Tiefe Stille liegt über der Welt; der einzige Laut, der noch zu hören ist, ist das Pochen ihres Herzens. Was soll sie nur tun? Ihr Herzschlag will so wenig zur Stille der Welt passen, dass sie vor Scham am liebsten im Boden versinken möchte.

Sie ist nicht schamhaft, ist es nie gewesen, im Gegenteil, sie hat etwas Männliches, Furchtloses, fast Draufgängerisches an sich. Wäre die Augenerkrankung ihr nicht in die Quere gekommen, sie hätte die Welt erobern können. Aber dies ist eine Hochzeit, nein, eine Vermählung, und an einem solchen Tag will sie schamhaft sein – und wenn sie es nicht ist, so wird sie es erlernen.

Endlich rückt Tailai so nahe zu ihr, dass beide sich an den Schultern berühren. Ihre Schulter erschlafft so unvermittelt, dass ihr Armreif vom Unterarm zum Handgelenk hinabgleitet. Der Reif glänzt und glitzert wie geronnenes Fett oder wie der Widerschein der Braut. Tailai streicht über den Reif, bevor er ihren Handrücken mit seiner Hand bedeckt. In ihrer Hand hält sie noch immer ihr Taschentuch umklammert; komme, was wolle, sie gibt es nicht frei.

Nun endlich kommt der Höhepunkt. Er nimmt ihr den roten Schleier ab. So unerschrocken sie sonst ist – als der Schleier von ihrem Gesicht herabgleitet, reagiert sie verschämt. Er küsst sie, nein, er haucht einen Kuss auf ihren Mund. Ihre Lippen berühren sich. Seine Lippen und sein Atem glühen.

»Gefalle ich dir?«, fragt sie – eine Frage, die sie unbedingt loswerden will.

»Ja.«

»Liebst du mich?«

»Ja.«

»Dann sei sanft zu mir.«

Alles spielt sich auf eine verborgene, verhüllte Weise ab, auch die seltsamen Worte, die sie einander sagen; alles ist dezent und doch verrucht und erotisch. Als wäre sie erzürnt, bläst sie auf einen Schlag die Kerzen aus.

So vieles ihr an einer chinesischen Hochzeit nicht gefallen mochte, das Brautgemach allerdings übte eine ungeheure Faszination auf sie aus: unergründlich, verführerisch, ja sogar ein wenig dämonisch, sanft wie eine Frühlingsbrise, still wie ein tiefes Gewässer, ein Mysterium. Der wichtigste Akt im Brautgemach ist zwar der Sex, aber er bleibt doch zweitrangig gegenüber der besonderen Zuneigung, die das Brautpaar miteinander verbindet – Mann und Frau sie beide und zugleich

Bruder und Schwester. Westler können das nicht verstehen: Wie kann der Bräutigam der Bruder der Braut, die Braut die Schwester des Bräutigams sein? Pervers ist das. Inzestuös. Aber die Chinesen finden daran überhaupt nichts Perverses. Nur sie können die eigentümliche Schönheit dieser Vorstellung nachempfinden. Jin liebte die fernöstliche Erotik und Innigkeit über alles. Im Altertum sagten die Leute, die drei wichtigsten Ereignisse im Leben eines Mannes seien die Hochzeitsnacht im Brautgemach, das Bestehen der Beamtenprüfung und die Begegnung mit einem alten Freund in der Fremde. Die Hochzeitsnacht kam nicht zufällig an erster Stelle. Weil das Brautgemach eine solch unwiderstehliche Anziehungskraft auf Jin ausübte, hütete sie ihre Jungfräulichkeit wie ihren Augapfel. Egal, wie heftig Tailai sie bedrängte, ihre Antwort blieb Nein. Nein, nein und nochmals nein! Vor der Hochzeit würde sie sich auf keinen Fall auf irgendwelchen Sex mit ihm einlassen. Sie sparte sich selbst für die Hochzeitsnacht auf: Dann würde sie gemeinsam mit ihm jenen Moment seliger Ekstase erfahren, wie ihn Eileen Chang, die berühmte Schriftstellerin, beschrieben hat.

Der größte Makel einer chinesischen Hochzeit war für sie im Übrigen nicht das Essgelage, sondern das Fehlen von etwas, das die Herzen aller jungen Frauen höher schlagen ließ: des Brautkleids.

Wie hätte sie auf ihrer Hochzeit auf ein weißes Brautkleid verzichten können? Etwas so Herrliches ist mehr als bloß ein Kleidungsstück – es ist der Traum eines jeden Mädchens, seine zweite Haut, und ihm wohnt dieselbe Magie inne wie der Haut, die die Zikade abwirft: Mit ihm streift die Braut ihr altes Ich ab. Schlicht und doch raffiniert ist ein solches Kleid, extravagant und edel, im Stehen wie im Gehen gleichermaßen anmutig. Nicht nur um seines traumgleichen Zaubers willen, sondern auch noch aus einem anderen Grund schwärmte Jin für dieses Kleid: Sie hatte eine gute, ja, sie selbst hätte gesagt: eine verführerische Figur. Was für eine Verschwendung wäre es da, einen solchen Körper nie in ein Hochzeitskleid zu hüllen! Sie hatte die typische Figur einer Chinesin aus dem Nordosten: groß und schlank. An den Armen kamen ihre Vorzüge besonders gut zur Geltung. Rank und schlank wie eine Tanne waren ihre Arme – sie wusste, dass das eine seltsame Art war, Arme zu beschreiben, aber ihr erschien der Ausdruck genau richtig. Welch bezaubernden Anblick sie abgäbe, wenn das ärmellose, tief ausgeschnittene Brautkleid ihren Leib mit den glatten, grazilen Armen umspielte, die wie geschaffen für diesen Moment waren. Sie würde sich am Anblick ihrer Arme berauschen, selbst wenn der Bräutigam nichts davon sah und sie selbst nur einen verschwommenen Eindruck empfing. Denn eines zumindest würde ihr dieser Anblick beweisen: An ihr war alles dran, was an einer Frau dran sein sollte – und das war für sie von größter Bedeutung.

Allerdings war ihre Figur nicht mehr so makellos wie früher: Sie hatte ein wenig zugenommen. Für Blinde ist das kaum zu vermeiden, weil sie keinen Sport treiben können und sich zu wenig bewegen. An ihren Oberarmen, die immer so glatt und geschmeidig gewesen waren, konnte sie das überflüssige Fett schon fühlen.

Mit Blick auf das Brautkleid, das sie auf ihrer Hochzeit tragen wollte, hatte sie insgeheim eine Liste mit sechs Punkten aufgestellt, auf die sie ihr besonderes Augenmerk legen wollte:

1. Nichts Rotes darf das Weiß des Kleides stören. Rote Schuhe verheißen Unheil und sind tabu wie überhaupt alles Rote: rote Blumen, ein roter Gürtel oder ein roter Schlüpfer.

2. Wenn die Braut ihr Hochzeitskleid angezogen hat, darf sie sich nicht mehr verbeugen, allenfalls sachte den Kopf neigen, wenn es denn unvermeidlich ist – nicht aus Zurückhaltung, sondern um nicht zu viel Busen zu entblößen.
3. Unter dem Kleid darf sie keinen Unterrock tragen und den Saum nicht zu heftig aufrühren.
4. Wenn sie das Kleid angezogen hat, soll sie beim Gehen einen Blumenstrauß in der Hand haben und nach jedem Schritt einen Moment innehalten.
5. Während der Zeremonie muss der Schleier ihr Gesicht verdecken, und nur der Bräutigam darf ihn heben.
6. Er steht zur Rechten, sie zur Linken und nicht umgekehrt, wie es die chinesische Sitte ist.

Ob die Hochzeit an einem strahlenden Frühlingstag stattfindet oder an einem goldenen Herbsttag, ist nicht wichtig – wichtig ist allein, dass die Erde in Sonnenschein getaucht wird. Farbenfreudig wirbeln die Sonnenstrahlen umher wie ein Regen- oder Blütenschauer; jedes Blütenblatt, jedes Lächeln, ja, jeder Schneidezahn erstrahlt in ihrem Glanz, und die Farben aller Dinge offenbaren sich in ihrer Pracht, grün wie nie, rot wie nie, purpurn wie nie, gelb wie nie. Das ist ja das Eigenartige an Pflanzen: Egal, welche Farben sie haben, sie wirken nie deplatziert, und selbst die kräftigsten Farben findet man niemals geschmacklos. Alle Freunde und Verwandten sind gekommen. Elegant gekleidet und strahlend vor Freude stehen sie auf dem üppig grünen Rasen. Im Glanz der Sonne erscheint jede Stirn weit, jedes Kinn glatt, jede Nase gerade. Dann, unter den Klängen des Hochzeitsmarsches, nimmt Tailai Jin an der Hand und führt sie aus dem Saal hinaus auf den Rasen. Gemessen schreiten sie über das weiche Gras. Alle machen ihnen Platz, sodass sich eine Gasse vor ihnen öffnet. Jins Schleppe gleitet über den Rasen; sie ist grazil und anmutig, schamhaft und doch stolz und so überglücklich, dass sie einer Ohnmacht nahe ist. Das Brautpaar ist nun in der Mitte des Rasens angekommen, umgeben von der Menge, ihren Glückwünschen und ihrem Applaus.

Tailai trägt einen dunkelblauen Anzug, neben dem das Weiß des Brautkleids im Sonnenschein so blendend funkelt wie Eis oder Schnee. Rein wie Jade ist die Braut.

Der schönste Teil eines Anzugs ist die Schulterpartie: Sie lässt Tailais eher schmächtige Schultern breit erscheinen und verleiht ihm etwas Stattliches. An seine Brust geschmiegt, zeigt sie ihren Busen mit den ebenmäßigen Brüsten und dem verführerischen Ausschnitt, der in diesem Augenblick in Sonnenlicht gebadet ist und ihre bräutliche Aura noch vertieft. Ihre Schultern sind eine betörende Mischung aus Fülle und Zartheit. Ein Windhauch streicht über ihre Schultern, traurig, dass er nicht verweilen kann. Aber Jin hat an seiner Traurigkeit nicht teil. Sie ist stolz auf sich.

»Willst du Jin Yan zu deiner Frau nehmen?«

»Ja, natürlich«, sagt Tailai.

»Und willst du Tailai zu deinem Mann nehmen?«

»Natürlich will ich«, sagt Jin.

Nun, da beide ihren Willen bekundet haben, fesselt er sie mit einem kleinen Kettchen an sich, und sie tut das Gleiche mit ihm. Ach ja, die Kettchen tragen einen klangvollen Namen: Ring, und sie kommen als Paar – er hat ihr eins gegeben und sie ihm als sanfte Mahnung und Erinnerung: Du gehörst mir. Sie sind aus Platin und halten ewig. Noch in zehntausend Jahren werden sie funkeln wie neu.

Nun, da er an sie gekettet ist und sie an ihn, sind beide

unzertrennlich. Sie ist sein Drachen: Egal, wie hoch sie in den Himmel aufsteigt, sie bleibt auf immer an seinen Ringfinger gebunden. Er dagegen ist nicht ihr Drachen, sondern ihr Jo-Jo: Wie weit sie ihn auch von sich schleudert, er macht eilig kehrt, um flugs in ihre Hand zurückzuschießen. Auf dem Rasen bricht unterdessen ein Gelächter von ansteckender Fröhlichkeit aus.

Die Freunde und Verwandten umringen das Brautpaar und fordern es auf, seine Geschichte zu erzählen. Tailai ist dafür zu schüchtern, aber die Braut gibt ihrem Publikum lauthals und ungeniert die Geschichte zum Besten, wie sie dem Bräutigam hinterhergelaufen ist. Um den besten Effekt zu erzielen, wählt sie freilich eine andere Formulierung und erzählt, wie sie ihn »in die Finger bekommen« hat. Das Publikum krümmt sich vor Lachen. Chinesen aus dem Nordosten lieben solche Scherze, gleich, ob Männer oder Frauen – sonst wären sie keine Nordostchinesen. Danach beschließt Jin, mit Tailai zu singen: Nur die allerbesten Lieder wählt sie aus, zehn an der Zahl – ein jedes steht für ein Jahr, das macht zusammen zehn Jahre und symbolisiert ein ganzes Leben. Hand in Hand singen sie, bis die Sonne untergeht. Widerstrebend erlischt das letzte Licht am westlichen Horizont, und alle Lampen erstrahlen im hellsten Glanz.

Natürlich wird Jin ihr Brautkleid schließlich ablegen müssen – aber es wird immer ihr Brautkleid bleiben und am Bügel hängen wie der Anfang einer Sage: Es war einmal …

Während sie über das Brautkleid fantasierte, schwirrte ihr ein gänzlich irrwitziger Gedanke durch den Kopf: Wenn sie schon ein solches Kleid tragen würde, warum sollte sie dann nicht gleich im westlichen Stil heiraten? Und wenn schon im westlichen Stil, warum nicht gleich in einer Kirche? Sie war noch nie in einer Kirche gewesen, aber sie kannte Kirchen aus Filmen. Das Bezauberndste an einer Kirche ist nicht ihr Äußeres, sondern ihr Inneres. Eine Kirche ist ein Paradies auf Erden. Ihre weiten Bögen tragen das Himmelsgewölbe – mächtig, feierlich, fest gegründet, heilig und rein. Wenn die Orgel ihren Lobpreis anstimmt, hallen die steinernen Mauern endlos lange wider zwischen Himmel und Erde. Sie sah sich bereits in ihrer Fantasie, wie sie Hand in Hand mit Tailai die Kirche betritt. Fast lösen sich ihre Füße vom Boden, während ihr Kopf von der verwirrenden Farbenpracht der Glasmalereien schwirrt. Und sie begreift: Über ihr ist der Himmel, unter ihr die Erde und dazwischen ihre Hochzeit, ihre Liebe, überwältigend wie das Rauschen der Orgel.

Warum sollte sie keine kirchliche Trauung feiern? Warum nicht? An einem Dienstagmittag rief sie bei einer Firma für »Romantische Hochzeiten« an, deren Werbespot sie in der »Stimme von Nanjing« gehört hatte. Die junge Frau am anderen Ende der Leitung hörte sich geduldig an, was Jin zu erzählen hatte, ehe sie sie mit einer Frage überrumpelte: »Sind Sie Christin?« Jin war so perplex, dass sie darauf keine Antwort wusste. Sogleich formulierte die Frau ihre Frage noch einfacher: »Glauben Sie an Gott? Es genügt, wenn einer von Ihnen beiden gläubig ist.« Das war eine knifflige Frage. Jin hatte nie darüber nachgedacht. Bejahen konnte sie nicht, denn sie war nicht gläubig, und verneinen wollte sie nicht, denn das erschien ihr unheilvoll. Also klappte sie ihr Handy zu, mehr noch, sie schaltete es gleich ganz aus, um sicherzustellen, dass die Hochzeitsfirma sie nicht zurückrief – aus Angst vor einem eingehenderen Verhör.

Dennoch hatten die Worte der Frau ihr eines bewusst gemacht: Für eine kirchliche Trauung sollte wenigstens einer der beiden Brautleute an irgendetwas glauben.

An was glaubte sie? So viel sie auch grübelte, sie wusste nicht, woran sie hätte glauben sollen. Sie hatte an das Licht geglaubt, aber das Licht hatte sie abgewiesen. Sie hatte an ihre Augen geglaubt, aber ihre Augen hatten sie abgewiesen. Und die Welt hatte sie ebenfalls abgewiesen – die Welt, die in dem Maße, in dem ihr Sehvermögen abnahm und ihr Blickfeld schrumpfte, immer dunkler und enger geworden war. Der blaue Himmel, die weißen Wolken, die grünen Berge und Seen, ja, selbst ihr eigenes Gesicht im Spiegel – sie alle hatten sie abgewiesen. Woran sollte sie also glauben? Einer Frau, die auf Sondierungen und Mutmaßungen angewiesen ist, fällt es schwer zu glauben. Während sie an ihrem Handy herumnestelte, sagte sie sich: Es ist gut, dass ich an nichts glaube. Dann erlebe ich auch keine Enttäuschung mehr. Jetzt wird alles gut – als würde ich aufs Meer blicken oder auf Blumen im Frühling.

Sie glaubte nur noch an ihre Hochzeit, das genügte ihr. Eine Hochzeit bewirkte, dass man nicht mehr allein war, sondern sein Leben mit einem anderen Menschen teilte – das war etwas, woran man glauben konnte. Eine Hochzeit war ein magischer Akt, der die Welt in ein Zuhause verwandelte – ein Zuhause, das in sich vollkommen war.

Zu ihrer Freude entdeckte sie, dass ihr Glaube sie zu einer Hochzeitsfanatikerin machte. Hochzeiten waren für sie allgegenwärtig. Jede Sekunde feierte sie Hochzeit. Zum Beispiel beim Essen: Der Bequemlichkeit halber hatte sie früher immer einen Löffel benutzt, aber nun stieg sie auf Essstäbchen um. In das dicke Ende des einen Stäbchens ritzte sie eine kleine Kerbe und band es mit einer Schnur an das andere Stäbchen: Nun waren sie vermählt. Sie traute beide in einer feierlichen Zeremonie voll kaiserlichem Prunk, die sie aus dem Film »Sissi« entlehnte. Die Trauung nahm ein Mittagessen in Anspruch;

Jin war von erhabenen Gedanken beseelt, und ihr Kauen hallte wider, als wäre es ein Sinfonieorchester.

Sogar Schröpfköpfe konnten heiraten. Das Schröpfen ist eines der gängigsten Verfahren zur Unterstützung einer Tuina-Therapie. In der traditionellen chinesischen Medizin spielen die Energieströme, »Qi« genannt, eine große Rolle. Im menschlichen Körper gibt es sowohl heißes als auch kaltes Qi. Was tun, wenn das kalte Qi überhandnimmt? Man zieht es heraus – man schröpft es. Wenn Jin auf diese Weise Kunden behandelte, legte sie eine Eigenart an den Tag: Sie setzte die Schröpfköpfe stets paarweise an, ob nun in vier Paaren, fünf oder sechs. Auf diese Weise verwandelte sie den Rücken des Kunden in einen weitläufigen Festsaal, der wie geschaffen war für eine Gruppenhochzeit. So unschön eine solche Hochzeit eigentlich sein mochte, brachte sie doch ein Vergnügen ganz eigener Art mit sich – und für den, der sie organisierte, ein besonderes Erfolgserlebnis. Sie verkörperte etwas zutiefst Chinesisches, indem sie selbst die persönlichste Angelegenheit mit dem Geist des Kollektivismus auflud.

Ebenso konnten Geschmäcke heiraten. Zwei geborene Paare gab es: Süß und Sauer, Pfeffrig und Scharf. Süß war eine Frau mit einer männlichen Seite, Sauer ein Mann mit einer weiblichen Seite. Vermählt waren sie zweifellos in Schweinerippchen süßsauer – sauer und doch süß zugleich. Es war eine Armeleutehochzeit, schäbig, aber erfüllt von Dankbarkeit und Genügsamkeit. Nichts verkörperte so gut den Geschmack des Lebens wie sie: ein armer Gelehrter, der ein schönes Mädchen von niedrigem Stand heiratete, eine Kindergärtnerin, die einen Taxifahrer zum Mann nahm. So schlicht die Hochzeitsfeier auch sein mochte, das Paar war glücklich und einander von Herzen zugetan – Hausmannskost, den dürftigen Lebensumständen abgetrotzt.

Pfeffrig war ein unverbesserlicher Sturkopf, Scharf eine launische Diva. Noch aus einem früheren Leben verband sie beide eine innige Feindschaft miteinander. Bei vernünftiger Betrachtung konnten sie unmöglich zueinanderfinden. Niemand hätte einen Pfifferling auf sie gesetzt. Aber eben dies machte den Reiz und den Reichtum des Lebens aus: Pfeffrig und Scharf waren füreinander bestimmt. Von dem Moment an, da sie sich ineinander verliebten, lagen sie miteinander im Clinch; einer verspottete und schikanierte den anderen. Allen machten sie Angst, aber ihre ewigen Streitereien und Kämpfe schweißten sie nur noch enger zusammen, und so heirateten sie zu guter Letzt. Auf der Hochzeitsfeier konnten sie es selbst nicht glauben – und begannen von Neuem zu streiten. Beschwichtigt von den Gästen, feierten sie weiter, aber am Ende schieden sie im Bösen, und im Geist hatte jeder schon Vorbereitungen für die Scheidung getroffen. Komischerweise trennten sie sich nie, und so wurden sie alt und feierten – ach du liebe Güte! – goldene Hochzeit. Fünfzig Jahre voller Kampf und Streit – die Nachbarn hatten sie damit zermürbt, aber nicht sich selbst. Im Gegenteil, sie hatten immer mehr Gefallen daran gefunden. Ohne es zu wissen, verkörperten sie die große Mehrheit, vergleichbar den Hammelspießen in den Garküchen. Ewig unzufrieden, konnten sie doch nie voneinander lassen. Auf ihre alten Tage überkam sie die Reue, dass sie nie eine anständige Hochzeit gefeiert hatten, und tief nachts pflegte einer zum andern zu sagen: »Warum war ich bloß immer so gemein zu dir?.« Am liebsten hätten sie noch einmal neu angefangen – und alles wäre genauso gekommen, lauter schöne Momente, die sich zu einem Leben aneinanderreihten.

Am interessantesten jedoch waren Fahrradhochzeiten: zwei Räder, die einander mehr oder weniger wirrköpfig geheiratet hatten. Eigentlich hätten sie als Brautleute gleichberechtigt sein sollen, aber in Wahrheit hatte der eine stets die Nase vorn, oder der eine blieb außen, der andere innen, und daran änderte sich auch mit der Hochzeit nichts: Setzte der eine sich in Bewegung, folgte der andere ihm blindlings und willig, im immer gleichen Abstand, überallhin. Dachte man allerdings genauer darüber nach, erkannte man seinen Irrtum: Tatsächlich war der Hintere die treibende Kraft und der Vordere bloß seine Marionette – die sich aber im Wissen, dass der Hintere es gut mit ihr meinte, bereitwillig fügte. Solche Hochzeiten prägten das Straßenbild: Überall rollten Fahrräder mit Paaren von Rädern vorbei, eins vorn und eins hinten. Manchmal trennten sie sich auch – für gewöhnlich, weil das Hintere nach vorne rücken wollte. Dort beschwor es dann mit seinem allzu ungestümen Drängen eine Katastrophe herauf.

Besonders große Freude bereiteten ihr Erdnusshochzeiten. In den meisten Fällen teilten sich zwei Erdnüsse eine Schale. Nachbarn waren sie, die dicht an dicht lebten und doch in aller Stille Abstand wahrten. Das war doch kein Zustand! Wenn Jin die Schale öffnete, kamen Goldknabe und Jademädchen zum Vorschein. Wie haltet ihr zwei das nur aus? Sie verkuppelte die beiden, indem sie sie in einer geheimen kleinen Zeremonie auf ihrer Handfläche traute. Wie gut sie zueinander passten – sie schienen füreinander geschaffen. Nur schüchtern waren sie. Also brachte Jin sie in das Brautgemach und zog ihnen die Kleider aus. Wie neugeboren lagen sie da, glatt und nackt und ungeheuer sinnlich. In Liebe entbrannt, vereinigten sie sich wie Himmel und Erde. Einmal hatte Jin auch Tailai zu einer solchen Hochzeit eingeladen. Sie nahm seine Hand und bettete die Frischvermählten darauf.

»Iss du sie ruhig«, sagte er.

Der Trottel! Trottel! Idiot!

Natürlich konnte sie sich bei aller Grübelei nicht damit zufriedengeben, bloß anderer Leute Hochzeiten zu organisieren. Am meisten sinnierte sie immer noch über ihre eigene Hochzeit – oder nein, sie sinnierte nicht, sie zauderte, sie verglich, sie wog ab: Was war nun besser, eine Hochzeit im chinesischen Stil oder eine im westlichen Stil? Sie konnte sich zu keinem Entschluss durchringen. Und wenn schon! Ein irrwitziger Gedanke nahm in ihr Gestalt an: Sie wollte beide Hochzeiten haben! Wer sagte, dass ein Paar nur eine Hochzeit haben durfte? Das war schließlich keine Regierungsleitlinie. Zuerst, so entschied sie, würde sie sich in einem weißen Brautkleid vermählen, und danach würde Tailai sie bei romantischem Kerzenschein zur Frau nehmen. Warum denn nicht? Es war nur eine Frage des Geldes, und um das war es ihr nicht leid. Nur zu, sie würde es bereitwillig ausgeben. Warum waren denn im Chinesischen »ausgeben« und »Blume« ein und dasselbe Wort? Offensichtlich war das Geld eine Blütenknospe, die sich entfalten wollte, und dafür musste man es ausgeben – auf dass es, gleich jener jähen Frühlingsbrise in einem Gedicht aus der Tang-Zeit, Tausende von Birnenbäumen zum Erblühen brachte.

Kapitel 12
Gao Wei

Du Hong konnte kaum glauben, dass sie so rasch im Tuina-Zentrum Fuß fasste. Zum Glück besaß sie genügend Realitätssinn, um zu wissen, dass es nicht ihr therapeutisches Können war, das so viele ihrer Kunden zur Wiederkehr veranlasste. Der entscheidende Punkt war längst an den Tag gekommen: Sie profitierte von ihrem Aussehen. Als Anfängerin im Berufsleben konnte sie die Bedeutung des Aussehens für eine Frau noch nicht recht begreifen. Aber sie wusste nun, dass ein gutes Aussehen maßgeblich zur Produktivität beitrug.

Mit ihrem Äußeren eng verknüpft war die Tatsache, dass alle Kunden, die wiederholt zu ihr kamen, Männer waren, und zwar größtenteils im Alter zwischen fünfunddreißig und fünfundvierzig Jahren. Ihre Anziehungskraft erfüllte sie mit Stolz, aber sie irritierte sie auch – doch diese Irritation schenkte ihr eine Freude, die für eine Frau nur zu natürlich ist. Wäre sie nicht von zu Hause fortgegangen, sie wäre ihr Leben lang ahnungslos geblieben. Dass sie hübsch war, hatte sie gewusst – aber nicht, dass sie schön war. Diese beiden Begriffe verwiesen auf völlig unterschiedliche Dinge, und eben darin gründete Dus Stolz. Gleichzeitig machte sie noch eine andere grundlegende Entdeckung: Zu ihr kamen kaum junge, unverheiratete Männer. Das stimmte sie eine Weile unsagbar traurig, bis sie eine überzeugende Erklärung dafür fand: Junge Männer sind gewöhnlich so gesund, dass sie kaum je ins Tuina-Zentrum gehen. Es mangelte ihr also nicht an Anziehungskraft, sondern an Gelegenheiten. Und wenn solche Männer doch einmal auftauchen sollten? Was dann? Schwer zu sagen.

Es war gut zu wissen, dass sie schön war – aber manchmal störte es auch. Sie spürte, dass sie »kompliziert« wurde. Bei allen Mädchen beginnt der Verdruss mit dem Wissen um ihr Äußeres. Im Grunde wünschte sie sich, sie hätte nie von ihrer Schönheit erfahren.

Je besser die Geschäfte liefen, desto mehr Leute lernte sie kennen – und desto unterschiedlichere Leute. Menschen sind seltsame Wesen: Es gibt sie in allen möglichen Spielarten. Wie konnten die Unterschiede nur so groß sein? Kein Mensch glich dem anderen. Obwohl Du ihre Kunden nicht sehen konnte, stachen ihr die Unterschiede ins Auge, während sie sie massierte und mit ihnen redete. Manche waren dick, andere dünn; manche kräftig, andere schwächlich; manche kultiviert, andere grob; manche lustig, andere schweigsam; manche stanken nach Alkohol, andere nach Zigaretten. Aber in einem waren sie sich gleich: Sie trugen alle ein Handy bei sich, und darauf hatten sie ihren jeweiligen Lieblingswitz gespeichert. Der erste Witz, den Du hörte, ging wie folgt: Geht ein Bauer aufs Feld. Prompt kriegt seine Frau Besuch von ihrem Geliebten, doch bevor beide miteinander rummachen können, kommt der Bauer zurück, um seine Hacke zu holen. Seine Frau hat eine Idee: Ihr Geliebter soll in einen Sack steigen. Den Sack versteckt sie hinter der Tür. Als der Bauer mit der Hacke auf der Schulter wieder aus dem Haus laufen will, entdeckt er hinter der Tür den neuen Sack – der sieht so voll aus, dass der Bauer ihm einen Tritt verpasst und murmelt: »Nanu, was ist denn da drin?« Da schreit der Geliebte im Sack: »Mais!«

Du lachte sich schief über diesen Witz, aber die Witze, die sie in der Folge hörte, waren längst nicht alle so simpel und harmlos wie der Witz mit dem Mais. Unbedarft, wie sie war, verstand sie viele nicht. Also fragte sie mit unschuldiger Miene nach, was denn daran lustig sei, doch kaum hatte sie die Frage ausgesprochen, fiel bei ihr der Groschen. Stets aufs Neue war sie dann entsetzt, so schmutzig und schweinisch kam es ihr vor. Das Blut schoss ihr in die Wangen, und eine tiefe Niedergeschlagenheit erfasste sie, weil sie sich selbst besudelt fühlte. Aber die Witze nahmen kein Ende, und mit der Zeit gewöhnte sie sich daran – sie konnte den Kunden ja schlecht das Reden verbieten. Bald entdeckte sie, dass es eine besondere Sorte von Männern gab, die ihre Zoten mit Vorliebe vor jungen Mädchen zu reißen pflegten, und das mit einem solchen Eifer, als würden sie das darin Geschilderte tatsächlich tun. Du verabscheute diesen Typus und tat, als hätte sie die Witze gar nicht gehört oder nicht verstanden. Das Problem war, dass sie die Witze durchaus kopierte und zum Lachen fand. Sie wollte diesen Impuls jedes Mal unterdrücken, leider erfolglos. Danach fühlte sie sich immer, als hätte sie eine Fliege verschluckt.

Weil alle ihre Kunden ein Handy bei sich trugen und alle diese Handys einen Witz zum Besten gaben, dämmerte ihr, dass die Welt ein einziges Handy und das Leben seinem Wesen nach ein Witz war.

Sämtliche Witze hatten eines gemeinsam: das Fleischliche. Als Gegensatz zur vegetarischen Ernährung kannte Du das Fleischliche natürlich, aber nun tat sich ihr dahinter noch eine andere Dimension auf: die der fleischlichen Lüste, die ihr tiefes

Unbehagen, ja, Angst einflößte. Die vielen Witze, die sie hörte, führten sie zu einer allgemeinen Erkenntnis: Sie lebte in einer Welt des Fleisches. Die sogenannte Gesellschaft, nach der sie sich so gesehnt hatte, war Fleisch, die Männer waren Fleisch und auch die Frauen. Die Welt war pausenlos damit beschäftigt, sich zu begatten, wirr, besessen, wie von Sinnen, hemmungslos. Du Hong konnte sich gewissermaßen glücklich schätzen, dass sie blind war – sonst hätte sie, wohin sie auch blickte, nur eines gesehen: das wandelnde Fleisch, das ein jeder war, glühend vor Lust.

Sie erinnerte sich noch, wie viele Ängste sie ausgestanden hatte, als sie zum ersten Mal von zu Hause fortgegangen war. Die Furcht hatte sie umgetrieben, sie könnte in der Gesellschaft keinen Fuß fassen. Aber gleichzeitig war sie auch voller Sehnsucht gewesen. Wie hatte sie die Welt herbeigesehnt: fremde Menschen, fremde Dinge, ein neues Leben. Sie hatte auf diesen Aufbruch ins Unbekannte gebrannt, voller Hoffnung, die Welt würde sie anerkennen und aufnehmen, und sie würde ein Teil davon werden. Das Leben war voller Bedeutung, denn es barg all ihre Träume. Nun aber enthüllten die Handys und Zoten mit ihrer Allgegenwart die wahre Fratze des Lebens. Die Welt war schweinisch, schmutzig, stumpfsinnig und vulgär. Es gab nichts mehr, wonach Du sich hätte sehnen können. Ob Kaiser oder Bettler, Generaldirektor oder Sekretärin, Pilot oder Stewardess, Dorfvorsteher oder Krösus, es machte keinen Unterschied. Tagein, taugaus fühlte sie sich, als stünde sie in einem Haufen Hundescheiße, und um sich ihren Lebensunterhalt zu verdienen, musste sie darin stehenbleiben. Früher oder später würde auch sie selbst sich in ein Stück Fleisch verwandeln, das vor Lust glühte.

Tatsächlich hatte Sha Fuming schon für sie Feuer gefangen –

sie hatte es gespürt, als er ihr Gesicht berührte. Gewiss würde er auf verborgeneren Pfaden versuchen, ans Ziel seines Begehrens zu gelangen. Sie fühlte, wie er vorrückte, und das beunruhigte sie: Sie schwebte in Gefahr. Jeden Moment drohte sie sich in den Mais, der nackt im Sack steckte, zu verwandeln – und danach in Stoff für Handyzoten.

Sie war auf der Hut, aber sie durfte Sha auch nicht vor den Kopf stoßen – immerhin war er ihr Chef. Ein Wort von ihm, und sie musste ihre Sachen packen. Fortgehen war einfach – aber wohin? Selbst wenn sie irgendwo anders eine Arbeit fände, liefe es aufs Gleiche hinaus: Männer gab es überall – und Frauen, Zoten, Handys auch. Die Welt war voller Maissäcke, und die Leute waren nichts als der Mais darin.

Sie wählte Ahnungslosigkeit und Höflichkeit als Strategie. Sie begegnete Sha höflich, weder vertraut noch distanziert, weder ermutigend noch abweisend. Sollte er doch vor Lust glühen – entscheidend war, wie sie seine Lust zu ihrem Besten nutzte. Ahnungslosigkeit war ihre größte Waffe – eine Atomwaffe, die ein Mädchen unbesiegbar machte. Egal, wie er vor Lust raste, sie stellte sich unwissend. Gespielte Ahnungslosigkeit ist echte Ahnungslosigkeit. Genau wie wenn sich einer schlafend stellt: Die anderen können noch so laut schreien, sie werden ihn nicht wecken.

Sha Fuming litt. Seine Absichten waren lauter. Für Du Hong hatte er seinen Glauben aufgegeben: Er sehnte sich nicht mehr nach sehenden Augen, träumte nicht mehr davon, in die »Mitte der Gesellschaft« einzutreten; er war bereit, mit der blinden Du das ihm gemäße Leben in Dunkelheit zu führen. Also warb er um sie, aber sie ging in keiner Weise darauf ein. Sie begriff nichts, überhaupt nichts, egal, wie sehr er sich ihr auch erklärte. Und der Ton, in dem sie mit ihm sprach, blieb unwandelbar der einer schlichten Fröhlichkeit, wie bei einem Kind, das sich voller Hingabe über eine Nascherei hermacht. Er versuchte sich ihr auf Umwegen zu nähern, über Andeutungen und Bitten, die immer drängender und unverblümter wurden, aber nichts drang zu ihr durch. Was blieb ihm übrig, als wie ein Bittsteller mit der nackten Wahrheit herauszurücken? »Du Hong, ich liebe dich!«

Das arme Mädchen. »Aber ich bin doch noch so jung!«

Was konnte er da noch sagen? Je bemitleidenswerter sie schien, desto vernarrter war er in sie. Ihn überkam der Wunsch, ihr Beschützer zu sein. Er war von ihr hoffnungslos besessen. Und stur war er auch noch. Du bist zu jung? Na, dann warte ich eben. Geht es in diesem Jahr nicht, dann halt im nächsten. Oder im übernächsten. Oder im überübernächsten. Irgendwann wirst du alt genug sein. Der Tag würde kommen, davon war er überzeugt – er musste nur genug Geduld aufbringen und vor allem in der Liebe standhaft bleiben.

Natürlich hielt er sein Warten streng geheim; es spielte sich nur in seinem Innern ab. Er hielt sich zur Vorsicht an, schließlich war er der Chef. Er durfte seinen Angestellten nicht den Eindruck vermitteln, er würde seine Macht missbrauchen. Dabei spielte auch noch etwas anderes eine Rolle: seine Eitelkeit. Würde er offen um Du werben, würde er unweigerlich das Missverständnis schüren, er verdanke ihre Liebe am Ende nur seiner Position. Das würde ihm wenig Ehre machen. Bevor sich die Angelegenheit nicht geklärt hatte, hielt er sie deshalb lieber vor den anderen verborgen.

Aber er irrte sich: Seine Liebe blieb nicht unbemerkt. Wer wusste davon? Gao Wei, die Empfangsdame. Sie hatte ihren Chef von Anfang an durchschaut. Blinde neigen dazu, eines zu vergessen: ihre Augen. Blicklos, wie sie sind, mögen ihre

Augen nicht die Fenster zu ihrer Seele sein, aber die Tore können sie sehr wohl sein. Wenn ein Blinder sich für etwas interessiert, achtet er nicht darauf, sich nicht durch seine Augen zu verraten; er wird seinen Hals, ja, mitunter sogar den ganzen Oberkörper dem Gegenstand seines Interesses zuwenden. So bedrückt Sha in letzter Zeit gewesen war, wann immer er Du Hong um sich hörte, kam Leben in ihn, und Hals und Rumpf begannen sich zu drehen. Sie war die Sonne, er die Sonnenblume – so erschien es Gao Wei. In aller Stille wandte er sich ihr zu und lauschte, und dabei ahnte er nicht, wie seine Miene an ihren Bewegungen teilhatte. Seine Lippen zuckten auf eine eigentümliche Weise, kaum merklich, aber flatterig, und der Anflug eines Lächelns huschte über sein Gesicht und verschwand ebenso abrupt, wie er gekommen war. Er vergaß sich. Offensichtlich war er hoffnungslos verliebt.

So beobachtete Gao Wei ihren Chef, ohne dass sie sich zu sorgen brauchte, er könnte etwas merken.

Eines freilich war ihr schleierhaft: Wie konnte Sha, der beim ersten Schritt von Du den Hals nach ihr drehte, wissen, dass sie es war? Neugierig geworden, achtete sie genau auf Dus Beine und fand auch prompt des Rätsels Lösung: Genau wie Xiao Kong setzte auch Du den linken Fuß ein klein wenig betonter auf als den rechten – wobei Kong zuerst mit der Ferse auftrat und Du mit dem Ballen. Zudem war Du ängstlicher als Kong, und jeder Schritt von ihr hatte etwas Tastendes. Wenn Gao die Augen schloss und genau hinhorchte, konnte nun auch sie Du eindeutig am Gang erkennen.

In dieser Nacht wurden sie Freunde. Nach Feierabend nahm Gao Du an der Hand und führte sie zu ihrem Dreirad. Während Du noch zögerte, half Gao ihr schon auf den Wagen und zog ihr die Schuhe aus, damit sie es sich auf dem großen, weichen Haufen Laken bequem machen konnte. Man kann sich leicht ausmalen, wie gerührt Du war: Gao war so gut zu ihr, so warmherzig. Sie selbst hatte ihr nichts zu bieten, und trotzdem war die andere so herzlich. Das Schicksal meinte es gut mit ihr.

Und so wurden sie Freunde, enge Freunde. Die Entfernung ist eine Konstante: Je größer Dus Nähe zu Gao wurde, desto größer wurde auch ihre Distanz zu Ji Tingting. Sie machte sich deswegen Vorwürfe: Im Grunde war sie nur auf ihren Vorteil bedacht. Dieser Vorteil kam nicht in Gestalt eines Dreirads daher, sondern in Gestalt zweier Augen. Man mochte sagen, was man wollte, Gao konnte sehen, und Du brauchte ein Paar heller Augen zum Freund.

Ihre Freundschaft wurde immer inniger, und bald gab es nichts mehr, worüber sie nicht sprachen. Nur ihr größtes Geheimnis behielt Du für sich: Sha Fumings Verliebtheit erwähnte sie mit keinem Wort. Etwas so Intimes konnte sie Gao unmöglich offenbaren – nicht aus mangelndem Vertrauen, sondern weil sehende Augen mit einem anderen Mund einhergingen. Blinde und Sehende leben in unterschiedlichen Welten, und wenn sie trotzdem eine Freundschaft von Dauer pflegen wollen, müssen sie zuallererst die angemessene Distanz wahren.

Nicht nur gegenüber Du zeigte Gao ihre Herzlichkeit; sie behandelte – das musste man zugeben – alle Blinden freundlich. Ihr Verhältnis zu den anderen Sehenden dagegen war angespannt. Insgesamt arbeiteten im Zentrum fünf Angestellte, die sehen konnten: zwei Empfangsdamen – sie selbst und Du Li –, zwei Bedienstete, auch Assistentinnen genannt – Xiao Tang und Xiao Song – und die Köchin Jin Dajie. Gao und Du Li waren sich von Anfang an nicht grün. Den größten Einfluss von allen fünf hatte Jin Dajie, die eine entfernte Verwandte von Zhang Zongqi war. Sie war es auch gewesen, die Du Li ins Zentrum geholt hatte. Von diesem Beziehungsgeflecht ahnte Gao anfangs nichts – sie wusste nur, dass Du Li nicht einmal die Mittelschule abgeschlossen hatte, während sie selbst immerhin noch zwei Jahre die Oberstufe besucht hatte. Entsprechend herrisch trat sie auf. Erst als beide sich schon überworfen hatten, erfuhr Gao von Du Lis Beziehung zu Jin Dajie, deren entschiedenen Unmut sie zu diesem Zeitpunkt schon auf sich gezogen hatte. Wer Jin Dajie war? Sie war die Gebieterin über jede Mahlzeit, und wie sie ihre Kelle schwang, übte einen spürbaren Einfluss auf das Leben jedes Einzelnen aus. Deshalb versuchten sich Xiao Tang und Xiao Song bei ihr einzuschmeicheln – und deshalb hatte Gao nun ein Problem. Das Leben einer Intellektuellen ist kein Zuckerschlecken.

Und so gab es zwei Gruppen im Tuina-Zentrum: die Blinden und die Sehenden. Beide kamen im Allgemeinen gut miteinander aus. Wollte man unbedingt einer Gruppe die Vormacht attestieren, so waren es die Blinden. Sie waren die Herren des Zentrums, sie waren gelernte Fachkräfte, und ihr Einkommen war vergleichsweise hoch. Die Sehenden spielten demgegenüber nur Nebenrollen und verrichteten einfache Arbeiten. Im Allgemeinen hielten sich beide Gruppen aus den Angelegenheiten der jeweils anderen heraus. Sie lebten friedlich nebeneinander, wie Brunnenwasser und Flusswasser, das eine ruhig in der Tiefe, das andere munter auf der Erde.

Anfangs kam Gao noch gut mit ihren sehenden Kolleginnen aus. Erst eine Strafe führte zum Bruch mit Du Li. Eigentlich hätte Du Li an diesem Abend Dienst haben sollen, aber wegen einer privaten Angelegenheit bat sie Gao, mit ihr die Schicht zu tauschen. Gao willigte ein. Und ausgerechnet in dieser

Nacht unterlief ihr ein Versehen: Als sie Feierabend machte, vergaß sie, in Raum sechs die Klimaanlage auszuschalten, sodass die Anlage die ganze Nacht lief. Am nächsten Morgen ermittelten Sha Fuming und Zhang Zongqi – als wäre noch eine Ermittlung nötig gewesen – Gao als die Schuldige und zogen ihr zehn Yuan vom Lohn ab. Sie fühlte sich ungerecht behandelt, zumal Du Li ihr die getauschte Schicht nie zurückgab.

Unterlief Du Li vielleicht nie einen Fehler? Tatsächlich beging sie sogar mehr als Gao. Am Empfang lauerten die Fehlerquellen nur. War es nicht kaum zu vermeiden, dass sich in die Abrechnungen winzige Differenzen einschlichen? Dass man den Namen eines Kunden falsch schrieb? Dass ein Kunde sich darüber beschwerte, in welchem Ton man mit ihm gesprochen hatte? Dass man einnickte? Dass man bei Schichtende vergaß, eine Lampe oder die Klimaanlage auszuschalten? Jeder macht mal einen Fehler. Empfangsdame war ein gefährlicher Job. In anderen Tuina-Zentren konnte man sich durch eine clevere Kundenzuteilung wenigstens noch ein bisschen was dazuverdienen, aber im »Sha Zongqi-Tuina-Zentrum« war das unmöglich – die beiden Chefs kannten aus ihrer Zeit als Angestellte alle Kniffe. Wer beim Tricksen aufflog, verlor seinen Job.

Gaos und Du Lis Fehler wurden mit zweierlei Maß gemessen. Zwar wurde auch Du Li bestraft, aber ohne jedes Aufheben. Jedes Vergehen von Gao dagegen zog unweigerlich eine Sitzung nach sich. Nichts flößte ihr mehr Angst ein: Dieselben paar Leute, dieselben paar Münder wie immer, und doch waren sie auf einmal seltsam verwandelt. Alle redeten sie mit einer anderen Stimme als sonst, alle bemühten sie sich nach Kräften, ein lupenreines Hochchinesisch zu sprechen und sich auf ein und denselben Standpunkt zu stellen. War dieser Standpunkt erst einmal gefunden, war das Urteil gesprochen: Alle waren im Recht, nur Gao Wei war Abschaum und verdiente es, vor ein Erschießungskommando geführt zu werden. Und so lebte sie in ständiger Angst vor ihrem nächsten Fehler.

Angesichts ihrer schwierigen Lage hatte sie auch schon daran gedacht, das Zentrum zu verlassen – aber so leicht wollte sie sich dann doch nicht geschlagen geben. Sie, die Oberstufenschülerin, sollte nicht mal mit einer gescheiterten Mittelschülerin fertigwerden? Die Ehre der Intellektuellen stand auf dem Spiel. Also zwang sie sich auszuharren. Irgendwann würde der Wind auch wieder aus einer anderen Richtung wehen, davon war sie überzeugt. Man musste alles langfristig sehen, dann kamen auch wieder freundlichere Tage. Was sie brauchte, war ein langer Atem.

Wann hatte sich Sha Fuming in Du Hong verliebt? Es hatte sich durch nichts angekündigt. Du Hong war eine Schönheit, das war Gao klar. Aber Sha konnte das nicht sehen, was scherte ihn also ihr Äußeres? Einige Tage grübelte sie über diese Frage nach, ohne darauf eine Antwort zu finden. Egal, jedenfalls wusste sie nun, dass auch Blinde auf das Aussehen achten. Das vereinfachte vieles. Wir wollen doch mal sehen, was passiert, wenn du die nächste Sitzung einberufst. Sha war ein kluger Mann, davon war sie überzeugt – und wenn ein kluger Mann eine Frau erobern will, darf er auch ihre beste Freundin nicht vernachlässigen. Denn jemandes Aussehen nimmt auf den Zungen der anderen Gestalt an.

Also trug sie Du Hong auf Händen, selbstlos und ohne jede Erwartung auf Gegenleistung. Sie verfolgte damit nur eine Absicht: Jeder sollte wissen, auf welch vertrautem Fuß sie mit Du stand. Wenn der Chef und Du erst ein Paar geworden wären, wäre sie selbst seine engste Vertraute. Dann kommt mir noch mal mit euren Sitzungen. Solche Sitzungen können etwas bringen oder auch nicht. Ganz einfach.

Du Hong erwiderte Gaos Selbstlosigkeit und machte viel Aufhebens um ihre Freundschaft. Dahinter steckte die Sorge um ihre Sicherheit, schließlich wusste sie nicht, wann und wo Shas Verlangen überkochen würde. Aber sie nahm das Schlechte mit dem Guten in Kauf: Solange ihr Chef sie begehrte, war ihr Arbeitsplatz gesichert. Gegen den drohenden Ausbruch seiner Lust musste sie sich trotzdem wappnen. Nun, mit Gao an ihrer Seite, war sie sicher. Gao hatte Augen, die sehen konnten. Vor diesen Augen musste Sha sich in Acht nehmen. Diese Augen waren Dus Sonne am Tag und ihr Mond in der Nacht. Sollte Sha dennoch ein Manöver wagen, würden Dus Augen ihm sogleich auf die Schliche kommen, und ihm würde alle Lust vergehen.

Als Du Hong und Ji Tingting eines Tages die Mittagsruhe für einen Bummel zum Supermarkt nutzen wollten, fragten sie Gao, ob sie nicht mitkommen und sie führen wolle. Zu dritt machten sie sich Hand in Hand auf den Weg, zwei Blinde und eine Sehende, und dabei zeigte sich Gao von ihrer besten Seite: Sie übte sich beim gemeinsamen Gespräch in Zurückhaltung. Wenn Blinde mit Sehenden zu tun haben, lässt ihr geringes Selbstwertgefühl sie für gewöhnlich so schweigsam werden, dass sie sich kaum einmal zu Wort melden. Nun jedoch verhielt es sich genau umgekehrt: Die beiden Blinden plauderten den ganzen Weg über miteinander, und Gao mischte sich nicht ein. Das war so bemerkenswert, dass es selbst Ji nicht entging und sie am Abend zu Du meinte: »Gao Wei ist in Ordnung. Sie redet nicht so viel.« Du dachte darüber nach: Tatsächlich, Ji hatte recht. Am nächsten Morgen schloss Du ihr Schließfach im Ruheraum auf, nahm zwei Schokoladenkekse heraus und ging damit, nachdem sie das Fach wieder zugeschlossen hatte, zum Empfang, wo sie den einen Keks selbst aß und den anderen Gao gab. Gao wusste, dass Blinde einander kaum Geschenke machen – umso ungewöhnlicher war Dus Geste. Vergnügt steckte sie sich den Keks in den Mund und alberte zum ersten Mal mit Du: Sie packte ihren Pferdeschwanz und ruckte leicht daran, sodass sich Dus Gesicht nach oben drehte und sie die Decke anlächelte. Sie sah umwerfend aus; ein flüchtiges Lächeln, und die Männer wären verrückt nach ihr geworden. Sha lief ihr zwar hinterher, aber was wusste er schon! Nichts wusste er. Sie war auf eine so offensichtliche Weise bezaubernd, dass ihre Reize an ihn verschwendet waren. Wie schade.

Schließlich brachte Gao sogar den Mut auf, Du Hong bei der Zuteilung der Kunden zu begünstigen, und das in einer solchen Dreistigkeit, dass die feinhörigen Blinden bald merkten, woher der Wind wehte. Als das Gerede darüber Du Li zu Ohren kam, machte sie, freimütig, wie sie war, erst einmal ihrem Ärger Luft. Aber dann mied sie das Thema der Begünstigung – schließlich hatte sie dafür keinen Beweis – und wandte sich stattdessen einem anderen Angriffspunkt zu – dem Dreirad. Kaum war die nächste Sitzung eröffnet, schnitt sie das Thema in aller Schärfe an: »Wem gehört eigentlich das Dreirad? Gehört es dem Zentrum, oder ist es im Privatbesitz von jemandem?« Und sie ging noch weiter: »Gelten unsere Regeln noch oder nicht?«

Was sie damit meinte, war offensichtlich. Totenstille senkte sich über den Ruheraum. Alle glaubten, Gao Wei würde etwas sagen. Aber sie schwieg. Und wartete. Sie wusste, Sha Fuming würde das Wort ergreifen. Und das tat er auch – er sprach über Fachliches, namentlich über Appetitlosigkeit bei Säuglingen und Kleinkindern. Dabei legte er sein Hauptaugenmerk auf die Einstellung der Eltern: Waren sie bereit, ihr Kind mit Medikamenten zu behandeln? Die Antwort lautete Nein. Die zuverlässigste Methode zur Behandlung von Appetitlosigkeit war und blieb die Physiotherapie. Eine Massage des Bauchbereichs entspannte den Magen. Hier eröffnete sich ein zukunftsträchtiges Feld.

Von hier aus lenkte er den Blick auf größere Fragen und legte dar, was Humanismus sei. Dieser äußere sich zuallererst in zwischenmenschlicher Fürsorge. Unversehens hob er das Thema der »gegenseitigen Hilfe« auf die erhabene Ebene der höheren Sittlichkeit. Er sprach mit großem Ernst, aber im Ton verbindlich. Ohne das Dreirad zu erwähnen, zog er für jedermann sein Fazit: »Wenn sich Menschen, die in einer Arbeitseinheit zusammenarbeiten, gegenseitig helfen, ist das eine gute Sache, die unsere Unterstützung verdient.« Und er schob noch eine Frage hinterher: »Sollen wir also an unseren alten Regeln weiter festhalten oder nicht?« Die Antwort lieferte er gleich mit: »An den guten sollten wir festhalten, die schlechten müssen wir ändern. Ebendies macht das Wesen von Reformen aus: bewahren und ändern. Wenn selbst unsere politische Führung den Weg der Reformen beschreitet, wie können wir Blinden uns dann davor verschließen!«

Du Li verzog den Mund. Sie sagte nichts, aber im Stillen schimpfte sie auf Sha. Was labert der Typ da für einen Stuss! Bewahren und ändern? Nichts als heiße Luft. Sie warf Gao einen Blick zu, aber Gao ignorierte sie. Was kümmerte sie Du Lis blöde Visage! Aber die überraschende Verbindung, die Sha zwischen ihrem Verhalten und der Regierung in Peking gezogen hatte, beschäftigte sie. Zu viel der Ehre. Aufgeregt war sie trotzdem.

Xiao Kong, die auf dem Sofa saß, empfand einen tiefen Verdruss. Wer auf dem Dreirad saß, war ihr egal, aber Mauscheleien zwischen einer Therapeutin und einer Empfangsdame fand sie unerträglich. In Shenzhen hatte sie immer unter den Empfangsdamen gelitten und hegte seitdem eine leise Verachtung für sie. Noch mehr aber verabscheute sie es, wenn eine Therapeutin sich heimlich bei einer Empfangsdame einschmeichelte. Erbärmlich war das, eine Schande für alle Behinderten. Du Hong, du hast es faustdick hinter den Ohren. Bist jetzt mit Gao Wei ganz dicke. Kein Wunder, dass du so gutes Geld macht – da hat deine Freundin ihre Finger im Spiel. Ist ja klar.

Kong konnte ihre Zunge nicht im Zaum halten. Kaum war sie mit Ji Tingting zusammen bei der Arbeit, brach es aus ihr heraus: »Es ist zum Kotzen: Wo man auch hingeht, überall Arschkriecher!« So vage diese Bemerkung auch klang, sie war genau gezielt, denn Kong wusste natürlich, dass Ji und Du Hong befreundet waren. Mal sehen, wie Ji reagieren würde.

Doch noch bevor Ji etwas erwiderte, kam Wang Daifu mit einem Hüsteln den Gang entlang. Lächelnd erwiderte sie sein Hüsteln – als Antwort an ihn und zugleich an Kong –, ehe sie scherzte: »Xiao Kong, dein Wang Daifu ist so ein lieber Kerl – er ist einfach zu gut für dich. Warum überlässt du ihn nicht mir?«

Enttäuscht, weil die erhoffte Reaktion ausgeblieben war, erwiderte Kong: »Kommt nicht infrage. Aber wenn du willst, kannst du seine Nummer zwei werden. Ich werde dich schon gut behandeln.«

Jis Kunde lachte. Er war ein alter Bekannter und entsprechend ungeniert. »Ji Daifu, herzlichen Glückwunsch! Jetzt sind Sie seine Geliebte!«

Ohne ein Wort zu erwidern, ertastete Ji mit der linken Hand den Akupunkturpunkt auf seiner Pobacke und drückte mit dem Daumen so kräftig zu, dass er vor Schmerz aufschrie. »Von wegen Geliebte! Seine zweite Frau bin ich!«

In dieser Nacht ließ Du Li vor allen anderen eine Bombe platzen: Du Hong war gar nicht die Arschkriecherin. Was hätte sie davon gehabt, sich bei Gao Wei einzuschleimen? Das war die Mühe nicht wert. Die wahre Arschkriecherin war Gao – und sie kroch nicht Du Hong in den Arsch, sondern der zukünftigen Frau des Chefs.

Das war nicht bloß Getratsche – die Hinweise verdichteten sich, dass Sha Fuming verliebt war. Ausgerechnet er, der sonst so großen Wert auf seinen guten Ruf legte, machte sich vor Du Hong zum Narren. Schlimmer noch benahm er sich, auch gegenüber Gao zunehmend wie ein Trottel, und wenn er mit ihr redete, lächelte er wie blöde – man konnte es hören. Ach ja, die Liebe ist ein Gift, und alle Verliebten sind Narren. Sha Fuming, mit dir ist es aus. Du bist erledigt.

Kapitel 13
Zhang Zongqi

Außenstehende oder Neuankömmlinge erlagen oft dem Irrtum, Sha Fuming wäre der alleinige Chef des Tuina-Zentrums. Das war aber nicht der Fall: Das Zentrum hatte zwei Besitzer. Wollte man unbedingt einen herausgreifen, hätte man Zhang Zongqi und nicht Sha Fuming nehmen müssen.

Anders als der extravertierte, großtuerische und redegewandte Sha wirkte Zhang wie ein typischer Blinder, und das in vielfacher Hinsicht. Im Alter von einem Jahr hatte ihm ein ärztlicher Kunstfehler das Augenlicht geraubt. Äußerlich betrachtet war er also erst nach seiner Geburt erblindet, aber wenn man seine Erinnerungen als Erwachsener zum Maßstab nahm, war er praktisch blind geboren. Aber selbst wenn sein Sehvermögen intakt geblieben wäre, hätte das an seiner äußerst introvertierten und zurückhaltenden Natur kaum etwas geändert. Diese Veranlagung schien er im Laufe der Jahre noch auf die Spitze getrieben zu haben, so verschlossen, fast autistisch war er. Er sprach kaum ein Wort. Oder anders gewendet: Wenn er einmal etwas sagte, hatte es stets Hand und Fuß und zielte auf ein bestimmtes Ergebnis. Falls er mit Worten nichts ändern oder bestimmen konnte, schwieg er lieber.

Sha Fuming ging in seiner Rolle als Chef auf und behandelte

kaum je einen Kunden. Seine Arbeit bestand darin, sich um den täglichen Betrieb zu kümmern; also wandelte er umher und inspizierte alles. Die Kunden erkannten in ihm auf den ersten Blick den Chef. Zhang Zongqi dagegen war Chef und Therapeut zugleich; er wollte die Arbeit mit den Kunden nicht missen. Deshalb setzte sich sein Einkommen aus zwei Teilen zusammen: aus seiner jährlichen Gewinnbeteiligung, die genauso hoch wie die von Sha war, und aus seinem Arbeitslohn als Therapeut, der – bei fünfzehn Yuan pro Stunde – dem von Wang Daifu nahekam. Er mochte keinen Müßiggang. Selbst im Ruheraum suchte er sich noch irgendeine Beschäftigung, zum Beispiel etwas zu lesen. Sein Lieblingsbuch war »Der Traum der roten Kammer«. Eine seiner beiden Lieblingsfiguren darin war Lin Daiyu. Mochte sie auch »Brauenschwünge fein wie Dunstfäden« haben, »die sanft gerunzelt schienen«, und »innige Augen, die leise zu lächeln schienen«, so war sie doch blind: blind für die Welt um sie herum. Und bei all ihrer Klugheit bekam sie nicht einmal ihr eigenes Leben in den Griff. Ein tragischer Fall. Zhangs andere Lieblingsfigur war Jiao Da, ein grober Klotz ohne die geringste literarische Bildung, und doch blieb ihm nichts verborgen. Was auch immer sich in der weitläufigen Familie, der er diente, abspielte, er durchschaute alles. Selbst die hektischen Fußabdrücke, die seine Schwiegertochter auf der Türschwelle hinterlassen hatte, entgingen ihm nicht.

Sha Fuming liebte den großen Auftritt im Stil eines Bosses – und deshalb war er auch einer geworden. Zhang überließ ihm gern die Bühne. Ihre Neigungen waren so gegensätzlich, dass sie sich nicht in die Quere kamen, sondern in völligem Einvernehmen zusammenarbeiteten. Zhang verfolgte nicht so hochfliegende Pläne wie Sha, er war Pragmatiker. Für ihn zählte bloß der konkrete Nutzen. Nur um sich im nichtigen Glanz seiner Stellung als Chef zu sonnen, würde er niemals die Hände in den Schoß legen. Er betrachtete sich als Teil der Belegschaft. Nur wenn er Sha gegenüber saß, nahm er seine Rolle als Boss ein. So gesehen war er der Chef des Chefs, auch wenn ihm alles Herrische fernlag. Aber wenn er schon die meisten Entscheidungen Sha überließ, durfte er doch wohl in einigen wenigen Fällen seine »persönliche Meinung« kundtun – zumal sie beide Freunde waren. Auf diese Weise erwies sich seine zurückhaltende Art als äußerst wirkungsvoll. In wichtigen Angelegenheiten hielt er nie mit seiner Meinung hinter dem Berg. Obendrein – da war er sich sicher – fühlte sich kaum einmal jemand durch ihn gekränkt, weil er sich aus der unmittelbaren Personalführung heraushielt, und so fanden seine Ansichten, wenn es zu einer Abstimmung kam, meist allgemeinen Beifall. Ohne seine Macht aus der Hand zu geben, bezog er ein doppeltes Einkommen – was wollte er mehr? Sein einziger Wunsch war, dass das Zentrum immer weiter so reibungslos lief.

Und dann, aus heiterem Himmel, kam es zum Aufruhr.

Es war Zeit zum Mittagessen, und Jin Dajie trug einen Topf Suppe in den Ruheraum. Das war ihre übliche Routine: erst die Suppe, dann das Hauptgericht mit Reis. Die Angestellten aßen aus einheitlichen Behältern, die Dajie im Wohnheim mit Essen gefüllt und dann zum Zentrum gebracht hatte. »Essen!«, verkündete sie lauthals, während sie jedem eine Essensbox aushändigte. »Das Essen ist fertig! Heute gibt es Hammelfleisch.«

Zhang Zongqi wusste, was es zu essen gab, von dem Moment an, da Dajie zur Tür hereinkam. Er erkannte es am Geruch. Er liebte Hammelfleisch gerade wegen seines eigentümlich strengen Geruchs. Viele Leute brüsteten sich mit ihrer Heimatstadt, indem sie behaupteten: »Bei uns riecht das

Hammelfleisch nicht!« Für Zhang war das der reine Unsinn. Was war ein Hammel ohne Geruch? Ohne Geruch hätte man sich den sprichwörtlichen Etikettenschwindel – einen Hammelkopf aushängen, aber Hundefleisch verkaufen – auch gleich sparen können. Doch so sehr Zhang dieses Gericht auch liebte, er bekam es nur selten zu essen. Der Grund war einfach: Gemäß den hauseigenen Regeln kamen die beiden Chefs für Kost und Logis ihrer Belegschaft auf. Wollten die Chefs mehr Gewinn machen, mussten die Gaumen ihrer Angestellten darunter leiden. Und da Chefs und Mitarbeiter gemeinsam aßen, mussten erstere auch ihren eigenen Appetit zügeln. Darum war es ein seltenes Ereignis, dass einmal Hammelfleisch auf den Tisch kam.

Zhang nahm seine Box von Jin Dajie entgegen, öffnete sie und beschnupperte andächtig den Inhalt. Gutes Essen durfte man nicht gleich in sich hineinschlingen, man musste zunächst den Duft in sich aufnehmen – und erst wenn man es nicht länger aushielt, durfte man den ersten Happen langsam in den Mund führen. So und nicht anders regte man den Appetit an. Je besser das Essen, desto mehr sollte man den Appetit anregen – und umgekehrt.

Plötzlich, ohne irgendeine Vorwarnung, erhob sich Gao Wei und knallte ihre Essensbox auf den Tisch. Der Lärm war beträchtlich. »Wartet mal einen Moment. Ich habe etwas zu sagen.« Ihr Ton verhieß nichts Gutes.

Zhang, der keine Ahnung hatte, was los war, verharrte mit zur Seite geneigtem Kopf und einem Stückchen Hammelfleisch zwischen den Stäbchen.

»In meiner Box sind drei Stück Hammelfleisch. Du Li, zähl doch mal: Wie viel Stück hast du?«

Du Li war zu überrumpelt, um gleich zu reagieren – und

schon hatte Gao ihr die Box weggeschnappt, geöffnet und auf den Tisch gestellt.

»Du Li, unsere Therapeuten können es nicht sehen, aber du. Zähl doch mal laut für alle.«

In der Tat sah Du Li die beiden Boxen, ihre eigene und die von Gao. Und ihre eigene war bis zum Rand gefüllt mit Hammelfleisch. Der Anblick war so schockierend, dass Du Li verstummte.

»Du willst also nicht zählen, ja?«, sagte Gao. »Dann zähle ich für dich.«

»Ich habe das Essen nicht da reingefüllt!«, brach es plötzlich aus Du Li hervor. »Was kann ich denn dafür! Ich habe es ja noch nicht mal angerührt. Wieso sollte ich die Fleischstücke zählen?«

»Da hast du recht. Du kannst nichts dafür. Du hast mit dieser Sache nichts zu tun. Also halt dich da raus!«

Sie stellte Dus Box vor Dajie. »Jin Dajie, Du Li meint, sie hat damit nichts zu tun. Du füllst doch die Boxen, oder? Dann zähl du doch mal.«

Dajie hatte das nicht zum ersten Mal getan, und sie hatte nie gefürchtet, damit aufzufliegen. Die Blinden sahen nichts, und die Sehenden hatten Besseres zu tun, als ihre Fleischstücke zu zählen. Niemand hätte den Nerv, das zu tun. Aber Gao konnte sehen, und sie hatte den Nerv. Schweißperlen traten auf Dajies Stirn.

»Du willst also nicht?«, sagte Gao. »Gut. Dann tue es ich für dich.« Und sie begann zu zählen, langsam, sodass jede einzelne Zahl in den Ohren ihrer blinden Zuhörer klar und deutlich Gestalt annehmen konnte. Eine Totenstille senkte sich über den Ruheraum. Als sie beim zwölften Stück angekommen war, machte sich Unruhe breit. Empörung schwang darin mit,

Verachtung, ja, vielleicht auch Wut. Aber Gao war noch nicht fertig. Bei fünfzehn zeigte sie, wie sehr sie die Lage im Griff hatte. Anstatt zu erklären: »Das macht zusammen fünfzehn Stück«!, sagte sie: »Ich muss wohl nicht mehr weiterzählen, oder?« Diese Zurückhaltung eröffnete der Phantasie ihrer Zuhörer einen weiten Spielraum.

»Jin Dajie, das Geld für das Fleisch kommt nicht von dir, sondern vom Zentrum, oder?« Sie gab Du Li ihre Essensbox zurück. »Der Himmel sieht unsere Taten. Du Li, würdest du bitte bestätigen, dass ich die Wahrheit gesagt habe?«

Die Bloßstellung versetzte Du Li in Rage – in einen Zustand also, in dem man die Konsequenzen seines Handelns nicht mehr bedenkt. Sie warf die Essensbox um. Es regnete Reis und Hammelfleisch. »Was kann ich denn dafür!«, schrie sie.

»So kann man es nun auch wieder nicht sagen«, erwiderte Gao. »Wie steht denn dann Dajie da, wenn du deine Hände in Unschuld wäschst? Hat sie etwa einen Hund gefüttert?«

»Natürlich habe ich das!«, platzte es aus Dajie heraus. »Ich habe einen Hund gefüttert!«

»Wie schön! Endlich ein wahres Wort von ihr. Aber ich habe euch schon zu lange aufgehalten. Lasst uns jetzt essen.«

Sha Fuming hatte im Stillen die Fleischstücke in seiner Box durchgezählt. Eigentlich hatte er es nicht tun wollen, er verachtete sich dafür, aber er konnte den Drang nicht unterdrücken. Das Ergebnis war für ihn als Chef ein Schlag ins Gesicht. In Gedanken war er nun nicht mehr bei Du Li, sondern beim anderen Chef, Zhang Zongqi – oder vielmehr bei dessen Essensbox. Natürlich konnte er das Fleisch in Zhangs Box schlecht einer Bestandsaufnahme unterziehen, aber das Ergebnis – da war er sich sicher – würde verheerend sein: eine maßlose, gigantische Zahl. Gao Wei, das musste er zugeben, war ein niederträchtiges Weibsstück. Seine Wut konnte er trotzdem nicht unterdrücken. Mit seiner Box in der Hand verließ er den Ruheraum und öffnete die Tür zu einem Fußmassageraum, wo er die Box beiseitewarf und sich hinlegte. Was macht das schon? Was regst du dich so auf? Was sind schon ein paar Stück Hammelfleisch? Aber wie kann jemand so was die ganze Zeit durchziehen? Wie kann man jemandem so was durchgehen lassen? Korrupt war das, einfach nur korrupt. Im Tuina-Zentrum grassierte die Vetternwirtschaft.

Zhang rührte sich nicht vom Fleck. Er tat, was er tun musste, und aß. Wahrscheinlich war das das Einzige, was er in dieser Situation tun konnte. Er hatte Dajie eingestellt, das wusste jeder. Und sie waren entfernt miteinander verwandt, auch das wusste jeder – freilich so entfernt, dass es kaum der Rede wert war. Zwar hatte er mehr als genug Gründe zu glauben, dass Gaos Angriff eigentlich Du Li galt – aber wer scherte sich jetzt noch um Du Li?

Wer stand hinter Gao? Wer hatte sie aufgehetzt? Ihm lief eine Gänsehaut über den Nacken. Nun erst wurde ihm der Ernst der Lage klar. Wann hatte das alles begonnen? Und warum war er so arglos gewesen? Und er hielt dich für einen alten Hasen?

Die Dinge waren an einem Punkt angelangt, der nach einer Lösung verlangte. Ein demokratisches Vorgehen würde nun, da Dajie den allgemeinen Zorn auf sich gezogen hatte, nicht länger funktionieren.

Weil er Dajie eingestellt und sie wiederum Du Li mitgebracht hatte, galten beide nach allgemeinem Dafürhalten als seine Schützlinge. Also war es auch an ihm, das Problem zu lösen. Das war ein ungeschriebenes Gesetz. Er kaute wie wild, während er darüber grübelte. Dann war sein Entschluss gefasst:

Er musste durchgreifen und für Ordnung sorgen. Gao musste verschwinden, andernfalls würde das Zentrum keinen Frieden finden.

Dajie dagegen musste bleiben. Egal, was sie angestellt hatte, er musste sie halten – und mit ihr auch Du Li, denn ohne Du würde auch Dajie gehen. Er leckte sich erst die obere, dann die untere Lippe und schluckte im Bewusstsein der Schwierigkeiten, die ihn erwarteten.

Der einzige Weg, damit fertigzuwerden, war: nichts tun. Hat man eine Sache lange genug vor sich hergeschoben, findet sich von selbst eine Lösung.

Schweigend beschloss er zu warten, und mit diesem Entschluss erhob er sich und ging in einen der Behandlungsräume, in der Hand den »Traum der roten Kammer«. In schweren Zeiten wie diesen gewährte ein nationales Kulturgut noch den besten Halt.

Warum Dajie nicht gehen durfte? Das war eine lange Geschichte.

Nichts flößte Zhang Zongqi so viel Angst ein wie Menschen – und zwar alle. Mit fünf Jahren hatte diese Angst in ihm Wurzeln geschlagen. Damals hatte sein Vater wieder geheiratet. Wie es dazu gekommen war, davon hatte der kleine Zongqi keine Ahnung, er wusste nur eins: Eines Tages brachte sein Vater, ein Bauunternehmer, eine Frau mit nach Hause, die stark nach Parfum roch. Seine duftlose Mama war fort, und an ihre Stelle war die duftende Mama getreten.

Aber er fand nicht, dass sie gut roch. Im Stillen nannte er sie Stinkmama. Es geschah ihr nur recht, dass sie in der Nacht oft von seinem Vater geschlagen wurde. Die duftlose Mama hatte er nie geschlagen. Dann stieß die Stinkmama einen Schrei nach dem anderen aus, einer kläglicher als der andere, dass ihm das Herz im Leib lachte. Aber komischerweise war sie, obwohl sein Vater sie so heftig verprügelte, zu Zongqi sehr freundlich und tätschelte ihm am Morgen danach sanft den Kopf. Diese Schlampe. Von so einer Schlampe wollte er nicht getätschelt werden. Sobald ihr Duft nahte, wandte er den Kopf ab. Alle Düfte auf der Welt stanken.

Als seine Schwester geboren wurde, änderten sich die Dinge grundlegend. Die Stinkmama verlor ihren Geruch. Und in den Nächten schlug sein Vater sie nicht mehr. Er kam nun nur noch selten nach Hause, aber dafür brachte er eine andere Frau mit, deren Aufgabe es war, für die Stinkmama und Zongqi zu kochen. Er mochte diese Frau genauso wenig, denn sie wisperte und tuschelte in einem fort mit der Stinkmama. Und eine Petze war sie auch: Sie erzählte der Stinkmama weiter, dass er gesagt hatte, sie würde stinken.

Nach einem kurzen Getuschel mit der anderen Frau bestrafte die Stinkmama »die kleine Blindschleiche« zum ersten Mal. Statt ihn zu schlagen oder zu kneifen, drehte sie ihm die dünnen Ärmchen auf den Rücken und riss sie hoch. Er fühlte einen entsetzlichen, schneidenden Schmerz, aber er schrie nicht. Er wusste, was die Schlampe im Schilde führte: Sie wollte, dass er genauso kreischte wie sie, aber in dieses erbärmliche Gejammer würde er unter keinen Umständen ausbrechen. Er würde ihr nicht die gleiche Freude machen, die ihm ihr Geschrei bereitet hatte. So sehr es auch wehtat, er machte nicht einen Mucks. Er war ein malträtierter Knochen, ein gemartertes Stück Fleisch.

Endlich ermüdete die Stinkmama und ließ das Stück Fleisch, das er war, los. Er hatte gesiegt. Er erinnerte sich noch daran, wie glücklich er gewesen war. Wer von einem solchen Schmerz befreit ist, fühlt eine ungeheure Erleichterung, ja, Glückseligkeit. Mit einem Lächeln wartete er darauf, dass sein Vater nach Hause kam. Dann würde er ihm alles erzählen, und zwar kräftig ausgeschmückt.

Warte nur, heute Nacht wirst du schön schreien!

Leider sah die Stinkmama seinen Plan voraus. Sie durchschaute ihn. An der Wange fühlte er die Wärme ihres Mundes, als sie ihre Lippen an sein Ohr drückte. »Kleine Blindschleiche«, zischte sie, »wenn du zu viel redest, vergifte ich dich. Verlass dich drauf.«

Er zuckte zusammen – ein Knall, und in seinem Körper wurde es hell. Dieses eine Mal in seinem Leben konnte er ins Innere seines Körpers blicken: Es war leer. Bei dem Wort »vergiften« war in ihm ein schwarzes Licht explodiert. Nur langsam beruhigte sich alles wieder, und als das Licht erloschen war, war er erwachsen. Und noch jetzt, als Erwachsener, glaubte er der Stinkmama: Sie war imstande, ihn zu vergiften – genau wie die Frau, die für sie kochte.

Von da an sprach er nicht mehr mit der Köchin. Worte waren gefährlich. Noch in den verborgensten, entlegensten Winkeln durfte er nicht sprechen, denn wäre ihm erst einmal ein Wort entschlüpft, hätten andere es gewiss weit, weit weggetragen. Noch mehr als beim Reden musste er beim Essen auf der Hut sein, sonst drohte er alle möglichen Gifte in sich aufzunehmen. Um sich noch wirkungsvoller zu schützen, entwickelte er ein Gehör, das geradezu gespenstisch scharf war, so als besäße er magische Kräfte weit jenseits des Gewöhnlichen. Seine Ohren formten sich zu Röhren, wie symmetrisch ausgestreckte Arme, die sich wie entfesselt nach allen Seiten reckten und dabei über eine unvorstellbare Flexibilität verfügten: Sie konnten sich groß oder klein, lang oder kurz machen, konnten sich nach Belieben durch den Raum bewegen und jederzeit an die Umstände anpassen. Allgegenwärtig waren sie und allmächtig. Jede Bewegung in der Küche und auf dem Esstisch wussten sie zielsicher einzuordnen: die Geräusche von Töpfen und Schüsseln, Tellern und Essstäbchen, Löffeln und Kellen; die Geräusche von Essstäbchen, die auf Schüsseln schlugen, von Flaschen und Deckeln, von Deckeln, die geöffnet oder geschlossen wurden, von Schrauben, die herausgezogen oder hineingesteckt wurden; die Geräusche von rohem und gekochtem Reis, von Mehl und Nudeln. Ein scharfes Gehör allein genügte nicht; er musste lernen zu unterscheiden. Er konnte nicht nur einen Reistopf im Ganzen erkennen, sondern vom Ganzen auch auf die einzelnen Schüsseln schließen.

Aber natürlich musste er zuallerst bei allem, was er tat, auf der Hut sein. Was auch immer es zu essen gab, erst musste er sichergehen, dass jemand anders es in seinen Mund gesteckt und hinuntergeschluckt hatte, ehe er selbst es zu sich nahm. Sein ganzes Leben stand im Zeichen höchster Wachsamkeit, auf dass er nicht zu Hause einem Giftanschlag zum Opfer fiel. Dass er noch am Leben war, bewies lediglich, dass seine Feindinnen bislang nicht zum Zug gekommen waren. Doch das konnte sich jederzeit ändern, denn sie waren genauso am Leben wie er. Jeder Tag stellte ihn vor eine neue Prüfung. Er aß und trank so wenig wie möglich, aber auf drei Mahlzeiten am Tag konnte er nicht verzichten. Hatte er erst das Frühstück, dann das Mittagessen, schließlich das Abendessen glücklich überstanden, fühlte er sich erlöst. Die Anspannung, die ihn den ganzen Tag in ihrem Griff gehalten hatte, fiel endlich von ihm ab – er war in Sicherheit, gänzlich in Sicherheit.

Er führte kein gewöhnliches Familienleben mehr, er führte einen Präventivkrieg gegen das Gift. Dafür bildete sein Körper ein eigenes Organ aus, das mit ihm wuchs und sich entwickelte.

Als er älter wurde, spürte er, dass sein Herz aufgrund der extremen Anspannung selbst Gift absonderte. Das Gift war überall in ihm, in seinen Knochen, in seiner Haut und in seinem Blut. Und das war gut so. Er musste beizeiten ein Mensch voller Gift werden, damit er Gift mit Gegengift bekämpfen konnte.

Beim Essen oder Trinken, kurz: bei allem, was er in den Mund führte, hatte er – davon war er überzeugt – Nerven aus Stahl entwickelt, Nerven so dick wie sein Hals, wie seine Oberschenkel, ja, wie seine Taille. Er glaubte, er könnte auf tausenderlei Arten sterben, nur nicht an Vergiftung.

Als er in Shanghai eine Arbeit gefunden hatte, ereilte ihn endlich die Liebe – freilich auf eine denkbar verwickelte Weise. Einfach gesagt, ging er durch die Hölle, um seine Freundin einem anderen zu entreißen. Und so erlebte er mehr als die Liebe: Er feierte einen Triumph. Man kann sich leicht vorstellen, wie er mit stolz erhobenem Haupt umherlief. Er vergötterte seine Freundin, und ihre Beziehung entwickelte sich wie im Flug – was hier nichts anderes meint als den Übergang vom Spazierengehen und Händchenhalten zu Umarmungen und Küssen bis hin zum Beischlaf. Was sonst sollte so eine Liebe auch mit sich bringen?

Sie küssten sich schon beim zweiten Treffen. Die Initiative ging von ihr aus. Doch kaum berührten ihre Lippen die seinen, erstarrte er einen Moment und wich dann zurück. Wortlos hielt sie seine Hand, bis sie es endlich nicht mehr ertrug und in Tränen ausbrach. Sie habe, schluchzte sie, zwar schon mal einen anderen geküsst, aber nur ein Mal, wirklich nur ein einziges Mal, das könne sie ihm schwören. Er legte seine Hand auf ihre Lippen. »Das ist mir egal. Ich liebe dich.«

»Echt?«

»Ja, das kann ich dir auch schwören.«

Aber sie verlangte keinen Schwur von ihm. Stattdessen drückte sie ihre heißen Lippen von Neuem auf die seinen, und dann versuchte ihre vorwitzige Zunge in seinen Mund einzudringen, indem sie zuerst seine Lippen auseinander zwängte und dann seine Zähne. Zwar presste er seine Schneidezähne zusammen, aber die Zunge der Geliebten ist eine Zauberformel: Sesam, öffne dich! Sesam, öffne dich!

Und seine Zähne gaben den Weg frei, und sie nahm seinen Mund in Besitz. Endlich berührten sich ihre Zungen. Es war ein erregender Moment, verborgen vor aller Welt. Beide zuckten sie zusammen. Seine Freundin umspielte seine Zunge mit der ihren, als ihn ein Schwindel packte und er ihre Zunge abrupt ausspuckte. Um seine rüde Handlung zu kaschieren, tat er, als müsste er sich übergeben. Aus Schein wurde Wirklichkeit, er musste sich tatsächlich erbrechen. Was blieb ihr anderes übrig, als ihm, verliebter denn je, auf den Rücken zu klopfen und ihn innig zu tätscheln?

Von diesem ersten Kuss an hielt die Angst vorm Küssen ihn fest umklammert. Auf dem Nachhauseweg litt er innere Qualen: Eigentlich genoss er es zu küssen, und auch sein Körper sagte ihm: Er wollte das. Er brauchte das. Er dürstete danach. Aber er hatte Angst. Seine Lippen und seine Zunge fürchteten jeden Eindringling, und sei es die Zunge seiner Freundin. Können wir das Küssen sein lassen? Diese Frage brachte er nicht über die Lippen.

Kann es überhaupt eine Liebe ohne Küsse geben? Braucht eine Romanze ihre Küsse nicht wie Luft und Wasser, Eiweiß und Vitamine? Ohne sie stirbt die Liebe.

Küssen oder nicht küssen, das war hier die Frage. Lieben oder nicht lieben, das war die andere Frage.

Unmöglich, seine Freundin war unmöglich giftig. Nein. Ausgeschlossen. Du musst ihr vertrauen, unbedingt, ermahnte er sich ein ums andere Mal, aber im kritischen Moment, wenn es an der Zeit war zu handeln, wich er wieder zurück. Er brachte es einfach nicht fertig. Nicht nur die Küsse schob er vor sich her, sondern auch das Essen, das sie ihm brachte: Er rührte es nicht an, ehe sie den ersten Bissen genommen hatte. Er konnte ihr einfach nicht trauen. Er war voller Argwohn, und wer von Argwohn zerfressen ist, der ist verloren. Noch im Tod würde er auf dem erstarrten Gesicht einen Ausdruck des Argwohns tragen.

Schließlich trennte sich seine Freundin von ihm. Sie hinterließ ihm einen Zettel: »Zongqi, du brauchst mir nichts zu sagen, ich verstehe, was du fühlst. Mir geht es genau wie dir. Die Liebe gab mir Mut. Wenn dir der Mut fehlt, dann nicht, weil du feige bist, sondern weil du mich nicht liebst.«

Während er mit dem Zeigefinger über die Erhebungen auf dem Papier glitt, dämmerte ihm: Er hatte geliebt, und nun hatte er seine Liebe verloren. Jetzt erst, von ihrer Rückseite her, begriff er, was die Liebe war. Es war genau wie mit der Blindenschrift: Nur durch die Rückseite der Worte konnte man ihren Sinn erfühlen und verstehen. Alles schien vorherbestimmt.

Zu seiner Überraschung bogen sich seine tränennassen Mundwinkel allmählich nach oben, und nachdem er, ihren Brief noch immer in der Hand, sich die Tränen abgewischt hatte, merkte er, dass er lächelte. Er war frei.

Geheimnisse, die man im Herzen trägt, bleiben geheim. Später, als Chef, war er fest entschlossen: Die Suche nach einer geeigneten Köchin würde er übernehmen; er würde sie auf Herz und Nieren prüfen und sie einstellen. Daran gab es nichts zu rütteln.

Dabei hatten Sha Fuming und er, als sie Teilhaber wurden, schon vereinbart, dass sie keine Verwandten einstellen würden. Als Zhang dann trotzdem Jin Dajie ins Zentrum holte, erhob Sha glücklicherweise keine Einwände – es ging ja bloß um die Köchin und nicht um irgendeinen heiklen Posten. Was konnte so eine Köchin schon anrichten? Sollte sie ruhig kommen.

Niemand konnte ahnen, dass sich selbst an einem so wenig heiklen Posten ein so heikler Aufruhr entzünden würde.

Jin Dajie muss verschwinden, dachte Sha Fuming auf seinem Fußmassagesessel.

Jin Dajie muss bleiben, dachte Zhang Zongqi auf seiner Liege.

Ohne zu ahnen, was in Zhangs Kopf vor sich ging, kehrte Jin Dajie ins Wohnheim zurück. Das Geschehene ließ ihr keine Ruhe. Sie stand mit dem Rücken zur Wand. Sie war nun schon an die vierzig und würde in Nanjing nicht so leicht wieder eine solche Stelle finden. Eigentlich kam sie vom Land. Als ihr Mann und ihre Tochter zum Arbeiten nach Südchina, nach Dongguan, gegangen waren, war sie allein zurückgeblieben. Eine schwere Zeit war das gewesen – wer es nicht am eigenen Leib erlebt hat, kann es nicht verstehen. Im vierten Jahr ihres Alleinseins wurde sie mit dem »Zweiten Onkel« aus dem Osten des Dorfes intim. Allerdings ist »intim werden« kaum der richtige Ausdruck – es war eher eine Vergewaltigung. Sie hätte schreien können – der Gedanke schoss ihr durch den Kopf, aber sie war wie verhext und brachte keinen Laut heraus. Trotz seiner siebenundsechzig Jahre verwandelte sich der Zweite Onkel, kaum hatte er sich die Hose vom Leib gerissen, in einen Stier, aber von seiner faltigen Haut und seinem Gestank nach ranzigem Fett wurde ihr übel. Sie hätte sich erwürgen mögen. Doch sie konnte seine viehische Attacke nicht abwehren, und zweimal fühlte sie, wie sie sich selbst verlor und wie ihr Körper wie ein toter Fisch umhertrieb – eine Erfahrung, die sie nie zuvor gemacht hatte. In ihre Angst mischte sich Lust, und sie umschlang ihn mit aller Kraft. Dabei fühlte sie sich verkommen, erfüllt von einem so grauenhaften Ekel und einem so erregenden Gefühl des Schmutzes, dass es sie fast in den Wahnsinn trieb. Beide wurden sie nur dies eine Mal miteinander intim, aber danach weinte sie, bis ihre Augen geschwollen waren. Von da an verfolgte seine Gestalt sie überall im Dorf wie ein wandelndes Gespenst, und jede Begegnung jagte ihr einen ungeheuren Schrecken ein.

Nur deshalb war sie von zu Hause fortgegangen: In Wahrheit war sie geflohen. Und nun, da sie dafür all diese Mühen auf sich genommen hatte, sollte sie wieder zurückgehen? Ausgeschlossen. In ihrem Dorf würde der Schatten der Vergangenheit sie wieder einholen. Lieber starb sie, als dorthin zurückzukehren.

Du Li war an allem schuld. Ein Mädchen wie sie in den Zwanzigern hätte eigentlich ihre Gelüste zwischen den Beinen haben sollen, aber Du Li war nur mit dem Mund gefräßig, und das umso mehr. All ihre Gedanken kreisten ums Essen. Nur um ihretwillen hatte Dajie sich überhaupt zu so einer Verfehlung hinreißen lassen. Und was sprang für sie selbst dabei heraus? Nichts. Bei ihrer Ehre, nichts! Sie dankte dem Himmel für die tausend Yuan, die sie jeden Monat verdiente. Bei den Mahlzeiten hatte sie nie gemauschelt. Nicht das kleinste bisschen hatte sie in die eigene Tasche abgezweigt.

Gutherzig, wie sie war, konnte sie nicht anders, als denen, die sie mochte, ein paar Happen mehr in die Schüssel zu legen. Umgekehrt pflegte sie denen, die sie nicht leiden konnte, beim Essen einen kleinen Denkzettel zu verpassen. Sie selbst hatte

Du Li hergeholt, die sich dafür stets bei ihr lieb Kind gemacht hatte – da war es doch nur natürlich, dass sie für das Mädchen ein paar Kellen mehr übrig hatte. Und was Du Li mehr bekam, musste Gao Wei weniger bekommen. Ausgerechnet so jemanden hatte sie sich zur Feindin gemacht – eine Kanaille, die früher oder später als Nutte enden würde.

Aber da die Dinge nun einmal so weit gediehen waren, riss sie sich zusammen. Sie durfte sich nicht hängen lassen. Nein, das durfte sie nicht.

Nachdem sie den ganzen Nachmittag geheult hatte, kochte sie das Abendessen und brachte es mit düsterer Miene ins Zentrum. Dann kehrte sie wieder ins Wohnheim zurück, wo sie ihr Bett abzog und im Stillen ihre Sachen packte. Danach setzte sie sich aufs Bett und wartete. Als endlich tief in der Nacht Sha Fuming, Zhang Zongqi und all die anderen Therapeuten heimkamen, nahm sie ihr Bündel und klopfte leise an die Tür des Zimmers, das Zhang für sich allein bewohnte.

Sie setzte ihr Bündel ab und kam mit leiser Stimme direkt zur Sache: »Bist du noch der Boss? Hast du hier noch was zu sagen?«

Die Frage mochte ins Leere gehen und unpassend sein, aber sie traf Zhang empfindlich.

Weil nebenan Sha Fuming schlief, dämpfte er seine Stimme, als er sie zurechtwies: »Was redest du da für einen Unsinn!«

Dajie hatte genug von dem Geflüster. Sie hob die Stimme, und dabei hatte sie ohnehin ein lautes Organ. »Chef, ich habe einen Fehler gemacht, und jetzt kann ich niemandem hier mehr unter die Augen treten. Ich habe Boss Sha enttäuscht und dich und alle anderen. Ich habe nur darauf gewartet, dass ihr zurückkommt, damit ich mich bei euch allen entschuldigen kann. Meine Sachen habe ich schon gepackt. Ich kehre noch in dieser Nacht zurück in meine Heimat. Ich gehe jetzt.« Mitten in ihrer Rede war sie in Tränen ausgebrochen und hatte nur mühsam und unter Schluchzern zu Ende gesprochen. Nun hatte sie offensichtlich alle Hemmungen verloren, so laut und kläglich heulte sie.

Der Schlaftrakt war eigentlich nur ein großes Appartement mit vier Schlafzimmern und zwei Wohnzimmern, wobei letztere und das Hauptschlafzimmer durch Bretterwände in viele kleine Räume von unterschiedlicher Größe unterteilt worden waren. Den Lärm, den Dajie machte, konnte man unmöglich überhören – höchstens so tun.

Widerwillig kam Sha Fuming heraus. Eigentlich hätte sich Zhang um diese Sache kümmern müssen, und er selbst sollte sich heraushalten, aber nun machte die Köchin ein solches Geschrei, dass er sich auch zeigen musste. Er stellte sich an die Tür zu Zhangs Zimmer und hüstelte. »Es ist gleich eins, und alle haben einen langen Tag hinter sich – wir brauchen alle unseren Schlaf?«

Dajie entging nicht, dass er sie nur aufgefordert hatte, nicht so einen Lärm zu machen; davon, dass sie gehen müsse, hatte er nichts gesagt. Seine Worte konnte man so oder so auslegen: Sollte sie nun gehen oder nicht? Auch Zhang verstand, dass Sha seine Autorität nicht untergraben wollte; gleichzeitig halste er ihm damit ein unangenehmes Problem auf. Offensichtlich wollte Sha in der Frage, ob Dajie bleiben sollte oder nicht, keine Stellung beziehen und alle Verantwortung von sich schieben.

Bis auf Xiao Ma und Du Hong taten es alle anderen Sha nach und drängten sich nun draußen im kleinen Gang. Gut so. Dajie nahm es mit Genugtuung zur Kenntnis, als sie durch ihre Fingerritzen hinüberspähte. Durch diesen Menschenauflauf könnte sie sich nicht so einfach hindurchzwängen, selbst wenn sie es wollte.

Sie hörte nicht auf zu jammern und zu heulen – in der Hauptsache erging sie sich in Selbstkritik und tiefer Zerknirschung, begleitet von der wiederkehrenden Ankündigung, sie müsse nun gehen. Dann gab es einen lauten Rums von oben. Offenbar hatte der Lärm, der mitten in der Nacht aus dem Blindenwohnheim drang, den Mieter über ihnen in Rage gebracht. Als wäre er besorgt, dass ein einmaliges Fußstampfen nicht genügen könnte, schickte er noch einen zweiten Rums hinterher. Ein hohles Echo wogte durch das Wohnheim und hallte in den Ohren von Sha und Zhang wider.

Mit plötzlicher Strenge rief Zhang laut: »Habt ihr das gehört? Habt ihr jetzt endlich genug? Oder habt ihr gar keinen Anstand im Leib? Macht, dass ihr auf eure Zimmer kommt, na los!«

Dajie wagte sich nicht zu rühren. Sie blickte zu Zhang hinüber: Sein Gesicht war aschfahl – genau wie das Gesicht von Sha. Als sie sich umdrehte, sah sie auf einmal Gao Wei in die Augen. Gao schloss die Augen einen langen Moment, dann öffnete sie sie wieder und erwiderte den Blick ihrer Feindin. Inmitten all der vielen blinden Augen tauschten diese vier sehenden Augen herausfordernde, selbstsichere Blicke. Die letzte Siegesgewissheit freilich fehlte beiden, aber sie erzielten eine stille Übereinkunft, als sie, jede an der Tür zu ihrem Zimmer, ihre Augen voneinander lösten: Warten wir's ab.

Kapitel 14
Zhang Yiguang

Die Hammelfleischzählung veränderte das Tuina-Zentrum: Eine gedrückte, trostlose Atmosphäre, in der eine untergründige Anspannung mitschwang, machte sich breit und wollte nicht mehr weichen. Jeder spürte: Es würde etwas geschehen. Es geschah nichts, doch das hieß nicht, dass nicht noch etwas geschehen würde, im Gegenteil: Es war bloß eine Frage der Zeit. Und deshalb wartete ein jeder und hielt mit seinen blinden Augen Ausschau nach dem, was da kommen mochte. Der Stimmungsumschwung zeigte sich am deutlichsten darin, mit welch ausgesuchter Höflichkeit die beiden Chefs auf einmal ihren Angestellten begegneten. Und auch das Essen hatte sich wesentlich verbessert. Zhang Zongqi war plötzlich deutlich gesprächiger: Teils plauderte er, teils gab er Anweisungen, und das war kein gutes Zeichen. Offensichtlich hatte sich zwischen den beiden Chefs ein Graben aufgetan, und nun versuchten beide, die Angestellten auf ihre Seite zu bringen.

Solch ein Ringen um öffentlichen Rückhalt ist eine gefährliche Sache: Ab einem bestimmten Punkt droht die Öffentlichkeit zu einer Bombe zu werden, die, wenn sie hochgeht, einen Gutteil der Leute mit sich reißt.

Am schwierigsten war die Lage für die Angestellten: Sie

mussten sich auf eine Seite schlagen, entweder zu Shas Leuten oder zu Zhangs Leuten. Eine Alternative hatten sie nicht. Die Wahl, vor der sie standen, war unangenehm, schließlich konnte niemand sagen, welche der beiden Kriegsparteien am Ende als Sieger hervorgehen würde. Natürlich wäre eine Niederlage kein Weltuntergang, schließlich konnte man immer noch das Zentrum wechseln. Aber kein Blinder gibt gern seinen Job auf. Die Unannehmlichkeiten sind einfach zu groß: Hat man sein Bettzeug erst einmal zusammengerollt, tun sich unter den Füßen unzählige Wege auf, und man begibt sich von Neuem auf eine Odyssee.

In dieser bedrückenden Atmosphäre begegnete Zhang Yiguang auf einmal Xiao Ma mit einer überraschenden Herzlichkeit. In jeder freien Minute tappte er zu Ma und legte ihm den Arm um die Schultern, als wären sie beide dicke Freunde. Und Ma erlag einem Missverständnis. Er hatte nie viel mit Zhang zu tun gehabt und fragte sich nun, warum der andere auf einmal so freundlich tat. In einer Atmosphäre, in der jeder überall Gespenster sah, war er überzeugt, entweder der eine Chef oder der andere hätte Zhang geschickt. Er jedoch war entschlossen, sich auf keine Seite zu schlagen; er wollte niemandes Gefolgsmann werden. Und so ergriff er die Flucht, wann immer sich Zhangs Arm auf seine Schulter legte. Dieser Arm mit seinem seltsamen Achselgeruch war ihm zuwider.

Was läufst du denn davon, wunderte sich Zhang. Kumpel, ich muss dir was sagen! Zu deinem eigenen Besten!

Unter all denen, die ihr Augenlicht erst nach der Geburt verloren hatten, stach Zhang hervor. Die allermeisten seinesgleichen waren anfangs voller Unrast, und wenn sie sich dann beruhigt hatten, war das ein Ausdruck von Resignation, und sie machten den Eindruck völliger Ermattung. Zhang war anders. Er hatte eine Gasexplosion überlebt, die hundertdreizehn Bergleute das Leben gekostet hatte. Die übereinandergestapelten Leichen füllten einen ganzen Raum. Er war der einzige Überlebende – ein Wunder. Zwar hatte er dafür mit seinen Augen bezahlt, aber mit diesem Verlust hielt er sich nicht lange auf. Stattdessen starrte er mit seinen erloschenen Augen in sein Inneres – und fand dort grenzenlose Freude, aber auch grenzenlose Angst.

Seine Angst war von der Art, die sich erst im Nachhinein einstellt, und sie war quälender als der Verlust seines Sehvermögens. Der Verlust war zweitrangig. Weil er kein Licht mehr erkennen konnte, glaubte er lange, er wäre noch immer im Schacht. In der Hand hielt er stets einen Stock umklammert, und wenn ihn die Angst packte, setzte er sich auf einen Hocker und stieß mit dem Stock in die Höhe, um sich Gewissheit zu verschaffen, dass über ihm die Zimmerdecke war und nicht die gähnende Leere des Schachts.

Die Angst war eine Schlange. Sie biss ihn nicht, sie wand sich in ihm und glitt bei jeder Gelegenheit zu seinem Herzen, umschlang es und presste es zusammen. Diesen Moment fürchtete er mehr alles andere, denn dann konnte er nicht mehr atmen. Obwohl sich sein Herz dabei zusammenkrampfte, hatte die unumstößliche Gewissheit, mit der er seine Angst durchlebte, etwas Gutes: Wenn Lebendigsein Angst bedeutete, dann bedeutete seine Angst, dass er noch am Leben war. Junge, du lebst! Sei deinem Schicksal dankbar, du hast ein zweites Leben geschenkt bekommen. Du bist ein Riesengewinner.

Ein Gewinner hat allen Grund, sich zu freuen – vor allem, wenn er sein Leben gewonnen hat. Zhang war gestorben und hatte all seine Verpflichtungen hinter sich gelassen, trotzdem war seine Frau nicht zur Witwe geworden, seine Eltern hatten noch immer ihren Sohn, seine Kinder noch immer ihren Vater – und was bedeutete das? Dass seine ganze Familie aus lauter Gewinnern bestand. Sein Überleben stellte ein ungeheures Glück dar: Er hatte mit der Welt nichts mehr zu schaffen, er war ein Toter, eine lebende Leiche, ein wandelndes Gespenst, und deshalb gehörte ihm von nun an jeder Tag seines Lebens selbst. Er war frei.

Er blieb nur noch ein halbes Jahr zu Hause. Dann entschloss er sich fortzugehen. Was zählte die häusliche Freiheit schon? Diese Freiheit war beschränkt. Er war ja erst fünfunddreißig Jahre alt – einmal angenommen, er würde siebzig Jahre alt werden, hatte er gerade einmal die Hälfte seines Lebens hinter sich. Vor ihm lagen noch fünfunddreißig schöne Jahre, und die wollte er nicht zu Hause vergeuden. Seine familiären Pflichten hatte er so gewissenhaft erfüllt, wie er konnte, ja, er hatte sogar den Schadenersatz, den man ihm für den Verlust seines Augenlichts gezahlt hatte, seiner Familie gegeben. Als lebende Leiche musste er sich nicht länger für sie opfern. Er war neugeboren, und nun wollte er in seiner dunklen Welt groß und stark werden.

Also ging er in den Norden der Provinz Jiangsu, nach Xuzhou, und lernte Tuina. Es fiel ihm nicht schwer – ein bisschen körperliche Arbeit, mehr nicht. Für einen wie ihn, der sechzehn Jahre in einer Zeche geschuftet hatte, war es eine ziemlich leichte Beschäftigung. Sicher und solide war es auch, und obendrein konnte man dabei plaudern und scherzen. Er gratulierte sich selbst zu seiner Entscheidung. Nach einem Jahr hatte er die große Wende in seinem Leben erfolgreich gemeistert: von einem versehrten Bergmann zu einem gesunden Tuina-Therapeuten. Um damit Geld zu verdienen, musste er sich freilich noch einen Befähigungsnachweis beschaffen, aber das war nicht schwer. Hundertdreizehn Kumpel auf einen Schlag zu töten, das war schwer, aber die Kohlegrube hatte es zustande gebracht. Da konnte ein Fetzen Papier einen wie ihn nicht mehr umhauen. Er benötigte bloß vierhundert Yuan und eine Schachtel bester »Kingsize-Mammutbaum«-Zigaretten, und schon hatte er sein Zertifikat in der Tasche. Als er damit auf die Straße trat, war ihm noch eine letzte Zigarette in der Schachtel geblieben. Er zündete sie sich an und bekam prompt einen Hustenanfall, ehe ihm zu Bewusstsein kam, was für eine gute Zigarette er da rauchte: eine echte »Tributzigarette«. Solche Zigaretten hatten die Kaiser bestimmt auch geraucht – sonst hätten sie ja nicht »Tribut« geheißen. Er fühlte sich wie ein Kaiser, während er die Zigarette aufrauchte – auch wenn sie ehrlich gesagt nicht besonders schmeckte. Aber egal, eine Zigarette lang war er Kaiser gewesen. Und war das wirklich so einfach gewesen? O ja, das war es.

Nachdem er die Schachtel zerknüllt und auf die Straße geworfen hatte, kaufte er sich eine Zugfahrkarte und fuhr nach Nanjing. Die alte Kaiserstadt – gewiss eine Stätte voller Prunk und Schönheit – erwartete ihn. Unterwegs rieb er sich tatendurstig die Hände; seine Finger funkelten wie Augen, die auf ihre Beute lauerten – auf das Leben, das er sich ersehnte.

Mit dem ersten Monatslohn, den er sich in Nanjing verdiente, ging er in einen »Haarsalon« – also ein Bordell. Er wollte wieder Kaiser sein, wollte sich mit seinem Geld eine Frau kaufen, die ihm gefiel. Gleich sein erster Besuch machte ihn süchtig nach mehr. So wie er es sah, ging er nicht zu Huren, er erwählte sich eine Mätresse.

»Meine geliebte Konkubine! Ach, meine Geliebte!«

Sein Mädchen lachte sich schief, und selbst ihre Kolleginnen draußen stimmten ein. Dass ein blinder Kerl so witzig sein konnte, damit hatten sie nicht gerechnet. Ein Kaiser war er also. Und was er sagte, als er bezahlte! »Zum Zeichen meiner Gunst.«

Von da an ging er regelmäßig ins Bordell, und nach ein paar Besuchen spürte er, dass sich sein Gemütszustand grundlegend gewandelt hatte: Er war nicht mehr niedergeschlagen vor lauter aufgestauter Lust, sondern munterer und fröhlicher denn je. Er erinnerte sich noch, wie bedrückt er als Bergmann gewesen war, weil er in einem fort daran gedacht hatte, »dorthin« zu gehen. Und trotzdem war er nie gegangen, weil er sich nicht von dem Geld trennen konnte – immerhin warteten daheim zwei Eltern auf ihn, die nicht mehr arbeiten konnten, und zwei Kinder, die noch zur Schule gingen. Also unterdrückte er sein Verlangen, bis er zu seiner Beschämung begann, feuchte Träume zu haben. Sein beschmutztes Laken machte ihn zum Gespött seiner Kollegen, die ihm einen gehässigen Spitznamen verpassten: Boden-Luft-Rakete, kurz: Boden-Luft. Im Rückblick betrachtet, hatte er sich seinen Spottnamen redlich verdient: Er war ein Schwein gewesen – ein kastriertes in den Augen seiner Frau, in den Augen des Zechenbesitzers dagegen ein nicht kastrierter Eber, der, nachdem er seine Platzpatronen verschossen hatte, mit Haut und Haaren verhökert wurde – denn was war seine Entschädigung anderes als der Preis für sein Fleisch?

Zum Glück war er erblindet. Als er noch sehen konnte, tappte er im Dunkeln; erst als Blinder sah er klar: Er war kein Boden-Luft, er war ein Kaiser.

Wenn das kein Grund zur Freude war! Als das Gas explodiert war, hatten die umherwirbelnden Steine ihm nur die Augen geraubt und nicht das Leben. Hätte er sonst ein Kaiser werden können? Niemals.

Im Tuina-Zentrum verdoppelte er seinen Eifer. Der Grund war einfach: Je mehr er arbeitete, desto mehr verdiente er und desto öfter konnte er zu Prostituierten gehen. Und auch im Bordell verdoppelte er seine Anstrengungen aus einem nicht minder einfachen Grund: Er musste mit einundachtzig Frauen schlafen. Diese Zahl hatte er sich fest zum Ziel gesetzt, nachdem er einmal gelesen hatte, dass ein Kaiser in jedem seiner drei Paläste und an jedem seiner sechs Höfe eine Frau hatte, dazu zweiundsiebzig Konkubinen, das ergab einundachtzig Frauen. Einundachtzig Huren, und er wäre ein Kaiser – zumindest ein Hobbykaiser.

»Meine geliebte Konkubine! Ach, meine Geliebte!«

Seine Angst vor dem Schacht hatte er weitgehend überwunden. Dennoch rief, sobald er bei der Arbeit war, die Dunkelheit um ihn herum das Gefühl in ihm wach, er wäre wieder unter Tage. Von diesem Irrglauben konnte er sich nicht freimachen, und das prägte seine eigentümliche Beziehung zu seinen Kollegen: Für ihn waren sie seine Kumpel unter Tage, und er hoffte, sie könnten gute Kameraden werden. Die meisten seiner Kollegen dagegen betrachteten ihn nicht als einen der Ihren. Das lag am Altersunterschied, aber vor allem an seinem Hintergrund.

Die ersten fünfunddreißig Jahre seines Lebens hatte er sehen können, und als er dann sein Augenlicht verlor, hatte er sich doch die Geisteshaltung und die Gewohnheiten eines Sehenden bewahrt. Er war ein Quereinsteiger, der weder die Biografie eines Blinden vorweisen konnte noch die Blindenschule besucht oder eine reguläre Berufsausbildung absolviert hatte – so jemanden konnten seine blinden Kollegen unmöglich als ihresgleichen akzeptieren. Er hatte, um es anders zu sagen, »jene Welt« verlassen, ohne wirklich in »diese Welt« einzutreten. Er hatte sich seinen Weg mit Gewalt erzwungen, und ein Eindringling wie er war zur Einsamkeit verurteilt.

Die Verlegenheit, in die ihn seine Einsamkeit stürzte, machte ihn launisch. Von Natur war er gesellig und leichtlebig, während Blinde typischerweise zu Ernst und Zurückhaltung neigen. Trotzdem ließ sich der Umgang mit ihm nicht vermeiden, und dann prallte seine Kontaktfreude auf ihre Zurückhaltung. Prompt fühlte er sich gekränkt, zumal er sich trotz seines Alters um ihre Freundschaft bemühte. Da ihm obendrein die Leidensfähigkeit fehlte, die einen echten Blinden auszeichnet, kam es zwangsläufig zu Konflikten, wenn er sich zurückgesetzt fühlte. Beim kleinsten Anlass brach er einen Streit vom Zaun, den er hinterher bereute, aber seine leutseligen Versuche, es wiedergutzumachen, endeten nur im Gefühl einer noch größeren Kränkung. Auch damals in der Zeche war er mit seinen Kumpeln manchmal aneinandergeraten, aber selbst wenn dabei die Fäuste flogen, waren ihre Streitereien schnell beigelegt – eine Runde Schnaps und ein Schulterklopfen genügten. Die Kumpel waren nicht nachtragend – anders als die Blinden, in denen diese Eigenart tief verwurzelt ist. Eben daher rührte Zhangs Misere: Schon nach ein paar Tagen hatte er jeden im Tuina-Zentrum vor den Kopf gestoßen, und so blieb er einsam und ohne einen einzigen echten Freund.

Wer einsam ist, leidet nicht bloß im Stillen darunter, sondern steckt seine Nase auch gern in fremde Angelegenheiten – und genau das tat auch Zhang. Leute wie er teilen ein auffälliges Kennzeichen: Ihre Augen sind ständig in Bewegung. Da er keine Augen mehr hatte, drehten sich stattdessen seine Ohren bald hierhin und bald dorthin – und prompt hatte er ein Problem ermittelt: Xiao Ma war verliebt in Xiao Kong.

Ma berauschte sich den ganzen Tag an seiner einseitigen

Romanze, hinter deren vermeintlicher Süße in Wahrheit Bitternis lauerte. Er hatte sich hoffnungslos darin verrannt. Zhang nahm all das war, und sein junger Kollege tat ihm leid. Nichtsahnend brachte der Bursche sich in große Gefahr. Er würde daran noch zugrunde gehen. Nicht genug damit, dass er sich einbildete, Kong würde seine Liebe erwidern, er hielt sich auch noch für oberschlau und glaubte, niemand würde mitbekommen, wie er seine Saozi bei jeder Gelegenheit mit Ohren und Nase fixierte. Eine geschlagene halbe Stunde konnte er so an ihr kleben, und dabei vergaß er sich so sehr, dass sein Mund weit offenstand. Blinde haben ihre eigenen Augen: die Ohren und die Nase. Wenn ein sehender Mann eine Frau anstarrt, wird das Geheimnis, das seine Augen bergen, früher oder später von anderen Augen aufgedeckt; genauso werden auch die Geheimnisse, die in Ohren und Nase eines Blinden verborgen liegen, früher oder später von anderen Ohren und Nasen entlarvt. Xiao Ma, was hast du dir nur dabei gedacht, dich in Saozi zu verlieben! Das geht doch nicht. Wie kannst du hier noch weiterarbeiten, wenn du erwischt wirst? Dass Wang Daifu noch nichts gesagt hat, heißt nicht, dass er nichts ahnt. Xiao Ma, du stürzt dich ins Unglück und andere noch dazu. Mas Gedanken – zu diesem Ergebnis war Zhang gekommen – umhüllten ihn wie eine Gaswolke, geruchlos und eben darum so gefährlich: Die kleinste Unachtsamkeit würde eine verheerende Explosion heraufbeschwören.

Er musste ihn retten, diesen verliebten Jungen, der auf Abwege geraten war.

Doch so sehr sich Zhang darüber auch den Kopf zerbrach, er fand keine gangbare Lösung. Also entschied er sich, das Problem an der Wurzel zu packen. Bei so einem jungen Hüpfer wie Ma war der angestaute Samen an allem schuld. Damals in der Zeche war es bei ihm selbst auch so gewesen: Wenn er abends von der Arbeit kam, hatte er vor lauter Erschöpfung nicht mal mehr die Kraft, sich zu waschen, aber kaum lag er im Bett, wurde sein Körper wieder munter, und seine Gedanken kehrten immer wieder zu seiner Frau zurück. In Wahrheit waren das all die durcheinanderwimmelnden kleinen Spermien in ihm gewesen, die ihn gezwickt hatten. So winzig sie auch waren, ihre Zahl war unermesslich – ein gewaltiges Heer, das mit seiner Urgewalt noch den stärksten Hünen bezwang. Das Sprichwort irrt: Eine Ameise kann einen Baum sehr wohl zum Schwanken bringen – vorausgesetzt, sie tritt in solchen Massen auf. Um das Problem von Grund auf zu lösen, musste man die kleinen Unruhestifter aus ihrem Nest herauslocken. Dann würde wieder Frieden einkehren, und Ma würde, kaum im Bett, mit einem Seufzer die Augen schließen und einschlafen.

Tatsächlich gelang es Zhang schließlich, Ma zu übertölpeln und in einen »Haarsalon« zu lotsen. Nichtsahnend tappte Ma in die Falle. Zhang hatte alles sorgfältig vorbereitet, und als bei seinem Opfer der Groschen fiel, war es schon zu spät. Zhang hatte ihm Xiaoman zugedacht, seine Lieblingskonkubine, der er zuletzt regelmäßig seine Gunst geschenkt hatte. Sie war gut im Bett und jede Sünde wert. Ehrlich gesagt, gab Zhang sie nur ungern her – aber er rang sich dazu durch, damit der Junge auf seine Kosten kam und zum leidenschaftlichen Bordellbesucher wurde. Hätte er erst ein paar Mal bei den Huren seinen Samen gelassen, würde Saozi ihn nicht mehr so aufwühlen, und er würde zur Ruhe kommen.

Kapitel 15

Jin Yan und Xiao Kong, Tailai und Wang Daifu

Menschen sind unberechenbar: Während die Atmosphäre im Tuina-Zentrum immer angespannter wurde, wurden Xiao Kong und Jin Yan auf einmal beste Freundinnen. Dabei hatte Wang Daifu selbst gehört, wie Kong ihm einmal im Vertrauen gesagt hatte, sie hätte keinen guten Eindruck von Jin: Irgendetwas sei an dieser Frau faul. Allein schon, wie sie sich auftakelt – bei jedem Schritt von ihr klimpert und rauscht es, als würde sie gerade Hochzeit feiern. Man kann doch nicht in einem fort heiraten! Und was sagt das über sie aus? Dass sie eine Wichtigtuerin ist. Mit diesem Pauschalurteil im Hinterkopf hatte sich Kong von Jin ferngehalten und keinen Hehl daraus gemacht, dass sie beide nichts verband. Während sie sonst so geradeheraus war, schlug sie gegenüber Jin einen gedehnten, ja, affektierten Ton an – alle Therapeuten hörten das heraus. Wang hatte ihr deshalb einmal Vorhaltungen gemacht: »Was soll denn das? Wir Blinden sitzen doch alle im selben Boot.«

»Ist mir doch egal«, fertigte Kong ihn in dem Nanjinger Dialekt ab, den sie sich gerade angeeignet hatte.

Jin blieb diese Haltung nicht verborgen, aber sie störte sich nicht daran – oder tat zumindest so, weil sie sich nicht auf

Kongs Niveau herunterlassen wollte. Wie sie das anstellte? Sie suchte das Gespräch mit Kongs Mann. Weil sie das nicht hinter ihrem Rücken tat, sondern ganz ungeniert, lieferte sie Kong auch keinen Grund zur Eifersucht. Ein bisschen scherzhaftes Geplauder konnte man ihr ja schlecht verbieten, zumal sie selbst auch schon einen Freund hatte. Um nur ein Beispiel zu nennen: Wenn es besonders viel Arbeit gab, musste Wang mitunter zu einem Kunden sagen: »Entschuldigen Sie, ich muss dringend mal auf Toilette.« Dann warf Jin fürsorglich ein: »Na, geh schon! Wozu solltest du das ewig mit dir rumschleppen? Das ist ja keine goldene Kette.«

Kong wusste, dass mit Jin nicht gut Kirschen essen war – also beließ sie es bei ihrer Haltung. Und Jin wusste, dass Kong sie nicht mochte, ohne dass es dafür einen ersichtlichen Grund gab, und dass es nichts gebracht hätte, mit Gewalt ihre Nähe zu suchen – also begnügte sie sich damit, eine gute Beziehung mit Wang zu pflegen.

Und ausgerechnet diese beiden Frauen wurden auf einmal beste Freundinnen. Aber so sind die Frauen: Wenn sie einen Groll gegeneinander hegen, sind sie unausstehlich, aber haben sie ihren Groll einmal überwunden, kennt ihre Zuneigung keine Grenzen mehr, und sie würden sich am liebsten den Kopf abschneiden, um ihn der Freundin auf den Hals zu setzen. Auch Kong und Jin steckten nun bei jeder Gelegenheit die Köpfe zusammen, als wollten sie sie miteinander tauschen, und schütteten einander von morgens bis abends ihr Herz aus. Selbst ihre Männer vernachlässigten sie; in jeder freien Minute tuschelten sie miteinander, als gäbe es nur sie beide auf der Welt.

Ihre abrupte Freundschaft nahm bei der Arbeit ihren Anfang. Du Li hatte die beiden gemeinsam für eine Sitzung in einem Doppelzimmer eingeteilt, wo sie sich um zwei männliche Kunden, einen Boss und seinen Chauffeur, kümmern sollten. Der Boss hatte getrunken, der Fahrer nicht. Weil Kong als Erste zugeteilt war, geriet sie an den Boss und Jin an den Fahrer.

Kong verabscheute Alkohol. Besonders den Geruch konnte sie nicht ausstehen. Deshalb stieß sie einen leisen Seufzer aus, als sich die Kunden hingelegt hatten – wobei »Seufzer« schon übertrieben ist, eigentlich atmete sie nur ein bisschen stärker aus als sonst. Daraufhin kam Jin zu ihr hinüber und übernahm ihren Kunden ohne ein weiteres Wort. So überrascht Kong war, so dankbar war sie. Woher wusste die andere, dass ihr der Geruch von Alkohol zuwider war? Das hatte sie gewiss von Wang erfahren. Nachtragend ist diese Frau nicht, das muss man ihr lassen. Da bin ich so kühl zu ihr, und sie scherzt trotzdem mit Wang herum und redet über wer weiß welche vertraulichen Dinge mit ihm.

Ihre Abscheu vor dem Geruch von Alkohol rührte aus ihrer Kindheit. In ihren frühesten Erinnerungen stank ihr Vater, ein Dorfschullehrer im Norden der Provinz Anhui, stets nach Alkohol. Nachdem sie im Alter von zwei Jahren erblindet war, kam er regelmäßig mit einer starken Fahne nach Hause getorkelt, und dann begann Kongs Martyrium: Er setzte sie auf seinen Schoß und befahl ihr, die Augen zu öffnen. Ihre Augen waren offen, aber sie sah nichts. Rasend vor Wut kommandierte er wieder und wieder: »Mach die Augen auf!« Sie gab sich alle Mühe, aber sie begriff nicht, wie sie das anstellen sollte. Um ihre Augen zu öffnen, zerrte er mit seinen groben Fingern so heftig an ihren oberen Lidern, als wollte er sie abreißen. Aber es fruchtete nichts, und so begann er sie zu schlagen. Ihre Mutter konnte nichts tun, als sich schützend vor ihre Tochter zu stellen. Aber das eigentliche Grauen waren nicht diese Schläge, sondern das, was am nächsten Morgen geschah, wenn ihr Vater wieder nüchtern war und sah, was er ihr angetan hatte: Dann jammerte und heulte er in tiefster Verzweiflung, während er seine geliebte Tochter umschlungen hielt. Ihr Zuhause war zu einer Hölle auf Erden geworden. Aber damit sie nicht ohne Vater auswuchs, ertrug ihre Mutter alles. Erst als sie sechs Jahre alt war, verlangte ihre Mutter endlich die Scheidung. Als ihr Vater sich weigerte, erhob ihre Mutter eine noch schärfere Forderung: Um ihrer Tochter willen dürfe er sein Lebtag keinen Tropfen Alkohol mehr anrühren. Einen Nachmittag lang blieb er stumm, dann willigte er ein. »Ist gut«, sagte er, und mit diesen Worten schwor er nicht nur dem Alkohol ab, sondern krümmte auch seiner Tochter nie mehr ein Haar. Zum Zeichen seiner Hingabe ging er sogar heimlich ins Krankenhaus und ließ sich sterilisieren.

Erst als Kong erwachsen wurde, begann sie ihn zu verstehen: Er hegte für sie eine verzweifelte Liebe, heftig, extrem, abartig, krankhaft, voller Opfermut und rührender Tragik. Er liebte sie innig, das begriff sie nun, und darum entwickelte sie einen unermüdlichen Ehrgeiz. Nur die Angst vor dem Geruch von Alkohol wurde sie nicht mehr los; diese Angst war wie ein Brandeisen, das bei jeder Berührung seinen beißenden Geruch verströmte.

Natürlich wusste Jin nichts von alledem. Und sie fragte auch nicht danach. Wozu auch? Jeder Blinde trägt seine eigenen Brandmale mit sich herum, die besser im Verborgenen bleiben.

Jedenfalls führte Jins beiläufige Geste dazu, dass Kong ihr gegenüber eine freundlichere Haltung einnahm. Anscheinend war diese Frau doch nicht so schlimm. Sie war so, wie sie war: ein Original – und dabei hatte sie das Herz am rechten Fleck.

An einem Tag, an dem es wie aus Kübeln goss und die Geschäfte vor sich hindümpelten, gingen die beiden Frauen in einen Massageraum. Im Ruheraum wollten sie nicht länger bleiben – niemand wollte das in diesen Tagen, denn dort verbreiteten Sha Fuming und Zhang Zongqi die Aura von zwei Magneten, deren feindliche Kräfte jeder spüren konnte und die keinen Raum für etwas anderes ließen. Beide würden einander so lange die Stirn bieten, bis einer von ihnen zurückwich.

Weil die Kunden ohnehin ausblieben, beschlossen Jin und Kong, einander zu massieren – nicht im Rahmen einer Tuina-Behandlung, sondern als kurzweiliges Vergnügen im Stile von »Erst kümmere ich mich um dich, und später kannst du dich dann um mich kümmern«. Sie konzentrierten sich auf eine Bauchfettreduktion – eine Methode, die darauf abzielt, durch intensives Reiben, Kneten, Drücken, Schieben und Kneifen die Temperatur im Bauch zu erhöhen und so das dort sitzende Fett zu verbrennen. Dabei darf man nicht verschweigen, dass eine solche Massage mit dem hehren Ziel der Gewichtsabnahme äußerst schmerzhaft ist. Man halte sich nur einmal vor Augen, wie viele hochsensible Akupunkturpunkte in diesem knochenlosen Bereich konzentriert sind – und dann stelle man sich obendrein einen zarten Frauenbauch vor. Sobald der Therapeut hier zupackt und kräftig zieht und zerrt und kneift, brennt der Schmerz wie Feuer. Trotzdem war diese Behandlung sehr gefragt. Offensichtlich legten die Frauen immer größeren Wert auf ihr äußeres Erscheinungsbild. Ohne einen flachen Bauch ist die schönste Kleidung nichts wert, egal, wie fein der Stoff und wie schick der Schnitt ist. Und ein schöner Bauch besitzt noch einen betörenderen und verborgeneren

Wert, der erst im Bett zum Vorschein kommt: ohne ihn kein guter Sex. Gemessen daran, wie wichtig der Bauch ist, fällt ein bisschen Schmerz nicht weiter ins Gewicht. Eine Frau muss ohnehin leiden können.

Weder Jin noch Kong waren dick – aber sie waren verliebt, und welche verliebte Frau ist schon mit ihrem Bauch zufrieden? Keine. Der Grund ist einfach: Sie vergleicht sich mit dem Mädchen, das sie mit sechzehn oder siebzehn Jahren gewesen ist. »Früher habe ich anders ausgesehen.« Alle verliebten Frauen teilen einen grundlegenden Glauben: Früher – zu jener Zeit, die ihre derzeitigen Freunde versäumt haben – waren sie schöner als heute. Und bloß unter größten Mühen können sie sich zurückverwandeln in das, was sie einmal waren. Ihren jetzigen Bäuchen können sie niemals vergeben.

Obwohl Kongs Hände klein waren, entfalteten sie eine so große Kraft, dass Jin den Schmerz bald unerträglich fand. Auf neckische Weise revanchierte sich Kong damit: Du hast mir gerade ganz schön wehgetan – jetzt bist du an der Reihe. Jetzt zeige ich dir, wozu ich imstande bin. Schließlich ertrug Jin es nicht länger. »Du kleine Schlampe!«, platzte es aus ihr heraus.

»Kleine Schlampe« ist ein besonderer Ausdruck, um die flatterhafte und doch innige Freundschaft zwischen zwei jungen Frauen zu bezeichnen – ein Ausdruck wie ein zärtlicher Biss. Erst wenn ihre Beziehung ein besonderes Stadium erreicht hat, können beide zu »kleinen Schlampen« werden; eine gewöhnliche Beziehung berechtigt nicht zu diesem Ehrentitel. Ich bin also eine kleine Schlampe, ja? Also gut. Wortlos packte Kong mit festem Griff eine Handvoll von Jins Bauch. »Sag das noch mal!«, forderte sie Jin vergnügt auf.

Nicht gewohnt, klein bei zu geben, wiederholte Jin: »Kleine Schlampe.«

»Sag das noch mal!«

Kong steigerte ihren Druck mit jedem Wort. Ihr Opfer riss den Mund auf, so weit es konnte, stieß heftig Luft aus und bettelte um Gnade. »Ist gut, ich sag's nicht mehr! Lass mich los, und ich bin deine Sklavin.«

Langsam lockerte Kong ihren Griff, denn wenn sie schlagartig losgelassen hätte, wäre der Schmerz ungleich größer gewesen, wie sie aus Erfahrung wusste. »So, jetzt sollte es gehen.« Sie ließ los, die Hände auf Jins Bauch gelegt, und besänftigte ihn, indem sie ihn abwechselnd sachte massierte und abklopfte. Sie mochte Jins Bauch: Er war so flach und fest wie ein Fliesenboden, viel schöner als ihr eigener.

Sie begann ihn zu streicheln, und dann, mit einem sachten Zupfen an der Haut, drückte sie ihren Mund an Jins Ohr und flüsterte verschwörerisch: »Dein Bauch ist total sexy. Tailai fährt bestimmt auf ihn ab, oder? Na, sag schon! Hast du's schon mal mit ihm gemacht?«

Jin hatte diese Frage kommen sehen. Nein, sie hatte es noch nicht mit ihm »gemacht«. Noch nie. Sie streckte die Beine aus und erklärte ruhig: »Nein. Wir können uns beherrschen.«

Darin schien ein versteckter Hintersinn mitzuschwingen. Um ihre plötzliche Beschämung zu verbergen, packte Kong erneut Jins Bauch. »Nun sag schon: Ja oder nein?«

Vor Schmerz riss Jin die Beine in die Luft – und wirkte dabei so erotisch wie nie. »Du willst von mir ein falsches Geständnis erzwingen«, keuchte sie.

»Ja oder nein? Und warum hältst du deine Beine dann so hoch?«

Jin stutzte einen Moment, ehe sie losprustete. »Was weiß denn ich? Jetzt hast du dich verraten!«

»Du hast es wirklich noch nie gemacht?«

»Nein, wirklich nicht.«

»Und wieso nicht?«, fragte Kong weiter. Ihre Scham hatte sich in Unmut verwandelt und machte sie dreist.

Wieso nicht? War das denn nicht klar? Jin wurde ernst. »Ich will mich für die Hochzeitsnacht aufsparen.«

Nun glaubte Kong ihr. Gedankenverloren streichelte sie Jins Bauch und hörte damit gar nicht mehr auf. Für eine Frau ist das Thema des Miteinander-Schlafens sehr bedeutsam, und wenn zwei Frauen einmal darüber gesprochen haben, hebt das ihre Beziehung auf eine ganz neue Stufe der Vertrautheit.

Draußen regnete es noch immer in Strömen. Die Tropfen prasselten gegen das Schiebefenster. Die beiden Frauen waren in Schweigen versunken, und im Zimmer herrschte auf einmal eine lauschige Stille, die ein verschwommenes, dunstiges Licht verströmte wie die Deckenleuchte über ihren Köpfen. Und dennoch war es dunkel, und deshalb war die Stimmung in Wahrheit eher melancholisch als lauschig. Nachdem beide ihre intimsten Geheimnisse preisgegeben hatten, waren sie verstummt – vielleicht auch verschreckt durch das Wort »Hochzeit«, das Jin so abrupt gebraucht hatte. Nun hing jede ihren eigenen Gedanken nach. Wer nie an der Schwelle zu einer Heirat gestanden hat, kann die Gefühle, die ein solches Wort auslöst, nicht nachvollziehen. Der Gedanke daran hatte beiden in den letzten Tagen schwer auf der Seele gelastet – Liebe bedeutet nicht nur Glück, sondern auch Leid. Und wer konnte schon sagen, was der morgige Tag bringen würde? Das Tuina-Zentrum steckte in einer Krise, und niemand – nicht einmal der Himmel – konnte wissen, wie es weitergehen würde.

Jins Worte stimmten Kong traurig. »Ich will mich für die Hochzeitsnacht aufsparen« – so einen Satz würde sie nie mehr über die Lippen bringen. Sie hatte sich bereits restlos verschenkt, da war nichts mehr, was sie hätte aufsparen können. Aber bei aller Schwermut empfand sie keine Reue: Sie bereute nicht, was sie mit Wang getan hatte. Das Bedrückende war nur: Dass Jin sich für die Hochzeitsnacht aufgespart hatte, zeigte, wie sicher sie sich ihrer Hochzeit war. Ihr selbst dagegen fehlte diese Gewissheit, und das versetzte ihr einen Stich. Sie stellte keine besonderen Ansprüche an ihre Hochzeit: Die Feier durfte ruhig ein wenig nachlässig und ärmlich sein – Hauptsache, ihre Eltern waren anwesend, und nachdem sie alle gegessen hatten, würde ihr Vater seine Tochter feierlich in die Hände des Bräutigams geben. Was wäre eine Hochzeit ohne das Einverständnis ihrer Eltern wie jetzt? Allem Anschein nach konnte sie nur hinter dem Rücken ihrer Eltern heiraten, verstohlen wie eine Diebin. Und was bedeutete das? Dass sie ihren Eltern nun noch mehr als ohnehin schon schuldete. Und da war noch etwas anderes: Als Frau hätte sie sich gewünscht, dass ihr Freund sie zur Eile gedrängt, ja, besser noch: angefleht hätte. Die Liebe ist das eine, die Gefühle einer Frau sind das andere. Sie kam sich vor, als hätte sie um seine Hand gebettelt und sich dafür einen Tadel eingefangen. »Was hast du's denn so eilig?« Danach hatte sie sich billig gefühlt. Wie glücklich sich Jin im Vergleich zu ihr schätzen konnte! Traurigkeit und Neid überwältigten sie, und ihre Hände hielten inne. Ihr war nach Weinen zumute, und tatsächlich tropfte eine Träne auf Jins kleinen Bauch.

Als Jin den Tropfen spürte, hielt sie die Hand in die Luft, aber es kam nichts mehr, und da begriff sie, dass Kong geweint hatte. Sie setzte sich auf und nahm Kongs Hände, aber Kong zog ihre Hände zurück.

»Wenn du heiratest«, sagte Kong, »sag mir Bescheid, egal, wie weit weg du bist. Ich möchte unbedingt zu deiner Hochzeit kommen.«

Jin antwortete nicht. Meine Hochzeit, dachte sie im Stillen. Keine Ahnung, wann das sein wird.

Gegenüber Tailai hatte sie stets die dominante Rolle eingenommen, und dominante Leute haben eine Gemeinsamkeit: Sie gründen ihre Pläne auf Wunschdenken. In der Überzeugung, die anderen würden ihre Ansichten schon teilen, ziehen sie sie erst gar nicht in Betracht. Über die Hochzeitsfantasien, denen sich Jin in aller Stille hingegeben hatte, hatte sie kaum je ein Wort mit Tailai gewechselt. Und so wusste sie auch nicht, dass Tailais Eltern, bevor er von zu Hause fortgegangen war, mit ihm vereinbart hatten, dass sie keine Hochzeitsfeier für ihn organisieren würden. Der Grund war einfach: Höchstwahrscheinlich würde Tailais Frau genauso blind sein wie er selbst, und mit einer Hochzeit zwischen zwei Blinden legte man auf dem Land keine Ehre ein, ja, vielleicht würde man sich damit sogar zum Gespött der Leute machen. An Geld, so hatte Tailais Vater ihm unverblümt erklärt, sollte es ihm nicht mangeln, aber eine Feier würden sie für ihn nicht ausrichten. Tailai hatte sich einverstanden erklärt, zumal er sich in Wahrheit nichts anderes wünschte. Er war unter Hohn und Spott aufgewachsen und wusste, dass er im Dorf keine Freunde hatte. Alle verachteten sie ihn, selbst seine kleine Schwester. Wie schön wäre es dagegen, einfach das Geld zu nehmen – mindestens fünfzigtausend, vielleicht sogar siebzig- oder achtzigtausend. Es wäre um so vieles vorteilhafter, das Geld zur Hand zu haben, ohne dass er sich dafür erniedrigen musste. Er machte damit ein gutes Geschäft.

Gegenüber Jin beschrieb er ihre Hochzeit so: »Für mich war unser erster Kuss unsere Hochzeit. Ich will jeden Groschen für dich ausgeben und kein Geld zum Fenster hinauswerfen, damit andere etwas zu sehen haben.«

Es war eine leidenschaftliche und mit großem Feingefühl formulierte Erklärung in genau dem Stil, den Jin mochte: aufrichtig, fest entschlossen und voll bedingungsloser Hingabe an die Liebe, kurz: romantisch. Nur leider war es eine hochzeitsfeindliche Erklärung, und deshalb war ihr bei aller Rührung zugleich nach Weinen zumute.

Nun, da Kong auf ihre Hochzeit kommen wollte, nahm Jin ihre Hand und spielte schwermütig mit ihren Fingern. »Dann musst du warten. Ich weiß ja nicht mal, ob ich je meine Hochzeit erlebe.«

»Was soll denn das heißen?«

»Tailai will keine Hochzeit feiern.«

Kong schwieg. Weil sie blind war wie er, konnte sie ihn verstehen. »Und du?«

»Ich?«, sagte Jin. »Ich warte.«

»Wie lange?«

»Ich weiß nicht. Ich kann warten, bis ich dreißig oder vierzig bin.« Sie lehnte ihre Stirn an Kongs Stirn und fuhr leise fort: »Ich bin eine Frau.« Und sie ergänzte flüsternd: »Welche Frau könnte auf eine Hochzeit verzichten?«

So leise sie auch sprach, Kong hörte ihre Entschlossenheit heraus. Es klang wie ein Schwur, nicht zu ruhen, bevor sie ihr Ziel erreicht hätte.

Weil sie eine Frau war, konnte Kong sie genauso gut verstehen, wie sie Tailai verstand. Sie legte den Arm um Jins Schultern. »Ich verstehe.«

»Du hast es gut«, sagte Jin. »Du bist mit Wang so glücklich. Ihr werdet bestimmt vor uns heiraten. Sag mir Bescheid, wenn es so weit ist, dann komme ich auf deine Hochzeit und singe. Ich werde alle Lieder für dich singen, die ich kenne.«

Nun wollte auch Kong nichts mehr vor ihr verheimlichen.

Sonst hätte sie ihre Freundschaft nicht verdient. »Ich weiß ebenso wenig wie du, ob ich meine Hochzeit erlebe.« Es war genau das, was Jin gesagt hatte – nun kehrte es aus Kongs Mund zu ihr zurück.

Diesmal war es an ihr, überrascht zu sein. »Wieso denn?«

»Meine Eltern wären damit nicht einverstanden.«

»Wieso?«

»Sie wollen nicht, dass ich einen Blinden heirate.«

Ach so. Das ist es also. Ach ja, jeder hat sein Kreuz zu tragen.

»Sonst halten sie sich aus allem raus«, fuhr Kong fort. »Sie machen sich Sorgen um mich. Sie haben ihr ganzes Leben für mich geopfert. In Wahrheit bin ich mit Wang nach Nanjing durchgebrannt.« Sie holte ihr Shenzhener Handy heraus. »Ich benutze zwei Handys und erzähle ihnen immer, dass ich noch in Shenzhen bin.«

Jin nahm das Handy und strich darüber. Ständig lügen zu müssen, das war kein Leben. Nun war sie an der Reihe, den Arm um Kongs Schultern zu legen. »Ich verstehe.«

Ohne dass sie es beabsichtigt hätten, hielten sie einander in den Armen – es hatte sich aus ihrem gegenseitigen Verständnis so ergeben. Beide streichelten und tätschelten sie mit der linken Hand unaufhörlich den Rücken der anderen, während von draußen der Regen weiter gegen die Scheibe trommelte.

»Yan, ich habe ein Rätsel für dich: Was spielen zwei Blinde, die sich umarmen?«

»Blinde Kuh.«

»Und noch ein Rätsel: Was haben zwei Blinde, die sich streicheln?«

»Ein Blind Date.«

»Und noch eins: Wie plappern zwei Blinde miteinander?«

»Blind drauflos.«

»Du plapperst blind drauflos!«
»Nein, du!«
»Nein, du!«
»Nein, du!«

So ging es ein gutes Dutzend Mal hin und her, als wollten beide einander auf Teufel komm raus ein Verbrechen anhängen. Niemand wollte sich geschlagen geben, bis beide plötzlich in Lachen ausbrachen. Zuerst war es ein gedämpftes Gekicher, bei dem ihre Brüste gegeneinander bebten. Das kitzelte so sehr, dass sie ihre Umarmung lösten, aber mit der Stirn lehnten sie noch aneinander. Und dann hielten sie es nicht länger aus: Zuerst prustete Kong los und im nächsten Moment, von ihr angesteckt und doppelt so laut, auch Jin. Jins Lachen war ohrenbetäubend; es kam aus ihrem Nabel und brach mit der ganzen Kraft ihres Unterleibs aus ihr hervor. Davon mitgerissen, lachte nun auch Kong aus vollem Hals. Beide vergaßen, wo sie waren, ja, sie vergaßen sogar, wer sie waren, sie vergaßen alles. Sie lachten völlig enthemmt, ausgelassen, euphorisch. Ihr Lachen wogte hin und her, als feuerten sie einander an, wie in einem Wettkampf, eine lauter als die andere. Sie konnten nicht mehr aufhören. Fast brüllten sie, entfesselt, wie von Sinnen, in einem hysterischen Anfall. Ungeheuer befreiend war das.

Die anderen Therapeuten saßen, steif und angespannt, alle miteinander im Ruheraum, darunter auch Sha Fuming und Zhang Zongqi, in deren magnetischem Kraftfeld sich niemand zu rühren wagte. Selbst der Regen war auf der Hut. Und mitten in diese tiefe Stille hinein platzte das wilde Gelächter der beiden Frauen. Alle stutzten und wandten die Köpfe. Wie konnten die beiden nur so lachen? Wie konnten sie nur so fröhlich sein? Sie lachten, als gäbe es kein Morgen. Es war lustig anzuhören und entlockte allen ein Lächeln.

»Die beiden werden sich doch nicht wirklich tot lachen, oder?«, sagte Zhang Yiguang zu Wang.

»Zwei verrückte Hühner«, erwiderte Wang mit einem Schmunzeln, aber ihm war nicht nach Scherzen zumute – ihm blieben nur noch fünfzehn Tage, um die Schulden seines Bruders zurückzuzahlen. Die Sache brannte ihm unter den Nägeln. Er zog eine Zigarette hinter seinem Ohr hervor und ging vor die Tür.

Draußen gab es einen Dachvorsprung, unter den sich die Therapeuten gern zum Rauchen stellten. Wang rauchte eigentlich gar nicht, aber seine Kunden schenkten ihm nach einer Sitzung oft eine Zigarette, und manchmal, wenn er nichts Besseres zu tun hatte, zündete er sich nur so zum Spaß eine an.

Selbst vor der Tür hörte er noch immer das Gelächter der verrückten Weiber. »Die spinnen«, brummte er, da merkte er, dass jemand neben ihm stand. Er murmelte einen Gruß, und an der Antwort erkannte er, dass es Tailai war.

Die Beziehung zwischen Wang und Tailai ging nicht über den üblichen Rahmen eines höflichen Umgangs unter Kollegen hinaus. Sie hatten kaum miteinander zu tun. Aber nun fanden sie sich in einer eigentümlichen Lage wieder: Ihre Freundinnen standen inzwischen auf so vertrautem Fuß miteinander und führten außerdem ein solches Spektakel auf, dass es sie in Verlegenheit brachte und ihnen das unbestimmte Gefühl gab, sie müssten sich ebenfalls miteinander anfreunden. Wang schob seine Sorgen für einen Moment beiseite, nahm eine weitere Zigarette hinter seinem Ohr hervor – eine teure Chunghwa, die ihm ein Kunde geschenkt hatte – und drückte sie Tailai in die Hand. »Für dich.«

Tailai befühlte sie und erkannte, dass es eine Zigarette war. »Ich rauche nicht.«

»Ich auch nicht«, erwiderte Wang. »Höchstens so zum Spaß. Wann haben wir schon mal einen so ruhigen Tag?«

Er reichte Tailai sein Feuerzeug, ehe er seine eigene Zigarette anzündete. »Aber nicht inhalieren – sonst wirst du noch süchtig.«

Es war Tailais erste Zigarette, und er zündete den Filter an. Als er sie herumdrehte, um sie noch einmal anzuzünden, verbrannte er sich die Lippen. Er leckte sie sich ab, und dann gelang es ihm endlich, einen tiefen Zug zu nehmen. Mit aneinander gepressten Lippen versuchte er den Rauch durch die Nase wieder auszustoßen, aber da bekam er einen Hustenanfall. Als der Anfall vorbei war, befand er im Ton eines Kenners: »Gute Zigarette.«

»Na klar ist die gut.«

Sie fingen an über Zigaretten zu reden, ohne über ihr erstes Urteil hinaus zu kommen, und versanken in Schweigen. Dabei hätten sie gern miteinander gesprochen, aber sie wussten nicht worüber. Also rauchten sie weiter – und pafften so hastig vor sich hin, wie es nur Nichtraucher tun. Von ihrem Platz am Empfang sah Gao Wei die beiden von fern durch die Fenstertür, wie sie miteinander rauchten – zwei rote Zigarettenspitzen, die in rascher Folge aufleuchteten.

Ernsthaft, wie er war, nahm Tailai seine erste Zigarette sehr wichtig. Voller Eifer und Sorgfalt tat er tiefe Züge und hatte seine Zigarette im Nu aufgeraucht. Er fingerte aus seiner Hosentasche eine weitere Zigarette heraus und reichte sie Wang. »Komm, nimm noch eine«, sagte er wie ein alter Hase.

Das hysterische Gewieher der beiden Frauen war endlich verebbt – vermutlich tuschelten sie jetzt wieder miteinander. Nachdem er sich die neue Zigarette mit der alten angezündet hatte, warf Wang den Stummel auf die Straße, wo er mit einem flüchtigen Zischen erlosch. Als dem Älteren von beiden war ihm endlich ein Thema eingefallen. »Du und Jin Yan, ihr seid jetzt auch schon eine Weile zusammen, oder?«

»Nicht wirklich«, sagte Tailai.

»Und wann wollt ihr heiraten?«

Tailai schnalzte verlegen mit der Zunge. Er wusste nicht, was er darauf antworten sollte. Schließlich fragte er zurück: »Und ihr?«

»Wir? Wir haben es nicht eilig.«

»Wollt ihr eine große Feier?«

»Nein. Wozu denn? Lieber was Schlichtes.« Er fühlte den Drang hinzuzufügen: »Eine Heirat bedeutet, dass zwei Leute zusammenleben. Die Hochzeit ist unwichtig.« Nach einem Moment ergänzte er: »Kong denkt darüber genauso.«

Tailai rückte näher an Wang. Endlich hatte er jemanden gefunden, der ihn verstand. Ihm schien etwas auf der Zunge zu liegen, aber er stieß bloß einen Seufzer aus. »Schwierig.«

»Was ist schwierig?«

»Jin Yan möchte unbedingt eine große Feier«, sagte Tailai leise. »Sonst heiratet sie lieber gar nicht.«

»Warum?«

»Sie sagt, die Hochzeit ist im Leben einer Frau das Einzige, was zählt.«

Wang lachte. »Ist das nicht ein bisschen übertrieben? Wie kann die Hochzeit das Einzige sein?«

»Das finde ich auch.«

»Und was sagt sie noch?«

»Sie sagt, alle Frauen denken so.«

Bei diesen Worten stieß Wang langsam den Rauch aus seinem Mund aus. Wenn alle Frauen so waren, warum war Kong dann nicht so? Plötzlich kam ihm zu Bewusstsein, dass er nie eingehender mit ihr über ihre Hochzeit gesprochen hatte. Dass sie bald heiraten wollte, wusste er, aber in welchem Rahmen sie sich die Feier wünschte, hatte sie nie verraten – sie war ihm einfach in allem gefolgt. Er fühlte die Gefahr, die darin lag – er musste sie unbedingt einmal danach fragen. Er durfte ihre Gutmütigkeit nicht so ausnutzen.

»Ja«, seufzte Tailai, »sie will unbedingt eine Hochzeit in großem Stil. Da stellt sie sich stur.«

»So schlimm?«, murmelte Wang mehr zu sich selbst.

»Frag doch Kong. Ich schätze mal, Jin Yan hat ihr inzwischen ihr Herz ausgeschüttet.«

Jeder versank in seine eigenen Gedanken. Beiden tat es gut zu reden. Sie brauchten jemanden, mit dem sie ihre Gedanken teilten konnten, und sei es nur über die Hochzeit. Ein bisschen reden konnte nicht schaden. Noch bevor sie die zweite Zigarette aufgeraucht hatten, fühlten sich beide, als wären sie verschwägert.

Kapitel 16
Wang Daifu

In dem Moment, als er den Anruf entgegennahm, schwante Wang Daifu Böses. Die wohlklingende Stimme am anderen Ende der Leitung bat ihn, er möge doch bitte nach Hause kommen. Die Stimme klang so warm, als gehörte sie einem Familienmitglied, das ihn nach Hause rief. Aber Wang wusste es besser.

In den letzten zwei Wochen hatten die fünfundzwanzigtausend Yuan schwer auf ihm gelastet. Mach dir nicht so viele Gedanken, hatte er sich gesagt. Kommt Zeit, kommt Rat. Und tatsächlich hatte sich eine Lösung gefunden: Er hatte Sha Fuming um einen Vorschuss von zehntausend Yuan auf sein Gehalt gebeten. Zusammen mit seinen Ersparnissen hatte er die fünfundzwanzigtausend damit bereits zusammen. Wofür er das Geld brauchte, erklärte er Sha nicht, und glücklicherweise fragte Sha auch nicht.

Das Problem war nur, dass er nun, da er das Geld in seinen Händen hielt und streichelte, sich nicht mehr davon trennen mochte. Ihm kam der Spruch einer altgedienten blinden Kollegin in den Sinn: »Geld ist wie ein Kind – solange du nichts mit ihm zu schaffen hast, ist alles in Ordnung, aber hast du es einmal bei dir, willst du es nicht mehr loslassen.« Sein Herz blutete bei dem Gedanken, das Geld herzugeben – er konnte das Blut förmlich riechen. So ein Jammer! Wenn sein Bruder das Geld gebraucht hätte, um sich eine Wohnung zu kaufen, zu heiraten oder gar sein Leben zu retten, hätte er es ihm zu bereitwillig gegeben. Aber nichts dergleichen, es handelte sich um eine Spielschuld – ein Fass ohne Boden. Was, wenn sein Bruder weiterspielte? Was, wenn er wieder fünfundzwanzigtausend Yuan Schulden machte? Was würde ihm selbst noch zum Leben bleiben, wenn er immer weiter für seinen Bruder geradestehen musste?

Zum ersten Mal in seinem Leben hasste er sich selbst. Warum musste er der ältere Bruder sein? Warum ließ er sich so gerne ausnutzen? Warum musste er den Kopf hinhalten? Das war unnötig. Die Welt würde sich auch ohne ihn weiterdrehen. Er musste damit aufhören. Dieses eine Mal musste er die Sache allerdings noch durchziehen, schließlich hatte er den Typen sein Wort gegeben. Wenn deine Augen schon blind bist, darf deine Zunge nicht auch noch blind drauflosschwatzen – sonst wird die ganze Welt blind.

Seine Schulden muss man zurückzahlen – das war ein ehernes Gesetz.

Er klappte sein Handy wieder zu und befühlte den Gürtel, an dessen Innenseite er das Geld in den letzten Tagen mit sich herumgetragen hatte. Nachlässigkeit konnte er sich nicht erlauben. Dann setzte er seine Sonnenbrille auf und trat auf die Straße. Während er auf dem Bürgersteig stand, vor sich das Dunkel der Straße, hörte er die Autos an sich vorbeirauschen – oder vielmehr an sich vorbeiratschen, als würden sie den Boden Schicht um Schicht aufreißen.

Das ist das letzte Mal, das allerletzte Mal, sagte er sich in einem fort. Danach würde er seinem Bruder nicht mehr zu

Hilfe kommen, egal, was passierte. In diesem Moment war sein Herz so hart und kalt wie Stein. Das ist das allerletzte Mal. Mit diesen fünfundzwanzigtausend Yuan kaufte er sich frei von aller Schuld; danach würde er der Welt nichts mehr schuldig sein. Er bedauerte nur, dass das Geld keine bessere Verwendung fand. Stattdessen landete es bei diesen Schweinen. Na los, nun nehmt es schon! Ersticken sollt ihr dran.

Mit trotzigem Schwung streckte er seinen Arm aus, um ein Taxi anzuhalten. Scheiß drauf! Wenn ich schon fünfundzwanzigtausend Yuan zum Fenster rausschmeiße, dann kann ich ja wohl noch ein bisschen Kleingeld fürs Taxi erübrigen. Na los! Gib dein Geld mit vollen Händen aus! Heute gönne ich mir mal was und fahre zum ersten Mal in meinem Leben Taxi.

Schon kam ein Taxi herbeigerollt. Er hörte, wie es vor ihm anhielt, aber er rührte sich nicht, denn er wusste nicht, wie er die Tür öffnen sollte. Der Fahrer, ein Choleriker, blaffte ihn an: »Willst du jetzt mit oder nicht? Was trödelst du denn da so rum?«

Wang wurde nervös. Was war bloß in ihn gefahren? Wie war er auf die Idee verfallen, ein Taxi zu rufen? Er wusste ja nicht mal, wie man einstieg. Aber dann, nach einem Moment der Beschämung, fasste er sich wieder. Und nun war er in einer schlechten Laune. In einer sauschlechten Laune. »Was schreist du so? Komm gefälligst raus und öffne mir die Tür.«

Der Fahrer legte den Kopf schief, um ihn durch das Fenster zu mustern. Er sah einen Mann mit herrischem Gesicht und einer Sonnenbrille, wie sie Blinde tragen: auffallend groß und dunkel, fast wie eine Hülle um die Augen. Also ist er blind, sagte sich der Fahrer. Oder doch nicht? Je länger er den Mann betrachtete, desto unsicherer wurde er. Was habe ich denn da für eine schräge Type aufgegabelt? Schließlich stieg er tatsächlich aus und öffnete Wang die Tür, während er weiter darüber rätselte, was für Augen sich hinter diesen schwarzen Gläsern verbergen mochten.

Wang konzentrierte sich auf seine Bewegungen. In einer Anwandlung von Eitelkeit wollte er sich keine Blöße geben. Er wollte nicht als Blinder erkannt werden. Mit dem Geräusch der Wagentür als Orientierung glitt er, auf den Rahmen gestützt, vorsichtig hinein. Zurück auf seinem Sitz, fragte der Fahrer höflich, fast unterwürfig: »Wohin darf ich Sie bringen?«

Seit wann begegnete man ihm derart respektvoll? Wang musste unmerklich schmunzeln. Dann begriff er: Die Barschheit, mit der er – ganz gegen seine Natur – den Fahrer behandelt hatte, zahlte dieser ihm mit einer umso größeren Höflichkeit zurück. Verkehrte Welt! Darüber musste er später noch einmal in Ruhe nachdenken.

»Zum Markt an der Gongyuan-Straße.«

Er war zu Hause angekommen. Mit pochendem Herzen stieg er die Treppe hinauf, zaudernd und beklommen – vor allem beklommen. Ein Blinder, der mit Sehenden zu tun hat, kann nie eine gewisse Scheu ablegen – aus dem einfachen Grund, weil er sich ausgesetzt fühlt, während die anderen für ihn im Dunkeln bleiben. Deshalb meiden Blinde den Umgang mit Sehenden. Für sie stellen die Sehenden eine andere, höhere Spezies dar, mit Augenlicht begabt und deshalb allwissend und göttergleich. Ihre Haltung gegenüber den Sehenden entspricht genau der Haltung, die die Sehenden gegenüber Göttern und Geistern einnehmen: Sie halten respektvoll Distanz.

Die Leute, mit denen er es nun zu tun hatte – die Leute, die sich an die Regeln hielten –, waren von Göttern und Geistern nicht weit entfernt.

Kaum betrat er das Wohnzimmer, erlebte er eine Überraschung: Sein Bruder war zu Hause. Das Arschloch besitzt doch tatsächlich die Frechheit, sich hier hinzufläzen wie ein Gast und in aller Seelenruhe auf mich Trottel zu warten. Wangs Blut kochte hoch. Offensichtlich saßen mehrere Leute auf dem Sofa und hatten auf ihn gewartet. Sie fühlten sich wie zu Hause und sahen fern. Aus dem Apparat klapperte und klirrte es von aufeinanderprallendem Metall – ein Gemetzel von Dolchen und Lanzen, Schwertern und Hellebarden. Brutal und schneidend hallte es im Wohnzimmer wider und dabei doch auch seltsam wohltönend, fast melodisch – sicher ein Kung-Fu-Film oder ein Gangsterfilm. Mit Kung-Fu-Filmen kannte sich Wang aus. Sie alle folgten einem simplen Gesetz: Fäuste oder Patronen sind die Hüter der Wahrheit. Ihm kam in den Sinn, wie barsch er den Taxifahrer behandelt und mit welcher Zuvorkommenheit der Fahrer es ihm vergolten hatte, und er baute sich vor dem Sofa auf. Der Lärm aus dem Fernseher verebbte. Auf seiner Schulter fühlte er auf einmal eine Hand – er spürte, das war sein Bruder. Wieder kochte das Blut in ihm hoch, diesmal unkontrollierbar. Er sah seinen eigenen Körper, in Licht getaucht, durchscheinend, aufstrahlend in pulsierenden Schüben. Mit einem Lächeln gab er seinem Bruder die Hand, aber kaum berührten sich ihre Hände, klatschte er ihm mit der Linken ins Gesicht.

»Verpiss dich!«, brüllte er. »Na los! Du hast kein Recht, hier zu sein.«

»Er muss hierbleiben«, sagte die wohlklingende Stimme.

»Ich will ihn nicht hier haben«, sagte Wang. »Ich habe Ihnen doch gesagt, das ist eine Sache zwischen uns.« Er lachte. »Ich laufe euch schon nicht weg. Selbst wenn ich's könnte, ich würde es nicht wollen.«

»Hast du das Geld mitgebracht?«

»Ja.«

»Dann gib uns das Geld, und wir gehen.«

»Nein. Zuerst muss er verschwinden.«

»Das geht nicht«, sagte die wohlklingende Stimme.

»Wenn er verschwindet, gebe ich Ihnen das Geld. Sonst nicht. Besprechen Sie das miteinander.«

Mit diesen Worten ging er in die Küche.

Er öffnete den Kühlschrank, drehte seinen Gürtel herum, zog das Geld heraus und warf es ins Gefrierfach. Dann ertastete er zwei Eiswürfel und steckte sie sich in den Mund. Als er hörte, wie sein Bruder die Wohnung verließ, begann er das Eis zu kauen, dass es knirschte. Er kannte sich selbst nicht mehr, als er sich das Hemd vom Leib zog und mit dem Küchenmesser in der Hand ins Wohnzimmer zurückkehrte.

Es war totenstill – so still, dass er die Wände, das Sofa und die Tassen auf dem Teetisch spüren konnte. Und natürlich das Messer, das einen silbrigen Klang von sich gab.

»Du hast es dir also überlegt«, sagte die wohlklingende Stimme. »Du willst es so haben, nicht wir – aber wir können auch anders. Wir halten uns an die Regeln.«

»Ich verlange nichts von euch.« Er hob das Messer und stieß es sich in die Brust. Dann zog er die Klinge nach unten. Als müsste es seine Schüchternheit überwinden, trat das Blut erst nach einem Moment hervor, doch dann legte es alle Scheu ab und rann geschwind Brust und Bauch hinab, bis es zielsicher in seiner Hose verschwand. Wie warm es war. Wie eine Liebkosung.

Er sagte: »Wisst ihr, was wir Blinden am meisten lieben?«

Er sagte: »Geld.«

Er sagte: »Unser Geld ist anders als euer Geld.«

Er sagte: »Ihr nennt euer Geld Geld, wir nennen unser Geld Leben.«

Er sagte: »Ohne Geld haben wir kein Leben mehr. Dann sterben wir, und niemand weiß, wo.«

Er sagte: »Habt ihr auf der Straße blinde Bettler gesehen? Ja, das habt ihr.«

Er sagte: »Ich weiß, wie man bettelt. Ob ihr's glaubt oder nicht.«

Er sagte: »Aber ich kann das nicht machen.«

Er sagte: »Meine Eltern haben mich geboren, also kann ich das nicht machen.«

Er sagte: »Wir haben unsere Würde.«

Er sagte: »Wir brauchen unsere Würde.«

Er sagte: »Wir lieben unsere Würde.«

Er sagte: »Wie könnten wir sonst weiterleben?«

Er sagte: »Ich muss mich wie ein Mensch fühlen.«

Er sagte: »Wie ein Mensch! Versteht ihr das?«

Er sagte: »Nein, das versteht ihr nicht.«

Er sagte: »Ich kann euch die fünfundzwanzigtausend Yuan nicht geben.«

Er sagte: »Sonst müsste ich betteln gehen.«

Er sagte: »Wisst ihr, woher mein Geld kommt?«

Er sagte: »Ich massiere euch die Füße.«

Er sagte: »Wisst ihr, wie viele Füße ich für so viel Geld massieren muss?«

Er sagte: »Für ein Paar Füße bekomme ich fünfzehn Yuan, das macht siebeneinhalb Yuan pro Fuß.«

Er sagte: »Für fünfundzwanzigtausend Yuan muss ich dreitausenddreihundertdreiunddreißig Füße massieren.«

Er sagte: »Also gebe ich euch kein Geld.«

Er sagte: »Aber ich will euch trotzdem nichts schuldig bleiben.«

Er sagte: »Deshalb gebe ich euch mein Blut.«

Das Blut hatte inzwischen seine Füße erreicht. Schade, dass es so sanft war. Er wünschte, es hätte gebrüllt. Wieder stach er sich in die Brust, und diesmal hörte er das Blut plätschern. Es klang großartig, und sicher sah es auch großartig aus.

Er sagte: »Das ist alles, was ich habe.«

Er sagte: »Ihr könnt alles haben.«

Er sagte: »Nur nicht so schüchtern, greift ruhig zu.«

Er sagte: »Nehmt so viel, wie ihr wollt.«

Er sagte: »Mein Leben habe ich auch noch.«

Er hielt das Messer an seinen Hals. Er sagte: »Habt ihr genug?«

Er sagte: »Ich will eine Antwort. Habt ihr genug?«

Das Blut auf dem Wohnzimmerboden hatte etwas Schockierendes. Die wohlklingende Stimme brachte nichts Wohlklingendes mehr hervor. Das Messer war noch immer in Wangs Hand, die Augen weit geöffnet. Die wohlklingende Stimme packte Wang am Handgelenk. Er sagte: »Fass mich nicht an! Habt ihr genug?«

Die wohlklingende Stimme sagte: »Ja.«

Wang sagte: »Genug?«

Er sagte: »Ihr habt genug, ja?«

Er sagte: »Wir sind jetzt quitt, ja?«

Er sagte: »Dann könnt ihr jetzt gehen.«

Er sagte: »Bitte geht.«

Er legte das Messer in seine Handfläche und hielt es der wohlklingenden Stimme hin. »Wenn das Schwein noch mal zu euch kommt, dann hackt ihn damit klein. Hackt so viel von ihm ab, wie ihr wollt.«

Im Zimmer war Stille eingekehrt. Ohne zu antworten, war die wohlklingende Stimme gegangen. Alle zusammen waren sie gegangen, drei Leute, sechs Füße. Nach Chaos hatte es nicht geklungen, aber auch nicht nach einem geordneten Rückzug. Wang lauschte, wie sich die Schritte – schon nicht mehr in der Wohnung, aber immer noch vernehmlich – entfernten. Er legte das Messer nieder und drehte sich um.

Nun war es vollkommen still, so still wie der Geruch des Blutes. Plötzlich wurde ihm bewusst, dass seine Eltern noch da waren. In diesem Moment sahen sie ihn bestimmt an. Und er *blickte* zurück, blickte erst seinen Vater, dann seine Mutter an. Eine gute Viertelminute starrten sie einander an, dann fühlte er, wie etwas aus seinen Augen trat. Tränen. Und all das sahen seine Eltern, all das mussten sie sehen.

Wie konnte das passieren? Wie? Eigentlich war er entschlossen gewesen, die Schulden seines Bruders zurückzuzahlen, aber in einem Moment der Schwäche hatte er alle Pläne über den Haufen geworfen. Was hatte er getan? War das wirklich er gewesen, der sich so irrwitzig aufgeführt hatte? Wie hatte er das fertiggebracht? Was unterschied ihn noch von irgendeinem Halunken? Nichts. Es war beschämend. Er war ein Lump, er war nichts als Abschaum, verkommen und nicht länger ein Mann von Ehre. Seine Zunge hatte blind drauflos geschwatzt.

Und dabei war er eigentlich gar nicht so. Überhaupt nicht. Er war stets ein artiges Kind gewesen und ein guter Schüler, das hatten ihm die Lehrer immer wieder bescheinigt. Zu seinen Eltern hatte er keine besonders innige Beziehung gehabt. Nicht seine Eltern, sondern seine Lehrer an der Blindenschule hatten ihn geprägt. Und auch wieder nicht: Die entscheidende Rolle hatten letztlich doch seine Eltern gespielt – aber nicht als Menschen aus Fleisch und Blut, sondern als abstrakte Wesenheiten, gegenüber denen ihn ein ewiges Schuldgefühl plagte.

Wann immer er ein leichtes Vergehen beging, wann immer ihm ein kleiner Fehler, ein winziges Missgeschick unterlief, pflegten seine Lehrer zu ihm zu sagen: »Kannst du so noch deinen Eltern unter die Augen treten?« Nein. Seine Eltern waren stets bei ihm, gleich über seinem Schädel.

Aber damit nicht genug. Auch später, als Erwachsener, war er besessen von dem Gedanken, Anerkennung zu ernten. Tief in seinem Innern jagte er unablässig diesem einen Ziel hinterher. Nur so könnte er seinen Eltern vergelten, dass sie ihn aufgezogen hatten. Er wollte ihnen unter die Augen treten können.

Aber was hatte er heute getan? Um des Geldes willen hatte er sich wie ein Irrer gebärdet. Seine Zunge hatte blind drauflos geschwatzt, und das vor seinen Eltern. Er hatte all seinen Anspruch auf Anerkennung verloren, all seine Würde. Vor seinen Eltern.

»Papa, Mama«, sagte er, den Kopf gesenkt in tiefer Zerknirschung. »Ich muss mich bei euch entschuldigen.«

Seine Mutter hatte sich von ihrem Schock noch nicht erholt, aber sie war glücklich. Mit Freudentränen in den Augen ergriff sie seine Hand. »Hätte dein Bruder doch nur ein bisschen was von dir mitbekommen!«

»Mama, ich muss mich bei euch entschuldigen.«

Seine Mutter begriff nicht, warum er das sagte. Aber sein Vater nahm seine Worte auf. »Junge, ich muss mich bei dir entschuldigen. Ich hätte niemals zulassen dürfen, dass deine Mutter dieses Schwein zur Welt bringt.«

Wang krampfte seinen Bauch so abrupt zusammen, dass seine Brust erbebte. Das Blut floss noch immer und bildete Bläschen auf seiner Brust. »Papa, so bin ich nicht. Du kannst dich erkundigen, so bin ich nie gewesen.«

Seine Eltern tauschten einen Blick miteinander. Beide hatten keine Ahnung, wovon ihr Sohn sprach. Sie fanden nur eine Erklärung: Vor Schmerz war er nicht mehr bei Verstand.

»Ich muss mich bei euch entschuldigen.« Er ließ sich nicht davon abbringen.

»Nein, dein Vater muss sich bei dir entschuldigen!«

Wangs Hände tasteten umher. Ohne zu wissen, wonach sein Sohn suchte, streckte der Vater die Hand aus. Wang umklammerte seine Hand und gab sie nicht mehr frei. Es war ein sonderbares Gefühl, das ihn erschütterte. Er wusste nicht damit umzugehen. Neunundzwanzig Jahre. Neunundzwanzig Jahre, und dies war das erste Mal, dass er seinen Vater berührte. In seiner Erinnerung war die Haut seiner Eltern eine Leerstelle. Während er die Hand seines Vaters gedrückt hielt, seine Finger, seine Haut, schossen ihm die Tränen aus den Augen wie ein Strom von Blut. Er brach in ein Zittern aus, das er nicht kontrollieren konnte. Mit tränennassem Gesicht flehte er leise: »Papa, gib mir eine Ohrfeige!«

»Papa!«, schluchzte er lauthals. »Papa, gib mir eine Ohrfeige, aber richtig!«

Die Eltern, denen der Schreck noch in den Gliedern saß, wussten nicht mehr ein noch aus. Was sollten sie tun? Was war mit ihrem Sohn los? Auch der Vater weinte. Durch seine Tränen blickte er zu seiner Frau: Sie stand dort mit offenem Mund. Ohne sich um das Blut zu scheren, nahm er seinen Sohn in die Arme. »Später. Wir reden später darüber. Jetzt gehen wir erst mal ins Krankenhaus. Na komm, Junge!«

Der Arzt vernähte die Wunden, die nicht tief, aber lang waren, mit hundertsechzehn Stichen. Wangs Brust sah aus wie ein Haufen Lumpen, ehe die halbrunde Nadelspitze darin ein- und ausfuhr. Trotz der Betäubung fühlte er noch immer

Schmerzen. Mit der linken Hand hielt er seinen Vater gepackt, mit der rechten seine Mutter. Es war sein Herz, das schmerzte. Es schmerzte ihn, dass seine Eltern mit zwei nutzlosen Söhnen geschlagen waren: Der ältere war Abschaum, der jüngere ein Taugenichts. Was konnten seine Eltern noch vom Leben erwarten? Nichts. Nur ein Leben in völliger Blindheit.

Nachdem seine Wunden vernäht waren, wurde er von der Polizei in der Notaufnahme festgehalten. Der Arzt hatte die Polizei verständigt, denn die Wunden waren so gleichmäßig, dass sie offensichtlich von einem Messer herrührten. Bei jemand anderem hätte man die Angelegenheit vielleicht trotzdem auf sich beruhen lassen, aber das Opfer war ein Behinderter, und wenn ein Behinderter so brutal attackiert wurde, durfte man nicht wegschauen.

»Wer hat Ihnen das angetan?«, fragte der Polizist.

»Ich mir selbst«, sagte Wang.

»Lügen Sie mich nicht an.«

»Ich lüge Sie nicht an.«

»Sie sind verpflichtet, mir die Wahrheit zu sagen.«

»Ich sage Ihnen die Wahrheit.«

»Ich wiederhole es noch mal: Auch wenn Sie ein Behinderter sind, sind Sie verpflichtet, mir die Wahrheit zu sagen.«

Wang verzog den Mund zweimal und hob die Brauen. »Und Sie sind verpflichtet, einem Behinderten zu glauben, auch wenn Sie selbst keiner sind.«

»Na, dann erzählen Sie mir doch mal: Was war Ihr Motiv?«

»Mein Blut wollte weinen.«

Der Polizist war sprachlos. Er wusste nicht, was er mit diesem verstockten Blinden machen sollte. »Ich frage Sie jetzt zum letzten Mal: Was ist passiert? Wenn Sie mir die Wahrheit sagen, ist das zu Ihrem eigenen Besten, das sollte Ihnen klar sein.«

»Ich habe es selbst getan«, beharrte Wang. »Ich schwöre es Ihnen bei meinen Augen. Wenn ich lüge, soll ich, sobald ich aus dieser Tür gehe, scharf wie ein Adler sehen.«

Statt ins Tuina-Zentrum zurückzukehren, ging er erst nach Hause – schließlich warteten dort im Kühlschrank seine fünfundzwanzigtausend Yuan auf ihn. Außerdem musste er seine Kleidung wechseln. Als er die Wohnung betrat, merkte er zu seiner Überraschung, dass sein Bruder zurückgekommen war – er hatte sich auf das Sofa gefläzt und kaute einen Apfel. Offensichtlich war der Apfel gut: knackig und saftig, das konnte Wang hören. Plötzlich packte ihn die Angst: Sein Bruder hatte doch nicht etwa in den Kühlschrank geschaut? Er ging schnurstracks in die Küche und öffnete mit einem mulmigen Gefühl im Magen den Kühlschrank. Zum Glück war das Geld noch da. Er stopfte es erneut in die Innenseite seines Gürtels. Als er sich den Gürtel wieder umgebunden hatte, fühlte er eine schneidende Kälte an seinem Bauch. Als ob die Scheine in seine Haut piekstent. Wie eisig das Geld war.

Ohne ein weiteres Wort zu verlieren, verließ er die Wohnung. Weil die Schmerzen zurückgekommen waren und weil er so viel Geld bei sich trug, stieg er besonders langsam die Treppe hinunter. Auf einmal hörte er, wie oben ein Streit ausbrach. Was seine Eltern sagten, konnte er nicht verstehen, aber sein Bruder schrie so laut, dass Wang ihn noch zwei Stockwerke tiefer in aller Deutlichkeit hören konnte. Er klagte über sein hartes Los:

»Warum habt ihr mich nicht blind sein lassen? Wenn ich blind wäre, könnte ich für mich selbst sorgen!«

Kapitel 17
Sha Fuming und Zhang Zongqi

Unter normalen Umständen hätten sich Sha Fuming und Zhang Zongqi längst zusammensetzen sollen, um miteinander zu besprechen, wie sie im Fall von Jin Dajie weiter vorgehen sollten. Aber weil Sha diese Angelegenheit nie zur Sprache brachte, hielt sich auch Zhang bedeckt, und so nahm der kalte Krieg zwischen ihnen seinen Lauf.

Im Tuina-Zentrum hatte es schon eine ganze Weile keine Sitzung mehr gegeben, und das verhieß nichts Gutes. Die Dinge lagen offen zutage: Sha wollte Jin Dajie loswerden, Zhang Gao Wei. Dass die Chefs keine Sitzung einberiefen, konnte nur eines bedeuten: Beide hatten sich noch keine Strategie zurechtgelegt, beiden fehlte die Siegesgewissheit, und so verharrten sie in ihrem Patt. Oder vielleicht bedeutete es auch, dass keiner von beiden willens war, einen Schritt nachzugeben.

Sha brannte darauf, Dajie zu feuern. Aber dieses Ziel – das war ihm klar – konnte er nur erreichen, indem er beide streitenden Parteien gleichermaßen für schuldig erklärte, sprich: indem er auch Gao kündigte. Aber wie hätte er das verantworten können? Gao war zu Du Hongs Augen geworden und vielleicht auch noch zu ihren Beinen. Was würde Du Hong ohne sie anfangen? Und wie hätte er es ihr erklären sollen? Beide –

Sha und Zhang – waren in einem Dilemma gefangen, und keiner konnte einen Zug machen. Es war ein Geduldsspiel.

So schleppten sich die Tage dahin, und oberflächlich betrachtet gereichte das keiner Partei zum Schaden, aber dieser Eindruck täuschte. Die Angelegenheit musste geklärt werden. Nach langem Grübeln reifte in Sha eine neue Idee: Trennung.

Nachdem er alles gründlich durchdacht hatte, bat er Zhang um ein Uhr nachts zu einem Gespräch. Sie gingen ins Sifang-Teehaus. Sha bestellte einen schwarzen Tee, Zhang einen grünen. Sha redete nicht lange um den heißen Brei herum, sondern schlug in klaren Worten einen scharfen Schnitt vor: Er würde Zhang hunderttausend Yuan geben und dann das »Sha Zongqi-Tuina-Zentrum« in »Sha-Fuming-Tuina-Zentrum« umbenennen. Die Summe, die er nannte, war nicht aus der Luft gegriffen: Am Anfang ihrer Partnerschaft hatte jeder von ihnen achtzigtausend Yuan für die Papiere, die Miete, den Umbau und die Einrichtung beigesteuert, und danach hatten sie am Ende jedes Quartals die Gewinne geteilt. Deshalb schien es Sha angemessen, wenn er seinen Kompagnon nun nicht mit achtzigtausend, sondern mit hunderttausend Yuan auszahlte.

Zhang zierte sich nicht lange, sondern erklärte sich ohne Weiteres einverstanden – allerdings mit einer kleinen Korrektur: Sein Preis seien nicht hunderttausend, sondern hundertzwanzigtausend Yuan. Sobald er diese Summe erhalten habe, werde er – so erklärte er unmissverständlich – unverzüglich verschwinden. Mit dieser Antwort hatte Sha gerechnet – allerdings nicht mit dieser Summe. Aber statt zu erwidern, er fände den Preis ein wenig hoch, wechselte er die Taktik.

»Die Summe geht in Ordnung. Oder warum machen wir es nicht so: Du gibst mir die hundertzwanzigtausend, und ich verschwinde.«

Wären ihre Verhandlungen an dieser Stelle zu einem Ende gekommen, hätte Sha sich als Gewinner gefühlt. Er hatte noch genügend Geld flüssig, um zusammen mit den hundertzwanzigtausend Yuan ein neues Zentrum zu eröffnen. Höchstens drei Monate würde er brauchen, um einen neuen Platz zu finden und umzubauen und um den Papierkram zu erledigen, und dann würde er von Neuem Chef sein. Er hatte sich schon alles überlegt: Eingedenk der alten Freundschaft, die ihn mit Zhang verband, würde er seinen Laden weit genug weg von diesem Zentrum eröffnen, in einer Entfernung von mindestens fünf Kilometern. Du Hong und Gao Wei würde er mitnehmen. Wang Daifu und Xiao Kong auch, falls sie es wünschten. Keine zwei Jahre, und er würde wieder schwarze Zahlen schreiben. Ob Zhang sich so lange über Wasser halten würde, war eine andere Frage – schließlich hatte er das tägliche Management stets Sha überlassen.

Sha brannte darauf, sich von seinem Kompagnon zu trennen. Dabei spielte nicht allein der Zwist zwischen ihnen eine Rolle – der Hauptgrund war seine Beziehung zu Du Hong. So wichtig das Geschäftliche auch war, sein Privatleben war genauso wichtig. Er war nicht mehr der Jüngste und musste sich allmählich Gedanken über sein Leben machen. Und war Du nicht »noch so jung«? In einem eigenen Zentrum könnten sie gemeinsam in Ruhe warten. Die Zeit arbeitete für ihn. Sobald sein neues Zentrum eröffnet war, wollte er ihr ein Klavier kaufen, und wenn sie einverstanden wäre, könnte sie jeden Tag spielen – er würde sie dafür bezahlen. Damit würde er zwei Fliegen mit einer Klappe schlagen: Die einschmeichelnde Musik würde dem Zentrum eine ganz eigene Atmosphäre verleihen und einen besonderen Service versprechen; gleichzeitig – und das war das eigentliche Motiv – könnte er Du so bei sich halten. Wo sie war, waren Hoffnung und Glück. Er durfte sich nicht länger seinem alten Traum hingeben – den beiden Händen, den beiden Klumpen Eis. Zu kalt war das Eis, die Hände zu hart.

Die Trennung von Zhang war also notwendig, die Frage war nur wie. Er hätte von Anfang an hundertzwanzigtausend Yuan für sich fordern können, aber er brachte eine solche Forderung nicht über die Lippen, und Zhang hätte allen Grund gehabt, sie abzulehnen. Dass Zhang nun selbst diese Summe ins Spiel gebracht hatte, machte alles wesentlich einfacher. Nur zu gern wäre Sha mit hundertzwanzigtausend in der Tasche gegangen. Notfalls hätte er sich auch mit hunderttausend begnügt. Seine eigentliche Sorge hatte der Möglichkeit gegolten, sein Geschäftspartner könnte eine Trennung verweigern. Solange Zhang nur irgendeine Summe nannte – seien es nun hundertzwanzigtausend oder hunderttausend –, konnte er, Sha, bei ihrem Geschäft bloß gewinnen.

Während er an seinem Tee nippte, fühlte er, dass sich ihre Verhandlungen dem Ende zuneigten. Mit einer so befriedigenden Lösung hatte er nicht gerechnet. Eine Trennung im Guten – was hätte er sich Besseres wünschen können? In seiner Freude kamen ihm die Anfangstage ihres Tuina-Zentrums in den Sinn: Die Geschäfte waren noch nicht in Gang gekommen, aber sie beide waren ein Herz und eine Seele und hatten voreinander keine Geheimnisse. Am liebsten hätten sie sich nachts noch ins selbe Bett gedrängt. Was für eine herrliche Zeit war das gewesen! Flitterwochen unter Freunden, unter Männern. Wer konnte ahnen, dass ihre Beziehung einmal so aus dem Lot geraten würde? Zum Glück lief ihre Trennung ohne böses Blut ab, und sie könnten Freunde bleiben.

Aber er lag falsch – er hatte die Rechnung ohne den Wirt

gemacht. Zhang zeigte, wie abgeklärt er war, und riss ihn aus seinen Tagträumen.

»Die hundertzwanzigtausend kann ich dir gern geben, kein Problem. Aber von Freund zu Freund muss ich dir eines ganz offen sagen: Im Moment bin ich nicht flüssig. Du müsstest ein paar Jahre warten, falls du dazu bereit bist. Ich werde dir nichts schuldig bleiben, das musst du mir glauben. Wann immer du gehen möchtest, können wir sofort einen Vertrag unterschreiben.«

Das hatte Sha sich nicht träumen lassen. Er war sprachlos. Ihm kam in den Sinn, in welcher Verlegenheit er sich gefühlt hatte, als er sich seinen Plan zurechtgelegt hatte: Er hatte nicht gewusst, wie er das Thema anschneiden sollte. Und nun, da er seinen Mut gesammelt und gesagt hatte, was er sagen wollte, ging ihm auf, dass sein Geschäftspartner alles andere als müßig gewesen war. Auch Zhang hatte sich eine Strategie zurechtgelegt, und sie war durchdachter als seine eigene, weitsichtiger, kurz: überlegen. Sha bereute sein überstürztes Handeln; er hätte sich nicht so vorschnell aus der Deckung wagen sollen. Damit hatte er sich selbst ins Hintertreffen manövriert. Er wusste nicht, was er auf Zhangs Angebot erwidern sollte. Also ging er gar nicht darauf ein. Er rang sich ein Lächeln ab und drückte auf die Zeitansage der Uhr an seinem Gürtel. Es war schon spät. Nach Hause gehen war das Beste, was er in diesem Moment tun konnte. Er zog sein Portemonnaie heraus, um zu bezahlen. Zhang tat es ihm nach mit den Worten: »Machen wir halbe-halbe.«

»Wozu denn?«, platzte es aus Sha heraus. »Es ist doch nur eine Tasse Tee.«

»Wir machen trotzdem besser halbe-halbe«, erwiderte Zhang.

Sha nickte und erhob keine weiteren Einwände, aber dabei

überkam ihn eine Anwandlung von Wehmut, ja, Traurigkeit. Dieses Halbe-halbe-Machen war ein anderes als das, mit dem sie ihr Tuina-Zentrum aufgezogen hatten: Es markierte das Ende ihrer Freundschaft.

Als sie damals ihre Pläne miteinander diskutiert hatten, hatte Sha das Halbe-halbe-Machen vorgeschlagen. Für Sha bedeutete das mehr als bloß einen Weg, den Gewinn aus ihren Investitionen gerecht aufzuteilen – es schwang darin auch eine stillschweigende Übereinkunft mit: Beide würden sie Chefs sein, ohne dass einer den anderen bevormunden würde. Um der Wahrheit die Ehre zu geben: Sha traf diese Abmachung gegen seinen innersten Wunsch, denn der Status als Chef bedeutete ihm viel zu viel, als dass er ihn gern mit einem anderen geteilt hätte. Eigenartigerweise entwickeln Blinde wie er, die sich ihren Lebensunterhalt selbst verdienen, in dieser Frage einen glühenderen Ehrgeiz als Sehende. Der Titel eines Chefs lässt kaum einen Blinden kalt. Die Gespräche, die Sha in müßigen Momenten mit seinen Kollegen darüber führte, enthüllten ihm eine grundlegende Tatsache: Fast alle teilten sie den Wunsch, nein, den Traum, in ihre Heimat zurückzukehren, wenn sie genügend Geld gemacht hätten, und ein eigenes Zentrum zu eröffnen. Dahinter steckte mehr als bloß beruflicher Ehrgeiz – die Vorstellung, ihr eigener Chef zu sein, ließ ihr Herz höher schlagen.

Sha war nur deshalb bereit gewesen, halbe-halbe zu machen, weil er mit Zhang befreundet war. Ein intimes Vertrauensverhältnis verband sie damals in Shanghai miteinander, und das hatte einen Grund.

Wie alle anderen Tuina-Therapeuten führten auch Sha und Zhang in Shanghai bloß das Leben einfacher Wanderarbeiter. Vom Glamour der Metropole bekamen sie nichts mit. Für sie bedeutete Shanghai bloß zwei Betten: eine Liege im Zentrum – das war ihre Arbeit – und eine Pritsche im Wohnheim – das war ihr restliches Leben. Mit der Liege konnte man sich noch arrangieren – sie bedeutete bloß Mühe und Arbeit. Vor der Pritsche im Wohnheim dagegen graute Sha: Sie war in einem dreizehn Quadratmeter kleinen Zimmer untergebracht, das mit insgesamt acht Betten vollgestopft war. Acht Betten, das bedeutete acht erwachsene Männer, die, wenn sie alle beieinander lagen, einen eigentümlichen Gestank verströmten, der nicht mehr nach Männern oder auch nur Menschen roch. Die Gerüche von billigem Fusel und Tabak, minderwertiger Zahnpasta und Seife mischten sich darin mit den Ausdünstungen von konzentriertem Fuß- und Achselschweiß und anderen Absonderungen zu dem eigenartigen, betäubenden Gestank von Wanderarbeitern.

Sha und Zhang schliefen im selben Zimmer, in oberen Etagenbetten, die einander gegenüberlagen. Beide wechselten kaum ein Wort miteinander. Das änderte sich erst, als ihre unteren Bettnachbarn fast gleichzeitig Liebesbeziehungen begannen /.

Dazu hätten sie den Glücklichen natürlich gratulieren können, aber im Grunde ging es sie nichts an. Doch das änderte sich, als ihre Nachbarn, wiederum fast gleichzeitig, sich zu ihrer Überraschung nicht genierten, ihre Freundinnen über Nacht bei sich zu behalten. Mit Reißnägeln befestigten sie ringsumher ein paar Stoffstücke am Bettrahmen, bis sie ihre Pritschen in geschlossene, intime Separees verwandelt hatten. In diesen Separees erlegten sie sich – das musste man ihnen zugute halten – eine strenge Selbstdisziplin auf und gaben, so schwer ihnen das auch fallen mochte, nicht einen ungehörigen Laut von sich. Eines freilich übersahen sie dabei: So sehr sie sich auch bemühten, sie konnten nur die Geräusche, die sie verursachten, unter Kontrolle bringen, nicht aber die Bewegungen, die ihre Körper machten. Die Betten schwankten mit ihnen, und dieses Schwanken übertrug sich in noch gesteigertem Maß auf die oberen Pritschen, sodass auch Sha und Zhang im selben lautlosen, gleichmäßigen, beiläufigen und doch fatalen Rhythmus mitschwankten. So lagen sie in ihren Betten und taten, als ob sie schliefen, während das Verlangen in ihnen brannte.

In dieser Situation wurden sie Freunde. Sie jammerten und fluchten miteinander, Leidensgenossen, zusammengeschweißt durch eine harte Prüfung, der manch einer nicht standgehalten hätte. Andere hätten ihre Not nicht verstanden, aber sie verstanden sich. Sie teilten denselben Schmerz, denselben Groll, dieselbe Qual und denselben Spott. Es blieb ihnen nichts, als einander Trost zu spenden, und in dieser Lage fanden sie bald ein gemeinsames Ziel: ein eigenes Zimmer. Und zu diesem Traum führte nur ein Weg: Chef werden.

Sie waren nicht weniger als Freunde in der Not, Überlebende, die ein Meer des Leidens hinter sich ließen. Und das war nicht übertrieben. So inbrünstig sie ihr Leben als einfache Arbeiter hassten, so innig ersehnten sie ihren Aufstieg zum Chef, und aus diesem glühenden Wunsch heraus fassten sie den Entschluss, ihr Geld zusammenzulegen, um vorzeitig ihren Traum wahr zu machen. »Wir machen halbe-halbe«, sagte Sha. »Einen Namen habe ich bereits: Sha Zongqi-Tuina-Zentrum.« Die Ladenmiete in Shanghai konnten sie sich nicht leisten, aber was machte das schon? Dann kehrten sie eben zurück nach Nanjing – Geschäfte machen konnte man schließlich überall.

Kurz entschlossen ging Sha Fuming mit seinem Freund nach Nanjing. Warum? Der Grund war einfach: Nanjing war

Shas vertrautes Revier und mehr oder weniger seine Heimatstadt. Zhang dagegen verband nichts mit Nanjing. Er stammte aus einem abgelegenen kleinen Städtchen in Zentralchina, das sich absolut nicht für ein Tuina-Zentrum eignete.

Die Eröffnung des Sha-Zongqi-Tuina-Zentrums war ein symbolträchtiges Ereignis – nicht etwa weil sie den Aufstieg der beiden Inhaber zu Bossen versinnbildlicht hätte, sondern weil sie dafür stand, dass zwei einfache Arbeiter, die nichts miteinander zu tun gehabt hatten, zu Freunden geworden waren, die gemeinsam durch dick und dünn gingen. Der Beginn ihrer Freundschaft markierte gleichzeitig deren Höhepunkt. Tief in ihrem Innern freilich war keiner von beiden mit ihrer Partnerschaft besonders glücklich. Sha hatte sich ein Sha-Fuming-Tuina-Zentrum erträumt und Zhang ein Zhang Zongqi-Tuina-Zentrum. Andererseits: Was hätte zu den Freunden auf Leben und Tod, die sie geworden waren, besser gepasst als »Sha Zongqi«? Sha Fuming war Sha Fuming und hatte seine eigenen Eltern, genauso wie Zhang Zongqi Zhang Zongqi war und seine eigenen Eltern hatte. Sha Zongqi dagegen hatte nicht Vater und Mutter, sondern zwei Väter: Sha Fuming und Zhang Zongqi. Beide wurden nicht bloß Bosse, sie wurden ganz und gar eins: tatendurstig, emsig, vor allem aber rücksichtsvoll aus dem unbedingten Bemühen, ihre Freundschaft zu bewahren. Ihre Verbundenheit rührte sie. *Ein* guter Freund im Leben ist genug – er ist wie der eigene Bruder.

Streng genommen gab es zwischen ihnen niemals einen Konflikt – sieht man einmal von Lappalien ab, wie sie zwischen zwei Bossen unvermeidlich sind. Aber um ihrer Freundschaft willen hielten beide sich strikt an ein Prinzip: Was auch immer ihnen missfallen würde, sie behielten es für sich. Hätte einer seinen Unmut geäußert, er wäre kleinherzig erschienen. Unter

Freunden wie ihnen würde sich jedes Problem in Nichts auflösen, solange sie nur bereit waren nachzugeben. Natürlich gab es zwischen ihnen auch Misstöne – wie hätte es auch anders sein können zwischen zwei Männern, die gemeinsam ein Unternehmen mitsamt seiner Belegschaft führten? Doch solange jeder sein Schweigen wahrte und sich großmütig gab, fielen die Misstöne nicht weiter ins Gewicht.

Freilich: seinen Missmut nicht zu äußern heißt nicht, dass man ihn nicht fühlt. Sha störte sich daran, dass sein Kompagnon sich aus allen Managementfragen heraushielt und auf diese Weise auch niemanden vor den Kopf stieß, aber dennoch mehr Geld scheffelte als er selbst. Der Kerl war ein gerissener Hund. Zhangs Unmut entzündete sich am genauen Gegenteil: Genauso wie sein Partner hatte er achtzigtausend Yuan in den Topf geworfen, und nun rieb er sich – als einer der Bosse wohlgemerkt – Tag und Nacht auf, während Sha bloß herumkrakeelte und sich gebärdete, als würde ihm allein der Laden gehören. Der Kerl war ein eitler Pfau.

Eitel, wie er war, legte Sha großen Wert auf seinen Status als Chef, aber das Geld war ihm kaum weniger wichtig. Zhang legte großen Wert auf das Geld, aber tief in seinem Innern war ihm auch sein Status als Chef wichtig. Als Teilhaber mussten sich beide mit je der Hälfte begnügen, und das war ein steter Quell der Unzufriedenheit. Manche Wunden wachsen mit der Zeit: Mit jedem Tag staute sich mehr Groll in ihnen auf. Nicht der Groll als solcher war das Bedrohliche, sondern sein stetiges Anschwellen. Aufgestauter Groll gleicht einem Paar Flügel, das nur eine Bestimmung kennt: sich ausbreiten und dem Dunkel entgegenflattern.

Dennoch war ihre Freundschaft ihnen wichtig, und so behielten beide ihren Groll für sich, wenn sie einander begegneten.

Sie gaben sich so gelassen wie möglich, als wäre zwischen ihnen alles im Reinen. Das kostete Mühe, anhaltende, aufreibende Mühe, die lächerlich und vergebens war. Im Rückblick betrachtet hätten sie ihrer Freundschaft keinen größeren Schaden zufügen können, denn ihre Mühe war ein schleichendes Gift. Die Tage vergingen scheinbar glatt und reibungslos, aber mit dem ersten unvorhergesehenen Ereignis würde das Gift seine Wirkung entfalten, und ihre Feindseligkeit würde mit einer Intensität hervorbrechen, die nicht nur ihr Umfeld, sondern auch sie selbst schockieren sollte. Hätten sie nur früher von Zeit zu Zeit ihrem Unmut Luft gemacht!

Doch am verheerendsten wirkte sich noch etwas anderes aus: Als blinde Bosse eines Tuina-Zentrums hatten sie nicht nur mit anderen Blinden, sondern auch mit Sehenden täglichen Kontakt. Im Umgang miteinander haben die Blinden ihren eigenen, bewährten Weg entwickelt. Schwierig wird es erst, wenn sich Sehende unter sie mischen. Aus der Position der Schwäche heraus, in der sich die Blinden unweigerlich befinden, können sie kein Vertrauen in ihre Art des zwischenmenschlichen Umgangs entwickeln, und so machen sie sich in der Begegnung mit Sehenden instinktiv deren Art des Umgangs zu eigen. Der Grund ist einfach: Weil sie nicht sehen können, haben sie die »Wahrheit« und die »Tatsachen« niemals auf ihrer Seite. Also müssen sie sich in ihren Urteilen und in ihrem Handeln auf die Augen der Sehenden stützen, bis sie, ohne es zu merken, den Sehenden in all ihren zwischenmenschlichen Beziehungen folgen. Sie ahnen nicht, dass ihre Urteile nicht ihre eigenen sind, und dennoch sind sie voller Zweifel, und so sehen sie sich mit zwei Welten zugleich konfrontiert. Und wie befreien sie sich aus dieser Bedrängnis? Gewappnet mit ihrem Stolz und ihrer Entschlossenheit, spalten sie sich selbst entzwei: in ein Ich, das glaubt, und in ein anderes Ich, das zweifelt.

Eben diese wissenschaftliche Haltung – halb gläubig, halb skeptisch – nahmen auch Sha und Zhang bei ihrer Arbeit im Tuina-Zentrum ein. Streng genommen gibt es keine Welt der Blinden, die getrennt und unabhängig von der Welt der Sehenden existiert. Die Welt der Blinden ist von einer Unzahl sehender Blicke durchflackert – stechender, kalter, allgegenwärtiger, unheimlicher, ja, dämonischer Blicke. Wenn die Blinden in die Gesellschaft drängen – das heißt: in die Gesellschaft der Sehenden –, schleppen sie an ihren Füßen zwei Klötze mit sich: ihre Ängste und die Augen der Sehenden. Und so tappen sie tastend voran.

Sha Fuming war vertrauenswürdig, und Zhang Zongqi war es auch. Nur Sha Zongqi war verdächtig.

Es war schon nach zwei Uhr morgens, als Sha vom Teehaus zurückkam. Er kam als Zweiter. Beide waren sie gemeinsam aufgebrochen, aber getrennt zurückgekehrt. Für die Angestellten, die noch wach lagen, verhießen ihre Schritte nichts Gutes: Zhang ging wieder online. Schon hämmerte er lautstark auf die Tastatur ein. Beim Surfen im Internet schlug er gern über die Stränge und blieb manchmal bis nach drei Uhr morgens vor dem Computer sitzen. Computer für Blinde verwenden eine spezielle Software, die, einfach gesagt, sämtliche Informationen in Geräusche umwandelt. Darum macht ein solcher Computer in einem fort Lärm. Zhang Zongqi, du störst alle anderen, wenn du den Ton so aufdrehst. Wir sind nur zu höflich, es dir zu sagen.

Sha Fuming suchte, kaum zurückgekehrt, die Toilette auf. Dort hörte er jemanden husten – Wang Daifu. Danach gab Wang kein Geräusch mehr von sich, bloß noch ein leises

Keuchen. Es klang verdächtig – er besorgte es sich doch nicht etwa selbst? Sha war drauf und dran, wieder zu gehen, aber wenn er jetzt kehrtgemacht hätte, hätte das seltsam gewirkt. Nein, er war bestimmt auf dem Holzweg. Er drehte sich zu Wang und fragte leise: »Alles in Ordnung, Kumpel?«

»Ja.« Er klang komisch.

Sha blieb stehen und wartete. Nach einer Weile fragte er erneut: »Ist wirklich alles in Ordnung?«

»Ja.«

»Was tust du denn da drinnen?«

»Bin gleich fertig. Garantiert. Alles in Ordnung.«

Nun war Shas Misstrauen erst recht geweckt. Was trieb der Kerl da drinnen? Mit gerunzelter Stirn fragte er: »Womit bist du gleich fertig?«

Wang lachte. »Ist nicht weiter wichtig.«

Kapitel 18
Xiao Ma

Sex kann süchtig machen, vor allem wenn man jung ist. Xiao Ma wurde nach nur einem Mal süchtig. Dabei erinnerte er sich nicht einmal mehr an die Details, so als hätte er gar nichts getan – nur sein wildes Gestrampel war ihm noch gegenwärtig. Aber das Ergebnis war überwältigend: Als er ins Tuina-Zentrum zurückkehrte, fühlte er eine wohlige Leere in sich, eine tiefe, vollkommene Gelöstheit. Wie zufrieden er war, wie ruhig! Er wünschte nichts, er begehrte nichts. Er fühlte ein nie gekanntes Behagen. Das Wunderbare am Sex erschöpfte sich nicht im Akt selbst, es entfaltete seine Wirkung auch danach: Er fühlte sich von Kopf bis Fuß getröstet. Er hatte nicht bloß sein selbstsüchtiges, erbärmliches Sperma verspritzt, er hatte sich von all seiner Unrast, all seinem Kummer befreit.

In seiner Einfalt glaubte er, sein Gestrampel habe wie ein chirurgischer Eingriff sein geschlechtliches Verlangen erfolgreich beseitigt, und von nun könne er wieder ruhig schlafen. Doch schon am nächsten Tag dämmerte ihm der Ernst der Lage. Deprimiert entdeckte er, dass seine Bemühungen vom Vortag vergeblich gewesen waren und all seine Probleme sich eher verschärft hatten. Von Neuem trieb eine blindwütige, alles durchdringende Kraft in seinem Körper ihr Unwesen – eine

Kraft, die nichts mit seinen Knochen oder Muskeln zu tun hatte, sondern aus dem Nichts mit verheerender Gewalt über ihn herfiel. Sie lauerte im Verborgenen, aber wenn sie einmal ausbrach, konnte nichts sie aufhalten. Er versuchte sie zu unterdrücken, sie zu ertragen, aber manches lässt sich nicht ertragen, und die Kräfte des Bösen in ihm waren stärker. Als ihm seine Ohnmacht dämmerte, blieb ihm nur eines: Er musste sich fügen. Und so ging er erneut ins Bordell.

Sein Körper verwandelte sich in einen Wecker, der im Innern eine riesige, straff gespannte Feder barg. Und die Zeit war eine heimtückische Hand, die, sobald die Feder erschlaffte, das Uhrwerk seines Körpers von Neuem aufzog. Nur jenes Gestrampel konnte seinem vor sich hintickenden Leib Entspannung verschaffen.

Vielleicht trug er in seinem Innern gar keine Feder, sondern ein lebendiges Wesen: eine sich windende Schlange, eine Python. Wenn sie sich in ihm zusammenzog, ließ sie ihre Zunge hervorschießen und leckte ihn bald hier, bald dort. Eine tödliche Verlockung ging von diesem Lecken aus, eine vitale Energie und unheimliche Kraft. Sein Körper war verhext und aufgewühlt, als könnte er Wind und Wogen aufpeitschen.

In einem Zustand der Benommenheit ging er wieder und wieder ins Bordell. Doch statt weiter in wildes Gestrampel zu verfallen, bewahrte er nun genügend Ruhe, um seine Aufmerksamkeit von sich selbst auf Xiaoman zu verlagern. Und mit seinen Händen und Fingern entdeckte er ein erstaunliches Geheimnis: Endlich begriff er, was es bedeutete, dass an einer Frau alles dran war, was an ihr dran sein sollte, und nichts zu viel – es war ein Lob auf die weibliche Schönheit, eine höchste Ehre, wie sie Saozi zuteil geworden war. Er legte all seine Konzentration in seine Hände, seine Finger öffneten sich wie Augen, die

»Saozi« fixierten: Arme und Hände, Haare und Hals, Taille und Brust, Hüfte, Hintern, Beine. Er sah sogar ihren Geruch, der alles umfasste und umhüllte, und ihren Atem, der in einem nur ihr eigenen Wechsel bald kaum merklich, bald stürmisch ging. Sie war Saozi.

Sie schenkte ihm Frieden. Er strampelte nicht mehr. Er wollte nur Saozi und sonst niemanden.

Den Mädchen im »Haarsalon« fiel bald etwas Lustiges auf: Der hübsche junge Blinde hatte »ein Auge« auf Xiaoman »geworfen«. Prompt zogen sie ihn damit auf. Wenn er hereinkam, behaupteten sie: »Sie ist bei der Arbeit. Warum nimmst du dir keine andere? Wir sind doch alle gleich.«

Mit ernster Miene pflegte sich Xiao Ma dann zu setzen und zu sagen: »Ich warte.«

Seine Entschiedenheit schmeichelte ihr. Xiaoman war keine Schönheit, sie sah vollkommen gewöhnlich aus, und das war für ein Mädchen in ihrem Gewerbe ein fataler Makel. Ihrem Stolz tat das keinen Abbruch, und so hatte sie sich anfangs ein großes Etablissement gesucht. Wen hätte es nicht in ein solches Etablissement mit seinem angenehmen Arbeitsumfeld und seinen gehobenen Preisen gezogen? Doch mit den anderen Mädchen dort konnte sie nicht konkurrieren, und das brachte sie in eine unerträgliche Lage. Dass sie kaum Geld verdiente, war dabei noch das geringere Übel. Entscheidend war das Gefühl der Schmach, das sie als so erdrückend empfand, dass sie in den »Haarsalon« wechselte. Aber wie öde war es hier! Anders als in den großen Bordellen gehörten die meisten Männer im Haarsalon zur Arbeiterklasse; sie hatten keinen Stil, keine romantische Aura, keine Geschichten, sie waren bloß gut gebaut. Xiaoman mochte Männer, die eine romantische Geschichte mitbrachten – ob diese Geschichte nun wahr oder erfunden, ob der Mann aufrichtig oder nicht war, das war ihr egal. Sie teilte diese uneingeschränkte Liebe zu Geschichten mit allen Frauen. Der Zauber ihres Gewerbes lag allein in dieser romantischen Überhöhung der fleischlichen Lust.

Im Haarsalon gab es keine Geschichten. Ihre Arbeit verrichten musste sie trotzdem – die Knochenarbeit einer Frau. Na los, mach weiter. Na mach schon.

Sie hatte die Hoffnung auf Geschichten schon aufgegeben, da schmeichelte Xiao Ma ihr mit seinen Besuchen. Alle merkten, dass er immer nur zu ihr wollte. Hier war sie: ihre Geschichte. Xiaoman entdeckte sie in der Art, wie er sie ansah. Mit Blicken kannte sie sich aus: Bevor die Männer sie bestiegen, funkelten ihre Augen vor Siegesgewissheit und überschäumender Vitalität; abstoßend waren sie nur, wenn sie den Mund aufmachten. Aber das war vor dem eigentlichen Akt. Vor dem Blick der Männer danach graute ihr mehr als vor allem anderen. Gewöhnlich schloss der Mann die Augen erst einmal, und wenn er sie dann wieder öffnete, war der Mann von eben verschwunden und ein anderer an seine Stelle getreten – einer mit einem trüben, frustrierten, verlorenen, deprimierten Blick, dem etwas Schlampiges und Trostloses anhaftete wie einem von zu viel Gebrauch zerknitterten Kondom. Deshalb mied sie den Blick der Männer danach. Diese niedergeschlagenen Kerle waren ihr zuwider; sie wirkten so verloren wie ein zerlaufenes Eigelb.

Xiao Ma war anders. Wirkte er davor noch ängstlich, so schenkte er ihr danach seine ungeteilte Aufmerksamkeit. Seine Augen fixierten sie. Er sah sie an, betrachtete sie, musterte sie, starrte sie an, schaute auf sie herab. Mit den Fingern streichelte er sie, und wohin auch immer seine Finger wanderten, folgten ihnen seine blicklosen Augen und fixierten, betrachteten, musterten, starrten und schauten herab. Und als seine Finger über ihre Augenhöhlen glitten, geschah etwas Staunenerregendes: Sie blickten einander an. Wie durchdringend sein nicht vorhandener Blick war, wie feucht und doch klar, unschuldig wie der eines Neugeborenen, schutzlos, arglos und von rückhaltloser Offenheit. Lange blickte er sie so an. Seine Pupillen zitterten leise, aber er gab sich alle Mühe, sie still zu halten.

Bei ihrem ersten Blickkontakt erschrak Xiaoman. Sie fühlte ein unaussprechliches Grauen. War dieser durchdringende, klare, nicht vorhandene Blick nun ein Blick oder nicht? Sie war sich nicht sicher. Falls ja, hoffte sie, er wäre keiner; falls nein, hoffte sie, er wäre einer. Blickten sie einander in die Augen? Aber wie? Und was fanden sie darin? Von plötzlicher Nervosität befallen, mied sie seinen Blick. Als sie wieder zu ihm sah, war sein Blick noch immer auf sie gerichtet. Er umfing sie mit seiner aufrichtigen Hingabe.

Sie wusste nicht, wie sie seinem Blick begegnen sollte. Als Prostituierte mochte sie Geschichten, gerade weil sie erfunden waren. Solche Geschichten waren kurzweilig und lustig – als würde man Vater-Mutter-Kind spielen. Eine Geschichte, in die sich aufrichtige Hingabe mischte, flößte ihr Angst ein. »Huren sind herzlos«, das weiß alle Welt, und das soll auch so sein. Wie könnte eine Hure ein Herz haben, wenn ihre Freier unwandelbar herzlos bleiben? Deshalb muss eine Hure, die ihren Namen verdient, herzlos sein.

Huren verkaufen ihren Körper – oder wie die Nanjinger sagen: Sie verdienen »bitteres Geld«. Ein Nanjinger spricht niemals von »Geld verdienen«, denn das wird der Mühsal und Bitternis der Sache nicht gerecht. Prostituierte dagegen bevorzugen einen anderen, noch bildlicheren und lebendigeren Ausdruck, um ihre Arbeit zu benennen: »Geld ficken«. Xiaoman hatte keine Ahnung, wer diesen Ausdruck erfunden hatte, aber der Gedanke daran brachte sie immer zum Lachen. Genau das ist es: Wir ficken Geld. Mit den Augen hatte das nichts zu tun. Wer fickte, musste sein Ziel nicht ins Visier nehmen, sondern konnte auch mit geschlossenen Augen ganze Arbeit leisten.

Xiao Ma jedoch benutzte gern seine Augen, und ihr fiel auf, wie schön sie waren – und das lag nicht nur an ihren Konturen, sondern auch an ihrem Blick. Wie konnte ein Mann einen so reinen, klaren Blick haben? So etwas hatte sie noch nie gesehen. Was erblickte er mit diesen Augen?

Aber er sah nicht nur, er roch auch. Endlich machte er auch von seiner Nase Gebrauch. Er suchte damit ihren Körper ab. Es war ein eigentümliches Schnüffeln, als holte er tief Atem, um ein Geheimnis aus ihrem Körper in seine Eingeweide zu saugen. Aber was konnte ihr Körper schon für ein Geheimnis bergen? Keines. Und so verwandelte sich seine Aufmerksamkeit in Gier. Er widmete sich ihr nun mit der größten Hingabe, und dabei wirkte er wie ein schutzloses Kind, unschuldig und dabei ein wenig vorwitzig und verletzt. Schließlich legte sie ihre linke Hand auf seine Wange, und ohne es zu merken, war es nun nicht mehr er, sondern sie selbst, die so unverwandte starrte, dass ihr Blick in seine Pupillen einzudringen schien. Sie hätte ihn nicht so anstieren sollen. Aber sie war eine Frau, und sie hatte die Schwächen einer Frau. Dem weiblichen Blick fehlt es an Ausdauer, er ermattet nach einer Weile, und als das bei Xiaoman geschah, wurde ihr Herz auf einmal weich, und ihre Brust hob sich sacht. O nein. Was ist nur mit mir los?

»Geh nach Hause«, sagte sie.

Und das tat er. Als er gegangen war, neckten die anderen Mädchen Xiaoman wie üblich, aber sie sagte bloß erschöpft: »Ihr nervt.«

Schon am nächsten Mittag kam er wieder, und diesmal gebärdete er sich ungewohnt wild. Er hielt ihre Schultern gepackt und drohte: »Du darfst es mit keinem anderen mehr tun!«

Sie begriff nicht, was er meinte. »Was hast du gesagt?«

Mit jäher Sanftheit glitten seine Hände ihre Arme hinab und ergriffen ihre Hände. »Du darfst nur zu mir lieb sein«, sagte er leise.

Sie erstarrte. Sie hatte eine zweijährige Beziehung gehabt. Danach, mit gebrochenem Herzen, war sie »eine Professionelle« geworden. Die Beziehung war mit diesem Satz von ihr zu Ende gegangen: »Du darfst nur zu mir lieb sein.«

»Na klar«, hatte ihr Freund gesagt und dabei gar nicht mehr aufgehört zu grinsen. Da begriff sie, dass sie zu viel von ihm erwartete: Wie hätte ein Frauenheld wie er sich nur mit ihr begnügen können? Nicht im Traum hatte sie damit gerechnet, dass sie ihren Satz noch einmal hören würde – und dann auch noch aus dem Mund eines Freiers.

»Ist gut«, keuchte sie. »Aber dann musst du für mich sorgen.«

Dabei drückte sie ihm ihre Hüften entgegen – eine überflüssige Bewegung, die ihn zu einer Reihe grober Stöße reizte. Und dann geschah das Wundersame, und ihre Körper bewegten sich im selben Rhythmus, so genau aufeinander abgestimmt, als stünden sie unter einem Kommando. Und dieser Rhythmus setzte mit unwiderstehlicher Gewalt alle Energien in ihrem Innern frei. Xiaoman fühlte, wie eine Woge des Glücks sie durchdrang. Sie war wie trunken – offensichtlich trieb sie auf einen Orgasmus zu, und diese Vorahnung war unausdenkbar, beseligend, erschreckend. Ihr Job bestand darin, Männern einen Orgasmus zu verschaffen – sie selbst wollte keinen. Sie hatte schon lange keinen mehr erlebt. Aber jetzt wollte sie einen. Ja. Sie wollte einen. Ihr Unterleib erbebte unter seinen Stößen. Ja. Ja. Schneller und schneller bewegte sie sich, ruckweise nach oben, bis sie nur noch einen Spaltbreit entfernt war von jener verfluchten Mauer. Jeden Moment würde sie dagegen prallen, und dann, das wusste sie, würde sie zerschellen. »Na los, krepier doch!«, sagte sie voller Ingrimm zu sich selbst. »Nun krepier doch schon!« Dann schlug sie auf der Mauer auf, und nach einem kurzen Moment der Verzögerung zerbarst ihr Körper. Ursprünglich war er ein massiver Kristall gewesen, doch nun zersprang er mit einem Aufblitzen – aber nicht in Splitter, sondern in Fäden, in Tausende Fäden, die sich durch ihr Inneres schlangen. Da streckte sie ihre Finger und Zehen aus, die sich mit einem Mal in zwanzig wundersame Kanäle verwandelt hatten, und durch diese Kanäle wurden all die wirren Seidenfäden so geschwind aus ihr hinausgezogen, dass sie schon im nächsten Moment in weiter Ferne waren. Xiaoman schlang ihre Arme um ihren Freier und drückte ihn an sich. Mein Gott. Mein Gott. Mein Gott. Was ist nur mit dir los, du kleine Schlampe? Scheiße, du hast Liebe gemacht.

Sie hörte, wie sie beide keuchten. Es klang so imposant, als wären sie eine Stute und ein Hengst, die Berge und Flüsse und allerlei Schwierigkeiten und Gefahren im Galopp überwunden hatten und nun schnaubend rasteten. Sie stießen sich ihren glühenden Atem, der nach frischem Gras und Eingeweiden roch, gegenseitig ins Gesicht. »Du bist wirklich ein kleines Pferd«, sagte Xiaoman.

Er stutzte einen Moment, dann packte er ihr Haar und rief: »Saozi!«

In Wahrheit kam das Wort nicht über seine Lippen, aber der jähe Gedanke hinterließ in ihm ein Gefühl der Leere. Sie war nicht Saozi. Und er selbst? Wer war er? Er war das, was von ihm übrig war, nachdem er seinen Samen verspritzt hatte. Ohne es zu merken, standen ihm Tränen in den Augen, und durch seine Tränen hindurch umfing sein nicht vorhandener Blick unverwandt die Frau an seiner Brust.

Sie sah seine Tränen. Sie sah sie. Mit einer Fingerspitze nahm sie einen Tropfen auf und hielt ihn ins Licht. Er funkelte und schillerte wie ein Kristall. Einer der Strahlen war besonders lang. Es war das erste Mal, dass sie auf dem Gesicht eines Freiers so etwas sah. Der Glanz erhellte ihr Bett. Sie verzog den Mund zu einem Lächeln. Sie konnte ihre Miene nicht sehen, aber ihr Lächeln war glücklich und spöttisch zugleich.

Dann geschah das Unglück, und eine Träne fiel herab auf ihren Busen, genauer: gleich neben ihre Brustwarze. Und da offenbarte ihr Busen eine erstaunliche Fähigkeit: Sie hörte, wie er gleich einer ausgedörrten Wüste mit einem Zischen seine Träne in ihr Herz sog.

Das gibt's doch nicht, sagte sie zu sich selbst. Das gibt's nicht.

Aber da hatte sie seine Lippen schon ins Visier genommen. Sie richtete sich auf, drückte ihre Lippen zielsicher auf die seinen und drang mit ihrer Zunge in seinen Mund ein. Seine Zunge, überrumpelt, rührte sich nicht. Er fühlte sich hilflos und wusste nicht, was er tun sollte.

»Ich muss zurück«, sagte er.

Als er ins Tuina-Zentrum zurückkehrte, war ihm kalt, so als trüge er nur ein dünnes Kondom am Leib. Er fror.

An der Tür zum Ruheraum stieß er um ein Haar mit Du Hong zusammen. Lächelnd ergriff sie seine Hand, ohne ein Wort zu sagen. Er blieb stehen, spitzte seine Ohren und drehte sie hierhin und dorthin, um in jedes Zimmer hineinzulauschen. Er war auf der Suche nach Saozi. Sie war bei der Arbeit und gerade mitten in einer höflichen Unterhaltung mit einem Kunden. Was genau sie sagte, konnte er nicht verstehen. Ein unbestimmbarer Duft, begleitet von ihrer Körperwärme, wehte zu ihm herüber. Verloren blickte er sich um, im Herzen eine einzige Leere, die in ihm doch zugleich ein trügerisches Gefühl der Erhabenheit weckte. Manche innere Leere kann unvergesslich sein.

Du Hong wartete darauf, dass er etwas sagte, aber er sagte nichts und stand bloß dort, als wäre er in Gedanken ganz woanders. »Habe ich dich gestoßen?«, fragte sie ihn. Als er nicht antwortete, ließ sie seine Hand los und ging verlegen in den Ruheraum.

Er konnte hören, dass Kong mit ihrer Sitzung fertig war. Ihr Kunde war im Begriff zu gehen. Als Ma zu ihrem Zimmer hinübertappte, kam der Kunde an ihm vorbei. An der Tür blieb er stehen und rief sie übergangslos mit leiser Stimme beim Namen. »Saozi!« In zerknirschtem Ton fuhr er fort: »Es tut mir leid.«

Ohne die geringste Ahnung, was er meinte, stand sie auf. Erst nach einer Weile kam sie zu dem Schluss, dass er »diese Sache« meinen musste. Aber das war doch schon eine Ewigkeit her! Wozu brachte er das jetzt noch aufs Tapet? Xiao Ma, du nimmst das zu ernst. Aber dann begriff sie: Er fürchtete, sie könnte den Vorfall ausplaudern. Diese Angst hatte ihn die ganze Zeit begleitet. Aber warum hätte sie Wang davon erzählen sollen? Ma hatte ihr ja nichts getan, er hatte sich nur von seinen Gefühlen hinreißen lassen. Er mochte sie eben, mehr nicht. Deswegen grollte sie ihm nicht.

Sie ging zu ihm und legte ihre linke Hand auf seine Schulter. »Keine Sorge, Xiao Ma«, sagte sie leise. »He, das ist doch alles längst vergessen.« Sie klopfte ihm ein paar Mal auf die

Schulter. »Ich habe keinem was gesagt.« Nach einem Moment ergänzte sie: »Ihm auch nicht.«

Was er nun tat, überrumpelte sie völlig: Er nahm ihre Hand von seiner Schulter und verpasste sich damit selbst eine schallende Ohrfeige. Dann ließ er sie stehen. Er musste all seine Kraft in diesen Schlag gelegt haben, denn das Klatschen war noch lauter als die Schläge bei der Fußmassage.

Kong blieb allein zurück. Sie war wie vor den Kopf geschlagen. Was ist nur in dich gefahren, Xiao Ma? Was tust du nur? Sie war wütend auf ihn, aber auch traurig, mitleidig, verwirrt. Und den Tränen nahe. Aber ihr blieb keine Zeit, über ihre Gefühle zu sinnieren – Mas Ohrfeige war so laut gewesen, dass gewiss jeder sie gehört hatte. Was sollte sie sagen, wenn jemand sie danach fragte? Wie sollte sie das erklären? Ohne sich weiter in Trübsinn zu verlieren, klatschte sie lautstark in die Hände und rief dazu mit gespielter Fröhlichkeit: »Ein Schlag von dir, ein Schlag von mir, ein Kind steigt in den Flieger.« Dann klatschte sie zweimal und fuhr scheinbar übermütig fort: »Zwei Schläge von dir, zwei Schläge von mir, wir fürchten weder Wind noch Regen.« Aufgedreht wie nie kehrte sie in den Ruheraum zurück, wo sich Wang Daifu mit einem verwunderten Lächeln zu ihr umdrehte. »Was hast du denn gegessen, dass du so aufgekratzt bist?«

Mit den Ohren versuchte sie angestrengt Ma zu verorten, aber es war kein Laut von ihm zu hören. Ist er etwa fort? Er müsste doch noch hier sein. Sie hätte ihn so gern in einen stillen Winkel beiseitegenommen, um ihm noch einmal klipp und klar zu versichern: »Es ist alles bestens, Xiao Ma, ich habe niemandem was gesagt. Alles bestens. Ich war nie böse auf dich, ich bin nur schon mit jemand anderem zusammen, verstehst du?« Das müsste er doch kapieren.

»Drei Schläge von dir, drei Schläge von mir, zum Abendessen gibt es Brei!«, schmetterte sie Wang zur Antwort entgegen.

Erst eine Woche später ging Xiao Ma wieder in den Haarsalon. Xiaoman war gerade mit einem Freier fertig. Sie war müde, niedergeschlagen, lustlos, und als sie Ma in ein Hinterzimmer führte, wirkte sie kühl. Beide setzten sich auf das Bett. Keiner sagte ein Wort. Die Atmosphäre im Zimmer wurde schlagartig ernst. Xiaoman strich sich ein paar Mal über das Haar, ehe sie endlich das Schweigen brach: »Du warst wohl woanders, was?«

Er verstand nicht, was sie meinte.

»Ich bin nicht eifersüchtig«, ergänzte sie. »Wozu auch?«

Jetzt verstand er, was sie meinte, und in diesem Licht begriff er auch ihre Frage davor.

»Nein, war ich nicht«, sagte er aufrichtig.

»Ist mir doch egal.«

»War ich nicht.«

Dann versanken beide wieder in Schweigen. Eine lange Zeit verstrich. Am Ende verlor Xiaoman die Geduld. »Na, dann mal los.«

Er machte keine Anstalten, sich zu rühren. Er hob bloß den Kopf und blickte sie an. »Es tut mir leid. Ich habe dich betrogen.«

Na, das ist ja mal eine interessante Aussage! Wirklich lustig. Sie verschränkte die Arme vor der Brust. Was quatschst du da bloß? Wo sind wir denn hier? Nun komm mir doch nicht damit! Wer muss sich denn hier entschuldigen? Und wer kann hier wen betrügen? Hier hat doch alles sein Preisschild. So etwas Wirres hatte sie von einem Kunden noch nicht gehört. Völlig abstrus. Belanglos. Unzusammenhängend. Konfus.

»Es tut mir wirklich leid«, sagte er.

»Was soll denn das heißen?«

»Du verstehst mich nicht?«

Noch bevor sie antworten konnte, hatte die Erregung ihn gepackt. Er presste die Hände so heftig auf die Bettkante, dass die Venen auf den Handrücken hervorsprangen. »Du verstehst mich nicht!«

»Ist mir doch egal, ob ich dich verstehe oder nicht. Hauptsache, du bezahlst mich.«

Er zog mit der linken Hand an den Fingern seiner Rechten, einmal, zweimal, dreimal. »Ich bezahle dich nicht mehr«, sagte er mit großem Ernst.

Sie verstand genau, was er meinte, aber es kam für sie, die sie frivole, anzügliche, neckische, höchstens halb aufrichtig geäußerte Bemerkungen gewohnt war, so abrupt und wirkte so überzogen, dass sie nicht gleich wusste, wie sie mit einem so ernsten Ton umgehen sollte. Während seiner tagelangen Abwesenheit hatte sie ihn ein wenig vermisst. Sie hatte immer wieder an ihn gedacht, wenn auch nur flüchtig – schließlich bestand ihr Leben aus Männern, die kamen und gingen, wieder kamen und gingen, bis sie am Ende ganz von der Bildfläche verschwanden. Es war egal. Völlig egal. Ein kleines Geschäft, mehr nicht. In dieser Welt fehlte es an allem, außer an Männern.

Aber sie war auf der Hut vor sich selbst, denn sie spürte, dass etwas mit ihr nicht stimmte. Sie wusste, sie schwebte in Gefahr. Und sie bereute, worauf sie sich eingelassen hatte. Scheiße, der Typ hat mein Herz gefickt. Er ist wirklich zu billig davongekommen. Sie seufzte. Der liebe Gott hat Mist gebaut: Er hätte niemals zulassen dürfen, dass Frauen diesen Job machen. Die Männer sollten ihn machen, die sind dafür geeigneter. Aber nicht wir Frauen, nein, wir nicht.

Als er genug davon hatte, an seinen Fingern zu zupfen, begab er sich mit seinen Armen auf die Suche nach ihr, aber sie wich ihm lautlos aus – nicht um ein neckisches Spiel mit ihm zu treiben, nein, sie wollte sich tatsächlich seinen Berührungen entziehen. Denn sie kannte sich selbst: Wenn er sie jetzt zu fassen bekäme, wäre es um sie geschehen, und sie würde bis zum Hals in Schwierigkeiten stecken.

Wieder und wieder wich sie seinen tastenden Händen aus, aber er machte unverdrossen weiter. Als er aufstand, gab er in seiner Unbeholfenheit und Sorgsamkeit ein so drolliges Bild ab, dass ihr nach Lachen zumute war. Wie unnachgiebig er dabei wirkte! Aber was nützte ihm das, solange sie die Augen hatte? Er konnte sich bloß vorsichtig weiter auf die sinnlose Leere vor ihm zubewegen. Seine Hände waren nun direkt vor ihrem Gesicht. Sie ließ ihn nicht aus den Augen: Die Stirn schweißgebadet, ertastete er, endlich erschöpft, die Wand und lehnte sich mit beiden Armen dagegen. Er sah aus wie ein riesiger, blinder Gecko. Und trotzdem gab er sich noch nicht geschlagen: Mit starrer Miene drehte er sich herum und erkundete mit seinen nutzlosen Augen den Raum. Einen Moment lang trafen sich ihre Blicke, sie sahen einander direkt in die Augen, aber er ahnte davon nichts, und sein Blick glitt über ihre Pupillen hinweg. Langsam schloss sie ihre Lider. Sie fühlte, wie ihre Augen feucht wurden. Leise näherte sie sich ihm, bis sie direkt hinter ihm stand und kraftlos ihre Arme um ihn legte.

»Du Quälgeist!« Sie schlang ihre Arme fester um ihn und schmiegte sich an ihn, ehe sie erneut hervorstieß: »Du Quälgeist!«

Er legte seinen Kopf schief, auf dem Gesicht ein rührendes Lächeln. Leise keuchend sagte er: »Ich wusste, dass du da bist.«

Sie küssten einander. Beim Küssen ist dieser verdammte Quälgeist eine einzige Katastrophe. Aber er gibt sich alle Mühe, so als wollte er etwas zu essen hinunterschlingen. Er scheint sich völlig zu verausgaben. Sie wollte jetzt nicht mit ihm schlafen. Nicht hier. Aber in seinen Armen entwickelte sie einen ungeheuren Appetit. Sie hatte so lange danach gehungert. Sie zerrte das Laken und die Matratze hinunter und zog ihn am Handgelenk auf das nackte Bettgestell. »Komm schon, schnell.«

In diesem Moment dachte sie nur noch an sich selbst. Mit all ihrer Aufmerksamkeit kostete sie ihre Empfindungen aus, ohne dem Mann zu Diensten zu sein. Sie machte sich nicht die Mühe, ihm mit Schreien oder auch nur einem Seufzer zu schmeicheln. Stattdessen presste sie die Lippen aufeinander und hielt den Atem an, während sie sich im Stillen daran ergötzte, wie ein verwöhntes Kind zu quengeln: Du musst aber lieb zu mir sein, du Schwein.

Beide genossen sie das, was sie taten, mit solcher Hingabe, dass sie die leisen Geräusch aus dem Vorderraum überhörten. Sie bemerkten nicht einmal die zwei Polizisten, die sich vor ihrem Bett aufgebaut hatten.

»Habt ihr immer noch nicht genug? Jetzt reicht's aber!«

Kapitel 19
Du Hong

Wenn schweigsame Typen wollen, sind sie cooler als alle anderen. Das traf auch auf Xiao Ma zu. Ohne auch nur seine Sachen zu packen, machte er sich einfach cool und unbekümmert aus dem Staub. Gewiss, so munkelten alle, war er vom Zentrum zutiefst enttäuscht – warum sonst wäre er einfach so abgehauen? Sha Fuming versuchte ihn ein paarmal telefonisch zu erreichen, aber er hatte sein Handy ausgeschaltet und antwortete nicht. Dieser Typ war wirklich saucool.

In kritischen Phasen wie diesen zieht jedes Ereignis leicht eine Kettenreaktion nach sich. Ma war kaum fort, da kündigte auch Ji Tingting an, sie wolle gehen. Das schien abrupt – und doch, genauer betrachtet, auch wieder nicht: Schließlich führten die blinden Therapeuten von Berufs wegen ein Wanderleben, und sie waren clever genug, um sich ihren Reim auf die Lage im Tuina-Zentrum zu machen. Unheil lag in der Luft. Unter solchen Umständen war nichts natürlicher, als dass jemand gehen wollte. Überraschend war nur, dass ausgerechnet Ji Tingting von der Fahne ging.

Ji war eine Veteranin der ersten Stunde. Sie gehörte zu den ersten, die im Zentrum eine Anstellung gefunden hatten, und sie war stets eine tragende Säule gewesen. Ein Blick auf den

Lohn, und man weiß, wer eine solche Säule ist. Ein hoher Lohn bedeutet viele Kunden und damit hohe Einnahmen. So jemand genießt bei den Bossen eine besondere Wertschätzung, und zwar aus zwei Gründen. Erstens: Egal, wie hoch der Lohn eines Therapeuten ausfällt, den Löwenanteil der Einnahmen kassieren doch immer die Bosse, und wenn der Therapeut geht, erleiden sie den größten Schaden. Zweitens halten die Kunden, irrational, wie sie sind, gern einem Therapeuten die Treue, und wenn er geht, lassen sie sich meist auch nicht mehr blicken.

Als Therapeutin war Ji keine Spitzenkraft, auch wenn sie unter den Frauen zu den Besten zählte. Aber dieses Gewerbe ist unberechenbar: Manche Kunden legen vor allem Wert auf das therapeutische Können, andere auf die Persönlichkeit. Ji war grobschlächtig und unattraktiv/unansehnlich und ihre Stimme rau, aber jeder, der einmal bei ihr Kunde gewesen war, mochte sie. Bevor Wang Daifu im Zentrum anfing, hatte niemand so viele Stammkunden gehabt wie sie. Offensichtlich fanden die Kunden vor allem an ihrer Persönlichkeit Gefallen: Sie war großherzig und – auf eine manchmal fast männlich anmutende Weise – geradeheraus, und ausgerechnet diese so unweibliche Frau gewann die Sympathien vieler Kunden, die eigens ihretwegen ins Zentrum kamen.

Beim Mittagessen gab Ji ihren Plan bekannt. Als sie fertig mit dem Essen war, legte sie ihren Löffel in die Essensbox, schob sie beiseite, räusperte sich und erklärte laut: »Liebe Genossinnen und Genossen, liebe Freunde, meine Damen und Herren, hiermit berufe ich eine Sitzung ein. Heißen wir die Genossin Ji Tingting willkommen, die eine wichtige Rede halten wird.«

Die Stimmung während des Essens war gedrückt gewesen.

Jis überraschende Eröffnung kam wie ein Scherz daher und versprach doch zugleich eine bedeutsame Mitteilung. Ahnungslos, was sie sagen wollte, hörten alle auf zu kauen und drehten die Köpfe zu ihr. Endlich begann sie:

»Liebe Genossinnen und Genossen, liebe Freunde, wie sagt das Sprichwort so schön: Ein Mann und eine Frau in den richtigen Jahren gehören unter die Haube. Ich bin nicht mehr jung, und nun kehre ich zurück in meine Heimat, um zu heiraten. Das Leben ist schön. Warum? Weil sich nicht jeden Tag ein Mann findet, der bereit ist, eine Frau wie mich zu heiraten. Das Verhalten dieses jungen Mannes ist aller Ehren wert, und das ist erfreulich. Wir pflegen nun schon seit über einem Monat übers Handy unsere Beziehung, und im Zuge unserer offenherzigen und rührseligen Gespräche sind wir übereingekommen, dass wir uns lieben und dass wir eine langfristige freundschaftliche Partnerschaft begründen wollen. Wir werden miteinander essen und miteinander schlafen. Übermorgen ist Zahltag, dann werde ich meinen Lohn nehmen und gehen. Ich hoffe, ihr alle werdet hier bleiben und weiter unermüdlich euern Beitrag zum Aufbau einer Gesellschaft mit bescheidenem Wohlstand leisten. Nun bitte ich alle um einen Applaus. Danach ist die Sitzung beendet.«

Niemand klatschte. Alle waren perplex. Statt des Applauses und der Glückwünsche, die Ji erwartet hatte, senkte sich eine tiefe, fast beängstigende Stille über den Ruheraum. Alle wussten: Mit ihrem Fortgang wandelte Ji auf Xiao Mas Spuren.

»Habt ihr nicht gehört? Wie wär's mit ein bisschen Applaus?«

Endlich rangen sich ihre Kollegen ein Klatschen ab. Weil es ihm an einem Rhythmus, vor allem aber an der nötigen Begeisterung fehlte, fiel es so spärlich aus wie die paar Sesamkörner, die einem in den Mundwinkeln hängen bleiben, wenn man ein Sesambrötchen gegessen hat.

Der dürftige Applaus zeigte eines: Dass Ji gehen wollte, daran zweifelte niemand, aber ihre angeblichen Heiratspläne hielten alle für vorgeschoben – offensichtlich wollte sie damit den Bossen zuvorkommen. Denn welcher Chef könnte noch versuchen, eine Mitarbeiterin zum Bleiben zu überreden, wenn sie zum Heiraten in ihre Heimat zurückkehren will?

Die Stimmung im Zentrum war nicht länger bedrückt, nun herrschten Unfrieden und Unruhe. Ja, Aufruhr. Wer schlau war, machte sich vom Acker. Es war Zeit, sich eine Hintertür zu suchen. Ji Tingting wollte garantiert nicht heiraten. Nachdem sie einen Monat mit einem Mann am Telefon gesprochen hatte? Unmöglich.

Doch Ji hatte die Wahrheit gesagt: Sie wollte wirklich bald heiraten. Starke Frauen sind häufig so: Jeder glaubt, sie verstünden etwas von der Liebe, aber das tun sie nicht. Sie sind unbedarft, und deshalb stürzen sie sich Hals über Kopf in eine Beziehung und in eine Ehe – zumal wenn sie blind sind wie Ji. Sie verstand nichts von der Liebe? Na und wenn schon. Statt wählerisch zu sein, fügte sie sich einfach in ihr Schicksal und nahm den erstbesten Mann, den andere für sie gefunden hatten. Frauen wie sie teilen eine Einstellung zu Liebe und Ehe, die denkbar schlicht ist, ja, fast an Fahrlässigkeit grenzt. Und dennoch sind ihre Ehen häufig glücklicher als die anderer Frauen, die sich vorher den Kopf darüber zermartert haben. Steckt dahinter irgendeine Logik? Wer weiß.

Von romantischer Liebe mochte Ji nichts verstehen, aber die Kollegen, mit denen sie Freundschaft geschlossen hatte, behandelte sie äußerst herzlich und großzügig. Umso schwerer fiel ihr der bevorstehende Abschied. Mit der besonderen Form, in der sie ihn erklärt hatte, wollte sie ihm eine komödiantische Note verleihen, aber tief in ihrem Innern war sie traurig. Der Applaus, den sie erwartet hatte, war ausgeblieben, aber eben das zeigte, wie gern alle sie hierbehalten hätten. Sie hatten nun schon so lange miteinander zu tun gehabt – das schweißte zusammen. Ji musste einige Male blinzeln. Das spärliche Klatschen rührte sie mehr, als nicht enden wollender Beifall es vermocht hätte.

Zhang Zongqi saß regungslos da, aber im Innern fiel seine Reaktion vielleicht noch heftiger aus als die aller anderen. Als Chef verlor er mit Ji Tingting einen Goldesel. Das bedeutete eine bedauerliche Einbuße, aber noch nichts Bedrohliches. Bedrohlich war, dass Ji einen so kritischen Augenblick gewählt hatte. Die Kettenreaktion, die das nach sich ziehen konnte, war unvorhersehbar. Blinde neigen dazu, mit dem Strom zu schwimmen. Rührt sich einer, folgen alle. Geht einer, gehen zwei; gehen zwei, gehen drei. Eine massenhafte Kündigungswelle brächte das Zentrum in Schwierigkeiten – im Geschäftsleben zeigen solche Dinge sofort Wirkung.

In jedem Fall lag die unmittelbare Ursache dafür, dass die Dinge sich so unheilvoll entwickelt hatten, bei Jin Dajie – und die Wurzel dafür wiederum bei ihm selbst. Er trug die Verantwortung. Dass Ji Tingting um einer Heirat willen ihren Abschied nehmen wollte, konnte er nicht glauben – wer würde schon nach wenig mehr als einem Monat heiraten wollen? Jedenfalls musste er sie zum Bleiben bewegen, und sei es nur für ein paar Monate. Denn dann hätte sich die Situation vielleicht schon wieder so weit beruhigt, dass ihr Fortgang viel weniger ins Gewicht fiele.

»Herzlichen Glückwunsch!«, sagte Zhang. Als Chef war es an ihm, das Schweigen zu brechen und Ji im Namen des

Zentrums zu gratulieren. Er wandte sich zu Sha Fuming und sagte: »Fuming, wir sollten für die Braut eine Kleinigkeit besorgen, oder?«

»Unbedingt«, sagte Sha.

»Gao Wei, könntest du dich darum kümmern?«, fuhr Zhang fort, ehe er einen wohlmeinenden Rat an Ji richtete: »Heirat und Arbeit, alles zu seiner Zeit. Kümmer dich erst mal um deine Hochzeit, alles andere besprechen wir später.«

Sha Fuming saß in einer Ecke. Dass Ji kündigen wollte, um zu heiraten, glaubte er ihr genauso wenig wie sein Kompagnon. Aber seine Skepsis hatte andere Gründe. Dass Zhang, der normalerweise so schweigsam war, gerade eben so prompt das Wort ergriffen hatte, war verdächtig. Es verhieß nichts Gutes. Beide hatten sie kaum darüber gesprochen, ihre Partnerschaft zu beenden, da machten sich, noch bevor Zhang gegangen war, Xiao Ma und Ji aus dem Staub. Wenn dem Zentrum eine Stütze nach der anderen wegbrach, war der Wertverlust vorprogrammiert. Zhang würde mit hunderttausend Yuan das sinkende Schiff verlassen, und er selbst wäre der Gelackmeierte. Ein Geschäft in Gang zu bringen kostet viel Mühe, aber wenn es einmal den Bach runtergeht, lässt sich der Niedergang kaum noch aufhalten. Ob er danach wieder auf einen grünen Zweig kommen könnte? Das stand in den Sternen. Deshalb glauben Geschäftsleute an Fengshui. Ist das Fengshui einmal ruiniert, sind alle Anstrengungen vergebens – man bekommt bloß noch Schweiß zu fassen, kein Geld.

Als Ji Tingting zu ihrer »wichtigen Rede« ansetzte, schoben Du Hong und Gao Wei einander gerade ein Stück Tofu zu – mit dem Ergebnis, dass der Tofu auf dem Boden landete. So ein Jammer. Beide übertrieben es ein bisschen mit ihrer Innigkeit; Gao Wei meinte schon, sie beide gaben ein schönes Pärchen ab, und sie selbst wäre eine richtige Lesbe. Natürlich war das bloß ein Witz, aber Du fühlte sich geschmeichelt, und auch Sha Fuming, der in der Nähe stand, schmunzelte vergnügt und hätte sich um ein Haar bei Gao bedankt. In jüngster Zeit hatte er sie besonders zuvorkommend behandelt, und das war ihr nicht entgangen. War es nicht amüsant, sinnierte sie, wie zwischenmenschliche Beziehungen funktionierten? Ihr Verhältnis zu Sha schlug sich auf Umwegen in ihrer Freundschaft zu Du nieder.

Ji Tingtings Ankündigung überraschte niemanden so sehr wie Du. Mehr noch als die Nachricht, dass ihre alte Freundin fortgehen wollte, traf die Nachricht, dass sie heiraten wollte, Du völlig unvorbereitet. Das war so eine große private Neuigkeit, und Tingting hatte sie ihr gegenüber mit keinem Wort angedeutet. Was bedeutete das? Offensichtlich sah Tingting in ihr keine Vertraute mehr, und das konnte sie ihr schlecht zum Vorwurf machen – denn hatte sie Tingting irgendeine Gelegenheit zu einem persönlichen Gespräch gegeben? Nein. Also trug sie an Tingtings Fortgang die Schuld oder zumindest eine Mitschuld, davon war sie überzeugt. Sie hatte Güte mit Undank vergolten und ihre Wohltäterin einfach vergessen, als sie ihre Hilfe nicht mehr brauchte. Während sie mit der Reisschüssel in der Hand dasaß, überkam sie auf einmal ein tiefes Gefühl der Scham. Sie musste unbedingt nett zu Tingting sein, und sei es nur für einen Tag oder eine Stunde. Sie musste ihr zu verstehen geben, dass sie, auch wenn sie auf ihren eigenen Vorteil bedacht gewesen war, in Tingting stets eine gute Freundin gesehen hatte, für die sie aufrichtige Dankbarkeit und Zuneigung empfand.

Den ganzen Nachmittag wartete sie. Sie wartete auf den Feierabend. Heute Nacht würde sie nicht auf Gao Weis Dreirad mitfahren, sondern Hand in Hand mit Tingting nach Hause gehen. In alter, inniger Verbundenheit würden sie miteinander lachen und plaudern. Tingting sollte wissen: Egal, wohin sie auch gehen würde, hier in Nanjing würde sie stets eine Freundin haben, die an sie dachte. Tingting war ein guter Mensch. Ja, das war sie. Bei dem Gedanken, wie warmherzig Tingting zu ihr gewesen war, wurde ihr schwer ums Herz. Was für ein Glück sie gehabt hatte, dass sie Tingting begegnet war! Heute Nacht, so beschloss sie, würde sie der alten Freundin manches Geheimnis anvertrauen – ohnehin würde Tingting ja bald fortgehen. Sie würde ihr erzählen, wie Sha Fuming ihr nachstellte – auf eine plumpe, lachhafte, Mitleid und Abscheu zugleich erregende Weise. Sie würde ihn niemals heiraten – einen Lustmolch, der sie ständig anglotzte und fragte: »Wie schön bist du?« Wie konnte man sich nur so danebenbenehmen! Beim bloßen Gedanken daran musste sie lachen. Im Wohnheim würde sie sich zu Tingting ins Bett zwängen und ihre beiden kleinen Schätzchen betasten. »Die sind aber weit auseinander«, würde sie Tingting necken. »Die sind ja schon kein Paar mehr, sondern jeder für sich.«

Vor allem aber würde sie Tingting in einer wichtigen Angelegenheit um Rat fragen. Dabei ging es um Xiao Ma. Nun, da sie seit einiger Zeit mit beiden Beinen im Berufsleben stand, hatte sie ein heimliches Interesse an Männern entwickelt. In ihren Augen stach Wang Daifu unter allen Männern im Zentrum hervor. Er war zwar schon ein paar Jahre älter, aber was machte das schon? Sein eigentliches Manko bestand darin, dass er bereits eine Freundin hatte. Wenn sie es wirklich gewollt hätte, hätte sie ihn zwar – da war sie sich sicher – aus Xiao Kongs Armen reißen und an sich binden können, aber so viel lag ihr an ihm auch nicht. Es war bloß ein Gedankenspiel.

Xiao Ma dagegen hatte es ihr wirklich angetan. Er sah gut aus, das sagten alle Kunden. Und sie beide gäben, wenn sie nebeneinander stünden, ein bezauberndes Paar ab.

Streng genommen hatte sie ihm gegenüber schon einen Annäherungsversuch unternommen – freilich nicht in aller Unverblümtheit, sondern auf eine sehr spezielle Weise. An diesem Tag behandelten sie beide gemeinsam zwei Kunden – junge Professoren der Nanjinger Kunstakademie, der eine ein Maler, der andere ein Kunstwissenschaftler und beide ziemlich renommiert. Weil sie nichts Besseres zu tun hatten, ergingen sich die Herren Professoren in einem Lob auf Dus Schönheit. Ihre Kommentare klangen sehr professionell, als wollten sie selbst ein Kunstwerk schaffen. Stück für Stück zerlegten sie Dus Körper und Gesicht in ihre Einzelteile, um sie der Reihe nach zu rühmen. Da verfiel Du auf eine amüsante Idee: Bei jedem neuerlichen Lob drückte sie auf die elektronische Uhr. Die Botschaft war unmissverständlich: »Xiao Ma, hast du das gehört? Hast du gehört, was die Professoren sagen?« Ihr Verhalten hatte etwas Hemmungsloses, Zügelloses, Aufreizendes an sich. Sie war sich bewusst, dass sie mit ihm schäkerte und flirtete. Aber Ma zeigte sich taub gegenüber den verführerischen Signalen, die sie aussandte. Hinterher wunderte er sich gar: »Du Hong, wie kannst du nur so ein schlechtes Zeitgefühl haben?« Sie war natürlich tief enttäuscht. Ein Kunstprofessor würde er in diesem Leben jedenfalls nicht mehr werden.

Wie sehr sie ihn nun eigentlich mochte, wusste sie selbst nicht zu sagen. Jedenfalls ging er ihr im Kopf herum. Wenn er mit Nachdruck um sie geworben hätte, hätte sie ihn womöglich erhört, aber sie würde ihm nie ihrerseits hinterherlaufen. So schlimm stand es um sie noch nicht. Er mochte gut aussehen, aber er hatte seine Schwächen: Er war allzu still, allzu verschlossen, allzu trübsinnig. Er sagte den ganzen Tag kaum ein Wort. Könnte sie mit so jemandem ihr Leben verbringen? Sie war sich nicht sicher, und eben deshalb wollte sie den Rat von Ji Tingting suchen. Mit Gao Wei konnte sie darüber nicht reden. So gute Freundinnen sie auch waren, solch intime Gespräche würden sie nie führen.

Ausgerechnet an diesem Abend ließ Gao jedes Einfühlungsvermögen vermissen und wich nicht von Dus Seite. Als sie endlich Feierabend hatten, begann Gao aufzuräumen und häufte die benutzten Laken und Handtücher aufeinander. Du hoffte, Gao würde allein zum Wohnheim zurückkehren, nur sagen wollte sie ihr das nicht. Also fasste sie an der Tür zum Ruheraum Ji Tingting an der Hand und schmiegte sich an sie. Anders als Gao, die immer noch nichts begriff, tätschelte Ji ihr den Kopf, um ihr zu signalisieren, sie solle kurz warten. Während Ji noch einmal in den Ruheraum ging, um ihre Handtasche zu holen, wartete Du, an die Wand gelehnt.

Mit ihren groben, plumpen Händen machte Ji wie immer einen erstaunlichen Lärm – selbst jetzt, als sie nur ihre Tasche packte. »Nur keine Hektik, Tingting«, sagte Du. »Ich hab's nicht eilig.«

»Moment, ich bin sofort fertig!«, rief Ji. Ihre freudige Erregung konnte man mit Händen greifen, und für einen flüchtigen Moment – zu kurz, um ihn auszukosten – übertrug sich ihr Glück auf Du.

Während Du wartete, dachte sie daran zurück, wie sie beide einander kennengelernt hatten, und dabei begann sie den Türrahmen zu streicheln, als wäre er ihre alte Freundin. Was für ein Jammer, dass Ji fortgehen wollte.

Inzwischen hatte Gao Wei ihr Bündel mit den Laken und

Handtüchern gepackt und ging damit an Du vorbei, um draußen das Dreirad zu beladen. Warum sage ich ihr nicht einfach, was Sache ist?, dachte sich Du. Tingting geht bald fort, und nun will ich noch ein bisschen Zeit mit ihr verbringen. Das wird Gao Wei bestimmt verstehen.

Als Gao die Tür aufstieß, blies ein Windstoß herein. Du genoss die frische, kühle Luft, und ihre Brust weitete sich, während sie einen tiefen Atemzug nahm. Da hörte sie auf einmal Xiao Tang ihren Namen schreien. Vor Schreck wich sie einen Schritt zurück, die Hand fest an den Türrahmen geklammert. Im nächsten Moment erkannte sie ihren Fehler, aber da fand sie schon keine Zeit mehr, ihren Griff noch zu lösen. Die Tür krachte ins Schloss.

Dus Schrei ließ keinen Zweifel: Es war zu spät. Schon als Ji das Kreischen von Xiao Tang gehört hatte, wusste sie Bescheid. Sie ließ ihre Tasche fallen und stürzte zur Tür, wo sie Dus Schulter ertastete. Einen Moment lang lehnte sich Du, vor Schmerz zusammengekrümmt, an ihre Freundin, dann erschlaffte ihr Körper auf einmal und glitt zu Boden – offensichtlich war sie in Ohnmacht gefallen. Ji stützte sie, indem sie einen Arm unter ihre Achsel legte; mit der freien Hand tastete sie Dus rechte Hand ab. Der kleine Finger war unversehrt, genauso Ring-, Mittelfinger und Zeigefinger, aber das Gelenk in der Mitte des Daumens war tief eingedellt. »O Gott! O mein Gott!«, brach es aus Ji heraus, und sie stampfte auf.

Das Taxi raste die Straße entlang. Sha Fuming hielt Du Hong in seinen Armen, ihren Rücken an seiner Brust. Wie oft hatte er von einer solchen Umarmung geträumt, wie innig hatte er sie sich ersehnt! Aber nun, da die Gelegenheit endlich gekommen war, kam sie in einer Form daher, auf die er lieber verzichtet hätte. Er hielt ihre verletzte Hand in seinen Handflächen, und es brach ihm das Herz – die Splitter erstarrten langsam zu Eis und nahmen die Gestalt einer Hand an. Warum in seinem Leben Hände und Eis immer gemeinsam auftraten, als wären sie ein unzertrennliches Paar, war ihm schleierhaft, aber er war überzeugt, dass alle Hände einst Wasser gewesen waren, das sich ringsum verzweigt hatte. Äußerst verletzlich war dieses Wasser gewesen, und kaum hatte das Schicksal sein Haupt erhoben, war es zu Eis erstarrt. Bei diesem Gedanken erkaltete sein halber Körper, und die Kälte übertrug sich auf Du Hong.

Wieder zu Bewusstsein gekommen, rang sie mit den Schmerzen. Ihr Körper zuckte in seinen Armen. Er wusste aus eigener Erfahrung, was es bedeutet, Schmerzen zu haben, und hätte ihr Leid gern auf sich genommen. Er sehnte sich danach, ihre Schmerzen an sich zu ziehen, sie klein zu kauen und hinunterzuschlucken. Er fürchtete keine Schmerzen, sie machten ihm nichts aus. Solange Du Hong nicht leiden musste, hätte er sich jeden erdenklichen Schmerz in seinen Magen gestopft.

Lange hielt er ihre Hand bloß in seinen Händen und wagte nicht, über ihre Finger zu streichen. Als er es schließlich doch tat, fuhr ihm der Schock in alle Glieder. Mein Gott. Kein Wunder, dass Ji Tingting so geschrien hatte. Du Hong hatte sich den Daumen gebrochen.

Wie wichtig der Daumen der rechten Hand für einen Tuina-Therapeuten ist, versteht sich von selbst. Ein Mensch hat nur zwei Hände, und davon kommt der Linken – außer bei Linkshändern – bloß eine unterstützende Funktion zu. Und womit übt die Rechte am meisten Druck aus? Mit dem Daumen. Egal, ob beim Zupfen oder Kneifen, Kneten, Drücken oder Reiben, stets spielt der Daumen dabei eine unverzichtbare Rolle. Ist er gebrochen, so ist die Hand des Therapeuten ruiniert, selbst wenn ein Arzt das verletzte Glied mit stählernen Platten und Nägeln kuriert. Als Blinde ohnehin schon behindert, war Du nun gleich doppelt gehandicapt. Ihre Hand würde nicht mehr nur aus Eis bestehen, sondern auch aus Eisen und Stahl.

Ihm schoss ein Wort durch den Kopf: Krüppel. Der Begriff »Behinderter« war in China erst vor einigen Jahren aufgekommen; davor hatte man allgemein von »Krüppeln« gesprochen. Die Betroffenen hassten und mieden dieses Wort. Als die Gesellschaft endlich dazu überging, sie »Behinderte« zu nennen, bedeutete das ein ungeheures Zugeständnis – ein einziges Wort nur und doch ein Geschenk, das die Blinden glücklich machte. Du aber, Du Hong, meine geliebte Du Hong, du bist nun keine Behinderte mehr, du bist ein Krüppel. Er hob den Kopf, um aus dem Taxi heraus gen Himmel zu blicken, und er sah nicht einen Sternenhimmel, sondern eine undurchdringliche Stahlplatte, die einen beißenden metallischen Geruch verströmte.

Du Hong war noch so jung. Zu jung. Was würde sie mit ihrer Zukunft anfangen – nun, da sie sich nicht länger selbst ernähren konnte? Zeit war das Einzige, was ihr noch geblieben war, Zeit in mächtigen, üppigen Brocken. Aber wer zu viel Zeit vor sich hat, dem verwandelt sie sich in eine bösartige, zähnefletschende Fratze. Vertausendfacht würde sie sich von überallher auf ihr schönes, junges Opfer stürzen. Am Ende bleibst du zerstört zurück und kannst nichts dagegen tun.

Du musst weiterleben, Du Hong, aber wie willst du das anstellen?

Von seinen Gefühlen überwältigt, sagte er: »Heirate mich, Du Hong!«

Sie zuckte zusammen und befreite sich langsam aus seinen Armen.

»Chef, wie können Sie in so einem Moment so etwas sagen?«

Nun war es an Sha zu zucken. Stimmt, wie kannst du in so einem Moment so etwas sagen?

Er legte seine Arme wieder um sie und drückte sie an sich. »Du Hong, ich schwöre, ich werde das nie wieder sagen.«

Sein Körper war wie tot, nur sein Magen war voll überschäumendem Leben, und das hieß: voll überschäumendem Schmerz.

Im Krankenhaus hatte Du Hong einen wiederkehrenden Traum. Er kreiste um ein Klavier, aber die Musik klang fremd und seltsam, als beschwöre sie eine traurige Erinnerung herauf, und dabei besaß sie einen erstaunlich großen Tonumfang und erforderte höchst komplizierte Fingerbewegungen. Du spielte, und die sonderbare Melodie strömte unter ihren weichen Fingerkuppen hervor, als steckte jeder Finger voller Gefühl. Sie spürte, wie lebendig ihre Hände waren, geschmeidig, als könnten sie jedem ihrer Wünsche Folge leisten.

An dieser Stelle des Traums angelangt, hob sie stets die Hände, und dann spielte sie nicht mehr, sondern sie dirigierte – sie dirigierte einen vierstimmigen Chor aus Sopran, Mezzosopran, Tenor und Bass. Am liebsten mochte sie den Bass: Mit seiner durchdringenden Kraft bildete er das Fundament, auf dem die anderen Stimmen ruhten, und er dehnte und weitete sich in eine unerreichbare Tiefe.

Dann endete ihr Traum mit einer schockierenden Szene: Während ihre Hände dirigierten, erscholl die Klaviermelodie weiter. Davon beunruhigt, befühlte sie die Tasten und erkannte zu ihrem Entsetzen, dass sie gar nicht die Spielerin war. Ganz unabhängig von ihren Fingern gingen die Tasten bald hier, bald dort nieder wie von Geisterhand bewegt.

In kalten Schweiß gebadet erwachte sie, aber die Klaviermusik wogte weiter rings um sie herum.

Ji Tingting blieb in Du Hongs Nähe. Warum sie nun doch nicht mehr fortging, erklärte sie nicht, und niemand fragte sie danach. Du drängte sie zweimal: »Nun fahr schon heim, ich bitte dich.« Aber Ji blieb, ohne ein Wort darüber zu verlieren, und kümmerte sich um sie, beherrscht von einer simplen Logik: Hätte sie nicht heiraten wollen, so hätte sie auch nicht fortgewollt; hätte sie nicht fortgewollt, so hätte Du auch nicht auf sie gewartet; hätte Du nicht auf sie gewartet, so hätte sie auch nicht ein solches Unheil getroffen. Wie hätte Ji sich jetzt noch aus dem Staub machen können? Mit dieser Schuld hätte sie nicht leben können. Sie erging sich in Selbstvorwürfen. Sogar an Selbstmord dachte sie.

Dabei war ihr vollkommen bewusst, dass ihrer Freundin an ihrer Zerknirschung nichts gelegen war. Du wünschte sich, sie würde bald heiraten. Ihre hartnäckige Weigerung zu gehen musste die Freundin als quälende Belastung empfinden, und diese Qual würde sich noch steigern, je länger sie anhielt. Was also sollte sie tun: bleiben oder gehen? Dieses Dilemma trieb sie halb in den Wahnsinn, aber sie blieb still am Bett der Kranken sitzen und hielt ihre Hand. Manchmal drückte sie sie auch sanft, aber die meiste Zeit ruhten ihre Hände bloß ineinander, jeder Finger schwer von Kummer. Wie nah sich die beiden Frauen in diesen Momenten waren, wusste nur der Himmel: Beide erhofften sie nur das Beste für ihr Gegenüber, aber sie fanden dafür keinen gangbaren Weg und keine Worte – jedes Wort hätte falsch geklungen. Mehrere Tage hielt Ji so Wache am Bett ihrer Freundin, bis Du, um ihren Weggang zu erzwingen, damit begann, sie zu ignorieren. Sie ließ es nicht einmal mehr zu, dass Ji ihre Finger berührte. So fanden sich die beiden so innig verbundenen Freundinnen in einer absonderlichen Sackgasse wieder. Jede hätte sich am liebsten das Herz aus dem Leib gerissen, um es, triefend vor Blut, der anderen zu zeigen.

Schließlich war es Jin Yan, die Jis Abreise kurz entschlossen erzwang. Als sie ins Krankenhaus kam, entdeckte sie zu ihrer Überraschung, dass die beiden Frauen nicht mehr miteinander sprachen. Ji versuchte sich bei Du einzuschmeicheln, aber die Kranke beachtete sie gar nicht. Und Ji roch aus dem Mund. Jin Yan wurde schwer ums Herz, aber was hätte sie tun oder sagen können außer beide an der Hand nehmen? Und so hielt Ji ihre Linke umklammert und Du ihre Rechte, und die Verzweiflung, die in ihren Händen lag, übertrug sich auf Jin.

Sie kannten einander so lange und so gut, dass Jin wusste, was in beiden vorging. Die beiden Frauen waren in einem Dilemma gefangen. So konnte es unmöglich weitergehen. Also nahm Jin die Sache in die Hand. Ihre zupackende Art kam hier wie gerufen. Ohne ein weiteres Wort kehrte sie ins Tuina-Zentrum zurück, ließ sich Jis noch ausstehenden Lohn von Sha Fuming auszahlen, beauftragte Gao Wei, einen Zugfahrschein zu kaufen, und Tailai, Jis Sachen zu packen. Am nächsten Abend bestellte sie ein Taxi und fuhr mit Tailai zum Krankenhaus, wo sie Ji unter einem Vorwand aus Dus Zimmer lockte und ins Taxi zerrte, um sie danach – wiederum mit Tailais Hilfe – in ihren Zug zu setzen. Und so fand sich Ji unversehens auf dem Weg in ihre Heimat wieder. Als Jin Yan ins Krankenhaus zurückgekehrt war, rief sie Ji auf dem Handy an. Ohne ein Wort zu sagen, drückte sie ihr Handy Du in die Hand. Du hatte keine Ahnung, was vor sich ging, und hielt das Handy zögernd an ihr Ohr. »Kleine Schwester«, hörte sie Ji sagen, gefolgt vom Rattern eines fahrenden Zuges. Da begriff Du alles.

»Schwester«, rief sie nun ihrerseits ins Handy. Überwältigt von ihren Gefühlen, versanken beide in Schweigen. Im Handy war nichts mehr zu hören als das Dröhnen des Zuges, der einem unbekannten Ziel entgegenraste, und während der Zug sich immer weiter entfernte, wuchs die Leere in Dus Herz. Als sie es nicht länger ertragen konnte, klappte sie das Handy zu und schmiegte sich an Jins Brust. »Halt mich in den Armen, Jin Yan. Halt mich fest.«

Kapitel 20

Sha Fuming, Wang Daifu und Xiao Kong

Nun, da drei Leute fehlten – Xiao Ma und Ji Tingting waren fort, Du Hong lag im Krankenhaus –, war das Tuina-Zentrum spürbar leerer. Die Leere war mit Händen zu greifen. Jeder fühlte sie.

Als sich die Dinge ein wenig beruhigt hatten, holte Sha Fuming einen Handwerker, der an der Tür zum Ruheraum einen Stopper anbrachte. Sobald nun jemand die Tür weit aufstieß, hörte man das kraftvolle Klacken des Stoppers. Es klang beruhigend und doch bösartig und beklemmend zugleich, weil es mit jedem Mal an Dus Daumen erinnerte.

Jedem ging ein Daumen im Kopf herum. Dus Daumen. Ein gespaltener Daumen, der alles andere verdrängte und sich hartnäckig in den Hirnen einnistete. Alle waren äußerst vorsichtig und hatten Angst, sie könnten zu viel Lärm machen. Die Atmosphäre war trostloser denn je.

Sha Fuming nahm eine eigenartige Gewohnheit an: Immer wieder blieb er am Eingang zum Ruheraum stehen und spielte endlos lange mit der Tür herum. Wieder und wieder stieß er sie auf und zog sie zu, auf und zu, sodass die bedrückende Stille vom Klacken des Türstoppers durchbrochen wurde. Klack, klack, klack.

Seine Mitarbeiter fühlten sich zunehmend genervt von dem Lärm, den er veranstaltete, aber niemand wagte, ein Wort zu sagen. Niemand brachte es übers Herz. Shas Liebe zu Du war ein offenes Geheimnis, und nun war er gewiss von Reue zerfressen, weil man ihn schon längst gefragt hatte, ob er nicht an der Tür zum Ruheraum einen Stopper anbringen könne. Er hatte den Vorschlag zwar gutgeheißen, sich aber dann nicht weiter darum gekümmert. In gewisser Weise trug er also die direkte Verantwortung für den Unfall. Niemand gab ihm die Schuld – niemand außer ihm selbst. Und so öffnete und schloss er die Tür wieder und wieder. Klack, klack, klack.

Doch die Reue, die ihn so schmerzlich quälte und aufwühlte, rührte nicht nur von dem Türstopper, den beizeiten anzubringen er versäumt hatte. Seine Reue war größer. Er hätte seinen Angestellten einen Arbeitsvertrag geben sollen, aber das hatte er nicht. Keinem einzigen.

Streng genommen gelten Blinde, auch wenn sie ins Berufsleben eintreten und sich ihren Lebensunterhalt selbst verdienen, nicht als Menschen im vollen Wortsinn. Denn sie gehören keiner Organisation und keinem Verband an, haben keine Versicherung und keinen Vertrag, kurz: Sie stehen in keiner fassbaren und wirksamen Beziehung zur Gesellschaft. Und wenn sie heiraten, heiraten sie bloß einen anderen Blinden, was auf eine bloß quantitative, nicht qualitative Veränderung hinausläuft. Aber stehen sie tatsächlich in keinerlei Beziehung zur Gesellschaft? Doch. Jeden Monat erhalten sie von einer Behörde eine Unterstützung in Höhe von hundert Yuan – ein symbolischer Betrag, mit dem sich die Gesellschaft ihren Seelenfrieden erkauft. Sein Sinn liegt nicht darin zu helfen, sondern mit gutem Gewissen zu vergessen: Um die Blinden, überhaupt um Behinderte braucht man sich nun nicht mehr weiter kümmern. Aber das Leben ist kein Symbol, es ist echt, es setzt sich aus Jahren, Monaten und Tagen zusammen, aus Stunden, Minuten und Sekunden, und man kann keine einzige beiseiteschieben. Jede Sekunde lebt der Einzelne in der Gemeinschaft, und niemand kann ganz auf sich allein gestellt existieren.

Die Blinden bilden eine Bevölkerung im Dunkeln – alle, selbst Sha Fuming. Sie führen ein Leben wie im Internet. Wenn ein Sehender einen von ihnen braucht, lässt er ihn mit einem Klick Gestalt annehmen; schaltet er den Computer aus, verschwindet der Blinde wieder in seinem virtuellen Raum. Die Blinden sind da und doch wieder nicht; sie leben in einem Zwischenreich. Die Gesellschaft ist ihnen gegenüber selbst wie blind. Sie fristen ihr Dasein in einem toten Winkel, und das macht aus ihrem Leben unausweichlich ein Glücksspiel. Ein kleiner Zwischenfall, und sie verlieren alles.

Sha Fuming verließ die Tür zum Ruheraum und trat vor den Eingang des Zentrums. Mit verzweifeltem Blinzeln blickte er erst hinauf zum Himmel, dann hinab zur Erde. Aber er sah nichts. Blinde haben keinen Himmel und keine Erde, die sie um Hilfe bitten können.

Als Chef hätte er in seinem Zentrum eine Gesellschaft im Kleinen aufbauen können. Er wäre dazu in der Lage, ja, dazu verpflichtet gewesen. Er hätte jedem seiner Angestellten einen Arbeitsvertrag geben und dann mit Fug und Recht von jedem den Abschluss einer Versicherung verlangen können. Auf diese Weise wären sie alle mit der Gesellschaft verbunden, sie wären offiziell registriert gewesen, kurz: Sie wären »wirkliche Menschen« geworden.

Es war nicht so, dass er nie darüber nachgedacht hätte – im Gegenteil, als Therapeut in Shanghai hatte er sich einen

Arbeitsvertrag mit seinem Chef sehnlich gewünscht. Im Wohnheim hatten sie im Kollegenkreis lebhaft darüber diskutiert, aber niemand hatte sich bereitgefunden, ihr Anliegen dem Chef vorzutragen, und so schoben sie die Angelegenheit immer weiter vor sich her. Chinesen sind gewöhnlich kaum willens, für die Gemeinschaft die Stimme zu erheben. Für Blinde gilt das doppelt, ja, sie machen daraus eine goldene Regel: Wieso ich? Und die Chinesen haben noch eine andere Eigenart: Sie vertrauen auf ihr Glück. Auch dieser Charakterzug ist unter Blinden besonders ausgeprägt und führt zu einer weiteren goldenen Regel: Wieso sollte mich irgendein Unglück treffen? Ach nein. Wieso gerade mich?

Sha wusste um die Wichtigkeit eines Vertrags. Ohne Vertrag war man nicht sicher. Salopp gesagt: Ohne Vertrag war man ein streunender Köter, der den Launen des Schicksals ausgeliefert war. Sha wusste nicht, was das Schicksal war, aber eines wusste er: Es besaß unheimliche, grauenerregende magische Kräfte. Doch am Ende ärgerte er sich bloß über die Sache mit den Verträgen. Genauer: Er ärgerte sich über seine Kollegen. Sie lobten ihn einmütig dafür, wie klug und tüchtig er doch sei, aber in Wahrheit hielten sie ihn für einen Trottel. Er hatte aber keine Lust, für sie den Trottel zu spielen. Sie selbst hielten schön die Klappe, und er sollte sich beim Chef unbeliebt machen? Und so wurde nie etwas aus den Verträgen. Sha verließ sich genauso sehr auf sein Glück wie die anderen Blinden: Wenn ihr ohne Vertrag gut über die Runden kommt, wieso sollte es bei mir dann anders sein? Später hörte er sich noch ein wenig um und fand heraus, dass auch in den anderen Tuina-Zentren keine Arbeitsverträge abgeschlossen wurden – offensichtlich war das eine unausgesprochene Regel, die in allen Zentren herrschte.

Bei den Planungen für sein eigenes Zentrum war Sha fest entschlossen, mit dieser schändlichen Regel zu brechen. Seinen eigenen Angestellten würde er auf jeden Fall einen ordentlichen Arbeitsvertrag geben. Egal, wie klein sein Zentrum wäre, er würde daraus ein modernes Unternehmen machen, dessen Menschlichkeit sich in ihm selbst verkörpern würde. Zwar würde er sein Personal mit strenger Hand führen, aber ihre grundlegenden Rechte würde er seinen Mitarbeitern in vollem Umfang gewähren.

Doch als er dann tatsächlich der Boss geworden war, geschah etwas Seltsames – nicht schlagartig, sondern allmählich und wie von selbst. Keiner seiner neuen Angestellten schnitt bei der Einstellung das Thema Arbeitsvertrag an. Keiner erwähnte es, und deshalb kümmerte auch er sich nicht darum. Die Logik hinter ihrem Schweigen war wohl: Der Boss erwies ihnen schon einen ungeheuren Gefallen, indem er ihnen eine Arbeit gab – da wollten sie ihm nicht noch mit einem Vertrag kommen. Nach einigem Grübeln begriff Sha: Blinde sind ängstlich, sie sind stolz, und sie neigen zu übergroßer Dankbarkeit. Seine Leute dankten dem Himmel, dass er ihnen eine Arbeit gegeben hatte – wie hätten sie ihn dann noch um einen Vertrag bitten können? Es braucht nicht viel, Blinde dankbar zu machen. In ihrem Leben erfahren sie so wenig Wohltaten, dass sie rasch lernen, dankbar zu sein. Ihre Augen bergen keinen Glanz, dafür umso mehr Tränen.

Und dabei blieb es: Die neuen Angestellten brachten nie die Sprache auf einen Arbeitsvertrag, also gab Sha ihnen keinen. Stattdessen stellte er für sein Zentrum ein Regelwerk von erschöpfender Ausführlichkeit auf, das alles vereinfachte und fortan als einzige verbindliche Beziehung zwischen Mitarbeitern und Geschäftsführung diente. All diese Regeln sahen für die Angestellten ganz selbstverständlich nur Pflichten und Verantwortlichkeiten vor. Rechte hatten sie nicht und wollten sie auch gar nicht. Blinde sind ein eigenartiges Völkchen: Egal, wie die Zeiten sich ändern, im Herzen bleiben sie altertümlich, urtümlich, vorzeitlich, ja, vielleicht unwandelbar. Wenn die Gesellschaft ihnen keine Organisation oder Institution gibt, die ihnen Sicherheit und Hilfe gewährt, dann brauchen sie etwas anderes, an das sie sich klammern und in das sie ihren unerschütterlichen Glauben setzen können: das Schicksal. Es ist unsichtbar und eben deshalb real: ein ungeheures, alles umfassendes, alles lenkendes, alles entscheidendes, alles bedenkendes Etwas. Wie an einer geliebten Gefahr schlägt man sich an ihm, kaum ist man unachtsam, die Zähne aus. Wie soll man dem Schicksal begegnen? Die aktivste und bewährteste Methode ist: es akzeptieren. He, akzeptier es einfach und fertig.

Die Voraussetzung dafür ist, dass man jedweder Sache mit einem unerschütterlichen Glauben ans eigene Glück gegenübertritt. Man muss diesen Glauben zum Schmelzen bringen, sodass er tief ins eigene Mark einsickert. Wer keine Wolken sehen kann, muss sich nicht sorgen, welche ihm Regen bringt. Wenn es regnet, ist es gut, und wenn nicht, auch. Alles ist gut. Ich akzeptiere es.

Alles Weitere ergab sich von selbst. Gerade Chefs geworden, waren Sha Fuming und Zhang Zongqi noch die allerbesten Freunde, und wenn sie dann in seliger Eintracht auf einem Bett saßen, redeten sie miteinander über alles – nur auf die Arbeitsverträge kamen sie nie zu sprechen. Mehrmals lag das Thema Sha auf der Zunge, aber aus irgendeinem merkwürdigen Grund schluckte er es stets wieder hinunter. Und auch ein so gescheiter Kerl wie Zhang konnte ein so wichtiges Thema unmöglich übersehen haben – also schluckte auch er seine Worte hinunter. Beide machten damit Gebrauch von der größten Gabe der Blinden: Gleich, ob als Boss oder Angestellter, sie können sehr viel hinunterschlucken. Niemand versteht sich besser darauf, weil niemand so viel verdauen kann wie sie.

Was danach geschah, war ebenso interessant wie seltsam. Niemand erwähnte einen Arbeitsvertrag mit einem Wort, und doch verwandelte sich dieses Thema für Angestellte und Bosse gleichermaßen in einen Brunnen, den alle sehr geschickt in stillem Einvernehmen umgingen. Sha war darüber weder glücklich noch enttäuscht – denn welcher Chef unterschreibt schon gern einen Arbeitsvertrag? Ohne Verträge war er am besten dran, denn nun konnte er alle Probleme mit einem einfachen Ja oder Nein lösen. Er besaß die Macht, die absolute Macht, und das machte sein Leben als Chef höchst angenehm. Und er genoss sein Glück.

Aber dann schlug das Schicksal zu. Und kaum zeigte es seine Stacheln, verbreitete es Angst und Schrecken. Wie eine unsichtbare Hand betastete es jeden Einzelnen, ehe es mit einem schiefen Grinsen Du Hong wählte und sie mit beiden Händen in den Brunnen stieß.

Dort unten kauerte sie nun, in einem Brunnen, der gerade groß genug war, um ihren Körper zu fassen. Sha hörte keinen Laut heraufdringen, kein Anzeichen, dass sie sich zu befreien suchte. Und tatsächlich ist jeder, den sich das Schicksal zum Opfer gewählt hat, unrettbar verloren. Er fühlte sich, als wäre er dem Ersticken nahe. Hätte er wenigstens ein Platschen von unten gehört – dann hätte er weniger gelitten. Aber das Wasser des Brunnens verschluckte alles, und seine Tiefe entsprach seiner Finsternis. Arme Du Hong. Mein Schatz. Meine kleine Schwester. Nur zu gern hätte er den Brunnen ausgegraben, wenn er sie damit hätte retten können. Aber wie sollte er das anstellen? Wie?

Unerwiderte Liebe ist qualvoll, hartnäckig, schmerzlich – aber manchmal auch wieder nicht. Vor Dus Unfall war seine Liebe nur hartnäckig, nicht qualvoll gewesen. Wenn er in Gedanken bei ihr gewesen war, spürte er, wie weich er war und wie überraschend zärtlich, und das gab ihm ein wohliges Gefühl. Wer sagte, dass das keine Liebe war? Sein Herz fühlte sich an, als hätte es in der Sonne gelegen: Warm und träge war es geworden. Einmal sinnierte er sogar über die Bestandteile ihres Namens: Das Zeichen »Du«, als *dou* gesprochen, bedeutete »alles«, »ganz«, während »Hong« die Farbe Rot meinte – angeblich die Farbe der Sonne. Also bedeutete ihr Name ein tiefes, allumfassendes Rot. Sie war die Sonne, weit entfernt und doch nah. Und auch wenn er die Sonne nie gesehen hatte, besaß er doch ein feines Gespür für sie. Im Winter liebte er nichts so sehr wie sich zu sonnen. Warm und träge war dann die Seite, die er der Sonne zuwandte.

Aber die Sonne war untergegangen. Sie war in einen Brunnen gefallen, und er wusste nicht, ob sie je wieder daraus emporsteigen würde. Er wusste nur: Er selbst stand im Schatten, im Schatten einer Häuserschlucht, und ein Wind fuhr in sein Haar, dass vor den Augen der Sehenden wild umherflatterte.

Hätte sich der Zwischenfall mit dem Hammelfleisch nicht ereignet und würde nun nicht eine geschäftliche Trennung im Raum stehen, so hätte er die Angelegenheit vielleicht mit Zhang Zongqi besprechen können, und sie hätten Du rückwirkend einen Vertrag und eine Entschädigung gegeben. Das hätte klappen können.

Selbst mit dem Hammelfleisch-Zwischenfall und der angedachten Trennung hätte er das erwirken können – wäre da nicht seine unerwiderte Liebe gewesen.

So aber war es unmöglich. Seine Beziehung zu Zhang einmal beiseitegelassen, stand er in einem so zweideutigen Verhältnis zu Du, dass sein Anliegen unweigerlich als Vetternwirtschaft gedeutet worden wäre. Also kam ihm ein solcher Vorschlag nicht über die Lippen. Es hätte ohnehin nichts gebracht.

Warum, so fragte er sich, gibst du dich dieser einseitigen Liebe hin? Warum hast du so einen Narren an deiner verfluchten Vorstellung von Schönheit gefressen? Warum kannst du nicht von diesen Händen lassen? In manchen Momenten ist die Liebe unmoralisch.

Er fühlte sich schuldig gegenüber Du Hong, schuldig als Mann und als Chef. Nicht einmal jetzt konnte er sie ein klein wenig unterstützen. Er hatte seinen sehnlichsten Wunsch wahr gemacht und war Chef geworden – und was half ihm das nun? Er versank in grenzenlose Traurigkeit.

Und wenn jemand anderer und nicht Du Hong sich verletzt hätte? Wenn es keine Schönheit getroffen hätte, keine Frau, deren Hände die herrlichsten Verheißungen zu bergen schienen? Hätte er dann immer noch so sehr gelitten? Bei diesem Gedanken fühlte er, wie die flatternden Fäden seiner Seele beinahe aus seinem Schädel emporgestiegen wären.

Weil er seinen Gedanken nicht weiter nachzuhängen wagte, begann er eine Zigarette nach der anderen zu rauchen. Er zog den Rauch ein und stieß ihn wieder aus, aber ihm schien es, als würde der Rauch, den er eingesogen hatte, nicht wieder hervorkommen. Als wäre er nicht imstande, ihn wieder auszustoßen. Stattdessen sammelte sich der Rauch in dichten Wirbeln in seiner Brust und in seinem Magen, ehe er sich schließlich in einen Steinbrocken verwandelte, der sein Inneres verstopfte. Sein Magen tat ihm so sehr weh, als ballte sich dort all der Schmerz seines Leibs. Zum ersten Mal in seinem Leben fühlte Sha einen Schmerz, der über seine Kräfte ging. Er setzte sich hin. Er musste ins Krankenhaus gehen. Sobald sich die Dinge im Tuina-Zentrum beruhigt hatten, musste er unbedingt ins Krankenhaus gehen.

Das war ein anderer wunder Punkt von ihm: Krankenhäuser. Warum graute ihm so vor ihnen? Andererseits: Wer geht schon gern ins Krankenhaus? Ein Krankenhaus ist teuer. Man geht mit einem Niesen hinein und kommt um ein paar hundert Yuan leichter wieder heraus. Aber das war noch nicht einmal das Schlimmste. Am meisten graute ihm vor all den Mühen, die er dort auf sich nehmen musste, vor allem in den großen Krankenhäusern, in denen er sich – von der Terminvereinbarung einmal zu schweigen – in einer Schlange nach der anderen anstellen musste: um sich anzumelden, um den Arzt aufzusuchen, um zu bezahlen, um sich untersuchen zu lassen, um den Arzt erneut aufzusuchen, um erneut zu bezahlen und um sich schließlich seine Medizin zu holen. Einen guten halben Tag musste man dafür mindestens opfern. Jedes Mal, wenn er ein Krankenhaus besuchte, fiel ihm die Redewendung von den Blinden ein, die einen Elefanten abtasten. Ein Krankenhaus war ein Elefant, ein Labyrinth, in dem man sich verirren konnte – und für ihn war es noch mehr als das: Es war räumliche Geometrie. In all den Punkten, Linien, Flächen und Winkeln dieses geometrischen Körpers konnte er sich unmöglich zurechtfinden. Sie waren so wirr und komplex, dass sie sich eher für eine Forschungsexpedition anboten als für eine medizinische Behandlung.

In ein paar Tagen musste er unbedingt ins Krankenhaus gehen, das schwor er sich, die Mundwinkel zur Andeutung eines Lächelns verzogen. Was Schwüre auf diesem Gebiet anging, war er ein Experte. Wie oft hatte er solche Schwüre geleistet! Und nicht einen hatte er gehalten. Seine Schwüre waren kein

Ausdruck von Willensstärke, sondern von Schmerz. Kaum befiel ihn ein Schmerz, huschte ihm ein stummer Schwur über die Lippen. Und wenn der Schmerz verflogen war? Dann war der Schwur bloß noch ein Furz. Und was kann man von einem Furz schon erwarten? Nichts.

Mit einem Hüsteln stieß Wang Daifu die Tür auf und trat heraus. Anscheinend wusste er, dass Sha dort hockte, denn er stellte sich neben ihn. Er sagte kein Wort, er knackte nur in einem fort mit den Fingergelenken. In Shas Ohren klang das wie ein Signal, dass Wang ihm gern etwas gesagt hätte und es nur noch nicht über die Lippen brachte.

Auch Sha gab ein Hüsteln von sich. Was er damit ausdrücken wollte, war ihm selbst nicht klar – er wollte bloß ein Geräusch machen, egal, ob als Eröffnung oder Schlusspunkt.

Wang merkte bald, dass sein Chef schlecht roch – als hätte er sich seit Tagen nicht mehr geduscht. Und das stimmte tatsächlich. Schuld daran waren die unzulänglichen sanitären Verhältnisse im Wohnheim: Es gab nur einen einzigen Boiler, sodass das gute Dutzend Männer Schlange stehen musste, um einmal duschen zu können. Aufgerieben von seinen Magenschmerzen, war Sha den ganzen Tag so erschöpft, dass er sich, kaum ins Wohnheim zurückgekehrt, auf sein Bett plumpsen ließ – und lag er erst einmal im Bett, mochte er nicht wieder aufstehen. Er roch selbst, wie übel er nach Schweiß stank, aber er brachte einfach nicht die Energie auf, sich noch zu duschen.

»Fuming«, sagte Wang. »Geht's?« Eine Frage so inhaltsleer, als hätte er nichts gesagt. Immerhin fiel Sha auf, dass ihn sein alter Studienfreund zum ersten Mal in all der Zeit, die er nun schon im Zentrum arbeitete, nicht mit »Chef«, sondern mit »Fuming« angeredet hatte.

»Ja«, sagte Sha. »Geht.« Es klang wie ein Echo, genauso inhaltsleer wie die Frage.

Wang verstummte. Er steckte seine Hand unter sein Hemd und rieb seine Wunden. Sie waren gut verheilt, aber sie juckten entsetzlich. Mit den Nägeln zu kratzen wagte er nicht, also strich er bloß sanft mit den Fingerspitzen darüber. Auch Sha schwieg, aber er spürte, dass Wang noch etwas Wichtiges auf der Seele lag.

»Fuming.« Endlich hatte Wang genügend Mut gesammelt. »Hör auf mich und lass das Grübeln sein. Denk nicht mehr dran, das bringt nichts.«

Auch diese Worte waren leer. *Worüber* sollte er nicht mehr grübeln? *Woran* sollte er nicht mehr denken? *Was* brachte nichts? Aber schon im nächsten Moment begriff er: Wang meinte Du Hong. Mit so viel Direktheit hatte Sha nicht gerechnet. So offen sprachen nur alte Freunde miteinander. Er wusste selbst, dass »das nichts brachte«, aber es aus dem Mund eines anderen zu hören war noch einmal etwas anderes. Er erwiderte nichts und schluckte die Wut hinunter, die aus seiner Verlegenheit erwuchs. Sein Herz fühlte sich an wie aufgerissen. Erst nach einem langen Schweigen beruhigte er sich wieder. Gegenüber seinem alten Freund wollte er sich nicht dumm stellen, und so fragte er: »Dann wissen alle Bescheid?«

»Wir sind alle blind«, sagte Wang ruhig. »Wie hätten wir das nicht sehen können?«

»Und was denkst du darüber?«

Wang zögerte einen Moment, ehe er antwortete: »Sie liebt dich nicht.« Er wandte das Gesicht ab, als er fortfuhr: »Hör auf mich und gib's auf. Ich sehe genau, dass du ständig an sie denkst – aber sie denkt nicht an dich. Und das kannst du ihr nicht zum Vorwurf machen, oder?«

Jedes weitere Wort wäre grausam gewesen. Wang hatte seine Worte mit größtem Bedacht gewählt, aber noch weiter wollte er Sha nicht quälen. Dessen Magen krampfte sich schon zusammen. Die Wahrheit war brutal, und sie kam aus dem Mund eines Freundes.

»Denk lieber mal darüber nach, wie du ihr helfen kannst«, sagte Wang.

»Das tue ich doch die ganze Zeit.«

»Nein, das tust du nicht.«

»Wieso das denn nicht?«

»Du leidest bloß.«

»Darf ich jetzt nicht mal mehr leiden?«

»Doch. Aber im eigenen Leid baden ist egoistisch.«

»Jetzt reicht's aber!«

Wang verstummte und senkte den Kopf. Er begann mit dem rechten Fuß auf dem Boden zu scharren, hastig zuerst, dann immer langsamer. Danach wechselte er den Fuß und scharrte weiter. Endlich hörte er auf und drehte sich um, um ins Zentrum zurückzugehen. Da packte ihn Sha an der Hose, und noch durch den Stoff hindurch fühlte Wang, wie Shas Arm zitterte. Sein Arm weinte.

»Kumpel, lass uns was trinken gehen«, sagte Sha seinen Magenschmerzen zum Trotz.

Wang hockte sich neben ihn. »Wir haben noch nicht Feierabend.«

Sha ließ sein Hosenbein los und stand auf. »Lass uns was trinken gehen.« Schließlich gelang es ihm, Wang mit sich fortzuzerren.

Wang war kaum aus dem Zentrum gegangen, da hatte sich Xiao Kong auch schon in ein leeres Zimmer hineingeschlichen. Sie hatte schon längst Xiao Ma anrufen wollen, aber nie die

Gelegenheit dazu gefunden. Nun war die Gelegenheit endlich gekommen. Ohne ein Wort zum Abschied war er einfach verschwunden. Warum, das wusste niemand außer ihr. Nur sie kannte die Hintergründe: Es war ihretwegen. Jetzt musste sie wenigstens am Telefon einmal mit ihm sprechen und ihm Lebewohl sagen.

Sie konnte nicht so tun, als wüsste sie nicht, dass Xiao Ma in sie verliebt war. Oft hatte sie sich aufrichtig gewünscht, sie könnte ein bisschen freundlicher zu ihm sein. Aber das durfte sie nicht. Sie hatte ihm mit Absicht die kalte Schulter gezeigt – nicht nur Wang zuliebe, sondern auch Xiao Ma zuliebe. Sie fühlte sich ihm gegenüber schuldig. Streng genommen trug sie die Verantwortung dafür, dass die Beziehung zu ihm so belastet war. In ihrem Egoismus hatte sie nur an sich selbst gedacht und keine Rücksicht auf seine Gefühle genommen. Mit ihrem ständigen Geschäker hatte sie seine Liebe erst provoziert. Ohne sie wäre es nie so weit gekommen. Sie hatte sich danebenbenommen. Warum landete man im Leben bloß ständig in irgendeiner Sackgasse, sobald man einmal einen achtlosen Schritt tat?

Sie hätte Xiao Ma ewig anrufen können und wäre trotzdem nie zu ihm durchgedrungen. Seine Nummer war schon nicht mehr gültig. Anscheinend war er wirklich fest entschlossen, jede Verbindung zum Sha Zongqi-Tuina-Zentrum oder vielmehr zu seiner Saozi zu kappen. Xiao Ma, ich habe dir wehgetan. Wie du willst. Gute Reise! Ich wünsche dir alles Gute. Aber du hättest nicht so gehen sollen. Du hättest mir wenigstens Adieu sagen sollen. Ich schulde dir eine Umarmung. Es gibt viele Arten des Abschieds, aber ein Abschied, bei dem man sich umarmt, ist besonders: Er gibt der Trennung einen festen Boden und auch der Zukunft. Xiao Ma, pass auf dich auf, ja? Hörst du? Bring dich bloß nicht in Schwierigkeiten. Du hast mich geliebt, und dafür bin ich dir dankbar.

Sie steckte ihr Handy weg und holte ihr Shenzhener Handy heraus. In letzter Zeit hatten so viele Dinge ihre Aufmerksamkeit in Beschlag genommen, dass sie gar nicht mehr mit ihren Eltern gesprochen hatte. Sie musste sie unbedingt einmal anrufen. Und dabei kam ihr zu Bewusstsein, dass auch ihre Eltern sie schon eine Weile nicht mehr kontaktiert hatten. Ihnen war doch nichts zugestoßen? Beunruhigt drückte sie ihre Nummer, aber nichts tat sich. Nun war auch noch der Akku leer. Trotz ihrer wachsenden Nervosität konnte sie noch klar genug denken, um die hintere Abdeckung des Handys aufzuschieben. Sie würde einfach die SIM-Karte ihres Shenzhener Handys in ihr Nanjinger Handy stecken – ihre Eltern würden schon nichts davon merken.

Doch die Shenzhener SIM-Karte hatte sich in Luft aufgelöst. Kong tastete wieder und wieder, ehe sie Gewissheit hatte: Die Karte war verschwunden. Diese Entdeckung kam einem vernichtenden Schlag gleich: Ohne Karte hatte sie auch keine Shenzhener Nummer mehr, und es war nur noch eine Frage der Zeit, bis ihr Schwindel auffliegen würde. Ihr brach der kalte Schweiß aus. Wie sollte sie ihre Lüge nun noch aufrechterhalten? Das war aussichtslos.

Aber wie konnte die Karte einfach so verlorengehen? Unmöglich. Das Handy war da, aber die Karte weg? Da hatte gewiss irgendjemand seine Finger im Spiel. Und dann begriff sie: Jin Yan. Kein Zweifel, das konnte nur Jin Yan gewesen sein. Denn Wang hatte ihr Handy nie angerührt. Im selben Moment kochte die Wut in ihr hoch. Jin Yan, anfangs waren wir uns nicht grün, aber seit wir uns versöhnt haben, habe ich dich ganz aufrichtig wie meine eigene Schwester behandelt. Wie kannst du mir nur so etwas Hinterhältiges antun! Sie knallte ihr Handy auf die Liege und drehte sich zur Tür, um Jin zur Rede zu stellen. Sie würde sie ins Gesicht fragen: Was bezweckst du damit eigentlich? Was führst du im Schilde?

Doch an der Tür hielt sie inne. Wie von einem rätselhaften Wink geleitet, kehrte sie zurück zur Liege und nahm ihr Nanjinger Handy. Ein Anruf von diesem Handy, und ihr Geheimnis würde ans Licht kommen. Nun, da ihre Shenzhener SIM-Karte unwiederbringlich verloren war, war das nur eine Frage der Zeit. Aber wenn sie ihr Geheimnis von sich aus preisgab, erwuchs daraus vielleicht noch etwas Gutes. Sie konnte lügen, und sie konnte mit der Lüge leben – aber niemand kann sein ganzes Leben lang lügen. Niemand.

Nach einem Räuspern rief sie ihre Eltern auf deren Festnetztelefon an. Kaum war sie verbunden und hatte »Hallo« gesagt, hörte sie ihre Mutter am anderen Ende der Leitung kreischen. Offensichtlich hatten ihre Eltern schon seit Tagen neben dem Telefon auf ihren Anruf gewartet. »Spinnst du, Kind? Lebst du noch? Warum ist denn dein Handy seit Tagen aus? Dein Vater und ich sind schon ganz verrückt vor Sorge! Nun sag schon: Wo bist du? Geht es dir gut?«

»Ich bin in Nanjing. Mir geht es gut.«

»Was machst du denn in Nanjing?«

»Mama, ich bin verliebt.«

»Verliebt« ist ein eigenartiges Wort: so gewöhnlich und doch zugleich von solch erschütternder Kraft. Ohne Überlegung hatte Kong einfach nur die Wahrheit gesprochen und fühlte nun zu ihrer eigenen Überraschung, wie ihr die Tränen über die Wangen rannen. »Mama«, wiederholte sie ruhig, »ich bin verliebt.«

Einen Moment lang verstummte ihre Mutter. Dann platzte es aus ihr heraus: »Ist es ein Junge oder ein Mädchen?«

Nachdem sie so lange nichts mehr von ihrer Tochter gehört hatte, war die Mutter offensichtlich so verängstigt und aufgewühlt, dass sie nicht mehr klar denken konnte und eine solch unsinnige Frage stellte. Anscheinend hatten ihre Eltern schon damit gerechnet, dass ihre Tochter verliebt war, mehr noch: Sie hatten sich gesorgt, Kong könnte ein Baby erwarten. Ach ja, alle Eltern dieser Welt müssen einiges ausstehen. Kong musste lachen.

»Ein Junge«, sagte sie stolz wie eine frischgebackene Mutter im Kreißsaal. »Und er ist völlig blind.«

Am anderen Ende der Leitung wurde es still. Als nach einer langen Pause wieder eine Stimme ertönte, war es nicht mehr die ihrer Mutter, sondern die ihres Vaters. »Kind«, schrie er außer sich vor Wut, »warum tust du nicht, was wir dir sagen?«

»Papa, meine Liebe zu ihm ist das eine Auge, seine Liebe zu mir ist das andere. Zusammen haben wir zwei Augen. Papa, ich bin keine Prinzessin – glaubst du, ich kann wer weiß wen abkriegen?« Sie staunte über sich selbst. So lange hatte sie gelogen; vor jedem Anruf war sie in Gedanken ihre Geschichte noch einmal durchgegangen und hatte sich immer tiefer in ihrem Lügengespinst verfangen. Nun aber hatte sie ohne jede Vorbereitung einfach gesagt, was ihr in den Sinn kam – und zu ihrer eigenen Überraschung hatte sie es in einer solchen Offenheit und Klarheit ausgesprochen, dass es rings um sie herum glitzerte und funkelte.

Sie klappte ihr Handy zu. Nie hätte sie zu hoffen gewagt, dass alles so einfach sein könnte. Seit sie in Wang verliebt war, hatte sie sich in einem fort mit der Sorge gequält, was sie ihren Eltern sagen sollte. Nun hatte sie endlich die Wahrheit ausgesprochen, und mit einem Schlag hatten sich all ihre Probleme in Luft aufgelöst. Es war verblüffend.

In diesem Moment kam Jin Yan mit einer wichtigen Nachricht herein: Du Hong krakeelte im Krankenhaus und weinte und schrie, sie wolle raus. Doch noch ehe Jin etwas sagen konnte, hatte Kong schon die Arme um sie geschlungen. Weil ihre Freundin deutlich größer war als sie, vergrub Kong ihr Gesicht in Jins Hals, und Jin spürte ihre Tränen. In der Hand immer noch das Handy, tätschelte Kong ihr den Rücken. Da ging Jin ein Licht auf. Sie atmete auf und streichelte Jins Kreuz.

»Du kleine Schlampe«, hauchte Kong ihr ins Ohr. »Vor dir muss ich mein Leben lang auf der Hut sein.«

»Was meinst du damit?«

»Du bist eine Diebin. Du klaust.«

Jin stieß Kong von sich. »Lass das jetzt«, sagte sie matt. »Du Hong will auf Teufel komm raus aus dem Krankenhaus. Was sollen wir jetzt machen?«

Kapitel 21
Wang Daifu

Du Hong verließ schließlich vorzeitig das Krankenhaus, geführt von Sha Fuming, der wiederum von Gao Wei geführt wurde. Alle drei kehrten sie mittags ins Tuina-Zentrum zurück. Sha hatte diese Zeit mit Bedacht gewählt: Dann hatten alle Pause und konnten für Du eine kleine Willkommensfeier veranstalten. Das war notwendig, um die Tiefe ihrer Gefühle auszudrücken. Manchmal kann eine Feier eine Sache besser veranschaulichen als die Sache selbst. Du Hong, willkommen zurück im Sha Zongqi-Tuina-Zentrum.

»Wir sind wieder da!«, verkündete Gao, als sie mit Du durch die Tür trat. Im Ruheraum drängten sich ihre Kollegen, und alle umringten sie nun die Heimkehrerin. Beifall brandete auf, begeistert und chaotisch, und ein Gewirr von Stimmen. Sha Fuming freute sich und Zhang Zongqi auch, aber alle anderen waren noch ausgelassener. Denn seit dem Zwischenfall mit dem Hammelfleisch hatte eine Reihe von Ereignissen das Zentrum erschüttert, der Ruheraum hatte seine sorglose Atmosphäre verloren und jeder in einem Gefühl der Bedrückung und Gefahr gelebt. Nun aber, mit Dus Rückkehr, war alles wieder gut. Die allgemeine Freude galt nicht bloß ihrer Heimkehr; in der übersteigerten Begeisterung brach sich eine tiefere

Erleichterung Bahn. Die trübselige Stimmung, die so lange auf allen gelastet hatte, war wie weggefegt, und eine ungewohnte Heiterkeit machte sich breit.

Sha Fuming war aufrichtig glücklich, und das hatte er Wang Daifu zu verdanken. Wang war zwar kein Chef, strahlte jedoch eine natürliche Autorität aus, und nichts brachte ihn aus der Fassung. Als die Sorge um Du Hongs Zukunft Sha in tiefe Ratlosigkeit gestürzt hatte, war Wang auf den Plan getreten. Zwei Vorschläge hatte er gemacht. Erstens: Am besten half man Du, indem man ihr Geheimnis für sich behielt. Die Nachricht von ihrem gebrochenen Daumen durfte nicht die Runde machen, sonst würde kein Kunde mehr zu ihr gehen wollen. Solange ihr Geheimnis gewahrt blieb, konnte sie auch andernorts eine anständige Arbeit finden – dafür, so versicherte Wang, würde er Sorge tragen. Zweitens: Wang hatte ihre Verletzung sorgfältig untersucht. Ihr Daumen war zwar gebrochen, aber die übrigen vier Finger unversehrt. Und was bedeutete das? Das bedeutete, dass sie immer noch Fußmassagen geben konnte. Obwohl der Daumen dabei nicht ganz verzichtbar war, spielten die entscheidende Rolle Mittel- und Zeigefinger. Solange diese Finger den nötigen Druck ausübten, würde ein gewöhnlicher Kunde keinen Unterschied merken – es sei denn, er war Tuina-Therapeut. Doch welcher Therapeut würde sein Geld schon für eine Fußmassage hergeben? Ihr Problem war also ganz leicht zu lösen: Du würde keine Tuina-Therapie mehr praktizieren und sich stattdessen ganz auf die Fußmassage konzentrieren. Solange niemand sonst ihr dieses Geschäft streitig machte, würde sie problemlos auf ihre fünf, sechs Stunden täglich kommen – genau wie früher, als wäre nichts passiert.

Ja, so war es: genau wie früher. Nichts war passiert. Dus

Daumen war nie gebrochen. Sie war nach wie vor ganz die Alte. Hätten die Dinge ein schöneres Ende finden können? Nein. Voller Hochgefühl klatschte Sha in die Hände und verkündete lauthals: »Heute Nacht lade ich euch alle zu einem kleinen Imbiss ein!«

Alle brachen in Jubel aus. Lärmend umringten sie Du Hong. Das Zentrum verwandelte sich in einen kleinen Ozean der Freude. Sha zog sich vor die Tür zurück, überwältigt von seinen Gefühlen. Wie gut dieser Trubel tat. Die Luft vibrierte vor Energie. Was das hieß? Der Raum, so schien es Sha, wimmelte von Armen und Händen, die mit einem Schlag aus dem Boden emporgestiegen waren und nun frei und schwerelos in den Lüften wirbelten. Und die allerrührendsten, allerfröhlichsten Hände gehörten ohne Zweifel Du Hong: Sie lächelten inmitten der Menge. Er sah ihr Lächeln, sah, wie es wogte und sich aufteilte in zwei, drei, vier – ja, vier Lächeln, die sich nach allen Seiten schlängelten, bis sie jeden Winkel erfasst hatten, mächtig, allumfassend, allgegenwärtig. Er stieß einen stillen Seufzer der Erleichterung aus. Er fühlte sich ungeheuer befreit, leicht bis in die Knochen, schwerelos wie eine Feder im Wind, ein rauschender Fluss im Frühling.

So hatte er sich schon lange nicht mehr gefühlt. Allzu lange. Mit den Augen blinzelnd, bemühte er sich angestrengt, unbeteiligt zu wirken, und dabei genoss er das Gefühl des Glücks, das ihn durchströmte. Sollten die anderen ruhig feiern. In jedem Fall musste er Du Hong dankbar sein: Ihr Unfall hatte neues Leben ins Tuina-Zentrum gebracht. Nur hatte sie dafür einen zu hohen Preis gezahlt – hätte er an ihre Stelle treten können, er hätte es bereitwillig getan.

Und wenn es ihn getroffen hätte? Wenn sein Daumen gebrochen wäre – wäre Zhang Zongqi dann derjenige gewesen, der ihn aus dem Krankenhaus abgeholt hätte? Ja, das wäre er. Ganz gewiss. Er selbst hätte das Gleiche für Zhang getan. Er verstand ihre Beziehung: Den Erfolg konnten sie vielleicht schlecht miteinander teilen, aber in Zeiten der Not standen sie einander bei. Vielleicht sollten sie einfach noch mal miteinander reden. Ja, reden.

Er spitzte den Mund, als ihm plötzlich ein Problem bewusst wurde: Für die Blinden ist ein Mund mehr als bloß ein Mund, mehr als bloß zwei Lippen – für sie ist er die Augenlider und im Innern, auf der Zungenspitze, die Pupille. Und auf einmal sah Sha das Licht, das seine Zunge verströmte – es war nur schwach, und es flackerte und schwankte, aber es war doch ein Licht, das Helligkeit gab. Er hob den Kopf und öffnete den Mund zu einem Seufzer, und der Seufzer leuchtete aufrecht und unwiderruflich – ein Licht so unerschütterlich, so durchdringend und unwiderstehlich wie ein Nagel.

Wortlos zupfte er Wang am Ärmel und zog ihn hinaus vor den Eingang. Nachdem sich beide eine Zigarette angezündet hatten, schlenderten sie vor der Tür umher. Sha hoffte, sein alter Freund würde etwas sagen, aber das tat er nicht, und so schwieg auch Sha, bis er es nicht länger aushielt. »Kumpel, ich mache mir ein bisschen Sorgen. Da ist etwas, was ich den anderen nicht gesagt habe: dass sie die Fußmassagen Du Hong überlassen sollen. Was, wenn sie damit nicht einverstanden sind? Ich kann ihnen das doch nicht befehlen. Das wäre mir zu unangenehm.«

Wang schmunzelte. Ihm kam ein altes Sprichwort in den Sinn: Liebende sind Narren. Aber Sha war kein Liebender, er war unglücklich verliebt, und so jemand ist kein Narr, sondern ein Idiot.

»Du bist mir vielleicht einer«, sagte Wang. Dann wurde sein

Ton schlagartig ernst. »Du benimmst dich immer mehr wie ein Sehender. Das mag ich nicht. Du brauchst überhaupt nichts zu sagen. Alles liegt klar auf der Hand, da kann gar nichts schiefgehen.«

Während draußen vor der Tür Sha und Wang umherschlenderten, lenkten drinnen im Ruheraum Jin Yan und Xiao Kong die Feier ihrem Höhepunkt entgegen. Jin drängte sich vor Du Hong, hob die Arme und rief mit lauter Stimme: »Ruhe! Seid mal alle ruhig!« Alle wussten, was nun kommen würde, und wurden still. Die Vorfreude war mit Händen zu greifen.

Ein Reißverschluss wurde aufgezogen. Es klang melodisch, sanft und taktvoll, ein kurzer Singsang voll tiefem Gefühl. Jin hatte die Handtasche geöffnet, die sie vorm Körper trug. Sie entnahm ihr ein dickes Bündel von Geldscheinen unterschiedlicher Größe. Mit der anderen Hand ertastete sie Dus Arm, und dann drückte sie ihr das dicke Bündel in die Hand.

»Du Hong«, sagte sie, »das ist ein kleines Geschenk von uns. Nur eine Kleinigkeit, weißt du.«

Bei diesen Worten zitterte ihre Stimme vor Rührung. Jeder konnte es hören – und auch, wie sie nach Luft rang. Es war ergreifend. Mit ihrer verletzten Hand strich Du wieder und wieder über das Bündel in ihrer Hand. »Ich danke euch allen«, sagte sie.

Jin wartete, genau wie Kong und all die anderen. Sie warteten darauf, dass die Rührung ihren Höhepunkt erreichte. Auf Dus Dankbarkeit konnten sie verzichten, aber eine ergreifende Szene wie diese konnte unmöglich ohne heftige Gefühlswallungen, ohne Umarmungen und Ströme von heißen Tränen auskommen. In den Romanen war das so, in den Filmen und im Fernsehen – da musste es im wirklichen Leben auch so ablaufen.

Du wiederholte ihren Dank noch einmal, und das war alles. »Ich bin euch allen wirklich sehr dankbar.«

Sie sprach in einem ruhigen, auffallend höflichen Ton ohne große Erregung. Der erwartete emotionale Höhepunkt blieb aus, stattdessen klang die Szene zur allgemeinen Enttäuschung ganz undramatisch aus. Die Wirklichkeit war anders als in den Romanen, anders als in Film und Fernsehen, anders als in den Nachrichten. Nun wusste niemand mehr, wie es weitergehen sollte, und die Ruhe im Raum verwandelte sich in Hilflosigkeit.

Glücklicherweise platzten in diesem Moment drei Kunden herein. Laut und fröhlich rief Du Li drei Therapeuten zur Arbeit. Unter diesen Umständen hätte ihnen allen nichts Besseres passieren können. Weil Wang gerade draußen war und bestimmt nichts gehört hatte, ging Du Li vor die Tür und kommandierte lautstark: »Wang Daifu, an die Arbeit!«

Wang Daifu, Zhang Yiguang und Jin Yan machten sich ans Werk. Sogleich normalisierte sich die Atmosphäre im Tuina-Zentrum wieder. Du Hong trat an den Eingang zum Ruheraum. Sie öffnete und schloss die Tür wieder und wieder und lauschte dem Wohlklang des Türstoppers. Klack. Klack.

Schon im Krankenhaus hatte sie von dem Stopper erfahren. Gao Wei hatte sie auf dem Laufenden gehalten. Kurioserweise war Du im Krankenhaus umfassender und genauer über die Lage im Tuina-Zentrum informiert gewesen als vorher. Gao berichtete ihr alles, was dort vor sich ging, und so kam es Du vor, als hätte sie es mit ihren eigenen Augen gesehen. Ihre Freundin veranstaltete für sie eine nicht enden wollende Nachrichtensendung, die so umfassend wie detailliert war und nichts aussparte. Nicht nur die neuesten Nachrichten lieferte Gao, sondern auch Leitartikel und kurze Zusammenfassungen. Mit der Zeit dämmerte Du, um welchen Grundgedanken Gaos Sendung kreiste: Die zentrale Orientierung, die ihre Freundin ihr mit auf den Weg geben wollte, bestand in der Botschaft, wie gut Sha Fuming zu ihr gewesen war. Entsprechend dienten auch all die Leitartikel und Zusammenfassungen – das wurde Du nun klar – nur einem Ziel: Sie sollte Shas Güte vergelten und »ein bisschen netter« zu ihm sein.

Auf eine solche Nachrichtensendung konnte sie gut verzichten. Sie war aufgewühlt und verdrossen, aber sie konnte weder Gaos Augen noch ihren Mund stoppen. Dass Sha Fuming nicht so schrecklich war, wie sie vorher geglaubt hatte, musste sie zugeben – er war ein netter Kerl und überhaupt nicht lüstern. Seine Zuneigung zu ihr war aufrichtig. Aber sie liebte ihn nicht. Daran hatte sich nichts geändert. Für das, was er für sie tat, war sie ihm dankbar, aber deswegen liebte sie ihn noch lange nicht. Das eine hatte mit dem anderen nichts zu tun.

Dann ereignete sich ein besonderes Spektakel in Gaos Nachrichtensendung: eine Liveübertragung, ausführlich und im großen Stil. »Sha Fuming und Wang Daifu sind rausgegangen«, hörte Du ihre Freundin wispern. »Jin Yan ist mit Xiao Kong in den Ruheraum gegangen, und davor hat sie im Flur laut gerufen: ›Jetzt ist Sitzung! Habt ihr mich gehört? Sitzung!‹ Keine Ahnung, was sie vorhaben.«

Dann hörte Du durch Gaos Handy, wie Jin sagte: »Wir glauben, wir sind mitfühlend, aber in Wahrheit sind wir gleichgültig. So darf das nicht weitergehen!«

Es redete praktisch nur Jin Yan, und das geschlagene fünf oder sechs Minuten lang. Die sogenannte Sitzung entpuppte sich bald als eine Spendensammlung. Jin redete allen ins Gewissen, sie sollten etwas für die Kranke beisteuern. Ob aus Zorn über sich selbst oder andere, jedenfalls bebte ihre Stimme. Sie war so aufgewühlt, dass sie weinte, und das verlieh ihrer Rede etwas Ergreifendes und zugleich Unbehagliches: Sie klang fast, als wollte sie drohen. Jeder musste seinen Beitrag leisten. Das war keine Rede mehr und auch keine Ermahnung – das war ein Befehl. »Was kann denn die arme Du Hong in dem Zustand, in dem sie jetzt ist, noch tun? Nichts kann sie mehr tun. Und deshalb dürfen wir nicht länger tatenlos zusehen.« Du war überrascht von Jins Hilfsbereitschaft – und von ihrer Beredsamkeit. »Wir haben die gleichen Augen«, schloss Jin, »wir haben die gleichen Pupillen, aber können unsere Augen etwa sehen? Lasst uns die Hände nicht länger in den Schoß legen!«

Und sie machte nicht nur große Worte, sie ging auch mit gutem Beispiel voran. Ohne sich mit Tailai abgesprochen zu haben, gab sie auch in seinem Namen eine äußerst großzügige Spende. Und selbst Xiao Kong, die sonst für ihren Geiz berüchtigt war und jeden Groschen wie ihren Augapfel hütete, ließ sich angesichts dieser überschäumenden Hilfsbereitschaft nicht lumpen und steuerte für sie und den abwesenden Wang ihren Beitrag bei. Nun brachen alle Dämme, die Emotionen wogten hoch, und die Tränen flossen.

Das Handy in der Hand, hörte Du im Krankenhaus alles mit an. Die Augen fest geschlossen, fing sie an zu zittern. Sie presste die Hand auf ihren Mund, um sich mit keinem Laut zu verraten. Sie wollte nicht, dass die anderen sie hörten. Was für wundervolle Freunde sie waren. Du fühlte, wie eine unaussprechliche Wärme ihr Inneres durchströmte und aufwühlte. Doch die Liveübertragung war noch nicht zu Ende. Jin und Kong zählten das Geld, und dabei redeten oder vielmehr beratschlagten sie miteinander: Niemand dürfe ihr Geheimnis ausplaudern. Auch Wang brauche nichts davon zu erfahren – »du hast ja sowieso schon für ihn gespendet«. Sha Fuming müsse erst recht nichts davon wissen. »Was da zwischen ihm und Du Hong läuft, geht uns nichts an.«

Nachdem Du ihr Handy zugeklappt und unter das Kopfkissen gesteckt hatte, legte sie sich hin. Sie war gerührt und dankbar, aber dann überkamen sie Traurigkeit und Verzweiflung. Die grausame Wahrheit war: Ihr Leben war vorbei. Sie wusste, von nun an würde sie auf andere angewiesen sein. Sie würde ein Leben in Dankbarkeit führen müssen. Sie fristete eine minderwertige Existenz – minderwertig gegenüber den Sehenden, aber auch gegenüber den Blinden. Was blieb ihr noch? Nichts außer ihrer Schönheit. Aber was ist Schönheit? Ein Atemhauch, der nur scheinbar einem selbst gehört. Er kommt und geht so flüchtig wie ein Spuk.

Aus Furcht, gleich in lautes Schluchzen auszubrechen, zog sie sich die Decke über den Kopf, aber sie weinte bloß still vor sich hin – eigentümliche Tränen, die nicht tropfenweise wie sonst, sondern in großen, mächtigen Strömen flossen und sogleich lautlos vom Kissen aufgesogen wurden, auf dem sich ein großer nasser Fleck bildete. Als sich Du herumwälzte, nässte sie auch die andere Kissenhälfte.

Nachdem sie sich beruhigt hatte, vergegenwärtigte sie sich alles noch einmal und versank in Selbstmitleid. Sie hatte ihre Selbstachtung verloren und ihre Würde. An einem Türrahmen war ihre Würde zu einem blutigen Brei zerquetscht worden. Sie hatte ihre Würde im Ruheraum des Sha-Zongqi-Tuina-Zentrums gelassen.

Nein, sagte sie sich, nein, das lasse ich nicht zu. Lieber sterbe ich.

Sie schlug die Decke zurück, setzte sich auf und suchte sich ein Handtuch, mit dem sie Richtung Badezimmer tappte, um sich das Gesicht zu waschen. Zufällig kam eine Krankenschwester herbei und wollte sie führen. Du wandte ihr das Gesicht zu, lächelte und schob ihren Arm sanft, aber bestimmt beiseite. »Danke.«

Nein, sagte sie sich, nein. Solange noch ein Funken Leben in ihr war, würde sie nicht zulassen, dass alle sie bemitleideten. Sie wollte leben, ohne in einem fort dankbar sein zu müssen.

Sie wollte niemandem etwas schulden, niemandem, und seien es ihre besten Freunde. Denn eine Schuld musste man zurückzahlen, und wenn man das nicht konnte, durfte man sich erst gar nicht darauf einlassen. Alle Schulden verlangen danach, beglichen zu werden, und davor fürchtete sie sich. Die Angst steckte ihr tief in den Knochen. So nackt, wie sie auf diese Welt gekommen war, wollte sie eines Tages wieder von ihr gehen.

Nachdem sie sich das Gesicht gewaschen hatte, fasste sie den Entschluss fortzugehen. Sie würde das Sha-Zongqi-Tuina-Zentrum verlassen. Zunächst würde sie heim zu ihren Eltern kehren und sie bitten, die Behandlungskosten, die Sha Fuming für sie ausgelegt hatte, zu begleichen. Später würde sie ihnen das Geld zurückzahlen – wie, das wusste sie allerdings noch nicht, und bei diesem Gedanken wäre sie beinahe wieder in Tränen ausgebrochen, die sie mit aller Macht zurückdrängte. Und in diesem Moment schoss ihr ein Sprichwort durch den Kopf: Der Himmel lässt uns immer einen Ausweg. *Der Himmel lässt uns immer einen Ausweg.*

Kaum war ihr Entschluss gefasst, rief sie eine Krankenschwester und bat sie, für sie eine Zugfahrkarte zu buchen. Auch Gao Wei musste sie um einen Gefallen bitten, nämlich darum, ihr eine Schreibtafel zu bringen, wie sie sie zum Schreiben der Blindenschrift benötigte. Es gab so vieles, was sie ihren Brüdern und Schwestern im Zentrum zu sagen wünschte. Sie wollte ihnen danken. Unbedingt. Lebt wohl, meine Freunde. Lebt wohl, meine Brüder und Schwestern. Der Himmel lässt uns immer einen Ausweg. Voller Stolz und Selbstachtung wollte sie ihre Reise antreten, ohne irgendjemandem etwas schuldig zu bleiben.

Im Tuina-Zentrum lief alles wieder seinen gewohnten Gang. Manche Therapeuten waren bei der Arbeit, andere machten Pause. Du Hong legte das dicke Bündel Geldscheine in ihr Schließfach, schloss die Tür und brachte das Schloss wieder an, ohne es abzuschließen. Den Schlüssel hängte sie hinter das Schloss. Dann ging sie zu Gao Wei und gab ihr einen Zettel, ehe sie auf den Eingang zusteuerte. Gao wollte ihr Gesellschaft leisten, aber Du wies sie ab.

»Wohin gehst du?«, fragte Gao.

»Du Dummchen, wohin kann ich schon groß gehen? Darf ich nicht mal einen Moment für mich allein sein?«

Sha Fuming stand gerade vor der Tür, und so war er es, an dem sie als Letztem vorbeikam. Den Zettel in der Hand, entdeckte Gao zu ihrer Überraschung durch das Fenster, wie Du ihren Chef umarmte. Sha hatte ihr den Rücken zugekehrt, und trotzdem konnte Gao erkennen, wie glücklich er war. Seine Schultern schienen zum Himmel emporzusteigen. Schmunzelnd warf sie Du Li einen Blick zu und ging in den Ruheraum. Am liebsten hätte sie das ganze Zentrum zusammengetrommelt, damit sich alle an diesem Schauspiel ergötzten. Nur mit größter Mühe konnte sie sich beherrschen.

Dennoch war sie die Erste, die erkannte, dass etwas nicht stimmte. Dus Zettel nach wie vor in der Hand, blieb sie im Ruheraum sitzen. Weil sie weder nach draußen gehen noch im Flur umherlaufen wollte, nestelte sie an dem Papier herum. Darauf waren dicht an dicht lauter winzig kleine Löcher oder

Pünktchen. Weil sie nichts mit ihnen anfangen konnte, schenkte sie ihnen keine weitere Beachtung. So verging eine knappe halbe Stunde, bis sie aufstand und entdeckte, dass Du nicht mehr draußen war. Als sie die gläserne Eingangstür aufstieß, fand sie nur noch Sha, der unablässig kleine Kreise von nicht mehr als eineinhalb Meter Durchmesser drehte und sich dabei in einem fort die Hände rieb. Weil sie Du nirgends sah, schloss sie die Tür wieder und klapperte jeden einzelnen Massageraum ab, ohne eine Spur ihrer Freundin zu finden. Was macht dieses verflixte Mädchen nur? Sie hat sich doch nicht irgendwo verkrochen, um sich auszuheulen?

Zwei Stunden später war sie zunehmend beunruhigt. »Komisch«, murmelte sie zu sich selbst, »wo bleibt Du Hong bloß?«

»Ist sie nicht mit dir zusammen gewesen?«, fragte Jin Yan.

»Ach wo, nein.«

Zwei Stunden Abwesenheit mögen nicht lang erscheinen, aber für einen Blinden sind sie es. Nun erst dämmerte allen, dass etwas nicht stimmte. Sie versammelten sich im Ruheraum, wo sie still und dicht gedrängt zusammensaßen und einander ratlos anblickten.

»Hat sie irgendwas zu dir gesagt?«, fragte Sha Gao.

»Nein«, erwiderte Gao. »Sie hat mir bloß einen Zettel gegeben und gesagt, sie will eine Weile allein sein.«

»Und was steht auf dem Zettel?«, fragte Jin.

»Nichts«, antwortete Gao arglos und hielt den Zettel vor sich hin. »Gar nichts.«

»Sind kleine Pünktchen drauf?«, fragte Sha.

»Ja.«

Wang Daifu, der Gao am nächsten saß, streckte die Hand aus, und sie gab ihm den Zettel. Er hob ein Bein, legte den Zettel auf seinen Oberschenkel und begann ihn mit dem Zeigefinger abzutasten. Nach zwei Zeilen hob er den Kopf, und Gao sah, wie grimmig er dreinblickte, die Brauen hoch nach oben gezogen. Ohne ein Wort reichte er den Zettel an Kong weiter.

Die Stille, die sich nun über den Ruheraum herabsenkte, war anders als sonst. Der Zettel wanderte von Hand zu Hand, bis er schließlich bei Sha landete. Gao verfolgte alles mit ihren Augen, und dabei befiel sie eine böse Vorahnung. Trotzdem hatte sie noch immer keinen Schimmer, was vor sich ging. Als sie sich umdrehte, traf sich ihr Blick mit dem von Du Li, die an der Tür stand und genauso ein perplexes Gesicht machte. Beide wandten rasch den Blick ab. Das Rätsel war gelöst, es musste gelöst sein, aber sie beide tappten im Dunkeln. Ihre funkelnden Augen sahen nichts als Finsternis. Sie waren sehend blind. Das hätten sie sich nicht träumen lassen: dass etwas direkt vor ihrer Nase lag und sie es dennoch nicht sehen konnten. Die Stille im Ruheraum hatte etwas Beängstigendes.

Shas Zeigefinger zitterte. Sein Mund war weit aufgerissen. Gao beobachtete, wie sein Finger wieder und wieder über die letzte Zeile glitt. Endlich holte er tief Luft und stieß einen Seufzer aus. Dann ließ er den Zettel auf das Sofa fallen, stand auf und ging zu Dus Schließfach. Er ertastete das Schloss, fand den Schlüssel dahinter und öffnete die Tür. Genauso leer, wie seine Hand in das Fach hineinglitt, kam sie auch wieder heraus. Auf seinem Gesicht spiegelte sich die Gewissheit, die er soeben erlangt hatte. Und eine abgrundtiefe Traurigkeit. Stumm verschwand er im gegenüberliegenden Massageraum.

Außer Gao Wei und Du Li wusste jeder Bescheid: Ihre letzten Worte hatte Du an Sha gerichtet. Sie nannte ihn ihren großen Bruder und schrieb: »Fuming, ich weiß nicht, wie ich dir danken soll. Ich wünsche dir alles Gute.«

An diesem Nachmittag sollte sich im Ruheraum noch ein

Vorfall ereignen, aber nicht mit Du Hong, sondern mit Wang Daifu als Hauptdarsteller.

»Xiao Kong«, sagte Wang unvermittelt, »war das deine Idee?«

»Ja.«

Plötzlich außer sich vor Wut brüllte er: »Und wer hat dich darauf gebracht?«

Als wäre die Frage noch nicht klar genug, wiederholte er: »Und wer hat dich darauf gebracht?« Er bot einen Furcht einflößenden Anblick. Sein Speichel spritzte umher. »Und du willst eine Blinde sein? Du verdienst es nicht, eine Blinde zu sein!«

Schockiert wurden alle Zeuge, wie ausgerechnet Wang, sonst die Sanftmut selbst, Kong heruntermachte.

»Hör auf, so zu schreien.« Jin hatte sich vor die anderen geschoben und sich vor ihm aufgebaut. »Es war meine Idee. Xiao Kong hat damit nichts zu tun. Also, wenn du was zu sagen hast, dann sag es mir.«

»Was glaubst du, wer du bist?«, brüllte Wang sie an. »Und du meinst, du verdienst es, eine Blinde zu sein?«

Offensichtlich war Jin allzu sehr von sich eingenommen, denn dass Wang sie so zusammenstauchen würde, hätte sie sich nie träumen lassen. Seine donnernde Stimme war so einschüchternd, dass sie im ersten Moment wie ein begossener Pudel dastand.

Noch verblüffter war sie, als ausgerechnet der sonst so kleinmütige Xu Tailai sie hinter sich zog und sich schützend vor ihr aufbaute. Seine Stimme klang nicht so imposant wie die von Wang, aber auch er legte alle Hemmungen ab.

»Was schreist du hier so rum? Hör gefälligst auf, meine Frau anzuschreien! Glaubst du, du verdienst es als Einziger, blind zu sein? Vielleicht bist du mir ansonsten über, aber was die Blindheit angeht, können wir gern mal unsere Kräfte messen!«

Überrumpelt von diesem Vorstoß, war Wang erst einmal sprachlos. Seine Wut verpuffte. Er fixierte seinen Widersacher mit den Augen, im Wissen, dass Tailai zurückstarrte. So maßen sie sich mit leeren Blicken und schnaubten einander ihren Atem ins Gesicht wie Stiere beide unwillig, einen Schritt zurückzuweichen.

Da schritt Zhang Zongqi ein. Er legte eine Hand auf Wangs Schulter und die andere auf Tailais Schulter und mahnte: »Na kommt, hört jetzt auf damit.«

Tailai war im Begriff, den Arm zu heben, aber Zhang hielt ihn fest und kommandierte: »Genug jetzt!«

Epilog
Das Bankett

In der Generalsallee Nummer 109-4 befand sich ein Restaurant oder vielmehr eine Imbissstube – »Restaurant« wäre eine allzu förmliche Bezeichnung. Solche Straßenimbisse machen keinen großen Umsatz, aber sie locken ihre Gäste mit einer besonderen Attraktion: ihrem Schmutz. Der Boden ist weder von Teppichen noch Kacheln bedeckt, sondern besteht bloß aus nacktem Beton. Für die Gäste hat das den Vorteil, dass sie ihre Abfälle – Knochen, Gräten, Kippen, Flaschendeckel – nach Lust und Laune ringsumher verstreuen können. Aber bei allem Schmutz ist das Essen gut: Es schmeckt kräftig und rauchig – wie typische Hausmannskost. Die Gäste sind größtenteils einfache Arbeiter, denen eine elegante Atmosphäre, frische Luft und sauberer Boden herzlich egal sind. Alles, was sie wollen, ist ein Essen nach ihrem Geschmack, in großzügigen Portionen und zu anständigen Preisen. Und wenn ihnen danach zumute ist, können sie beim Essen, Trinken und Plaudern ihren Oberkörper freimachen, einen Fuß auf den Stuhl stellen oder die Arme um die Knie legen. Solche Imbissstuben versprechen ein ganz eigenes Behagen.

Freilich sind die Unterschiede zwischen diesen Lokalen groß. Manche machen ihr Geschäft hauptsächlich am Tag, andere vor allem in der Nacht. Tagsüber scheint diese zweite Sorte wie ausgestorben und erwacht erst tief in der Nacht zum Leben. Ihre Gäste sind Nachtarbeiter: Taxifahrer, Angestellte von Badehäusern oder Tanzlokalen, Besucher von Bars oder Teehäusern, Mah-Jongg-Spieler, Junkies und andere Müßiggänger, deren Berufe im Dunkeln bleiben, Prostituierte und Zuhälter. Und ab und zu tauchen hier auch ein paar einheimische Künstler auf, die der feinen Restaurants überdrüssig sind und eine stimmungsvolle Abwechslung suchen.

Die Bürger, die ein geregeltes Leben führen, ahnen nicht, wie lebhaft es hier nachts zugeht. Die städtischen Ordnungskräfte schieben um diese Zeit gern eine ruhige Kugel, und auch die Polizisten, die noch im Dienst sind, lassen die Zügel schleifen, sodass die Besitzer der kleinen Straßenläden sich einige Freiheiten herausnehmen und mit ihren Garküchen die Bürgersteige in Beschlag nehmen. Im Geäst der Straßenplatanen verlegen sie ihre Kabel, hängen ihre Lampen auf und stellen ein paar einfache Tische und Stühle darunter. Auf Öfen, die sie auf die Gehwege gestellt haben, kochen sie nach Lust und Laune, braten und frittieren, schmoren und rösten. So füllen sich die Straßen mit einem chaotischen Leben; Rauch steigt auf, und allerlei Düfte schwängern die Luft. Es ist, als würde das Landleben in der Großstadt Einzug halten. Arme Schlucker und nicht ganz ehrenwerte Bürger lieben diese Orte.

Es war noch nicht Mitternacht, als ein ganzer Pulk vor der Generalsallee 109-4 aufmarschierte: Sha Fuming, Zhang Zongqi, Wang Daifu, Xiao Kong, Jin Yan, Xu Tailai, Zhang Yiguang, Gao Wei, Du Li und Xiao Tang. Selbst Jin Dajie gesellte sich zu ihnen. Während die nächtlichen Straßen verlassen dalagen, drängten sie sich vor dem Eingang der Imbissstube. Der Lokalbesitzer und seine Angestellten kannten die Gäste: Zu zweit oder zu dritt waren sie fast alle schon einmal hier gewesen. Aber dass all die vertrauten Gesichter nun zusammen aufkreuzten war neu. Der Chef kam eigens heraus, um sie zu begrüßen: »Na, heute mal in großer Runde? Gibt es was zu feiern?«

Niemand antwortete, bis Sha Fuming endlich mit einem Lächeln sagte: »Nein, zu feiern gibt es nichts. Wir wollen einfach nach einem langen Tag noch ein bisschen zusammensitzen.«

»Geht sofort los.«

Es kostete Sha einige Mühe zu lächeln; er war vollkommen ausgelaugt. Seit er Du Hongs letzten Satz gelesen hatte, war alle Energie mit einem Schlag aus seinem Körper entwichen. Irgendein geheimnisvolles Etwas hatte seine Kraft und seine Seele aus ihm herausgesogen. Zum Glück hielten seine Bauchschmerzen an. Ohne diese Schmerzen hätte er sich vollkommen leer gefühlt – so leer, dass er bei jedem Schritt ein hohles Echo hätte hören können.

Er hatte alle zu diesem nächtlichen Imbiss eingeladen, um Du Hongs Entlassung aus dem Krankenhaus zu feiern, aber binnen weniger Stunden hatte sich alles geändert. Das Leben ist unberechenbar: Mitten in die gewöhnlichsten Tage hinein platzt manchmal etwas Verstörendes. Zerbrechlich ist das Leben und irreal; beim kleinsten Windstoß geht es zugrunde. Das Leben der Blinden sei eintönig, so glaubt jedermann – aber das hängt davon ab, wie man es betrachtet und ob die Blinden bereit sind, ihr Inneres zu entblößen. Denn andernfalls scheinen ihre Tage in bester Ordnung zu verstreichen, einer wie eine Kopie des anderen, gleich lang, gleich breit, gleich hoch. Aber wenn die Blinden einmal einen Blick in ihr Inneres gewähren, erschrickt man, in welch absonderlichen Bahnen ihr Leben verläuft.

Wang Daifu verstand genau, wie Sha sich fühlte, und deshalb hatte er ihm vorgeschlagen, ihr gemeinsames Essen zu verschieben. »Du musst das nicht durchziehen.« Aber Sha ließ sich nicht davon abbringen. »Dass Du Hong aus dem Krankenhaus raus ist, müssen wir feiern.«

Ja, das war ein Grund zum Feiern. Aber wie sich eine solche Feier anfühlte, das konnte nur Sha wissen. Wangs Vorschlag, das Essen abzusagen, war aufrichtig gemeint. Allerdings dachte er dabei auch an sich selbst – schließlich hatte er sich nur wenige Stunden zuvor erst mit Xiao Kong, dann mit Jin Yan und schließlich mit Xu Tailai überworfen. Das machte ihr gemeinsames Essen zu einer reichlich unbehaglichen Angelegenheit. Von den anderen wollte niemand etwas zu Sha sagen, aber im Stillen hatten sie alle gehofft, er würde das Essen abblasen. Aber das tat er nicht, und das mussten sie akzeptieren – zumal sie Mitleid mit ihm hatten. Du Sturkopf! Wie kannst du nur so stur sein? Unterwegs hatte niemand gesprochen, aber alle hatten sie gespürt, wie elend Sha zumute war. Er war am Boden zerstört.

Zhang Zongqis Gemütslage war dagegen vergleichsweise kompliziert. Auf der einen Seite empfand er Mitleid mit Du und Sha. Auf der anderen Seite war er von einer seltsamen Freude erfüllt, die ihn scheinbar aus dem Nichts überkommen hatte. Als er Dus Abschiedsbrief gelesen hatte, entdeckte er nach eingehender Betrachtung, dass seine Erregung sich vor allem seiner Freude und weniger seinem Mitgefühl verdankte. Er nahm diese Erkenntnis mit einigem Befremden auf und verachtete sich selbst dafür. Was war nur in ihn gefahren? Aber sein Hochgefühl war unleugbar real: Es kreiste in seinen Adern und ließ sich nicht stoppen. Nach einigem Grübeln fiel ihm wieder ein, dass er sich immer gewünscht hatte, Du Hong möge fortgehen – nur nicht unter so dramatischen Umständen. Bloß diesen Umständen galt sein eigentliches Mitgefühl.

Auf ein gemeinsames Essen hatte er wenig Lust, aber er konnte sich auch schlecht absondern. Notgedrungen schloss er sich den anderen an.

So beeindruckend der Pulk war, der sich da vor dem Haus Nr. 109-4 in der Generalsallee versammelt hatte, er zerfiel in lauter kleine Grüppchen. Niemand sagte ein Wort, und in der Luft lag eine eigenartig trostlose und aggressive Stimmung.

Auf Anweisung des Chefs, der die Gäste durchgezählt hatte, hatten die Kellner im Nu zwei Tische vorbereitet. Nun ging der Chef zu Sha und bat ihn, Platz zu nehmen. Doch Sha zögerte, denn so, wie die Tische angeordnet waren, würde er unweigerlich an dem einen sitzen und Zhang an dem anderen. Während er sich mit der Hand auf die Lehne eines Stuhls stützte, huschte ein eigenartiger Ausdruck über seine Mundwinkel. Das Zerwürfnis zwischen ihm und Zhang rührte nicht von Du Hong her; sie hatte, das musste man fairerweise sagen, nichts damit zu tun. Und doch – wenn man dem Problem auf den Grund ging, landete man bei ihr. Wo mochte sie jetzt wohl sein? Sie war spurlos verschwunden.

Er riss sich zusammen und wandte sich an den Wirt. »Könnten Sie bitte die beiden Tische zusammenstellen, damit wir alle gemeinsam essen können?«

Die Kellner stellten drei quadratische Tische zu einem langen Rechteck zusammen, das sich rasch mit Bier und alkoholfreien Getränken, Gläsern, Schüsseln und Essstäbchen füllte. Ein solches Fest erlebte der Straßenimbiss selten. Über ihnen war der Himmel, unter ihnen die Erde und zur Linken die weite, leere Straße namens Generalsallee. Das war kein gewöhnlicher kleiner Imbiss unter Blinden, das war ein festliches Bankett.

»Setzt euch«, sagte Sha.

Zhang Zongqi, der nicht weit von Sha entfernt stand, konnte schlecht so tun, als hätte er die Aufforderung überhört. Andererseits hatten sich die Worte an niemand Bestimmten gerichtet und damit auch nicht an ihn. Eine Weile zögerte er, dann griff er Shas Worte auf: »Setzt euch.«

Ihrem Ton nach standen diese beiden Aufforderungen in keinem logischen Zusammenhang, und dennoch waren sie bedeutungsvoll. Beide setzten sich an den Kopf der Tafel, bereuten ihre Entscheidung allerdings schon im nächsten Moment – so dicht nebeneinander fühlten sie sich unbehaglich. Aus Angst, sie könnten gegeneinander stoßen, wagten sie kaum die Arme zu rühren.

Die anderen standen noch immer herum und zögerten. Wang tat sich von allen am schwersten mit der Entscheidung, wohin er sich setzen sollte. Sie verlangte ihm einiges Grübeln ab. Kong war böse auf ihn – und Jin und Tailai auch. Also würde er sich überall deplatziert fühlen. Allerdings bereitete Kongs Ärger ihm noch am wenigsten Sorgen – schließlich waren sie beide ein Paar. Mit ihr würde er schon wieder ins Reine kommen. Bei Jin und Tailai war er sich nicht so sicher. Und so entschied er sich schließlich, sich an Kong zu halten. Ohne große Mühe erschnupperte er ihren Standort, ging zu ihr und zupfte sie am Ärmel. Aber ihre Wut war noch nicht verraucht, und mit einer heftigen Bewegung schüttelte sie seine Hand ab. Fass mich bloß nicht an. Du hast mich dermaßen bloßgestellt, dass ich dich nie wieder sehen will!

Den Blick starr geradeaus gerichtet, packte Wang sie mit eisernem Griff am Handgelenk. Von Trotz gepackt, versuchte sie sich mit aller Kraft freizumachen. Als die Situation außer

Kontrolle zu geraten drohte, flüsterte Wang ihr ins Ohr: »Wie viele sind wir?«

Niemand schenkte seiner unvermittelten Frage Beachtung; alle glaubten, er wäre mit der Größe ihrer Gruppe beschäftigt. Nur Kong verstand, was er meinte. Sie erinnerte sich daran, wie sie ihm einmal genau diese Frage gestellt hatte – im Bett. »Einer«, hatte er geantwortet, und danach war er gekommen und sie gleich nach ihm. Eine unvergessliche Erfahrung war das gewesen: der wundersamste Sex, den sie je miteinander gehabt hatten. Mit einem Mal erschlafften ihre Arme. Selbst ihre Beine wurden weich. Die Liebe ist etwas Seltsames: abrupt wie ein Schalter. Eben hatte sie noch vor Wut mit den Zähnen geknirscht, und im nächsten Moment öffneten sich ihre Lippen schon unwillkürlich, und ihr Zorn hatte sich in Luft aufgelöst. Sie ergriff seine Hand und drückte sie, und dabei versuchte sie von ihren Nägeln Gebrauch zu machen, aber ihre Anstrengung verpuffte, weil sie die kurzen Nägel aller Tuina-Therapeuten hatte. Also begnügte sie sich damit, mit ihren Fingern zwischen seine Finger zu gleiten.

Während Wang ihre Hand hielt, verfolgte er aufmerksam, was um ihn herum vorging. Schließlich wählten er und Kong die Plätze gegenüber von Jin und Tailai – eine perfekte räumliche Anordnung, die ihnen unendlich viele Möglichkeiten eröffnete.

Alle hatten Platz genommen, aber noch immer sagte niemand ein Wort. Mitten in das peinliche Schweigen hinein trank Zhang Yiguang, der allein am anderen Ende der Tafel saß, sein Bier, als wäre er ein Außenstehender. Normalerweise wurde er schon beim bloßen Geruch von Alkohol redselig. Er war – das war im Zentrum allgemein bekannt – wie eine Flasche Bier, die, kaum geöffnet, auch schon vor sich hinblubbert. Er war die Schaumkrone auf dem Bier.

Wang Daifu sann in einem fort darüber nach, wie er mit Jin und Tailai ein Gespräch anknüpfen konnte. Aber die Atmosphäre war allzu seltsam – abgesehen von zurückhaltenden Kaugeräuschen und dem Klirren von Porzellan war es totenstill. Ihm kam Zhang Yiguang in den Sinn: Hoffentlich würde er bald munter werden und irgendetwas sagen. Dann wäre das Eis gebrochen, auch andere würden zu reden anfangen und ihm damit die Gelegenheit eröffnen, Jin und Tailai anzusprechen. Freilich müsste er den richtigen Moment abpassen, damit alles ganz natürlich wirkte und ihre Beziehung nicht endgültig den Bach hinunterging.

Aber Zhang Yiguang blieb stumm. Weil er so ein Außenseiter war, schenkte ihm ohnehin niemand Beachtung. Tatsächlich schwieg er schon seit ein paar Tagen, denn er trug ein großes Geheimnis mit sich herum: Xiao Mas Geheimnis. Seit er wieder einmal in den Haarsalon gegangen war, wusste er als Einziger im Zentrum, warum Ma verschwunden war und in was für einer Lage er jetzt steckte. Zhang fühlte sich erbärmlich, denn er war an Mas Verschwinden schuld. Er hatte den armen Jungen da reingeritten. Er hätte ihn nicht in den Haarsalon mitschleppen dürfen. Manche Männer sind für solche Orte nicht geschaffen. Xiao Ma, ich wollte, dass du vögelst, nicht, dass du dich verknallst! Kennst du dich selbst so schlecht? Mit jeder Liebe stürzt du dich ins Unglück, dein Schicksal will es so.

Auf der anderen Seite der Tafel, bei Sha Fuming und Zhang Zongqi, war es genauso still. Ihr ungewöhnliches Schweigen hatte etwas Angespanntes, aber nichts Feindseliges. Beide empfanden in diesem Moment die widersprüchlichsten und unergründlichsten Gefühle, und in beiden hatte sich eine große Energie angestaut, die nach einem Ventil verlangte – eine Energie, die ihnen einen Weg zum Besseren ebnen konnte, aber die beim kleinsten Misston auch eine zerstörerische Kraft entfalten konnte. Deshalb übten sich beide in großer Vorsicht; jeder versuchte angestrengt, die Signale, die der andere aussandte, aufzufangen und zugleich die eigenen Gefühlsregungen zu verbergen. Zum Glück waren beide geduldig. Nur keine Eile. Schauen wir mal, was kommt. Und so schwiegen sie weiter vor sich hin.

Sha nippte an seinem Bier, und Zhang tat es ihm nach im Glauben, sein Kompagnon wolle etwas sagen, aber das tat er nicht. Stattdessen sprang Sha abrupt auf und entfernte sich mit einer Entschuldigung. Ohne sich nach ihm umzudrehen, folgte Zhang ihm mit den Ohren. Anscheinend ging Sha auf die Toilette.

Ein jäher, heftiger Brechreiz, den er nur mit Mühe unterdrücken konnte, hatte ihn gepackt. Als er sich endlich zum Klo durchgetastet hatte, beugte er sich vor und spuckte. Danach fühlte er sich gleich viel besser. Mit weit geöffnetem Mund stieß er einen tiefen Seufzer aus. »Was ist nur los mit mir?«, fragte er sich. »Ich habe doch noch gar nichts getrunken.«

Er ahnte nicht, dass dies erst der Anfang war. Noch bevor er sich die Tränen aus den Augen reiben konnte, packte ihn ein neuerlicher Brechreiz. Wieder musste er sich vornüber beugen, und diesmal übergab er sich noch heftiger. Dabei hatte er den ganzen Tag kaum etwas gegessen – von den zwei mit Fleisch gefüllten Dampfbrötchen einmal abgesehen, die er auf dem Weg zum Krankenhaus hinuntergeschlungen hatte. Woher also, so wunderte er sich, kam all das Erbrochene? Er übergab sich schon nicht mehr, er kotzte das ganze Klo voll.

In diesem Moment kam ein fremder Gast in die Toilette.

Mit seinen Zechkumpanen hatte er gewettet, wer am meisten trinken könnte, ohne auf die Toilette gehen zu müssen, und er hatte verloren. Mit einer Blase, die kurz vorm Platzen war, stürzte er herein, aber noch ehe er seinen kleinen Mann herausgeholt hatte, hielt er schockiert inne. Vor ihm krümmte sich jemand und kotzte, und der Boden war voll Blut. Eine große, leuchtend rote Lache. Auch die Wand war damit besudelt.

»Kumpel, was hast du?«

Sha drehte sich herum und lächelte. »Ich? Nichts.«

Der Mann packte ihn und schrie zum Gastraum gewendet: »Hey! Hey! Mit einem von euch stimmt was nicht!«

»Mir geht's gut«, sagte Sha missmutig.

»Hey! Hey! Mit einem von euch stimmt was nicht!«

Wang Daifu hatte sich als Erster zur Toilette durchgetastet. Er übernahm Shas Arm von dem Fremden, der sich in höchster Not aus dem Staub machte, weil er auf der Stelle ein sauberes Örtchen finden musste, um sich zu erleichtern.

»Ich habe noch gar nichts getrunken. Wirklich nicht«, sagte Sha.

Wang konnte nicht wissen, was sich in der Toilette ereignet hatte, aber Shas Arm und Hand weckten in ihm eine böse Vorahnung – sie waren eiskalt. Noch bevor er Genaueres erfragen konnte, brach Sha zusammen und glitt zu Boden. »Fuming!«, rief Wang. »Fuming!« Aber Sha antwortete ihm nicht. Er hörte ihn schon nicht mehr.

Und so endete das Bankett, bevor es richtig begonnen hatte. Die ganze Gruppe brach gemeinsam auf. In vier Taxis rasten sie zum Ersten Volkskrankenhaus von Jiangsu. Wang, Sha und Zhang Zongqi saßen im ersten Taxi, alle anderen verteilten sich auf die übrigen drei Wagen. So tief in der Nacht waren die Straßen leer, und schon zehn Minuten später trug Wang den ohnmächtigen Sha auf dem Rücken in die Notaufnahme. »Einen Arzt!«, keuchte Wang. »Schnell! Schnell!«

Genauso keuchend trafen auch die anderen ein und drängten sich vor der Notaufnahme in der inständigen Hoffnung, sie könnten irgendetwas aus dem Innern aufschnappen. Eine Krankenschwester wischte Shas Mund ab. Er war blutbesudelt. Dann kam ein Arzt zu Wang und fragte: »Was hat das verursacht? Hat sich das irgendwie angekündigt?«

»Wie meinen Sie das?«, fragte Wang.

Der Arzt merkte, dass sein Gegenüber blind war. »Ihr Freund hat viel Blut verloren. Hat sich das irgendwie angekündigt?«

»Nein.«

»Hat er irgendwelche gesundheitlichen Probleme?«

Gesundheitliche Probleme? Wang war wie vor den Kopf geschlagen. Ihm fiel wieder ein, was der Polizist zu ihm gesagt hatte: »Sie sind verpflichtet, mir die Wahrheit zu sagen.«

Er war dazu verpflichtet, und er wäre seiner Pflicht gern nachgekommen. Aber er hatte nicht die geringste Ahnung – und das, obwohl Sha sein alter Kommilitone, Freund und Chef war. Was mochte er wohl für gesundheitliche Probleme haben? Hilflos stand er da und starrte den Arzt an.

»Nun sagen Sie schon! Die Zeit drängt. Es ist wichtig.«

Wang wusste, dass es wichtig war. Hilfe suchend drehte er sich zu seinen Kollegen vor der Tür, aber niemand sagte ein Wort. Niemand hatte eine Ahnung. Ihn fröstelte innerlich. Da waren sie alle – er und Sha, er und die anderen, die anderen und Sha – tagein, tagaus beisammen, und doch lag eine so große Distanz zwischen ihnen. Im Grunde kannte keiner den anderen.

Sie konnten nichts anderes tun, als bestürzte Blicke miteinander tauschen. Mit den Ohren blickten sie einander an und hörten ihr heftiges Keuchen.

In der Notaufnahme brach eine rege Betriebsamkeit aus. Krankenschwestern und Ärzte kamen und gingen. Wang zog sich aus dem Raum zurück, und alle anderen machten instinktiv eine Gasse frei und stellten sich teils links, teil rechts im Flur auf. Sie waren mucksmäuschenstill; niemand wollte die Stille brechen, niemand einen Laut von sich geben. Regungslos standen sie da. Mit immer hektischeren Schritten hasteten die Krankenhausmitarbeiter ein und aus. Wang und die anderen schluckten nervös. Die Schritte um sie herum sprachen für sich.

In all diesen Minuten hörte Wang nur einmal den Arzt sagen: »Sofort in den Operationssaal mit ihm! Wir machen eine Bauchspiegelung.«

Die Tür der Notaufnahme öffnete sich, und zwei Schwestern schoben Sha auf einer Liege heraus. Die Blinden folgten ihnen bis zum Fahrstuhl, doch nachdem die Schwestern Sha hineingefahren hatten, wiesen sie den ganzen Pulk zurück. Gao Wei stürzte zu einem Arzt, und als sie herausgefunden hatte, wo der Operationssaal war, nahm sie Wang an der Hand und der wiederum Zhang Zongqi; und er Jin Yan; und sie Xiao Kong; und sie Tailai; und er Zhang Yiguang; und er Du Li; und sie Xiao Tang; und sie Jin Dajie. So marschierten sie zum Operationssaal. Vor der Tür angekommen, ließen sie einander los und teilten sich in zwei Reihen auf. In der Mitte ließen sie einen Durchgang frei.

Eine Krankenschwester stellte sich zwischen sie und fragte: »Wer von Ihnen ist hier zuständig? Ich brauche eine Unterschrift.«

Wang trat vor, aber Zhang Zongqi schob ihn zur Seite, und so drückte die Schwester ihm den Kugelschreiber in die Hand. Er steckte ihn in den Mund, biss ihn entzwei, nahm die Mine heraus, zog die Schreibspitze mit seinen Zähnen hervor und behauchte die Mine, um die Tinte zum Fließen zu bringen. Dann betupfte er den Zeigefinger seiner rechten Hand mit der Tinte und verrieb sie auf seinem Daumen. Als sie gleichmäßig verteilt war, hielt er der Schwester den Daumen hin.

Im Gang vor dem Operationssaal herrschte Totenstille. Solange er lebte, hatte Wang noch nie eine solche Stille gehört – wie von einem ungeheuren Gewicht niedergedrückt inmitten eines öden Raums. Eine Stunde und dreiundfünfzig Minuten verharrten sie alle derart niedergedrückt, dass ihnen fast die Augen aus den Höhlen sprangen. Niemand wagte nach Sha zu fragen, denn das hätte Unheil heraufbeschworen. Nur Nachrichten, die andere ihnen bringen, sind gute Nachrichten, davon sind die Blinden fest überzeugt.

Nach einer Stunde und dreiundfünfzig Minuten kam der Arzt aus dem Operationssaal heraus. Alle umringten ihn.

»Die Operation ist gut verlaufen. Wir haben getan, was wir konnten. Aber noch kennen wir das Ergebnis nicht. In zweiundsiebzig Stunden wissen wir mehr.«

»In zweiundsiebzig Stunden wissen wir mehr« – das war nicht die beste Nachricht, aber zweifellos eine gute Nachricht. Jedenfalls war Sha noch am Leben. Und doch fragte sich Wang in einem fort, wer dieser Sha Fuming eigentlich war, der dort drinnen lag und jeden Tag mit ihnen zusammen gewesen war. Er war gewiss nicht über Nacht erkrankt, er musste sein Leiden lange mit sich herumgeschleppt haben. Und dennoch hatte niemand etwas davon geahnt. Niemand hatte ihn gekannt. Sha Fuming war ein Hohlraum inmitten von ihnen gewesen, ein sprechendes, atmendes Loch, das er? sich selbst gegraben hatte und das ihn selbst in die Tiefe riss. Vielleicht waren sie alle solche Löcher, die einem bodenlosen, schwarzen Abgrund entgegenstürzten. Bei diesem Gedanken glaubte Wang, er wäre schon selbst im Fallen begriffen. Plötzlich war ihm elend zumute, hundeelend, und in einer Anwandlung von panischer Angst geriet er ins Taumeln. Ihm war nach Weinen zumute. Nein, sagte er sich: Er durfte kein Loch werden. Mit der Ferse stieß er gegen jemanden – das musste Kong sein. Er packte sie wie einen rettenden Strohhalm und drückte sie an sich, das Kinn auf ihre Schulter gelegt. In diesem Moment fühlte er sich ungeheuer verletzlich. Er besudelte sie mit seinen Tränen und seinem Rotz.

»Heiraten«, schluchzte er ohne jeden Zusammenhang. »Lass uns heiraten. Wir müssen unbedingt eine anständige Hochzeit feiern.«

Die Frau in seinen Armen war nicht Kong, sondern Jin Yan. Obwohl sie wusste, dass er sie verwechselt hatte, wollte sie sich nicht von seiner Brust lösen. »Tailai«, sagte sie, gleichfalls in Tränen, »das haben alle gehört. Nun musst du aber auch dein Wort halten.«

Die Schwester, die hinter dem Arzt stand und Zeuge dieser rührenden Szene wurde, war tief bewegt von den Blinden. Als sie sich umwandte, traf sich ihr Blick mit dem von Gao Wei, die neben ihr stand. Gaos Augen waren klein und anders als die der anderen. Nachdem die Schwester sie eine Weile irritiert angestarrt hatte, hielt sie Gao einen Zeigefinger vor die Augen und bewegte ihn hin und her. Gao wandte den Blick nicht von der Schwester. Sie hatte keine Ahnung, was die andere von ihr wollte. Den Kopf schief gelegt, packte sie ihren Finger und schob ihn beiseite. Dann blinzelte sie einmal und noch einmal.

Da ging der Schwester ein Licht auf. Sie hatte bloß einen Blick gesehen, einen ganz gewöhnlichen, alltäglichen, normalen Blick, aber sie war starr vor Schreck, und ihre Seele hätte fast ihren Leib verlassen.

Nanjing, April 2007 bis Juni 2008